麥　田　人　文

王德威／主編

麥田出版

Eileen Chang Reconsidered
（Second Expanded Edition）

張愛玲學

高全之——著

【增訂二版】

Chuan Chih Kao

麥田人文121

目錄

〈導論〉

高全之，學院外文學批評的築路人

——從早期寫作生活的發軔到近期《張愛玲學》的建構

瘂弦

對台灣文壇而言，二十世紀六〇年代末到七〇年代初這幾年，是一個驚蟄過後的大春耕時期。或許是因爲台灣本身文化主體意識歷史發展條件達到成熟的緣故，台灣文藝界、出版界，在短短數年之內發生了結構性的變化。舊的一代隱退，新的一代登場；而很多今日文壇上卓然有成的名家，都是在那個時期嶄露頭角、開始寫作生活的。

人常埋怨自己生不逢時，我卻要說，我能在那個墾拓的年代參與文藝工作，是生正逢時。在一個偶然的機緣下，我被請去幼獅文化公司，承乏《幼獅文藝》的編政。通過這份文藝期刊，我不但經歷了台灣文學重要成長階段的重重變化，更結識了一批相互切磋的文學同道。少年十五二十時，最初的是永遠的，他們之中有不少人，在三十年後的今天還與我保持聯繫，彼此建立很好的友誼，而成爲一輩子的朋友。

《幼獅文藝》的社址，設在台北市延平南路距中山堂不遠的一座小樓上。樓下是書店，樓上辦公。所謂編輯部實在小得可以，桌子挨桌子，同仁們被擠成「以彼此的體溫取暖」的樣子不說，連陽台上、走道邊，也堆滿了雜亂的稿件和書刊。不過室雅何須大，大夥兒偏愛這個小小天地，作家朋友來訪，也喜歡窩在這裡不肯走，一聊就是大半天。那時台灣經濟還沒有起飛，每個人都窮得要命，常常是到對街小攤子叫來陽春麵，外加一瓶價廉的烏梅酒，一大包花生米，就這麼也可以度過一個高談闊論的夜晚。

我已記不起高全之到幼獅來看我的正確日期，也許是一九七〇年春天，或更早些，只記得他是跟雙胞胎哥哥高齊之一起來的。齊之身材略高，個性開朗，頗爲健談；全之則顯得比較文弱，說話不多，一眼便看出來屬於沉默內向型。梁啓超寫徐志摩，用「臨流可奈清癯第四橋邊呼棹過環碧；此意平生飛動，海棠花下吹笛到天明」來形容詩人的風神，我初晤全之，也有類似的聯想。因此我猜他一定是個寫詩的。

想不到我的直覺並不正確，後來我才知道，他一心一意專攻的文類，竟是文學批評。那年代，在年輕人的心目中，文學批評是一門冰冷的學問，總覺是上了歲數或帶點夫子氣的人才從事的，而文藝初學者，通常是從散文、詩歌等創作開始，再發展到別的領域。不過與他幾次接觸下來，我漸漸發現，他這方面的確富有才華與潛力。他每一篇論評文章發表，都使我對他有新看法。畢竟是性向決定了志向，爲什麼天下可愛的人都得寫詩不可呢？

這次爲了更深入地讀通他這部《張愛玲學》，我特別與他進行一次筆談，由我提出問題，請他逐一作答，二十個問題中也有涉及他早年寫作生活的，對於問及爲何當初沒有走創作的路子，他說，一開始他也曾嘗試過散文和小說，但從沒有投過稿，原因很好玩，他當時的想法是「怕洩露了太多不成熟的自我」，不寫小說，則是因爲他覺得自己「缺乏小說家『客體化』私心祕密的手段」。

高全之一起步就以文學批評（特別是小說批評）爲終身志業的這個抱負，從來沒改變過，就像信仰那麼堅定、堅毅。他孜孜不倦，全力以赴，就這麼穩定踏實地一路走來，長期的日問月學，培養出豐富的理論修養，周密的邏輯思考，以及嫻熟的文字駕馭力，大量汲取，厚積薄發，使他幾乎沒有經過一般寫作新手的青澀階段，一出手就到達一定的藝術高度，不勞老編們「到處逢人說項斯」，這白袍小將立馬文學地平線上的身影，立刻成爲一個亮點。

高全之在《幼獅文藝》發表的第一篇文章，是一九七〇年十二月號上的〈林懷民的感時憂國精神〉，林懷民讀了很喜歡，特別與他見面，二人從此認識了，至今仍是好友。高全之的老師董保中曾在文章中描述，高林兩個人在台北深夜街頭邊走邊舞邊談的樣子，讀來十分有趣。試想如果當時有誰把這個畫面拍成紀錄影片，那該多有意思。

誰都知道，一個新人憑自己的作品敲開文壇的銅門，並不是一件容易的事。高全之初期的寫作生活展開得如此順遂，使很多人都看好他。不久，幼獅又出版了他的評論集《當代中國小說論評》，這對他無疑是一種更大的肯定。如果是一般人，有了這樣的「機運」和「聲勢」，他的寫作事業大可以就此順勢而進，快馬加鞭地發展下去。但他卻去了美國，且一去就是二十年，從此惜墨如金，藏鋒不露，絕少與文壇通消息，連他的起跑點《幼獅文藝》上也見不到他的作品，成爲一個令讀者懷念的失聯作家了。

他如此的「決絕」，背後有沒有重大原因？沒有人知道。他也很少講起。在與我的筆談中，雖然他表示對出國前那個階段的一些作品不盡滿意，並說他發現自己「知識、學識的貧乏，情緒的蔓蕪」，不過談到小說的精讀與心得，他還是認爲「有規矩可循」，顯得信心滿滿。從種種跡象我們或許可以做出這樣的辨析：高全之的去國，並不意味他對寫作事業的放棄，他的長期隱遁，也許是以更沉潛的態度，對自己的文學生命進行全面省察。他之所以刻意地從台灣文壇的現實或現象疏離出去，是希望他的研究生活，在絕對自主、完全不受干擾的情形下進行，寧願一個人踽踽獨行，默默地探索、深耕、創造，也不要炫才媚世，做那千人一面的因循文章。事實上，他在美國讀書、思考、寫作，比在國內時還要積極，他的小說批評和美學研究工程，就像一株巨大無朋的珊瑚樹，在無人知道的海底緩緩長成。

一九九四年底，高全之，這位羈旅海外二十載的文學煉丹者，終於回來了。鄭樹森為了他的「復出」，特別寫文章幫他「暖身進場」，在《聯合報》副刊上，我也為他做了訪問記，傳佈他返台的消息。對於一向慣於安靜的他，也許這麼做會使他感覺不自在。其實只要文章在，著作在，影響在，回到文學的故鄉，一切仍是舊時樣。

高全之在大學讀的不是中文系、外文系，出國後的專職也與文學無關。雖然他文學批評的研究從未中斷，對國內有關這方面的新資訊與新動向也一直在掌握之中，但在國外日子久了，難免使他覺得自己距離中心太遠而處於一種邊緣位置。當我在筆談中問起他的研究心情，他自稱是「文藝界、學術界的圈外人」，說從事小說評論是「外行冒充內行」，是「為了維持少數文友（如白先勇、鄭樹森、張錯等）互通有無的橋樑」，是「愛說話的普通讀者提供學院外的角度，普通讀者也有說話的權利」。此外，他對自己的能力也做了客觀的分析：「我的弱點在於缺乏正統的文學訓練，也許我的強點也在於此。也許我的努力可以證明，文學可以用不同的角度來欣賞，那些角度或許是目前任何既定的文學理論都無法說盡的。」

這段話說得謙虛，但也不亢不卑，言簡而意豐，有很強的概括性，主要的是它能清楚地闡明，學院文學批評與學院外文學批評可以互動互補、並存不悖的道理。而對於今日的台灣文壇，學院外文學批評可能更值得倡導。高全之的這個想法與做法，使我想起錢鍾書提出的一個觀念，錢說：「大抵學問是荒江野老屋中二三素心人商量培養之事，朝市之顯學必成俗學。」又說：「文人慧悟逾於學士窮研，詞人體察之精，蓋先於學士多多許也。」錢鍾書說的「素心人」與「文士」，指的不就是高全之這樣的學院外的文學批評嗎？不知他在美國加州的家，像不像「荒江野老」的居所，從他對中國現代小說家作品「慧悟」之深，「體察」之精，很多地方的確稱得起「先於學士多多許也」。至於錢氏說的「朝市之顯學必成俗學」，最好的例子莫過於這些年來文壇一窩風大談張愛玲，變成一種時髦，一種流行。好好的一個張愛玲，被人說膩了，說俗了。這也許是爲什麼張愛玲離群索居，與世隔絕，不回信、不接聽電話甚至不應門的眞正原因吧。

高全之說他要寫某位小說家，一定要對他的作品「來電」才行。他固然不會因批評界流行談誰而談誰，但也不會因流行談誰而他偏不談誰。他選取評論的原則，在於應不應該寫，來不來電，應該寫，來電，就毅然決然將該作家列爲研究對象，全力以赴，直到寫成爲止，絕對不受文學以外因素的影響。一開始，他寫的不是張愛玲，而是王禎和，學術界反應很好，王禎和夫人還特別寫信謝他爲乃夫遺著「注入了新的生命」，這對他鼓勵甚大。快出書時，林懷民和白先勇向他建議，把張愛玲與王禎和的一段文學因緣補寫進去，他遵照好友的意見特別加寫了一章，結束了這項研究。差不多就在這時候，張愛玲不幸逝世，在加州的文學界朋友們爲張治喪，高全之負責錄影海葬過程。在海葬船上，他決定寫張愛玲研究。他說：「當時如何寫完全沒有觀念，只是想寫一篇算一篇。儒家舍我其誰的主張，算不算自我膨脹？」

張愛玲逝世帶來巨量的報導和有關她作品的討論文字，有人認爲張論已太多，讀者疲倦已極，擔心媒體喧鬧一陣子過後，張的新聞性便會走低，勸高全之不必再寫。但他說：「我的寫作完全無法配合新聞媒體，不是『清高』，而是不可能。所以就一路寫下來。」

其實早在二十年前，高全之就寫了〈張愛玲的女性本位〉，不過他覺得缺點很多，沒有再繼續，然而再寫，就得求進步與突破。這部書《張愛玲學》所收錄的十九篇文章，多半發表在《當代》雜誌，代表了高全之這些年來賞讀張愛玲、思辨張愛玲、考證張愛玲、神往張愛玲的概括與紀錄，也代表他的美學修養與批評實踐的一次完美結合。對於張愛玲的作品，幾乎是一字不漏地通讀、精讀，並通過版本研究，精確地評點出作者的思想意旨，並不客氣地指出一些論張愛玲文章的疏漏，對於大陸和台灣文壇因特殊政治禁忌與不同文學立場對張愛玲的誤解、曲解甚至誣衊，也做了有力的澄清與駁詰，多方取譬，反覆論述，務使自己的斷語，成爲今後研究張愛玲的定說。有人說一個好的批評家要把被評作者的書讀全、讀透，高全之對張愛玲作品的深入、專注與認眞，就符合這樣的精神。我們可以這麼說，高全之是先成爲一個讀書家，然後再成爲一個批評家的。

乍見本書的書名，也許有人會覺得用《張愛玲學》有點誇大，但當我讀完這本立旨明確、議論精嚴、視野廣闊的力作，我不禁要說，稱張學，此其時矣。事實上，張愛玲作品本身就是一個生命的有機體，它做爲一門學問的條件早已完備，問題還不僅是如何將它理論化、體系化，而是積極地對張著作更深的開掘、更多的發現，進而有所承繼、拓展與創造。高全之的這本書，無疑爲我們勾繪一張初步的藍圖。當然這並非意味以後的人都得按照他的思路來建構張學，別的人也可以理出不同的研究脈絡與秩序，來豐富它的內容。中外文學史稱得上學問的作家如曹雪芹的紅學、莎士比亞的莎學，都是積眾人之力，一代一代地經營築造起來的。

高著《張愛玲學》中的每篇文章，都寫得平易質實，溫敦典重。他論說的方式，通常是每篇先確定一個顯豁的主旨，然後以此爲中心展開闡述論證，將紛繁的材料有條不紊地統攝在提出問題—剖析問題—解決問題的邏輯結構中，進而做更廣的生發，更深的開拓。通篇沒有自以爲是的驕氣，也沒有放言高論的威勢，只是立論一層深一層，引證一段接一段地從容辨析，使對所要論述的問題褒貶自見。但如果碰到「論是非、定從違」的關鍵，他絕對不做鄉愿而人云亦云，一定挺身而出，直言糾正。特別對一些誤解、曲解張愛玲的評論，他必定細密考察，小心求證，務使史料的眞僞，史事的是非得到公正的判定。而行文措詞，雖不是字字風霜不可犯，但也自然予人不容置疑的說服力。這種本著文學良心、敢於表明立場的膽識，是屬於知識分子的特色。

文學作品是一個作家主體生命體驗，與外在環境融會昇華的產物。文學現場的追蹤、考證，可以幫助我們了解作者在怎樣的時空條件和生活氛圍下進行寫作，以及可能遇到的壓力與限制。張愛玲主要的寫作現場在上海，但一般論者對上海「孤島」與「上海孤島」兩個定義不同的時段總是弄不清楚，以致無法把上海的張愛玲（現實生活）與張愛玲的上海（文學意象）做對比思考，找不到緣事而發的因由，也就無法得到正確的價值判斷。高全之在本書中專章討論這個問題，把兩種不同認定下的「孤島」加以區隔，使我們了解到，張愛玲所面對的，是上海與大後方完全切斷、不能公開抗日的處境。在異族的佔領下，一個像張愛玲那樣的知識分子心情的鬱悶是可以想見的。她沒有像周作人那樣參加由日本支持的文藝活動，也沒有寫過任何親日、媚日的文章，而竟然有人忍心把她與胡蘭成的那段戀愛拿來作文章，說她有漢奸之嫌，這對她實在不公平。而柯靈說上海淪陷提供了張愛玲大顯身手的舞台，這樣的說法，也暗藏了貶抑的成分。

文學的對抗，是一種長期的韌性的鬥爭，它往往是沉潛的、靜默的，絕對不是受到刺激立即反應那麼簡單的方式。文學是永恆的藝術，一個作品可以是但不必一定得是戰鬥的檄文，張愛玲沒有去做上街頭散發抗日傳單的地下工作者（如果她眞的那麼做，恐怕發揮的力量也不會太大），而隱忍著痛苦，在暗夜的孤燈下繼續寫作等待天亮，對一個作家來說，此乃最睿智也最勇敢的選擇。

高全之的解讀如撥雲見月，透過他的深入論難，誤解澄清了，迷思掃除了，一個「上海孤島」時期出污泥不染的張愛玲，一個在強敵環伺下「怒向刀叢覓小詩」（魯迅句）的張愛玲，清晰地呈現了出來。有了這一層的理解，我們就可以爲早期張愛玲文學生活的研究，找到一個起點。

五〇年代初紅旗漫捲滬上，張愛玲在大環境改變的困頓下，曾經以〈小艾〉等小說，做過所謂無產階級文學實驗，這個轉折，後來也造成爭議。有些人認爲此項寫作實驗是爲了向新政權靠攏表態。事實上問題並沒有那麼簡單，如果不深入到作家的內心世界去了解，仍然只是一個粗暴的認定，而有失公允。

高全之在本書中以三個專章來討論〈小艾〉的問題。他對文本賞讀之細、思考之深、對比論證之嚴謹，恐怕很多學院的批評家也會感覺自嘆不如。《文心雕龍．附會》所說的「依源整派，循幹理枝」，他全都遵循做到了。高全之發現，張愛玲是以平常心面對無產階級文藝理論，以開闊的胸襟將之吸納包容，她之所以不懼也不拒，是她深深知道，任何對文學強制性與排他性的戒律禁忌，絕對無法摧毀一個內在世界強韌的作家自由的創作思維，任何政治力量也不能徹底從美學上替代作家預設創作結果。「寫所能夠寫的，無所謂應當」（〈寫什麼〉）、「文藝沒什麼不應該寫那一個階級」（〈國語本《海上花》譯後記〉），張愛玲有容乃大的文學觀，使黨的教條欽定文學相形之下，顯得小家氣、瑣碎、粗野而卑俗，更說明她有足夠的智慧應付外來勢力的入侵，在接納與堅持之間，她自有掌握。

高全之的識見稱得上目光如炬。他解決了兩岸文壇長久以來對張愛玲〈小艾〉等一類的作品過於偏狹甚至懷有惡意的「各自表述」，摘掉政治標籤，還諸文學。這些所謂無產階級文學實驗，絕對不是張愛玲文學生命以外的藝術或變體，它有充分的條件，做為她整個創作世界的一個側面。至於〈小艾〉的版本，經過高全之版本學家一般周密的勘誤與校正，原始的文本已經呈現。〈小艾〉等作多年來受到塗改、刪節、割裂等不公平待遇之冤，也得到「昭雪」。

在本書〈張愛玲的政治觀〉這一章的文前，高全之引了胡適「獅子老虎永遠是獨來獨往的，只有狐狸和狗才成群結隊」幾句話，我在筆談中問高全之可不可以以此來說明張愛玲的離群索居。他說：「如果我是張，受人無端攻擊人品，政治立場，遭人在公寓偷窺，我也會離群索居。其實早年在上海不會如此。這不是個性使然，……晚年她不寫了，嫌別人煩。連善意的朋友也不理了。」張愛玲當然有她的政治觀，她的作品師承五四，不過這裡所說的五四，乃是一個廣義的五四，高全之用思想家榮（Jung）「民族回憶」的說法來解釋這種廣義性，認爲文評家不可用單一的政治立場來褒貶張愛玲個別的作品，忽視小說藝術的整體考量，而造成誤讀現象。說〈小艾〉是親共之作，《秧歌》有反共傾向，《十八春》還涉及漢奸問題。高全之認爲這些論者大多對史料史事的陳述考證不夠精嚴，有些還無中生有，道聽塗說。爲避免以訛傳訛，必須加以匡正。

「張愛玲是好作家，但並非偉大作家」，我問高全之，對這樣常聽到的評語有何看法？他說：「欲論張『偉大』，先得定義『偉大』。這是個沒有結論的議題。夏公（痖弦按，指夏志清）最早肯定張，也最早說張不夠偉大。不過後來在〈張愛玲給我的信件〉裡再說，以西方文學來衡量張，或是不公平的，張應該在中國文學傳統裡去定位。……拙著《張愛玲學》避免這個議題，不過我曾引用夏公那個自我翻供，其他人提出的『不夠偉大論』，我覺得不值得回應。……我在張愛玲的作品裡，看見她所代表的那個時代的中國人的苦難與奮鬥，看見中華文化如何幫助支持她的文思，看見移民美國的困頓。她的作品距今已五十年，有多少評論家的高見能禁得起半個世紀的考驗？我非常尊重夏公，但是已經有人開始談他的張論限制了。其他『偉大論者』的論述有多少年的壽命？」

高全之這段話說得峻偉雄辯，擲地有聲。一個評論家，就應該具有這種就事論事，直言無諱的態度。同時代作家與作家間彼此的稱讚總是比較慳吝，前幾年柯靈來台北開會，會後幾位文友同他一起吃飯聊天，談到張愛玲，柯老對張的評語是：「寫得嘛也是好，捧得嘛也是兇。」如果我沒有會錯意，他的意思似乎是說，張愛玲有今天的地位與名聲，除了「寫得好」，與大家「捧得兇」也不無關係。可見高全之的想法是對的，偉不偉大的問題，還是不談的好。特別在「偉大」這個字眼被人濫用的今天，尤其不必談，免得「顯學」變「俗學」。我看張愛玲是否「已經到達偉大」或「距離偉大還有多遠」的丈量工作，還是留給五十年、一百年以後的人去做吧。落實於張著文本的研究，把她當做一門學問來建構，毋寧是更重要的。讀者不妨細讀本書中寫得最好的一章，〈張愛玲小說的時間印象〉，就知道高全之，這位謙稱自己是文學界、學術界圈外人的文評家，是怎樣深入張愛玲文學的核心，通過意象追求明晰、冷靜的人生及人性觀察。那不只是考證、評點與詮釋，而是一種創造。一開始可能是科學的、邏輯的、社會學的，最後轉化爲哲學的、神話的甚至是詩的了。這種生發、深化的工作，比華而不實的在張愛玲頭頂上加上一個「偉大」的光環，有意義多了。

這裡不妨回顧一下幾十年來學院內（或可稱體制內）文學批評界的情形。遠在一九三二年，魯迅便說過這樣的話：「我們所需要的，就只得還是幾個堅實的，明白的，眞懂得社會科學及其文藝理論的批評家。」魯迅的話是有針對性的，是有感於當時批評界的誤導現象而發的。他曾經表示他最厭惡的，就是所謂的「符咒」氣味。魯迅嘆道：「新潮之進中國，往往只有幾個名詞，主張者以爲可以咒死敵人，敵對者也以爲將被咒死，喧嚷一年半載，終於火滅煙消。」

魯迅的一聲長嘆，六、七十年的歲月過去了。在這麼長的時間裡，我們的文壇出現過各色各樣的批評，各自有著不同的立場和路數，但我們最感欠缺的，仍舊是魯迅所強調的「堅實的，明白的」文學批評家。

在台灣，光復以前文學批評的情形我不清楚，光復以後，魯迅說的符咒氣味始終沒有散去。拋開五、六〇年代中西文化論戰、新詩論戰不說，即使近二十年，儘管沈謙所說的「期待一個批評時代的來臨」的批評時代已經來臨，但那個迷信符咒的老毛病，似乎一直沒有痊癒。君不見一些所謂批評家，平常很少虛心研究社會學或與文學相關的學術，也從不細心閱讀文本，寫起文章來不是賣弄西方批評術語，生搬硬套舶來的新興文學理論，就是流於毫無實質意義的邏輯遊戲。

高全之《張愛玲學》的出現之所以令人驚喜，就是這部書完全符合魯迅提出的堅實、明白的要求，也充分體現出「文以辨潔爲能」、「事以明核爲美」（《文心雕龍．議對》）的中國傳統文學批評精神。而更值得玩味的是，張愛玲學的第一本著作，不是出自學院內而是出自學院外，不是出自「學者」而是出自「讀者」，不是出自在朝而是出自在野。雖屬小試，初探，讀者不難從中體會其所代表的不尋常意義，以及想像未來學術高牆外無限的可能與整體的輝煌。此所以爲荒江野老培養之功也。

對於這部書，高全之在與我的筆談中有一段自我期許的話，這段話說得極好，極有趣。

> 我希望自己永遠不要覺得自己重要。大學圖書館裡站著靠著躺著千千萬萬本書，積灰埋名等著讀者。二十年三十年，偶爾一個大學生，研究生，教授為了寫論文來翻閱一下，成為其他灰頭土臉的書籍同夥欽慕的對象。一陣歡喜之後，又是二十年的寂靜，凝視窗外天色變化。這還是幸運的一堆書，還沒有被戰火或其他天災人禍消滅。
>
> 我的書，如果僥倖，也會擠身進入圖書館，在那裡苦候。不自傲，無所謂自卑，心平氣和的等。與左鄰右舍私語作者屍骨的灰飛散盡。慶幸偷生（小人得志得可以），回憶承讀（一遍一遍地重複回味），夢想再度受閱（好香好甜的夢），那群書們都在偷笑。……我寫故我在，我不寫就不存在了。

三十多年前，第一次在《幼獅文藝》見高全之，他給我的感覺是梁任公寫徐志摩「臨流可奈清癯……海棠花下吹笛到天明」那幾句話，因而誤猜他是我的同道——寫詩的。讀者分享了他在這部書中創造的審美經驗，又看了這一段詩意的自白，一定會覺得當年我沒有猜錯。

如今全之的新書既成，我的劣序也勉強完篇。胸中無事，日月靜好。如果老友在此，我一定邀他出遊，休管是不是海棠花季，我們吹笛子去！

瘂弦，名詩人，現任《創世紀》詩刊發行人，旅居加拿大溫哥華。著有詩集《瘂弦詩抄》、《鹽》、《深淵》，評論集《中國新詩研究》等。

〈增訂二版序〉

張學自具生命

君不見黃河之水天上來，
奔流到海不復回。——李白〈將進酒〉

《張愛玲學》增訂二版其實算是本書第三版。距初版約九年，離增訂一版約四年。增訂二版利用那後四年間相關資料來修訂或強化既有論見。覺悟昨非今是固然歡喜，爲讀者尋找資料方便而添加腳註亦覺興奮。文獻材料常能出聲發光，引導我們思辨與論述。胡適稱這種客觀方法爲「物觀」：「如果我們能打破遺傳的成見，能放棄主觀的我見，能處處尊重物觀的證據，我們一定可以得到相同的結論。」[1]

胡適「得到相同的結論」原指不同研究者藉由同樣材料而研發出一致的意見。那句話的衍生意義或是：根據客觀證據而推理與決斷，才足以服人。物觀與客觀疑爲同一英文字的兩種中譯。前者絕非硬譯，因其兼具「觀物」與「材料盯著看人」的俏皮趣味。我們與材料互動，彼此利用。

增訂版已夠厚重，增訂二版不圖另闢專章討論新近出土的遺著：《小團圓》、《雷峯塔》與《易經》的英文原著與中譯。雖然《張愛玲學》從未嘗試個別析釋張愛玲所有作品，初版確曾一一爬梳當時所知的全部長篇小說。三部新出土的長篇當然值得研討。增訂二版視而不見誠然可恨可憾。好在張學乃當世顯學，坊間有關張論已經很多。有意尋求專家評見的讀者舉目可見文學導遊，不致茫然無助。

書名「張愛玲學」旨在提升張愛玲研究爲專研領域，強調文學研究方法與態度的再出發，絕無張學之美盡收於此的自大或無知。王德威教授原擬「張愛玲學案」，陳雨航先生覺得題深義奧，遂削其尾字而成。我欣然從命。張學不自本書做始爲終。拙著只圖在喧嘩眾聲裡打個唿哨而已。

就目前景觀而言，張學發展已像任何重要作家討論那樣，不受特殊政治立場或經濟利益操縱，細水長流，是個自具生命、活力充沛的文化活動。

我們就在那文化活動裡相遇。感激麥田出版社與責編吳惠貞小姐鼎力相助。謝謝您靜下心來讀這本小書。希望您未失望。但願沒浪費了您寶貴的光陰。

1 胡適〈《水滸傳》後考〉收入《胡適古典文學研究論集》下冊，上海古籍出版社，一九八八年，頁八一五。

〈增訂版序〉

託張愛玲的福

作者的本意大體仍可從作品本身中去尋找，
這是最可靠的根據。
因此所謂對於「本意」的研究，
即在研究整個的作品（integral work of art）
以通向作品的「全部意義」（total meaning）。

——余英時[1]

本書是《張愛玲學：批評・考證・鉤沉》增訂版。需要點明兩項訂正。其一，夏志清教授鉅著書名應爲《中國古典小說》，不是《中國古典小說史》。其二，「竊國封侯」四字來自姜貴《旋風》，應加引號，以便正確傳達那部小說的政治態度。初版錯字極少，找到的都改了。我爲這些失誤鄭重向讀者致歉。

加了九篇文章，大都個別發表過，有些已在文選或網站出現。這回出書之前都經過徹底整頓。所有指正我都承責受教。往後的鞭策請以增訂版爲準。

五篇屬於文學史料的整理：〈林以亮〈私語張愛玲〉補遺〉，〈雪中送炭——再爲〈私語張愛玲〉補遺〉，〈張愛玲的英文自白〉，〈鬧劇與秩序——誰最先發現張愛玲英譯《海上花》遺稿？〉，以及〈倦鳥思還——張愛玲寫給賴雅的六封信〉。資料涉及英文。關於張愛玲英文書寫的評鑑，大概劉紹銘教授的研究最值得參考。

三篇算爲單篇小說的評見：〈百世修來同船渡——〈封鎖〉的瞬間經驗〉，〈花非花——聆聽〈鬱金香〉裡的爭辯〉，以及〈挫敗與失望——張愛玲〈色，戒〉的生命回顧〉。

我一向好奇課堂裡老師們如何教讀張愛玲。有位在大學教文學的朋友幾次會面就直誇〈封鎖〉好。讚完偏不說好在哪裡，吊足了我的胃口。希望〈百世修來同船渡〉能夠提供一種閱讀角度，試答那個好在哪裡的問題。

〈鬱金香〉的特殊性在於它是張愛玲小說裡少數用同情的理解來描繪男性內心思維的作品。另例當然屬《十八春》與《半生緣》的沈世鈞。我們曾於〈本是同根生〉指出那個筆墨參照了別人的英文小說。所以〈鬱金香〉對男性的耐心較具自發性。故事呈現男人在特殊生命情境裡何去何從的課題。〈花非花〉留意到一種可能：作者未必完全舒心於那公然而明顯的、支持男主角的立場。故事裡似乎有質疑而制衡的另種聲音。這個可能性增加了小說閱讀的趣味。

滿城爭說的〈色，戒〉當然也有男人（易先生）內心思維的鋪設。〈挫敗與失望〉特別辨明那是知會或理解，絕非同意或同情。這個態度乃〈色，戒〉精髓所在。

自一九七七年問世以來，這個故事的本事與本意引起許多誤解與爭議。最近宋以朗先生（宋淇兒子）受訪，讓一部分宋淇與張愛玲信件內容曝光，本事辯論或可塵埃初定。本意的部分牽涉到仍離我們很近的中國近代政治與戰爭，特別是漢奸態度，雖然已有容忍與討論的空間，可能一時紛爭難息。不過多少年來，我們一直沒去面對與解決這篇小說講求的兩個閱讀的技術問題，多少助長了迷思與困擾。其一，我們必須建立一個簡單的遊戲規則，爲那些沒有主詞的文句歸宗認主。張愛玲其實已經提供了差強人意的解答，稍予調整就可運用自如。其二，我們必須看出敘事者與作者之間有個距離，兩者未必全同。這個問題也很容易處理。其實王禎和有些小說玩弄敘事的藝術，敘事者與作者的關係更爲撲朔迷離。

〈挫敗與失望〉希望同時解決這兩個基本的問題，然後才去試著界定這個故事的本意。證諸評論界長期的困惑與辯爭，或許這個回歸於文字句讀的方法有其必要。

一個專題討論：〈毋忘土改——張愛玲與黃仁宇的共同焦慮〉。這篇寫作總結我近年讀黃仁宇中文著作的心得。標題明明並提兩人，內容卻篇幅分配不均，重黃輕張，因爲我預見該文收入增訂版書裡，無須重複有關張的土改析義。流連於同一領域，比如專寫同一作者，就得避免資料與文句的舊調重彈。我希望已把這個通病降到最低。

心念土改，大概因我無法釋懷於所謂張愛玲過於瑣碎，缺乏大敘述的說法。只要中國政府不正式平反土改，中國學者無論身居大陸或海外，就很難以平常心公平對待張愛玲的土改故事。張愛玲與黃仁宇的土改關切都是大敘述。土改很可能是根深柢固、難以抹除的一種民族記憶。莫言章回體長篇《生死疲勞》藉輪迴轉世敘述農民冤屈，想像鋪張的支柱在於閻王無從沖刷乾淨代代相傳的前生記憶，而土改傷痛正是那滔滔不絕宏聲申訴的啓端[2]。莫言《四十一炮》裡的農民記得它：

> 父親被母親罵急了就說：快了，快了，第二次「土地改革」就要開始了，到時候你就會感謝我了。你不用羨慕老蘭，老蘭的下場跟他那個地主老子一樣，被貧農團的人拉到橋頭上，父親伸出一根食指，宛如一根槍筒，指向母親的頭顱，嘴巴裡發出一聲摹擬的槍聲：嘭！母親驚懼地捂住腦袋，臉色劇白。[3]

「二次土改」或許已經發生，地點是城市，名稱乃文革。〈毋忘土改〉引用了學界的意見，認爲土改與文革雖政治目的各異，操作場所有農村與城市之別，但是出了毛病的機制類似。所以既然文革可以平反，實無理由不去公開而且全面檢討土改，爲百姓計，防止這種恐怖的暴政再度發生。

如果大敘述的定義是超越兒女私情、個人利害、婚姻家庭等等課目，而對時代變遷、社會或經濟階級迫害、種族或族群鬥爭、人類命運或文明發展興衰等等議題提出表述，張愛玲在土改故事之外，另有似遠實近的多項涉獵。本書初版曾提到她注意到鴉片與小腳民俗、超越中國近代黨爭的人性觀察、五四歷史的體會、時間印象，以及流放異域的疏離等等。增訂版裡〈花非花〉梳理她對中國僕傭制度的記述與興趣。凡此種種，都是她在土改之外的大關切。土改恰爲目前許多論者不便不願不能談的話題而已。

麥田胡金倫先生與責編吳莉君小姐勞苦功高，完成增訂版。我要謝謝支持初版的陳雨航先生，爲兩版催生的王德威教授，長年解惑釋疑、抽空爲我審稿的白先勇、張錯與鄭樹森教授。張學只是鄭教授諸多學術專長之一，在私信（如夏志清）和遺物（如宋淇）之外的張愛玲資料學領域，他與唐文標、陳子善兩位教授鼎足而立。

非常感激兩岸公開肯定初版的幾位書評作者與學界專家，以及在網路討論推介初版的讀者。有位讀友買不到初版，動念把圖書館那本佔爲己有。我讀了那封稚氣的公布於網站的告示，急著想送本書拜謝。現在好了，圖書館那本仍還諸公有，您的案頭可以放本增訂版。鄭教授有回告訴我：張論得到青睞，都託了祖師奶奶的福，論者不必自鳴得意。大哉斯言。如果本書與讀者產生任何共鳴，莫大的緣分，一切都歸功於張愛玲。

1 余英時〈近代紅學的發展與紅學革命〉，收入《歷史與思想》，台北聯經，一九七六年九月初版，頁四〇一。

2 莫言《生死疲勞》，北京作家出版社，二〇〇六年一月初版。

3 莫言《四十一炮》上，台北洪範，二〇〇三年七月初版，頁三二一—三二一。

〈自序〉

焚書記

高全之

有些事總歸模糊不清。
但是今晚天氣晴朗，
多謝那場沖刷的雨。
眾山因而看似近些，
群星於是格外明亮。
你那悅人而且愛嘲笑的個性
就像你來到這裡，翩然提議：
「從此我們不再說：凡事皆渾沌欠明。」

——羅伯特・佛洛斯特〈意見管道〉[1]

1

在海葬船上向張愛玲骨灰甕鞠躬行禮，起意寫篇小說評介以追念逝者。沒想到坊間滿籮盛筐的張論裡，疏漏與錯讀競相奪目，尚待處理的課題仍多。依次解決重重疑問，自然而然就寫了這麼本書。

本書寫作的態度與我前兩本小冊子先後一致。我們不事神明供奉，不憑藉預設的政治、道德、族群類別、理論教條、或意識規章來標籤或鑒核受評作家。我們因應受評作品的需要，試用特殊的閱讀角度或方法，在文本所允許的範圍裡建議合理的小說意義，或是設身處地猜測原始創作動機的某種可能。

我們常見兩種文學評論的病端。其一，配合不同文字媒體輕軟短小、著重新聞焦點、未能言簡意賅或流於感情用事的短評。其二，晦澀難懂，在各種專門術語之間團團轉，轉不出頭緒的長篇大論。希望本書所收蕪文以「文傷其義」爲戒，避免雕飾取巧的文字，同時在資料使用與章節推理兩方面，能夠兼顧學術的嚴謹與合宜，結果軟硬適中，長短自由，是普通文學愛好者易於接受，值得信賴的小說解讀。當然此皆本書未竟全功的自設標準。絕無自我膨脹或自我陶醉的理由。

2

熟讀以及全盤閱讀受評作者當然是單篇小說析疏或宏觀體會的基礎。然而全盤閱讀張愛玲談何容易。理由有二。

其一，由於政治環境，作者本人中英文互譯以及「一字千改始心安」的習慣，或其他原因所引起的版本問題特別混淆。版本研究的效益之一，即認證善本。缺乏踏實仔細的比讀工作，所有文學評價皆屬投機或猜謎。運氣好，猜得對的人當然有，運氣不好猜錯了，事後需要訂正的也不在少數。雖然遺珠之憾仍有，本書就版本研究的規模與深度而言，確已爲人所不能爲。如〈金鎖記〉、《十八春》、〈小艾〉、《秧歌》、《赤地之戀》、《半生緣》、《怨女》的版本併閱，都是開創新河的嘗試。作者在版本演進裡留下創作過程的腳印。根據版本演進來揣測記述作者心路歷程，好像講故事，作者編撰故事的那個故事。這個第二層的故事，或作者無意言傳的文思機密，可眞不容易說明白。《紅樓夢魘》作者寫得頭昏，讀者看得頭疼，原因即在於此。寫〈大我與小我——《十八春》、《半生緣》的比對與定位〉的時候，我恍然大悟《紅樓夢魘》的挑戰與難處。

其二，雖然僞書尚未嚴重混淆視聽，我們最好現在就重視這個很容易防患的問題。所謂僞書，即假冒作者名義印行的書籍。舉個例子。張愛玲特別寫〈關於《笑聲淚痕》〉來說明該書與她無關。在台灣曾經頗受推崇的余斌《張愛玲傳》（一九九七年三月初版，台中晨星），收錄孫瑞珍〈張愛玲生平和創作活動簡記〉，竟然陳列《笑聲淚痕》爲張著。二〇〇一年四月，我在美國哈佛大學燕京圖書館書架上，看過這本摻和淡綠、淡橘、白色圖案封面的僞書。香港文淵書店出版。

同月我也走訪耶魯大學中文圖書館。哈佛耶魯兩校都有另外兩本僞書。《戀曲》，一九五二年三月，香港太平洋圖書公司，暗紫與粉紅封面。《戀之悲歌》，收入〈相見歡〉、〈五四遺事〉、〈浮花浪蕊〉、〈色，戒〉以及僞作〈戀之悲歌〉，一九八三年十一月，香港蘭嶼出版社，封面是穿白色薄睡袍的半身婦人背面坐像，坐在白色山邊，面對雲海。

一九九九年就已借到柏克萊加州大學中文圖書館所藏《戀曲》。僞書不多，卻有在令人意料之外的地方跳出來的威力。讀者不察，因而低估了張愛玲。學者弄假成眞，就要鬧笑話。

一般文學愛好者無須遍讀不同版本就應該能夠領略本書從版本角度而得到的諸多發現。學者專家因本書的努力而激發版本研究的興趣，當然最好。

3

本書所收文章按照所論張愛玲作品的先後秩序排列。綜合討論則放在最後。此非這些蕪文寫作的前後順次。全書耗時近七年。時間漫長未能保證效果昭彰，然而娛友娛己，確曾全力以赴。《秧歌》、《赤地之戀》、《十八春》、《半生緣》、《怨女》各得兩論，〈小艾〉三論，事前沒想到有那麼多話要說。〈張愛玲小說的時間印象〉有關《怨女》部分，實爲〈《怨女》的藝術距離及其調適〉之續論。所有淺見都依據資料與思辨的更新，就需要而做了整頓。

特別值得一提的是，〈張愛玲與香港美新處——訪問麥卡錫先生〉寫於〈張愛玲的政治觀〉以及〈《赤地之戀》的外緣困擾與女性論述〉之後，所以兩論原思未受麥卡錫先生影響。意見相符相成處，皆文本內證與客觀環境外證之合流，令人十分欣慰。

由於麥卡錫先生堅持《赤地之戀》故事構想出自作者本人，我重新審讀林以亮、水晶兩位先生的故事大綱外來說，最後決定兼容並蓄，兩議併存。理由已於本書所收〈《赤地之戀》的外緣困擾與女性論述〉修定版詳述。這個意見的演進足以證明本書沒有預設立場來思考諸如此類的嚴肅課題。我們的研判必須根據研究資料的增加而有所調整。

林以亮先生名重士林，然而我們仍可假途充分的理由，尊敬的態度，來聆聽與他相悖的意見。此種叛離不限於張愛玲研究。林先生曾說：「我一向抱定宗旨不讀茅盾、巴金和曹禺，因爲忍受不了他們作品中的淺薄觀察，感傷主義和陳腔濫調。」[2]我在寫本書期間曾細讀《寒夜》、〈將軍〉、以及其他巴金作品，肯定巴金絕非可以置之不理的作家。

《赤地之戀》的議程不至此而止。比如說，一般人褒貶該書，多以中文版本爲依據。其實英文版本才是那部小說的善本。中文版許多顯而易見的缺點在英文版本裡得到改進。這項體察引起許多相關的問題，我們在〈開窗放入大江來——辨認《赤地之戀》的善本〉提供了研討的開端。

麥卡錫先生告訴我，他原來並不知道張愛玲與香港美新處的淵源引起誤會與抨擊，所以他很高興藉此機會澄清，做歷史性的交代。隨後找到張愛玲舊信，立即賜示。〈爲何不能完成英譯本《海上花》〉譯介該信，對張學研究應該略有助益。

4

政治討論並非本書目的。偏好政治或泛政治觀點來丈量文學的論者應該牢記馬克．吐溫所言：「我現在很確定，凡事涉及宗教與政治，人的明理能量經常低於猴子。」[3]然而研讀《十八春》、〈小艾〉、《秧歌》、《赤地之戀》，我們必須處理以及克服若干政治議題。此爲坊間張論刻意避免或無法透徹掌握的課目。本書建議從張愛玲的立場來了解並批斷她的政治筆墨。離開特定政黨、民族、國家、或地域的觀點，所有張愛玲文學的政治表述都變得合情合理，「左」「右」逢源。本書很可能最先自宏觀閱讀看出：這些作品環繞的最重要的政治關切之一，即重新評估中國土改政策的企望。很可惜，自一九八五年上海文壇前輩柯靈〈遙寄張愛玲〉開始，兩岸三地圍剿《秧歌》與《赤地之戀》的論述仍然影響視聽。約三年前，一位旅美學者甫自香港文學學術會議回來，告訴我，與會的幾位大陸年輕學者談到這兩部作品，口徑一致，意見仍不出〈遙寄〉。

除了糾正〈遙寄〉諸多謬見之外，本書舉證說明柯靈先生攻擊張愛玲沒有農村經驗，與事實不合。柯靈先生其實不大清楚一九四九年以後張愛玲的行止。張愛玲潛離大陸，顯然沒有事先通知柯靈先生。〈遙寄〉負面影響頗巨，一度令我十分憤慨，〈張愛玲的政治觀〉在台北《當代》發表之時，特別指出〈遙寄〉撒謊。

《秧歌．跋》與《赤地之戀．自序》都強調故事其來有自。兩文與一九九五年美國水車出版社經典文學版，馬克．吐溫《湯姆歷險記．自序》類似，事關作者對讀者交代誠信，沒有可予懷疑的理由。

二〇〇一年一位大陸張學學者來訪。融洽的談話間，他抗議〈張愛玲的政治觀〉責備柯靈先生的重話。這位學者完全同意我所指出，柯靈先生不知道當時張愛玲生活詳情，但是他堅持我不能說柯靈先生撒謊。我反問：既然當時不知詳情，〈遙寄〉大可不必月旦張愛玲的農村經驗；藉此理由來指責這兩篇小說描述的土改情況虛假——「虛假」是〈遙寄〉的措詞——豈不是間接在說張愛玲公然說謊？這位雄辯健談的學者立即低下頭，沉思良久，終於悠悠說：「可惜柯老過世之前，沒有去醫院當面澄清此事。」

在這位可敬的學者俯首思考之際，我彷彿看見了中國知識分子明辨是非的良知，人文學術研究的希望。此爲坦誠私談，並非辯論對抗。會談者毫無勝負之分。如果眞有輸贏，揚眉吐氣的應該是中國土改政策的數以百萬的受害者，以及張愛玲本人。爲了尊重這位學者與柯靈先生的友情，我趁結集出書之便，刪除了撒謊兩字。也許沒有如此苛責的必要。小人量淺者是我。本書不因柯靈先生一時的閃失而否定他記述上海文化生態的可參考性。〈上海「孤島」與「上海孤島」——抗戰期間張愛玲的寫作環境〉與〈閻王與小鬼——後殖民張論引起的省思〉都引用並討論柯靈先生其他的意見。

這位學者提議在本書繁體字版之後，由他安排在中國大陸出簡體字版。我隨即問他如何處理本書或許仍不能爲大陸政治環境接受的評述文字。他答說必須酌情刪修，並引其他台灣書籍爲前例。他回國之後，我寫了封恭敬並且感激的信，請他原諒我敝帚自珍的愚昧，說明任何大陸簡體字版不得因應政治情勢而更動拙著。

5

本書的興趣遠超過不得不面對的政治議題。比如說，張愛玲與中國章回小說傳統的傳承關係不但曾爲她坦承，而且一再爲方家提及。然而本書順沿這個線索追蹤，仍有許多前所未見的發現。那些新的體會確證文化脈絡閱讀方法的實際效益。

不僅如此，我們從小腳與鴉片兩種民族陋俗來理解〈金鎖記〉；自藝術距離的角度去斟酌《怨女》；以歷史情境重估「上海孤島」觀念與後殖民張論的貢獻與限制；用政治與非政治的方法欣賞《秧歌》；藉西方與中國小說的影響追蹤《十八春》與《半生緣》的同源共根性；經張愛玲文學理念、美國法律與社會背景的諸多角度回顧海葬爭議。捕捉張愛玲文學多采多姿的時間印象，我們得享片刻的科幻想像的狂野。回顧張愛玲不同的五四表述，我們非但重新了解五四，而且試著定位張愛玲文學。

凡此種種，都需要堅實廣闊的歷史訓練與人文學養。學淺思薄如我者，只好沿門托鉢，勞師動眾。爲了解佛教羅漢果的觀念，我到廟裡求教於法師，以試窺《秧歌》的宗教意義。遍尋不得《怨女》英文版書首題詞「南朝金粉，北地胭脂」的出處，求救於大哥高沛之教授，令人驚喜的答覆很快就寄來了。除了向董保中教授請示無產階級文學理論的學習要領之外，多次請二哥高望之教授解釋大陸易幟初期中國知識分子的心態，中國土改的可能情形，個人階級成分的定義與呈報，上海白俄的社會地位，以及上海白俄與華人相處的一般狀況。

白先勇、張錯與鄭樹森三位教授不厭其煩爲我審批部分書稿的原始版本並支援相關文獻。張學得失，鄭教授了然於懷。本書論述規劃經過數次與鄭教授商討，才成定案。王德威教授、蘇偉貞女士、陳器文教授、張信生教授、陳子善教授、三哥高亮之教授、四哥高翼之教授，都大力代尋並提供資料。新的材料令人大開眼界。比如說，拙文〈張愛玲與王禎和〉曾言：「他們都不爲政治、社會、或文學運動口號而寫作。」證諸《十八春》與〈小艾〉，此話於張愛玲並不妥當，應改爲：「在自由寫作的環境裡，他們都不爲政治、社會、或文學運動口號而寫作。」

本書大量使用夏志清教授「張愛玲給我的信件」。取其可靠。很感激夏教授抽空賜閱拙作，幾度來信鼓勵打氣。瘂弦先生百忙裡賜序，原本輕若鵝毛的小書才可能產生些許重量。斤兩全由瘂弦先生序文承當。

特別值得一提王德威教授。從《王禎和的小說世界》到本書，我數次斗膽提出與他不同的意見。拙作刊出之後特別呈閱並請示應否修正。除了溢美之詞以外，王教授從無二議。我們知道中古時期的解題專家（The Cossists）在數學史上地位遠不如古希臘的數學家，原因不僅在於前者專注實用問題與爭取酬金。那些解題專家耽於毫無建設性的互鬥，罔顧抽象數學知識之推展，仍爲今日數學史家當做憾事[4]。我們文評者似可引以爲戒。王教授如此容忍異議，雍容大度，實是吾人之榜樣。

本書所收文章全部都曾於台港個別刊登。拙見偶蒙方家採用，不論論者是否註明引議出處，都令人想起拋磚引玉那話。非常樂意做那片摔得粉身碎骨的拋磚。不會忘記《當代》金恆煒與張文翊伉儷長期的無條件的支持。《現代中國文學理論》沈謙教授爲朋友兩肋插刀，眞沒話說。非常感念黃德偉教授與張靜二教授的信任，容納拙作於他們個別編輯的論文集之內。責編吳莉君女士耐心仔細，做了無數的校正與核對。

群策群力的共同目的大概是：雖然放眼淨是張論，我們仍然需要一本不趕時髦，以張愛玲文學爲終極興趣的助讀專書。明知本書難免將會令師長與親友們失望，孤燈獨對，他們的援助仍使我覺得人多勢眾。當我面對聖彼渚海港方向，手焚正式出版的這本不成樣的著作，將是團隊集體出席的追祭儀式，焚書人絲毫不顯單瘦。

1 Frost, Robert, *Complete Poems of Robert Frost*, New York: Holt, Rinehart and Winston, Inc. 1967, p. 552.

2 林以亮〈論讀詩之難〉，收入《林以亮詩話》，台北洪範，一九七六年八月，頁一四二。

3 暫譯。Twain, Mark, *Mark Twain in Eruption: Hitherto Unpublished Pages about Men and Events*, edited by Bernard DeVoto, New York: Harper & Brothers Publishers, 1940, p. 345.

4 Aczel, Amir D., *Fermat's Last Theorem: Unlocking the Secret of an Ancient Mathematical Problem*, New York: Bantam Doubleday Dell Publishing Group, 1996, pp. 40-43.

1

上海「孤島」與「上海孤島」

抗戰期間張愛玲的寫作環境

當然，文學術語無法精確完整，
一如科學術語；
然而它們相對的精確度，
亦是文學討論之所必需。
——顏元叔[1]

1

上海「孤島」有明確時空範圍。全民抗戰始於一九三七年八月十三日。「孤島」時段自一九三七年十一月十三日國軍撤離上海開始，至一九四一年十二月八日上海租界全面淪陷爲止；空間則以上海法租界與公共租界（英美控制）兩個地區爲限。

這種提法見一九七九年十二月柯靈〈關於「孤島」文學〉[2]，一九八四年三月上海社會科學院文學研究所編《上海「孤島」文學回憶錄》[3]，以及一九九四年八月楊幼生、陳青生著《上海「孤島」文學》[4]。其他相關著述還有，基本定義似乎皆同。租界四面楚歌，與宗主國隔離，所以成爲「孤島」。

上海「孤島」措詞著重於上海租界在特定歷史階段的特殊客觀情勢，「孤島」反日的文化活動並未完全終止，與大後方隔離並不徹底，所以柯靈〈致讀者書——陳青生編《「孤島」作家書信集》代序〉特別指出：孤島不孤[5]。

這個觀念在台灣也露過面。鄭樹森〈張愛玲與《二十世紀》〉提到「太平洋戰事爆發後，日寇在一九四一年十二月進入上海租界；原來『孤島』文化界及電影界，完全落入法西斯統治」[6]，就是沿用上海「孤島」的界說。

值得注意的是，不計包括〈天才夢〉在內的諸篇少作，張愛玲進入文壇應自一九四三年算起。不論張愛玲當時是否住在租界區內，就時間而言，張愛玲作品顯然不屬上海「孤島」文學的範疇。所以上海「孤島」並非張愛玲寫作環境。

2

「上海孤島」的定義較籠統，似乎只出現於張愛玲文學研究，運作範疇較小。時段大概自一九四三年張愛玲頭角崢嶸開始，至一九四五年抗戰勝利爲止；空間指整個上海。這個提法的目的之一與主要貢獻，在於凸顯張愛玲當時的寫作環境不能公開反抗日本帝國主義的事實。時段不能早於上海全面淪陷，因爲全面淪陷之前，上海文化活動多少仍能抗日。

大概唐文標率先用此稱謂。〈張愛玲早期作品繫年——一九四三年—一九四五年前〉尾句稱一九四五年八月抗戰勝利，張愛玲「因而也結束了日據下上海孤島的文化生活」[7]。證諸陳芳明〈張愛玲與台灣文學史的撰寫〉的態度[8]，時間的長度似已沖淡了唐文標藉此術語而展現的責備，代之而起的是了解。

一九八四年柯靈〈遙寄張愛玲〉明言讀過唐文標《張愛玲研究》。前引唐文標「上海孤島」的文字就見此書。柯靈必然知道「上海孤島」與他親訂的上海「孤島」有別。他不沿用唐文標的術語，不予辯解，反而爲張愛玲在上海的寫作環境做了以下按語：

……我扳著指頭算來算去，偌大的文壇，哪個階段都安放不下一個張愛玲；上海淪陷，才給了她機會。日本侵略者和汪精衛政權把新文學傳統一刀切斷了，只要不反對他們，有點文學藝術粉飾太平，求之不得，給他們什麼，當然是毫不計較的。天高皇帝遠，這就給張愛玲提供了大顯身手的舞台。[9]

這段說詞過於簡短，易生誤導。我們必須注意兩點。其一，「上海孤島」的獨特性仍有待學者進一步確認。抗戰期間中國淪陷區頗廣，除了上海，淪陷的大城還有北平、天津、南京等等。上海文化活動或許與眾不同，但是在諸城比較的脈絡裡如何凸顯，迄今仍無學術報告。僅靠柯靈一人扳著指頭計算是不夠的。我們必須在與大後方隔離以及不能公然抗日等等淪陷區的共通性之外，指出上海專具的特質，才能夠爲它的唯一性結案。

其二，「上海孤島」字面所影射的隔絕有其明顯限制。這個時期張愛玲文學在文化跨越、資訊流通、思維方法各方面，並無與世絕緣的現象。何杏楓曾指出張愛玲寫作常具跨文化的中介姿態：「寫於上海的文化評論是『向外國人闡釋中國人』，寫於香港的小說則是爲上海人闡釋香港人。兩者同樣帶有以陌生化眼光觀察自身所處地，並向他人作翻譯解碼的意味。」[10]此文所舉例證爲一九四三年爲上海英文月刊《二十世紀》撰稿介紹中國文化，以及自稱爲上海人「寫了一本香港傳奇」，都在抗戰勝利之前的上海淪陷區完成。中介的本質是搭橋築路，以利溝通，實爲閉塞之相反。

柯靈這句話較需析釋：「把新文學傳統一刀切斷了」。此處「新文學傳統」可做二解。其一，以文學來外抗強權，維護國家領土主權完整的愛國傳統。此爲超越黨爭，偏重文學功能的觀念。與白話文小說類似，皆非始自五四運動，實爲承先啓後的新文學傳統。其二，即毛澤東於一九三九至四〇年間論述五四運動與新民主所指出的反帝反封建，以及一九四二年五月延安文藝座談會要求的無產階級文學。此爲左派的官方立場。我們確知柯靈所體認的新文學傳統不限於這第二義，可是不能排除這種意含的可能性。古蒼梧《今生此時　今世此地——張愛玲、蘇青、胡蘭成的上海》雖然未能擺脫左派觀察《秧歌》、《赤地之戀》的盲點，卻能藉助刊物研究，看出上海淪陷時期文壇的繁複與創作的自由。他認爲柯靈所指的新文學傳統，「是以左翼作家爲代表的感時憂國，類似古典文學中『載道派』道德主義、功利主義的傳統。」[11]

然而以上兩種詮釋任擇其一，上海淪陷區仍舊與「新文學傳統」藕斷絲連，並非「一刀兩斷」。柯靈自己曾於〈關於「孤島」文學〉清楚交代，上海淪陷區與全民敵愾同仇的心情並不完全隔離。他把上海抗戰期間分爲三個階段：自八一三至國軍撤退、上海「孤島」以及從全面淪陷到抗戰勝利：

……此後日軍進佔租界，上海完全淪陷。但即使在這種情況下，鬥爭依然在繼續，並不是「漢奸文學」的一統天下。遭日本憲兵隊逮捕的著名作家和文化人，在許廣平、夏丏尊以下，不下十餘人；但沒有一人屈服於敵人的淫威，表現了中國人民可貴的民族氣節。這第三個階段，到抗戰勝利為止，有三年半以上的時間。這三個階段，各有不同的鬥爭形式和特點，但是一脈相承，互相銜接，構成上海文學界在抗日戰爭這一歷史階段的全貌。[12]

關鍵字眼在「並不是『漢奸文學』一統天下」，以及「一脈相承，互相銜接」。可見〈遙寄張愛玲〉所言，「把新文學傳統一刀切斷了」，失之過於簡略。

抽刀斷水水更流。抗戰勝利以後出版《傳奇》增訂本（一九四六年十一月）。序言〈有幾句話同讀者說〉撇清漢奸嫌疑。〈中國的日夜〉發表於《傳奇》增訂本，了解這篇散文出現的客觀情勢，我們或能體會作者藉此強調自己的中國性，爲抗戰勝利興奮與驕傲，也爲抗戰期間不能公然表態抗日而懊惱。

1 顏元叔《西洋文學術語叢刊・序言》，收入叢刊的二十本書裡，台北黎明文化，一九七三年五月。

2 收入《柯靈六十年文選》，上海文藝出版社，一九九三年十二月，頁一一七一－一一七二。

3 見此書〈編後記〉，中國社會科學出版社，頁四三八。

4 見此書頁一，上海書店。

5 收入《柯靈六十年文選》，頁九七七。有關「孤島」抗日活動，可參考《上海抗日救亡運動》，陳麗鳳、毛黎娟等著，上海人民出版社，二〇〇〇年十二月第一版；第六章：〈在「孤島」中堅持抗日〉，頁四四七－五三七。

6 收入鄭樹森編選《張愛玲的世界》，台北允晨，一九九〇年十一月，頁四四。

7 收入唐文標《張愛玲研究》，台北聯經，一九七六年五月，頁一四八。

8 收入楊澤編《閱讀張愛玲》，台北麥田，一九九九年，頁四一三。陳芳明以張愛玲在上海發表第一篇小說〈第一爐香〉那年爲「上海孤島」起始年份，不知是筆誤或排校疏忽，訂爲一九四二，應爲一九四三。根據鄭樹森〈張愛玲與《二十世紀》〉，該年也是張愛玲在英文月刊《二十世紀》撰稿的唯一年份，見鄭樹森編《張愛玲的世界》，頁四二－四四。皇冠版《華麗與蒼涼》（一九九五年）所收〈張愛玲年表〉，說張愛玲於一九四一年在《二十世紀》發表文章，大概是錯的，見該書頁二八七。

9 收入鄭樹森編選《張愛玲的世界》，頁一一二。〈遙寄〉善意回應唐文標《張愛玲研究》。兩人於一九八四年一月在香港見面。同年四月十二日唐相當恭敬致柯信談張。同年十一月〈遙寄〉定稿。見柯靈《文苑漫游錄》，香港三聯，一九八八年四月第一版，頁六一—六四。

10 何杏楓〈「謔而虐」析論——並談張愛玲的翻譯因緣〉，收入黃德偉主編《閱讀張愛玲》，香港大學比較文學系，一九九八年，頁二〇八。

11 古蒼梧《今生此時　今世此地》，香港牛津，二〇〇二年，頁五六。

12 收入《柯靈六十年文選》，頁一一七一—一一七二。

2

飛蛾投火的盲目與清醒

比較閱讀《金瓶梅》與〈第一爐香〉

那小婦人年紀還只十九歲，
卻為一個年過五十的老兵所佔有。
老兵原是一個煙鬼，雖佔有了她，
只要誰有土有財就讓床讓位。
至於小婦人呢，
人太年輕了點，對於錢毫無用處，
卻似乎常常想得很遠很遠。

——沈從文[1]

1

由於張愛玲《紅樓夢魘》自序說過《紅樓夢》與《金瓶梅》是她自己「一切的泉源」，坊間不乏專文評析這兩部章回小說對張愛玲的影響。然而有關《金瓶梅》與〈第一爐香〉之間的交接則一直乏人討論。這項忽略很可以說明研究《金瓶梅》與張愛玲傳承並不容易。而其艱難的原因之一，正是張愛玲出污泥而不染的優點：她完全擺脫了《金瓶梅》直描肢體器官、渲染動作的淫亂興趣，所以不曾細讀這兩篇小說的讀者總以爲它們河水井水，毫無關聯。

如果我們留意到一般人在公開場合對《金瓶梅》保持距離的態度，就可以了解張愛玲上追《金瓶梅》實在勇敢而誠懇。樂蘅軍把《金瓶梅》這種特殊處境說得很清楚：「其實文人士大夫讀之者亦多，但要進一步來研究評賞，就使人噤口裹足了。」[2]《紅樓夢魘》出版時，張愛玲五十七歲。當時已享譽文壇，完全沒有必要以違心之論來驚世駭俗一番。

在中國文學史上，自己坦承師法《金瓶梅》的小說家實不多見。所以孫述宇推崇此書爲「小說家的小說」，僅能在《儒林外史》和《紅樓夢》裡舉例說明《金瓶梅》對它們的影響，並沒有找到小說大家直言師承《金瓶梅》的例證[3]。孫述宇的那些論證固然精要，卻不如張愛玲現身說法那樣直接有力，肯定了《金瓶梅》在猥褻之外的藝術價值。

確言《金瓶梅》對〈第一爐香〉產生影響，最好能證明張愛玲在〈第一爐香〉之前就已讀過《金瓶梅》。可惜現存文獻不能直接地滿足這項需要。我們知道她八歲時唸過《西遊記》

（〈私語〉）和《紅樓夢》（〈論寫作〉）——〈憶胡適之〉又說她十二三歲第一次讀《紅樓夢》——可是她始終沒有記錄初涉《金瓶梅》的年紀。〈第一爐香〉發表於一九四三年五月。曾經援引《金瓶梅》的四篇散文都發表於〈第一爐香〉之後：〈論寫作〉（一九四四年四月）、〈童年無忌〉（一九四四年五月）、〈自己的文章〉（一九四四年七月）、〈中國人的宗教〉（一九四四年八月）。〈自己的文章〉說〈連環套〉受到《金瓶梅》的影響，〈連環套〉（一九四四年一至六月）也發表於〈第一爐香〉之後。不過那四篇散文以及〈連環套〉，都與〈第一爐香〉發表的日期相去不遠，所以她實有可能在〈第一爐香〉之前就讀過《金瓶梅》。但是基本上，我們只能根據那句「一切的泉源」的話，猜測她很小就涉獵《金瓶梅》。

雖然無法從作者自述或作品發表時序來咬定〈第一爐香〉之前她已賞閱《金瓶梅》，我們仍可以在兩者的文本裡辨明它們的牽扯。本文第二節不但呈現這項追本溯源的尋求，而且進一步爲〈第一爐香〉最引人入勝的問題——爲什麼人會自願從娼——提供一個文化脈絡的、與前不同的解答。

如果本文第二節所舉《金瓶梅》對〈第一爐香〉影響之例證可予採信，則後者自外於前者的部分就有了特殊的意義，因爲入乎其內只是沿襲與同意，出乎其外則是掙脫與自立。前文已提到張愛玲小說揚棄了《金瓶梅》的淫亂文字。本文第三節將進一步說明〈第一爐香〉避免了《金瓶梅》因果報應的罪與罰的觀念，藉由自覺能力來呈現自願從娼的心路歷程，添增了個人自我的重視。

本文第四節將進一步簡要說明張愛玲小說方法與題旨的多樣性，不限於〈第一爐香〉對《金瓶梅》的傳承與超越。

2

〈第一爐香〉俯拾即是對《金瓶梅》的投射。我們先提三個次要的觀察。其一，作者暗示過，葛薇龍在重複一項過往的人類經驗。姑媽梁太太比擬爲「留住了滿清末年的淫逸空氣」的「小型慈禧太后」，她的房子，「很有點像古代的皇陵」。葛薇龍在梁太太家住的房間裡有個衣櫥：

> 衣櫥裡黑沉沉的，丁香末子香得使人發暈。那裡面還是悠久的過去的空氣，溫雅、幽閒、無所謂時間。

「無所謂時間」曾得方家不同的解讀，但是基本明顯的意思是指一項「悠久的過去的」經驗，經久不變地重新浮現。這個衣櫥挺重要，前前後後提了三次。葛薇龍住進梁家初夜，偷偷地「一件一件」試穿衣櫥裡的衣服。文評家曾用近代西方心理分析方法指稱張愛玲本人具有戀衣情結。暫且不論該項觀察是否合宜，〈第一爐香〉注重這個衣櫥，卻可在《金瓶梅》裡尋得文化脈絡的緣由。〈童言無忌〉談到衣飾，就有這麼段話：「金瓶梅裡，家人媳婦宋蕙蓮穿著大紅襖，借了條紫裙子穿著；西門慶看著不順眼，開箱子找了一匹藍紬與她做裙子。」《金瓶梅》生活世界的衣飾確有性事與飲食所不及的特殊地位；房事和餐飲皆屬少數人的私事，華衣貴飾則爲社會平民眼裡最容易看見的財富、地位、美麗，以及——也許這點對葛薇龍最重要——女子得到良好的歸宿的表徵。所以，西門慶的老婆們浩浩蕩蕩地上街看花燈，衣著亮麗，引起民眾的豔羨與圍觀，都有詳細的描寫。令葛薇龍陶醉忘我的不是那些華衣的纖維、款式或色調，而是穿在身上以後所可能影射的那些引人羨慕的象徵性意義。

其二，作者寫這個故事，曾想到章回小說。在前引衣櫥文字出現之前，作者已直接指名《聊齋誌異》、《紅樓夢》。《金瓶梅》以猥瑣著稱，想到它而偏不明說，也是明智之舉，以免引起無謂的、失控的聯想。

其三，梁太太對性之飢渴與追求，似潘金蓮與龐春梅；梁太太與西門慶性別不同，獵取異性方法因而互異，但是他們在自己轄區裡壟斷、霸道以及操縱，則無二致。兩個故事都認定了性愛對人生具有龐大的驅策力，往往超過了個人理智與俗世道德規範的控制。

〈第一爐香〉部分故事構想可能源自《金瓶梅》，最重要的證明，在於葛薇龍對喬琪喬的愛情行爲模式（簡稱爲情愛模式）。這個情愛模式與西門慶幾個老婆對他的癡戀十分近似。在我們繼續討論之前必須預做說明：《金瓶梅》的女人個性與遭遇各個不同，情愛行爲之繁複程度也有差異，所以我們歸納出兩項性質與三項缺限（缺失或限制）來印證對〈第一爐香〉的影響，只是抽樣觀察，而非對《金瓶梅》全面性的簡化。

《金瓶梅》女子對西門慶的情愛模式有兩項顯著的性質：自願性與現實性。先說自願性。那幾位美麗的女人（孟玉樓、李瓶兒、潘金蓮）下嫁西門慶都不受暴力脅迫，也不爲解決生活貧困（孟、李原來就很富有，潘的基本生活也過得去），都是高高興興、心甘情願地過門。

再說現實性。她們看上西門慶是世故、現實的，並非毫無外在條件的純情。西門慶長相風流，有點拳腳功夫，算是與官府關係良好的大財主。這個愛情的現實性，也可由潘金蓮得不到西門慶日日親澤而紅杏出牆，以及西門慶死後，孟玉樓欣然再嫁可得佐證。

自願、世故，卻免不了問題。這些問題在李瓶兒下嫁西門慶之前，由蔣竹山口裡道出，不外乎西門慶於公於私的不法事端，以及在家中對妻僕粗暴，所以嫁他「如飛蛾投火一般，坑你上不上、下不下，那時悔之晚矣！」

蔣竹山並非智人慧語。他說這話的用意在離間李瓶兒對西門慶的愛慕，以便自己乘機追求。《金瓶梅》作者也不再繼續解釋「飛蛾投火」之意義。可是這一閃即逝的讖語，竟一語道破了這個女人情愛模式的三項缺限。

缺限之一：委身下嫁之前，她們總是無能預測未來。所以無論用何種世故現實的標準來考量算計，一旦心意已決，她們總得半盲目地、冒險賭博地進入那個婚姻關係裡去。這個半盲目的認知很重要。如果全然清醒而理智地預見了婚姻對她們的傷害或約束，也許根本就不會去嘗試。《金瓶梅》故事裡並不乏專業的尼姑。

缺限之二：「坑你上不上、下不下」，意指她們在婚後無法以一己之能耐來改善婚姻。西門慶冥頑不靈，偶爾聽命於妻子尚可，卻無被勸善感化之可能。尤有甚者，毒害親夫的事可做，和平分手的婚變卻難若登天。職員的妻子王六兒與西門慶私通，熱戀之中提議拋夫下嫁，西門慶根本相應不理。家僕妻子宋蕙蓮與西門慶勾結，要求厚遣她先生來旺兒，也不得償願。相對地看，西門慶那些老婆們，在他生前，就從來沒有離異的念頭。

缺限之三：飛蛾投火，意謂女人結婚必須做某種高程度的犧牲。她們委身下嫁，不但無意征服、改造丈夫，而是付出代價，委屈自己。李瓶兒、潘金蓮都先以有夫之婦的身分苟合西門慶，失了貞節。李瓶兒新寡之後，等西門慶迎娶，等出病來，予蔣竹山乘虛而入。潘金蓮爲了下嫁西門慶，犯了謀殺親夫的大罪。宋蕙蓮得西門慶寵愛，恃寵而驕，待人不夠周延，終於受盡凌辱而飲恨自盡。但是她未能如願嫁給西門慶的主要原因還不是潘金蓮的算計，她之忿憤源於她堅持西門慶厚遺丈夫來旺兒。從代價的觀點來看，她未能進入情愛模式的物質享受階段，就是不願傷害親夫，代價付得不夠。當然，西門慶的老婆在一夫多妻的機制裡必須忍受冷落、粗暴，除了潘金蓮、孫雪娥之外，怨言不多，認命安分，也可視爲犧牲。

《金瓶梅》大約作於一五六八至一六〇二年間[4]，早〈第一爐香〉三百多年，具有「溫柔敦厚的古中國情調」的葛薇龍，居然重複了那個飛蛾投火的情愛模式。兩個故事這項雷同著實令人驚訝。

《金瓶梅》明言飛蛾投火，〈第一爐香〉故事開端就佈設了一個重要的「火」的意象。梁太太家：

> 牆裡的春天，不過是虛應個景兒，誰知星星之火，可以燎原，牆裡的春延燒到牆外去，滿山轟轟烈烈開著野杜鵑，那灼灼的紅色，一路摧枯拉朽燒下山坡子去了。

當時葛薇龍初訪梁太太家，豈不是挺身投入了那火坡火院裡去？她下一次來，由父母雇用的陳媽陪著搬進梁太太家。梁太太聽見姪小姐來了，立即想到「眞金不怕火燒」的俗語，而且她心裡的「眞金」實指葛薇龍。惹火燒身勢在難免。喬琪喬與葛薇龍初試雲雨之夜，「那月亮便是一團藍陰陰的火」。故事結尾時，喬琪喬與葛薇龍到灣仔新春市場看熱鬧，滿街亂糟糟地花炮亂飛，使她旗袍下襬著上了火。喬琪喬笑喊道：「喂！你身上著了火了！」他說她「身上」——而非旗袍下襬——著火，那投了火的飛蛾豈不是眞的在火裡熊熊燃燒了起來？

我們無法證明「龍」與「蛾」兩字意義相等。兩字的共通性在於皆爲動物名稱。張愛玲以動物名稱來命名女主角的例子不多。如果飛蛾投火眞的是本篇小說的內在敘事模式，作者就大有可能刻意採用動物名稱來命名葛薇龍。在文化脈絡裡，飛蛾搖身一變，成了薇龍，自然是很有意思的文學聯想。

《金瓶梅》情愛模式的兩項底線性質，自願性與現實性，在〈第一爐香〉裡昭然若揭。葛薇龍自願下嫁喬琪喬，並非全然純情或無知。她承認自己貪圖梁太太家的物質享受與交際排場，「她對於這裡的生活已經上了癮了」。喬琪喬對異性頗具吸引力。水晶對他的批語是：「用九〇年代新新人類的詞彙來形容，喬琪喬就是酷，也難怪梁太太一家大小，還有丫頭睇睇、睨兒都對他愛得發瘋，都想把他視作禁臠，據爲己有。」[5]在情緒上，喬琪喬是「唯一能夠抗拒梁太太的魔力的人」，梁太太又誘搶了葛薇龍「有過一點特別的感情的」同學盧兆麟；所以嫁給喬琪喬，葛薇龍感到報償性或報復性的快慰。從他們婚前初嚐禁果帶給她身心的舒暢來看，她確實也在他身上得到性愛的滿足。我們無法完全不提生理的需求與供應在這種情愛模式裡扮演的角色。李瓶兒、潘金蓮也在婚前與西門慶數度雲雨。

《金瓶梅》情愛模式的三項缺限，〈第一爐香〉也都具備。前頭兩項，婚前的半盲目以及婚後無力改善婚姻，在〈第一爐香〉——以及《半生緣》曼璐曼禎姊妹、〈紅玫瑰與白玫瑰〉煙鸝——都不言而喻。那第三項缺限，女人爲婚姻高度犧牲的必要性，值得我們特別留意。葛薇龍原先想像婚後兩人的謀生方式：「即使他沒有錢，香港的三教九流各種機關都有喬家的熟人，不怕沒有出路」，沒料到必須答應他行娼賺錢，才促使梁太太出馬說服喬琪喬娶她。葛薇龍的墮落，就是她嫁喬琪喬不得不付出的代價。在這個情愛模式裡，那項根深柢固的犧牲自我的認可，就是葛薇龍使自願從娼合理化的原因。

葛薇龍不是張愛玲小說裡爲婚姻而壯烈犧牲的唯一例子。《半生緣》曼璐爲了討好丈夫祝鴻才，不惜親生妹妹曼禎的貞操與自由。那個情節與〈第一爐香〉梁太太以葛薇龍或其他年輕女孩爲勾留老相好司徒協的祭品，頗爲類似。〈色，戒〉王佳芝最慘，離婚嫁尚遠，就爲了情人而喪生。

〈第一爐香〉喬琪喬和葛薇龍在故事結尾的婚姻關係，丈夫靠妻子賣淫爲生，在《金瓶梅》也有前例可循。王六兒與西門慶通姦自然是一女事二夫的局面，在丈夫韓道國的合作之中收取西門慶的錢財。西門慶死後，朝中事發，韓道國一家三口逃回濟南府，王六兒、韓愛姐母女一路上已「做些道路」，在臨清碼頭上住定，韓愛姐迷戀陳敬濟而拒再行娼，韓道國與王六兒卻「索性大做」夫唱婦隨的私娼生意。王六兒母女在兵荒馬亂之際行娼謀生，不能完全說是心甘情願，《金瓶梅》作者的責備主要在韓道國身上：這個人「靠老婆衣飯肥家」。

爲喬琪喬定位，像現今文評家那樣只注意到他對女人的吸引力是不夠的，我們必須留意到他娶葛薇龍的動機以及婚後實況都是靠妻子賣身賺錢。故事結尾喬琪喬在夜市場「優游自在」，近似〈色，戒〉易先生於槍斃王佳芝諸人之後的洋洋自得，都顯現男人的殘忍與不負責任。然而張愛玲採取了《金瓶梅》作者對韓道國的態度，表面上對這些男人冷然不加鞭撻，其實嚴若冰霜，正表露了道德批判。

《金瓶梅》與〈第一爐香〉重重疊疊的藕斷絲連，遠超過了後者對前者粗糙膚淺的模仿：葛薇龍不惜犧牲自我來嫁人，像李瓶兒、潘金蓮，而那心甘情願從娼養夫的方式，又像王六兒等等。張愛玲想必深深同意了《金瓶梅》的人性看法，以及飛蛾投火情愛模式在實際人生發生的可能性，才在這種文化脈絡的因襲與承接裡，從容不迫地、侃侃而談地，寫了〈第一爐香〉這麼個錯綜複雜的故事。〈談女人〉這段話似乎可以做爲她對王六兒、葛薇龍所下的註腳：「正經女人雖然痛恨蕩婦，其實若有機會扮演妖婦的角色的話，沒有一個不躍躍欲試的。」

3

《金瓶梅》與〈第一爐香〉最大的差異在於因果報應觀念之有無。前者強調因果報應、罪與罰、前世來生。故事人物的生活也多少受到那些觀念的籠罩：捐錢修佛寺（西門慶）、印贈佛經（西門慶、李瓶兒）以贖罪孽，吳月娘明勸西門慶積德節慾等等。他們並不一定受惠於那些佛家教誨：潘金蓮、龐春梅一味貪求、不畏天懲；西門慶自以爲做了那些善事以後，再姦再壞都不會受到報應了。但是我們沒有理由懷疑作者對佛家訓言的篤信：王姑子來西門慶家講解禪宗五祖的故事，觀眾並不熱中地聽，講經的尼姑本身修行功夫也頗有可疑之處，然而作者堅持讓那個故事說完。普靜禪師最後度化吳月娘，神奇佛法之施展裡也看不出作者的勉強、譏諷或懷疑。

相對地，〈第一爐香〉就不講因果報應，因爲罪的認定並非故事的主要目的。作者注重當事人對自我處境的自況能力，而且那些自我省視與前世或來生無關。葛薇龍「詫異她的心地這般的明晰，她從來沒有這樣的清醒過。她現在試著分析她自己的心理，她知道她爲什麼這樣固執地愛著喬琪。」

張愛玲小說人物的自況，不一定在情愛模式裡運作，有時是女人處世求生的一種本能。舉兩個例子，〈金鎖記〉心理變態以後的七巧，「有一個瘋子的審愼與機智」；〈浮花浪蕊〉洛貞對范妮和盤托出艾軍滯留不來香港照顧妻小，次日清晨立即由范妮母女對話「知道一定是怪她老處女愛搬嘴，惹出是非來」。

這種自發性的處境評估能力出現之間距與長短都無可預測，並非有組織的、累積漸進的、理性的、有效的、提高婦權、改善婚姻的思維或行爲。在極端的例子裡，如〈金鎖記〉七巧和《怨女》銀娣，自覺能力和瘋狂、愚昧的報復並駕齊驅，不曾與她們內在的非理性兩相制衡。在溫緩的例子裡，如〈留情〉敦鳳明明在婚姻裡佔了上風，卻仍然耿耿於懷她不能徹底控馭丈夫米先生對髮妻的牽掛。

葛薇龍的自覺能力值得特殊的分析與解釋。她初到姑媽家就發現姑媽在外面「原不很乾淨」的名聲「竟是眞的」，想到自己「平白來攪在混水裡，女孩子家，就是跳到黃河裡也洗不清」；決定住進姑媽家時還自持「只要我行得正，立得正，不怕她不以禮相待」等等；下嫁喬琪喬之前也曾企圖離開香港回上海，可見她具有基本的是非善惡之心。然而她的去留終於決定於生活物質條件以及委身嫁人之強烈意願。這種道德對錯感知十分微弱，不足以匡正她的行爲，所以如果我們說她良知未泯，那良知與王陽明學說裡的良知觀念——「知而不行，只是未知」——相去甚遠。這種弱勢良知其實是張愛玲小說人物那種旁觀自身言行的醒覺的另一種表露，並非左右行爲抉擇的強烈的道德意識。

即使有這些限制，個人的心智能量在《金瓶梅》與〈第一爐香〉的兩相對照裡，基於兩個理由，仍需視爲重要的突破。第一個理由：這是〈第一爐香〉呈現自願從娼心路歷程的方法。

我們分三點來說明「自願從娼心路歷程」之意義。其一，「自願」意指不受外力（賣身合同、家計、暴力等等）脅迫。比如說，《半生緣》曼璐、老舍〈月牙兒〉兩代從娼的母女，以及沈從文〈丈夫〉老七，因爲家計而從娼（包括曼璐的舞女生涯），就不能視同自願。其二，這裡關鍵字眼是「心路歷程」。中國娼妓小說很多，除了少數的例子（如老舍〈月牙兒〉），多不交代從業者的心思轉變。其三，自願從娼的心路歷程可以多姿多樣，〈第一爐香〉所提供的不過是其中一種而已。我們不必要求它在實際人生的代表性上全面通吃。

高度的自覺能力成爲葛薇龍自願從娼心路歷程的明燈，因爲它不是扭曲的、病態的，張愛玲有意讓它直率、可靠、具有說服力。比如說，葛薇龍是否眞正在爲喬琪喬「弄錢」、爲梁太太「弄人」的行爲裡出賣肉體，其實沒有清楚的活動記錄。梁太太的面首司徒協對葛薇龍垂涎已久，故事並不明說他是否眞正得手。葛薇龍從娼，主要靠她自己的表白來點明。故事開始，她一出場就穿著「賽金花模樣」的女學生制服。搬進梁太太家初夜，她曾偷偷試穿爲她置備的各式衣服，低聲自言自語：「這跟長三堂子裡買進一個人，有什麼分別？」既然自己想到長三堂子（高級妓院），那賽金花（名妓）的指涉，就顯然是精設的前奏曲了。故事結尾，也是她衝口說出自己與街邊賣春的妓女有別：「她們是不得已的，我是自願的！」

這些自況之詞所以可信，在於梁太太私下對喬琪喬說的那段話：

> 在英國的法律上，離婚是相當困難的，唯一合法的理由是犯姦。你要抓到對方犯姦的證據，那還不容易？

故事暗示說葛薇龍弄人弄錢的過程完全按照梁太太預設的方式進行，可見葛薇龍曾與不同的客人發生姦情，而淪落爲娼，由於她那些自我評估是可靠的，我們才可以判定自覺能力就是作者呈現自願從娼心路歷程的方法。

現在我們談個人心智能量是自《金瓶梅》至〈第一爐香〉重要突破的第二個理由。樂蘅軍曾指出潘金蓮「外在的熱中」與楊玉樓「內在的消極」，「兩相抵消了任何自主的力量」[6]。張愛玲小說裡女人反觀自照，感傷與悲痛自己的處境，就是對那自主性闕如的反動與抗議。進而言之，自覺能力不但是對自我的重視，它所引發的自我責備，其實說明了女子對飛蛾投火情愛模式之繼續運作也要負起部分的責任來。我們在〈《怨女》的藝術距離及其調適〉曾指出，銀娣做小腳鞋面時候，以及盛妝前往浴佛寺路上，兩度想到人生如戲。當事者暗自比爲演員，不論客觀環境如何惡劣，其思維與行爲的自主性，影響人生戲劇發展的必然性，以及無可脫卸的責任感，即令微弱，也勢當存在。所以鞋面花樣名稱「錯到底」的「錯」字，明確地、低碼地、悔恨地評估了自己的行爲與抉擇。

《半生緣》曼楨也經歷了類同的自責。她下嫁祝鴻才以後，總忍著他的挑釁吵鬧，已經「覺得她是整個一個人都躺在泥塘裡了」。巧遇舊情人世鈞，才發現這個婚姻「是她自己掘的活埋的坑。她倒在床上，只管一抽一提的哭著」。悔意是有的：「現在想起來，她眞是恨自己做錯了事情。從前的事，那是鴻才不對，後來她不該嫁他。……是她錯了。」

〈第一爐香〉葛薇龍同聲一哭。自承自願從娼以後，「汽車駛入一帶黑沉沉的街衢。喬琪沒有朝她看，就看也看不見，可是他知道她一定是哭了。」

自覺能力在糊塗人生裡所提供的清醒縱使短暫、微弱，但是忽現忽隱，驅之不散。這是張愛玲與《金瓶梅》作者對現世惡劣程度以及人類本能觀照，最大的不同。

本文第二節曾舉例說明飛蛾投火過程在〈第一爐香〉裡重現。那些敘事都不離張愛玲切切不忘的清醒。她在梁府火紅外景的描述之後，立刻說梁府外面可以看見「濃藍的海，海裡泊著白色的大船」，與野火般的春色形成「強烈對照」，「造成一種奇幻的境界」。陪葛薇龍搬進梁府的陳媽「身穿一件簇新藍竹布罩褂」。眞金不怕火燒的薇龍「忽然之間覺得自己並不認識她，從來沒有用客觀的眼光看過她一眼——原來自己家裡做熟了的傭人是這樣的上不得台盤！」當下把陳媽打發走了。藍色眞不討「火」之喜歡。葛薇龍旗袍下襬的火被喬琪喬兩三腳踏滅之後，作者立即說她當時穿的是件「品藍小銀壽字織錦緞的棉袍」。粗看之下，藍色（以及白色、銀色）之出現，在提供鮮明的顏色的視覺對比。可是藍的平靜緊跟著火的熾熱不放，就像那清醒的心智能力不離情慾、物質的貪婪。

〈第一爐香〉在人生困頓裡強調那些不夠周全強韌，然而發諸本然的心智與醒覺。這種對個人、自我的關切取代了《金瓶梅》罪之認定、罰的恐懼。李瓶兒死前念念不忘與西門慶通姦而愧欠前夫花子虛。葛薇龍完全沒有類似的負擔。她在故事結尾感嘆自甘墮落之愚蠢，並非對他人不起的歉疚。這種感嘆本身並非——也不致引起——罪惡感。沒有罪惡感，哪來受罰的憂慮呢？張愛玲不用道德意識來鋪陳或規範這個投火的飛蛾，因為她深切同情類似葛薇龍這種謀生謀愛的女子。在無奈與悲憂的傾吐裡，她表達了無條件的原諒。掌握到這點，我們才能了解為何那些自況裡的感傷——雖然對厄運之改善徒勞無功——對感同身受的讀者而言，或有化解、鬆馳、提升與補償的功用。

4

比較閱讀《金瓶梅》與〈第一爐香〉也能幫助我們了解其他張愛玲小說。〈色，戒〉王佳芝為救情人而遭情人處死，作者沒有描述她槍決前的心理狀態，這個留空白的策略頗值得注意。王佳芝可以像《金瓶梅》韓愛姐癡戀死去的陳敬濟而出家為尼那樣不悔不悟，也可以像葛薇龍或《半生緣》曼楨那樣又悔又悟。作者在這兩種情緒宣洩方式之外，選擇了中立的立場，予讀者自由想像的空間[7]。這個做法證明了作者不受限於《金瓶梅》或自己其他小說方法，另創新意。

就像《金瓶梅》的慾情苦海裡出現了韓愛姐的激揚與看破，張愛玲不但在〈第一爐香〉飛蛾投火情愛模式的盲目裡加入與因果報應無關的清醒，她在〈第一爐香〉之外也偶現不受那個情愛模式囿限的奮發與圓滿：〈心經〉那位丈夫有外遇，但是勇於照料犯心病的女兒的許太太，《秧歌》那位飽受傾軋、縱火燒糧倉的月香，以及〈傾城之戀〉歷經挫折，終得歸宿的白流蘇，都是作者在苦澀人生裡看見的希望。

1 沈從文〈湘行散記〉，收入《沈從文作品經典》第四卷，東北師範大學出版社，一九九六年二月第一版，頁一九一。

2 見樂蘅軍〈從水滸潘金蓮故事到金瓶梅的風格變易〉，收入《古典小說散論》，台北純文學出版社，一九七六年十月初版，頁一〇一。

3 見孫述宇《金瓶梅的藝術》，台北時報文化，一九七八年二月初版，頁一一五。

4 見秦亢宗主編《中國小說辭典》，北京出版社，一九九〇年四月初版，頁一三一。

5 見水晶〈昔日戲言身後事——解讀〈沉香屑——第一爐香〉〉，收入《張愛玲未完》，台北大地，一九九六年十二月初版，頁一四八。

6 見樂蘅軍〈從水滸潘金蓮故事到金瓶梅的風格變易〉，頁一一九。

7 水晶〈昔日戲言身後事〉說：「〈色，戒〉中的王佳芝卻是至死不悔亦不悟」（頁一四六），其實王佳芝臨死之前的悔悟程度沒有交代清楚，作者讓我們在無字句處讀書。

3

百世修來同船渡

〈封鎖〉的瞬間經驗

我們都知道，
凡美麗的都常常不是真實的，
天上的虹同睡眠的夢，
便為我們做例。
——沈從文[1]

1

〈封鎖〉發表於一九四三年十一月上海《天地》月刊。一九八四年六月，唐文標《張愛玲資料大全集》收錄了該雜誌裡〈封鎖〉的全部影印頁。以下簡稱「天地版」[2]。本文論述範圍，即天地與皇冠兩個版本。

皇冠版〈封鎖〉英譯，見二〇〇〇年，孔慧怡主編，張愛玲英文小說集《「留情」與其他故事》。該書書末張愛玲作品一覽表註明〈封鎖〉中文版發表資料，用了天地版，沒有說明實存兩版或兩版未盡全同[3]。

其實唐文標早於一九七六年五月《張愛玲研究》的〈我所見到張愛玲的佚文〉指出，這篇小說「原作與今本有修改」[4]。

英語的單語讀者或許一時仍無法比讀兩版，中文讀者卻最好知道兼顧兩者的好處。借助併閱，我們可輕易看出皇冠版雖非盡善盡美，確爲善本。

〈封鎖〉是《傳奇》增訂版最短的小說[5]。王禎和憶述張愛玲，有句：「我的短篇小說都是比別人的短篇還長。」[6]如果那是張愛玲夫子自道，〈封鎖〉即此概述的例外。這篇小說長度具特殊性，特短，我們得在作者的言外之意裡，特別留意欲言又止的斂筆。

本文從前後兩版的變與不變出發，探索這個故事的說與不說。第二第三節談版本差異，第四節辨別「眞人」與「好人」。至此〈封鎖〉熱中於當下的興致已現端倪。第五節詳析瞬間經驗，第六節建議後續聯想。

首先進入，然後走出，封鎖。

2

兩版最顯著的差異，在於裁剪天地版最後一節，共兩段文字。唐文標知道此項修訂重要，特別在《張愛玲資料大全集》的〈封鎖〉影印頁旁註明：「出書時有刪改，如最後一段全刪了。」所謂最後一段，實指最後一節，兩段。

> 呂宗楨到家正趕上吃晚飯。他一面吃一面閱讀他女兒的成績報告單，剛寄來的。他還記得電車上那一回事，可是翠遠的臉已經有點模糊——那是天生的使人忘記的臉。他不記得她說了些什麼，可是他自己的話他卻記得很清楚——溫柔地：「你——幾歲？」慷慨激昂地：「我不能讓你犧牲了你的前程！」
>
> 飯後，他接過熱手巾，擦著臉，踱到臥室裡來，扭開了電燈。一隻烏殼蟲從房這頭爬到房那頭，爬了一半，燈一開，它只得伏在地板的正中，一動也不動。在裝死麼？在思想著麼？整天爬來爬去，很少有思想的時間罷？然而思想畢竟是痛苦的。宗楨捻滅了電燈，手按在機括上，手心汗潮了，混身一滴滴沁出汗來，像小蟲子癢癢的在爬。他又開了燈，烏殼蟲不見了，爬回窠裡去了。

胡蘭成〈封鎖〉評見發表於《傳奇》初版之前，提到此節內容，因當時只見到「天地版」[7]。

切除此節的意義重大。理由有三。其一，故事場景因此而簡化爲電車本身。電車由動而停，最後再重新前行，然而所有周遭筆墨，包括街景與電軌等等，都可以視爲由車廂內部朝外的角度來描繪的。所以有單一的敘述立足點。故事空間變小。

其二，故事時段剔減爲封鎖開始至結束當刻的片斷。男主角呂宗楨「看了看手錶，才四點半」，那大約是故事開始的時刻。雖然一時覺得餓了，動過吃食菠菜包子的念頭，大概沒有眞正耽誤了晚飯，他始終沒有眞正進食，所以故事或許結束於晚餐之前。故事時段濃縮。

其三，限制時空跨距，配合了凸顯特定人生頃刻經驗的原始目的。故事第二段就明說：

> 如果不碰到封鎖，電車的進行是永遠不會斷的。封鎖了。搖鈴了。「叮玲玲玲玲玲，」每一個「玲」字是冷冷的一小點，一點一點連成了一條虛線，切斷了時間與空間。

停頓了的電車廂，兩人巧遇，既爲俗話所說「百世修來同船渡」的緣分，也是人生際遇虛線上的一小點。男女主角社會與家庭背景敘述固然都要緊，然其用意皆合理化他們巧遇的心思與行爲，無意引導讀者回到倒敘時空現場。同樣是幾小時內發生的白先勇〈遊園驚夢〉故事，由於「今不如昔」的課題，錢夫人藍田玉回憶的文字分佈，繁複性，都更爲重要[8]。

〈封鎖〉文本用了兩次「剎那」。第一次寫呂宗楨瞧見吳翠遠，是「非常戲劇化的一剎那」。第二次寫吳翠遠眼裡金髮女人與義大利水兵說笑：「翠遠的眼睛看到了他們，他們就活了，只活那麼一剎那。車往前噹噹的跑，他們一個個的死去了。」不僅如此，點題的重要一句話是：「以後她多半會嫁人的，可是她的丈夫決不會像一個萍水相逢的人一般的可愛」，萍水相逢，正是種人生短暫際遇。

放棄天地版最後一節，即電車封鎖結束之後，完全不再理會三十五歲男人呂宗楨的後續反省與情緒。刪文裡有句：他「很少有思想的時間」。皇冠版裡他所有的思維與行爲，皆隨機應變，未經長考的虛浮躁動。

吳翠遠的短暫戀愛經驗同樣由須臾感應來組成，但是故事結束於她在緣盡情了當下的覺醒，一種淺思。張愛玲寫〈封鎖〉時大約二十二歲，與二十五歲的吳翠遠一樣正值適婚年齡。作者回到女性本位來，因爲她終於瞭解到當時感同身受的課題，實乃〈我看蘇青〉所謂女子「謀生謀愛」的易受傷性，她們人性弱點裡自傷傾向的難以防止，以及她們的心理自衛本能。本文第五節會進一步討論本篇小說這些想像的偏重或焦點。

3

兩版還有其他差異。除了錯別字訂正以及文言詞白話化之外，以下五項或許值得一提。

其一，寫董培芝：皇冠版「培芝是一個胸懷大志的清寒子弟，一心只想娶個略具資產的小姐，作爲上進的基礎」。尾句「作爲上進的基礎」，天地版無。把話說清楚些。

其二，說呂宗楨：天地版「覺得自己太可愛了的人，是熬不住要笑的」。皇冠版改「熬」爲「煞」。熬指勉強忍耐，煞指止。新字強調呂宗楨的自滿，止不住要笑，沒有勉強忍耐不笑的理由。

其三，兩人戀愛了：天地版「戀愛著的女人向來是喜歡聽。戀愛著的女人破例地不大愛說話」。皇冠版改爲「戀愛著的女人破例地不太愛說話」。少話未必愛聽。也簡潔些。

其四，兩人分手：皇冠版「他走了。對於她，他等於死了」。天地版無「等於」兩字。是有必要把話說清楚些。

其五，皇冠版改下面這句話裡的「：」爲「；」，不妥：「因爲下意識地她知道：男人徹底地懂得了一個女人之後」。大概是排校之誤。

4

〈封鎖〉語調譏諷而未失厚道，逗趣而不離主軌，倒是由天地版一鎚定音。比如說，電車裡醫科學生畫人體骨骼簡圖，旁觀者私下發表無知評見。這段可愛的插曲其實與年輕女子抗拒婚嫁壓力的題旨相關，因爲庸俗勢利的壓力來自家庭，家庭正是未婚女子尋偶過程裡的旁觀者。小說敘事者以嬰孩的腳爲「眞」，人體骨骼當然也可算爲眞，旁觀的私評者無法領悟那種眞實。

這就涉及論者多所析釋、故事裡屢現的「好人」與「眞人」兩個觀念了。容我們歸納一下。

這篇小說裡「好」有兩種用法。其一爲約定俗成的定義，較不觸目，如「大家都是快刀斬不斷的好親戚」、「好人家的女孩子」、「好的教育」。其二指順從世風、拘泥古板，具諷意，如「在家裡她是一個好女兒，在學校裡她是一個好學生」，「她是一個好女兒，好學生。她家裡都是好人」。

「眞」也有兩種用法，都與前述「好」的第二義相沖。其一，指自然渾沌，如奶媽懷裡小孩的腳，腳底心緊緊抵在翠遠腿上，「這至少是眞的」。如前所述，「眞」或指嬰兒的腳，也可謂抵在腿上的壓感。其二，指不順從世風，違反常規的例外，如「一個眞的人！不很誠實，也不很聰明，但是一個眞的人」，「世界上的好人比眞人多」，「他是個好人——世界上的好人又多了一個」。最後那句，天地版誤「好」爲「女」，「世界上的女人又多了一個」，嚴重錯排。

於上述「眞」義任擇其一，意思都是不必用對錯好壞的思維慣律來衡量。講求率性而行，作者毫無興趣提出另種計量規則或道德教條。

掌握了「好人」與「眞人」的區別，才能進一步瞭解吳翠遠，因爲她的激情反應，就是基於兩造對峙，針鋒相對，而有所取捨：

> 翠遠抿緊了嘴唇。她家裡的人——那些一塵不染的好人——她恨他們！他們哄夠了她。他們要她找個有錢的女婿，宗楨沒有錢而有太太——氣氣他們也好！氣！活該氣！

吳翠遠想做沒錢人家的妾，來反抗尋找富婿的家庭壓力。作者沒有明說的是，在氣氣家裡那些「好人」之餘，由於違反常情常理，不計後果而一意孤行，吳翠遠似乎也滿足了做「眞人」的條件。在自以爲是的戀愛錯覺裡，情緒昂奮到「恨」的程度，愛恨交加，非僅合理化了委身下嫁之念，也使得這個角色鮮蹦活跳。德國哲學家尼采說過：「遊戲裡如無愛或恨，女人的戲分就是稀鬆平凡的。」[9]

話雖如此，我們可由〈封鎖〉的調侃語調與故事結局而體會到作者與吳翠遠的差距：雖然作者的取捨細則模糊不清，她的立場冷靜客觀，並未完全捨「好人」而就「眞人」。

5

〈封鎖〉詼諧敘事，卻難掩飾作者對吳翠遠的憐憫。幾起神來之筆即源自此項摯情。舉個例子。呂宗楨辨認出包子上印著的報紙鉛字：「訃告……申請……華股動態……隆重登場候教……」其實在引介吳翠遠亮相出場：「她穿著一件白洋紗旗袍，滾一道窄窄的藍邊——深藍與白，很有點訃聞的風味。」當時她的情愛生活死寂平淡得像張訃告。

好戲還在後頭。吳翠遠在境由心造的幻象裡覺醒，非但缺乏近似《半生緣》曼楨那種時不我予的徹悟，連〈第一爐香〉葛薇龍式的弱性良知顯現也夠不上。情短緣淺，吳翠遠幸免葛薇龍與〈色，戒〉王佳芝那種創傷，然而三人的易受傷性以及執迷的自傷傾向倒是相去不遠。〈封鎖〉避提良知未泯或即時啟悟，收筆處，故事乍熱即冷，冷卻過程快速，並非由時間的降溫效應來促成。好像情竇發生了就算完事。

我們倒是確知吳翠遠的瞬間經驗，符合葛萊維爾《霎眼間——未經長考的思維威力》所報告的實驗結果：女人自由預定的擇偶條件，經常與實際的異性擇友的霎時考量脫節。也就是說，女人挑選男友的瞬間抉擇，與完全未曾接觸這些男人之前冷靜陳述的行事原則，常不配合[10]。

葛萊維爾擅寫美國社會現象與個人心理學研究的綜合討論，原來意圖證明未經長考的個人淺思威力，雖然找到了一些正面肯定的實例，卻不得不承認直覺直感的臨時動議有時非僅難以理喻，而且事後可以清楚裁定實屬愚蠢。女性擇偶，即其反例之一。

葛萊維爾歸納歷史、社會事件，以及心理學實驗，考察剎那思動的得失，曾指出：「經驗與環境促成初步印象，所以改變能夠影響初步印象的那些經驗，就可左右未來的初步印象，更動我們淺思的方式。」[11]我們就從環境與經驗，各自做個簡單的回顧。

吳翠遠一時考慮屈尊做小，必然與一夫多妻現象猶存的社會環境有關。雖然小姑獨處，她可能耳濡目染過一夫多妻關係的現實性與可行性。呂宗楨爲了解除她的武裝，竟也提及好人家女孩或受過高等教育女孩，不屑爲妾。可見故事的社會背景裡，已有多樣而彈性的行爲規範。

我在〈多妻主義的鼓吹與抵制——從《兒女英雄傳》到〈小艾〉〉曾總結張愛玲一生對此課題的態度，此處不贅。吳翠遠當然絕非張愛玲文學世界裡，受害於或揭竿反抗多妻主義的重點角色。

就過往經驗影響隨機情動與淺思而言，作者已經成功處理了兩個當事人在故事裡的表現。問題在後續發展。如天地版所示，在張愛玲眼中，像呂宗楨這樣逢場作戲的男人很簡單，她可以著墨處理。皇冠版刪掉那些筆墨，乃小說藝術的需求，或關切重點之轉移，並非原來那個符合《傳奇》增訂版思維慣律的交代有任何其他差錯。

吳翠遠的情況較爲曲折有趣。我們確知張愛玲相信同車之類的短期機緣。一九四四年四月上海《雜誌》的極短篇〈愛〉，約四百字，寫未婚年輕男女一面之緣，終生難忘：

於千萬人之中遇見你所遇見的人，於千萬年之中，時間的無涯的荒野裡，沒有早一步，也沒有晚一步，剛巧趕上了，那也沒有別的話可說，唯有輕輕的問一聲：「噢，你也在這裡嗎？」

〈封鎖〉的男女交往即使短淺虛幻，兩相對照，總比〈愛〉來得複雜曲折。兩者都避免了〈傾城之戀〉有情人終成眷屬的結局、唐詩宋詞裡常見的哀情怨愛、《十八春》或《半生緣》慘痛之後的莊嚴自重。由於〈封鎖〉情愛投入較〈愛〉繁複，愈發揭櫫了〈中國人的宗教〉（一九四四）所提的適時歇手，自我約束的藝術手段。作者毅然決然地於情絕緣盡之際，爲吳翠遠的情感與思緒的後續發展交了份白卷。《秧歌》與〈色，戒〉結局也是開放而非封閉，當然各自引爆的讀者想像空間不同。

從思辨角度而言，我們必須在小說藝術目的之外另尋故事結局之原由。試提三點。

其一，情節快刀斬亂麻，意味著全力堵絕思緒感情繼續牽扯。作者認爲那是女人在情緣終點，簡單而且理所當然的心理自衛本能。女子擇偶決定的難測，與她們易受傷害的處境相符。如果錯誤的決定出諸當事人，就是不自覺的、無法防止的自傷。吳翠遠在偏差的走向裡猝見終點，立即藉心理自衛本能來減少傷害。

其二，這個冷處理痛快淋漓地表明：未婚女子也可與男人一樣逢場作戲。拿得起就放得下。清堅決絕。好像執意平衡〈有女同車〉（一九四四）的觀感：「電車上的女人使我悲愴。女人……女人一輩子講的是男人，念的是男人，怨的是男人，永遠永遠。」

其三，如果生命經驗影響瞬間反應的說法可予接受，那麼初戀結束，食髓知味之後，吳翠遠下次的俄頃感應必然有所不同。拒寫情斷當刻的任何思緒反應，其實也很方便地避談了此次遭遇如何影響未來情緣的議題。

6

我們或能從作者生平裡梳理出吳翠遠初戀的後續影響縱深來。理由有二。

其一，本文第二節提過張愛玲與吳翠遠藝術距離貼近，本文第四節進一步釐清兩者的「好人」、「眞人」評價未盡全同，作者與作品之間的牽扯輪廓已大致看得清楚，我們可以追問：這個故事透露了多少張愛玲自己擇偶的原則與盤算？

其二，〈封鎖〉實爲張胡情緣的觸媒劑。胡蘭成〈民國女子〉坦承他由〈封鎖〉開始注意到張愛玲，當時兩人猶未結識。胡蘭成只說他讀後佩服這個故事作者的文筆與才氣，諱言他窺見了作者的寂寞芳心與可乘之機[12]。

〈封鎖〉裡作者與女主角形影難離之際，我們可以體會到張愛玲好奇於自己的未來情遇：「以後她多半是會嫁人的」。當然期盼之中也暗生警惕：女子的剎那應變容易失控，必須愼防養不起小老婆，又拈花惹草的已婚男子。

〈民國女子〉的片面之詞裡說胡慕名求見遭拒。大概張愛玲有意避免瞬間情動的難以自制，經過短暫的冷卻期間（一天），再電話約見於胡宅。會談時張多聽少說，雖屬人情之常，竟與〈封鎖〉相彷：

皇冠版〈封鎖〉：「他們戀愛著了。他告訴她許多話……（略）無休無歇的話，可是她並不嫌煩。戀愛著的男子向來是喜歡説，戀愛著的女人破例地不大愛説話，因為下意識地她知道：男人徹底地懂得了一個女人之後，是不會愛她的。」

〈民國女子〉寫初次見面：「張愛玲亦會孜孜的只管聽我説，在客廳裡一坐五小時，她也一般的糊塗可笑。」第二天胡訪張：「我在她房裡亦一坐坐得很久，只管講理論，一時又講我的生平，而張愛玲亦只管會聽。」

這點很有意思：少説多聽或是吳翠遠「下意識」知道該做而做了的事，卻絕對可能爲張愛玲事先意識到的策略以及因而爲之的實踐。此皆兩人須臾感應的自主性。論者常套〈桂花蒸　阿小悲秋〉那篇小説裡「小奸小壞」的措詞，來概括張愛玲筆下，人類基於求生本能而自然衍生的心機或行爲。殊不知在她心目中，此種求生本能常常實無奸壞可言。寬恕別人是慈悲，饒恕自己就有幾分無奈，近於瘂弦〈深淵〉名句「向壞人致敬」那種無奈。

辨認吳翠遠與張愛玲瞬間反射動作的自主性質，很重要，因爲這項理解使我們看出〈封鎖〉所強調的剎那，與俞平伯視人生爲「盲目扮演」的「剎那間」，又有微觀與宏觀的基本差異[13]。張注目詳視，俞登高遠眺。

進而言之，我們確知依照當時上海婚俗，張愛玲實是正式下嫁爲胡蘭成妻室。至少站在張愛玲的立場，她絕未同意屈就做妾[14]。所以本篇小説在吳翠遠情緒衝動背後暗自冷靜設定的擇偶條件，可能曾局部左右了作者自己的首度婚姻。也就是說，吳翠遠的初戀經驗可能多少「影響」了作者初遇首任夫婿胡蘭成的霎時感應。小說虛構世界的眞眞假假與實際人生的撲朔迷離相互纏繞，難予釐清。然而在這個案例裡，不屑爲妄的基本原則前後一致，倒是眉清目明。

當然此皆人生際遇虛線小點之間的聯想而已。吳翠遠與張愛玲都沒能活在散文〈談女人〉所嚮往的女權社會裡，在那個烏托邦，「女人比男人較富於擇偶的常識」。至於張胡戀情與婚後可能發生的謊騙與齟齬，以致引起婚變等等蔓枝細節，就非〈封鎖〉所涉及的範疇了。

1 沈從文〈三個男人和一個女人〉，《沈從文作品經典》第二卷，長春市東北師範大學出版社，一九九六年二月第一版，頁二九九。

2 唐文標《張愛玲資料大全集》，台北時報文化，一九八四年六月二十五日初版。頁七八—八三。坊間有關〈封鎖〉天地版日期不一，應以唐文標資料爲準。

3 Eileen Chang, *Traces of Love and Other Stories*, edited by Eva Hung, published by Research Centre for Translation, Hong Kong: The Chinese University of Hong Kong, 2000.〈封鎖〉英譯篇名爲 "Shut Down"，譯者是 Janet Ng 與 Janice Wickeri。

4 唐文標《張愛玲研究》，台北聯經，一九七六年五月初版，頁一六三。

5 一九四七年《傳奇》增訂版除了散文〈中國的日夜〉之外，全是中短篇小說。〈封鎖〉確是這些小說裡最短的。

6 丘彥明訪王禎和〈張愛玲在台灣〉，見鄭樹森編選《張愛玲的世界》，台北允晨文化，一九九〇年十一月初版，頁三〇。

7 胡蘭成〈皂隸．清客與來者〉，一九四四年三月十五日上海《新東方》，由陳子善找出，見台北《印刻文學生活誌》，二〇〇五年五月，頁一〇〇—一〇三。《傳奇》初版於一九四四年九月。同月再版。

8 關於〈遊園驚夢〉，可參閱鄭樹森〈法國敘述學的方法——以白先勇〈遊園驚夢〉爲例〉，收入鄭樹森《文學因緣》，台北東大，一九八七年一月初版，頁九三—一〇七。

9 Friedrich Nietzsche, *Beyond Good and Evil: Prelude to a philosophy of the Future,* Translated by Walter Kaufmann, New York: Vintage Books, 1989, p. 85.

10 Malcolm Gladwell, *Blink: The Power of Thinking without Thinking,* New York: Little, Brown and Company, 2005, pp. 64-67.

11 Ibid., p. 97.

12 胡蘭成〈民國女子〉清楚交代：〈封鎖〉是他首次讀到的張愛玲作品，當時他不認識她。這篇文章收入唐文標編《張愛玲卷》，一九八二年一月再版，台北遠景，頁一二三—一二四。

13 俞平伯致葉聖陶信：「世界像個只有演員並無觀眾的戲台。演員『即生物』之思想言行都是『戲』，不能超出戲中情節之外，而又不知其前後之情節如何，只是盲目扮演這一剎那間而已。既無觀客，何來客觀。若有之，則必在其他星球上矣。」見《俞平伯全集》(八)，河北省花山文藝出版社，一九九七年十一月，頁一五五。

14 張偉群〈紅燭愛玲及其他——青芸親見親聞張、胡生平事證續〉，台北《印刻文學生活誌》，二〇〇五年五月，頁五二。

4
〈金鎖記〉的纏足與鴉片

文學第二義：
第二意義的文學是人對社會與歷史的感興，
以表現社會中人生的境遇，
和其所深含的意義。
——成中英[1]

1

一九四四年中國上海，傅雷認爲〈金鎖記〉是小說諸多要求「最圓滿肯定的答覆」[2]。一九六一年美國，夏志清判定〈金鎖記〉爲「中國從古以來最偉大的中篇小說」[3]。這兩則不同時期、不同地域、不約而同的極端讚譽，想必曾經引起讀者閱讀本篇小說的興趣。因之而起的評論很多，可惜的是，就我所見，還沒有人用纏足與鴉片的角度來欣賞它。

這種解讀策略很可能爲作者本人所特意允許。張愛玲選擇英譯本篇小說的理由是：「因爲這故事搞來搞去有四分之一世紀之久，先後參看或有獵奇的興趣。」[4]這話原是針對英文讀者而講的。就跨文化的觀點而言，「獵奇」的定義之一，想必是尋求異類習俗或思維習慣等等。故事首句是：「三十年前的上海。」劈頭就落實了它社會寫實的時空座標值。纏足與鴉片就英文讀者而言，自是那特定時空裡值得探討的稀「奇」之事。話說回來，〈金鎖記〉中文版發表至今已五十餘年[5]，故事內容的年代也逾八十年，纏足與鴉片早已不是兩岸三地的民俗，對今日的中文讀者而言，也可成爲獵奇的對象。中文讀者照樣必須經由歷史的沉重裡去了解故事時空特有的濃烈的風土人情。故事尾句明言它蘊藏了跨時越域的議題：「三十年前的故事還沒完——完不了。」張愛玲如何借重當時即將消逝的兩項民俗言近指遠，讓這個故事歷久彌新？

由於前引作者本人「四分之一世紀之久」的說法其實並不精確，本文首先簡要澄清故事整體與個別情節的時間座標值（第二節）。搞清楚諸多事件的時間秩序，我們再細究纏足

（第三節）與鴉片（第四節）如何各自烘托寓意。各個擊破之後，我們把兩者合併起來，看看它們聯手出招又能激引何種特殊的體會（第五節）。在此過程之中，我們將逐次面對現存的階級、女性主義以及人性論述。

2

由於有幾個簡短的倒敘，故事時間跨距比「三十年前的上海」那句話裡的時段更大，長於三十年。就中篇小說而言，時間規模算是很大的了。作者發表本篇小說時候才二十三歲，所以故事裡有她出生以前的事件，此爲張愛玲小說少見的現象。前引作者自己說這個故事「搞來搞去有四分之一世紀之久」，實是低估簡略的講法。

假定故事結束於小說發表的年份（一九四三），則故事開始於一九一三年。此項估計合理，因爲文首有句「那兩年正忙著換朝代」，兩年前正是一九一一，民國成立的年份。七巧回憶「十八九歲做姑娘的時候」，所以入門時至少已芳齡十九。入門於故事開始的五年前，所以七巧死時至少五十四歲（三十加五加十九），不能算是早逝。「三十年來她戴著黃金的枷」，此「三十年」配合「三十年前」的上海、月亮、人或故事那些說詞，其實指「三十多年」，因爲嫁了三十五年，一入門就金枷加身，不再貧窮。

七巧向妯娌訴苦缺少性生活：「我可以賭得咒——這五年裡頭我可以賭得咒！你敢賭麼？你敢賭麼？」英文版把「五年」改成「三年」[6]，用意在增加這個怨言的可信程度。爲什麼三年比較合理？說了那句話的十年以後，「長白還不滿十四歲」，當是十三歲，十年前自是三歲。所以七巧與兄嫂談話裡那個「三歲的孩子」指長白，不可能是長安。故事始於一九一三，所以一九一〇年生長白，長安小長白一歲，一九一一年生。假定正常懷胎三十八個星期（約九個半月），受孕懷長安的年份可以朝前推一年，算是一九一〇年。抱怨沒房事（一九一三）與受孕懷長安（一九一〇）之間剛好三年。就是以中國人虛歲的算法來看，受孕（往後推至一九一一）至一九一三也可以籠統地說是三年。懷了長安之後就不再行房，想是丈夫健康退化的緣故。

第二次調情之後寫孩子們「年紀到了十三四歲」，英文版明朗化，改爲「長白十四歲，長安十三歲」。當是一九二四年。長白在長安二十四歲生痢疾之前娶袁芝壽，所以在二十五歲之前娶妻。

七巧哭著向長安埋怨「我千辛萬苦守了這二十年」，指丈夫死後守寡二十年。二爺比老太太早一年死，死於一九二二，所以當時（一九四二）長安三十一歲。此時距故事結尾只剩下一年，所以後來七巧向童世舫說長安「戒戒抽抽，這也有十年了」，實是誇張誆騙，因爲長安二十四歲生痢疾開始抽鴉片，戒戒抽抽，到那時只有七八年。

順便提英文版的一個錯誤。七巧要長白替她燒烟那場戲裡，「長安在旁答道：『娶了媳婦忘了娘嗎！』」英文版誤譯「長安」爲「長白」。

3

相對於時間的寬廣與機動，故事在空間座標上的游移就頗爲自制。除了麻油店與菜場之外，場地局限於上海。在上海，除了長安上學與約會、長白偶涉風月，七巧幾乎足不出前後兩個住屋。場景不多一方面受到篇幅的束縛，一方面配合七巧纏足，所以是小說藝術的需要。小腳女人除了少數例外（如革命烈士秋瑾），大多行動不便。

作者十分重視七巧纏足。出場的服飾裡有句「雪青閃藍如意小腳袴子」，寫小腳女人露三寸金蓮鞋的打扮。出場時「一隻手撐著門，一隻手撐住腰」，分家產會議「款款下樓來了」，一靜一動，都是小腳女人的風韻。

更重要的，纏足允許〈金鎖記〉承載以下兩種複雜性：它從歷史的角度強化了受害者轉變為迫害者的故事主題，它承繼了章回小說的社會寫實傳統。

先說纏足如何從歷史角度強化了受害者轉變為迫害者的故事主題。如果以七巧麻油店商身分在夫家遭受歧視（連婢女都私下瞧不起她）而視她為階級意識的受害人，或是以富人為殘障賄賂招媳而視她為階級剝削的遭難者，或是以七巧從一而終而視她為男權社會三從四德教條的犧牲品，我們仍然必須同意她自理門戶以後己所不欲盡施於人，搖身一變，成為壓榨與控馭的惡霸。

從傅雷以降，論者多以曹七巧的瘋狂與魯迅〈狂人日記〉裡的狂人相提並論，這種說法並不妥當。前者侵略傷人，後者則非任何人的安全威脅。惡勢霸權之有無，武瘋與文瘋，差別極為明顯。進而言之，〈狂人日記〉禮教吃人的觀念針對中國社會無所不包，是種一網打盡的控訴。這種純粹性與全然性未能盡釋〈金鎖記〉的錯亂失序。長安、長白、袁芝壽、絹姑娘，當然都是暴戾倫常禮教的犧牲者，然而張愛玲始終不曾盲目地把曹七巧一生的不幸完全歸罪於客觀環境。七巧說過：「我自己是吃過媒人的苦的！」關鍵字眼在「自己」。可見她曾首肯婚事。上當的理由大概是高估了新郎的健康狀況，絕非夫家不夠富有，也非盲目被兄嫂強迫出嫁。七巧回想自己十八九歲做姑娘時候的男性朋友：「然而如果她挑中了他們之中的一個，往後日子久了，生了孩子，男人多少對她有點眞心。」可見婚前不是沒有自己選擇婚姻對象的機會。

哥哥曹大年確曾收拿聘金，然而他未貪得無厭。他對七巧說：「當初我若貪圖財禮，問姜家多要幾百兩銀子。把你賣給他們做姨太太，也就賣了。」此話說明了老太太聘七巧做正頭奶奶，不做姨奶奶，除了「好教她死心塌地服侍二爺」，也爲了省錢。怕她不「死心塌地」，因爲婆家管束媳婦無法徹底，贏得了身子不見得收得了心。〈金鎖記〉客觀環境傾軋七巧是有其限度的。兄嫂勸言裡提了多次七巧總有「出頭之日」，大概暗指婆婆丈夫大去之時不遠。婆婆丈夫過世時候七巧入門了十五年，至少三十四歲，仍是可以再嫁的年齡。故事裡完全沒有提示任何禮教規條阻止寡婦再嫁。《金瓶梅》西門慶死後，孟玉樓已三十七歲了，「臉上有幾個白麻子兒」，仍然因爲機緣而尋得新的良好的歸宿。長安「近三十的時候」還有童世舫進入她的生命。

七巧守寡二十多年，不能完全責怪禮教，大概生計已無大礙，識破姜季澤謀財騙情而對男人膽戰心驚，沒有適當機緣，小腳已不能吸引男性，而且沉浸鴉片。既然可用長安長期吸烟的謊言嚇退童世舫，足見毒癮纏身的女人不易出嫁。

由於作者不完全歸罪於客觀外在環境，曹七巧腳踩兩條船，兼具受害者與迫害者雙重身分，否定了階級鬥爭或女性主義膚淺簡單、黑白分明的歸類，以及由此而申辯抗爭的可能性。殘害袁芝壽或絹姑娘的富人階級或「男」權社會，確以曹七巧這位麻油姑娘或「女」魔頭爲主導。也就是說，欲伸張階級鬥爭或女性主義之正義，在曹七巧這個案例裡，必須進一步探討個人思想改造、人性弱點（如嫌貧愛富）種種問題。

從思辨的立場而言，〈金鎖記〉比魯迅〈祝福〉繁複得多。寡婦祥林嫂工錢被婆婆全數吞食，被綁架回家，被婆婆出賣，綑著出嫁進洞房，強姦式地圓房。喪夫喪子，村人的同情與幫助有限而終歸散盡。〈祝福〉的主題並不狹隘，震撼力也不小，可是清晰明白。〈金鎖記〉的善惡對錯不再簡單化。作者的文學功能觀念不同，寫作的目的也各異。

纏足惡習在中國盛行千年，也不能簡簡單單以男權社會殘害女性來解說。那種詮釋本身並無不對，只是有欠完整。林語堂曾說：「如果纏足僅被視爲壓榨女性，母親們不會如此熱切纏她們幼女的腳。事實上纏足一直具有性感本質。其起源無可置疑是淫蕩君王。受男人歡迎的原因是以女人的腳與鞋爲愛之神物來崇拜，以及因之而自然產生的女性步態。受女人歡迎的原因乃基於她們曲意逢迎男人。」[7]千年以來，實際決定或執行幼女裹足手續的人，大都是自身纏足的女性（母親、祖母、童養媳的婆婆、專業受雇的裹足婆娘等等）。所以三寸金蓮代代相傳，實爲受害人轉變爲迫害人的重複運作。這個民族舊習的基本性質與曹七巧的行徑遙相呼應，增進了〈金鎖記〉階級鬥爭或女性主義思辨的困難與複雜性。

承認女人曾經助長纏足習俗或其他不利於婦女的政治、經濟、社會或家庭環境，還得進一步辨認這些錯誤的來源。指稱這些女人的缺失完全由男權體制所釀造或逼成，並非時下某些女性主義者的新發明。早在〈談女人〉（一九四四），張愛玲就「聽厭了」並且駁斥過類同的理論。她反對「女人的缺點全是環境所致」，認爲「把一切都怪在男子身上，也不是徹底的答覆，似乎有不負責任的嫌疑」。換言之，就女人的弱點與不幸而言，張愛玲相信男人難辭其咎，但是女人自己也該負部分責任。聽慣了「男人當自強」的讀者，必須留意她小說裡「女兒當自強」的訊息。作者無意把〈第一爐香〉葛薇龍或〈金鎖記〉七巧的過失與厄運全盤怪罪於男權體制。以一廂情願式的女性主義來解讀張愛玲小說，不但可能有失作者本意，而且忽略女人的智慧、能力、膽識、責任等等，是對女性的一種侮辱。

現在說纏足何以使〈金鎖記〉承繼了章回小說的寫實傳統。第一次調情時候，七巧將手貼在姜季澤腿上，提到自己有時腳發麻，他「輕佻地笑了一聲，俯下腰，伸手去捏她的腳道：『倒要瞧瞧你的腳現在麻不麻？』」這是姜季澤第一次也是僅有一次觸摸七巧身體，而那部位就是小腳。七巧念念不忘此項銷魂的經驗。十多年後，經過第二次調情，自己捏弄發麻的腳，「記起了想她的錢的一個男人。」

這個「溫柔的回憶」上追《金瓶梅》。潘金蓮自幼「纏得一雙小腳兒，所以就叫金蓮」。西門慶第一次和潘金蓮偷情，「便去她花鞋頭上只一捏」，那婦人立即笑將起來。三寸金蓮也是西門慶觸摸潘金蓮身體的第一個部位。

《金瓶梅》小腳一直是女性美的一部分。它反映了當時民族的（以今日觀點視之，畸形的）美學概念。坊間流通的明朝崇禎年《金瓶梅》新刻繡像插圖，就有很多故意露出三寸金蓮的女性。潘金蓮的小腳還不是最美的。西門慶與僕役媳婦宋蕙蓮（原名也叫金蓮，因犯沖而改爲蕙蓮）在花園的藏春塢洞裡苟合，眼睛淨盯著她的小腳，並稱讚比潘金蓮的小腳還要更小。宋蕙蓮立即誇耀說她可以套著自己的鞋穿潘金蓮的鞋。這段談話持續不久，激怒了在月窗下偷聽兩人談話的潘金蓮，埋下了後來宋蕙蓮慘死的種子。

小腳的美感觀念到《紅樓夢》已經改觀。那個漢滿融合的時代，通則是漢纏滿不纏（例外也有），所以大觀園裡大腳小腳共同生活。張愛玲研究《紅樓夢》，非常注意女性角色的腳，以此印證各種版本的滿漢態度，滿化漢化的程度與理由，或作者美感是否漢化等等。最有意思的，是以現代人的眼光認爲林黛玉天足，因爲她必須是沒有時間性的。又說晴雯纏足，是她在作者心中地位不如黛玉的一項證明。今日視之，我們可以說《紅樓夢》各種版本的繁複纏足筆墨反映了漢滿融合的複雜過程，並且是社會寫實文學的例證。

〈金鎖記〉延續了《金瓶梅》與《紅樓夢》的社會寫實，記錄了自己身處時代的纏足態度。它一方面接續了三寸金蓮性感象徵的傳統，一方面忠實陳述社會逐漸淘汰小腳風俗的事實。

先說承繼。前文已提到七巧腳麻、捏腳都與調情有關。長白新婚，七巧撒嬌要他證明沒有「娶了媳婦忘了娘」，先是「伸過腳去踢他一下」，然後再「把一隻腳擱在他肩膀上，不住的輕輕踢著他的脖子」。現在我們了解文化脈絡裡小腳是女人吸引男人的性徵，當可以注意到這些動作裡母親勾引與挑撥兒子的意含。長白在母親招降之後心甘情願陪著燒一夜的鴉片烟，冷落了自己的新娘子。母子關係裡兩性互動與嬉戲的成分就顯得格外重要起來。

再說揚棄。〈金鎖記〉不再是《金瓶梅》一味陶醉於小腳美學的時代，也非《紅樓夢》滿漢美感與族群意識調整的過渡，〈金鎖記〉是逐漸全面停止小腳習俗的甦醒。林語堂說過：「吾當竊笑中國女子纏足，袁子才攻之不倒，李汝珍攻之不倒，俞正燮攻之又不倒，獨高跟鞋攻之始倒。於是中國女子捨弓鞋而就高跟。」[8]長安十三歲那年，七巧「尖尖的鞋裡塞了棉花，裝成半大的文明腳」。逼長安裹腳，連老媽子都說：「如今小腳不時興了，只怕將來給姐兒定親的時候麻煩。」可見小腳不但不再是女性美的要件，而且還是女孩出嫁的負擔。親戚們的反應尤其值得注意。他們不但「都拿長安的腳傳作笑話奇談」，而且還勸阻七巧。居然在一年多後，勸阻成功了。這個情節以及本文下一節的鴉片態度討論，都證明〈金鎖記〉故事背景新舊交換，連七巧都無法完全抗拒新式思潮。

4

鴉片在中國出現的確實年代有不同的說法，但是其最初來自外國則似無人異議。從發源地而言，纏足是土產，鴉片爲洋貨。所以我們檢視〈金鎖記〉種種鴉片態度之前，似有必要先從跨國或跨文化的角度簡要點明這個故事鴉片筆墨的特殊性。

鴉片進入中國領土遠在鴉片戰爭之前，但是形成癱瘓全國運作大患的先決條件之一，確爲烟管吸取氣態鴉片技術之成熟與廣佈[9]。〈金鎖記〉提到烟鋪、烟榻、燒烟、「卸下烟斗」、「裝兩筒」、「抽兩筒鴉片」等等，全然是晚清民初時期中國人使用鴉片的特點。文中有句「七巧又變著方兒哄他吃烟」，「吃」應做「吸」解，英文版就譯爲吸鴉片烟。

與〈金鎖記〉鴉片取用方法有別的著名記錄，是英國作家達昆西（Thomas De Quincey, 1785-1859）的長篇自傳散文《一個英國鴉片食者的懺悔》[10]。雖然達昆西曾暫時試食固態鴉片，他主要還是飲用液態鴉片。當時在英國城市如倫敦的一般藥房可以合法而且輕易買到鴉片飲劑。達昆西自稱「英國的鴉片食者」，暗示他與東歐傳說與旅行手冊裡吃食固態鴉片的土耳其人有所關聯[11]。由此可見中國的氣態、英國的液態以及土耳其的固態鴉片使用方法不同。

了解了〈金鎖記〉鴉片筆墨的民族性，我們再進一步看它如何兼收並蓄故事時空裡繁複的鴉片態度。首先是以鴉片來治病或減輕生理疼痛。姜二爺（七巧丈夫）患骨癆，「過了明路」名正言順吸鴉片。長安生痢疾，七巧不替她延醫服藥，只讓她抽兩筒鴉片。我們現在知道鴉片鎮痛痲醉，不能眞正治病。治病似是七巧當時要長安抽鴉片的目的之一。類似的例子：達昆西首次飲鴉片的時間與原因有不同的記載，不過或胃疾或臉部神經劇痛，都是誤以鴉片代藥。

〈金鎖記〉第二種鴉片態度是尋求精神或情緒平衡。嫂子勸七巧吸烟：「姑娘近來還抽烟不抽，倒是鴉片烟，平肝導氣，比什麼藥都強。」這種愚昧可能是七巧開始吸烟的理由。如果纏足眞如前文所言，限制了七巧的活動範圍，鴉片則想必曾經幫助她忍受生存空間的狹隘。

第三種鴉片態度是財大氣粗。七巧自鳴得意讓長安抽上了癮：「莫說我們姜家還吃得起，就是我今天賣了兩頃地給他們姐兒倆抽烟，又有誰敢放半個屁？」

清末民初時候民智漸開，故事裡也有對上述第二三種鴉片態度的質疑。七巧吸烟必須瞞著婆婆，可見會受責備。妯娌也不以七巧吸烟爲然。玳珍說過：「其實也是的，年紀輕輕的婦道人家，有什麼了不得的心事，要抽這個解悶兒？」二十多年後長安生痢疾抽烟上癮，顯然觀念較爲開放了，「也有人勸阻」，想必是公然勸阻七巧。烟癮立即影響長安的適婚條件，媒人開始不上門了。後來長安開始與童世舫來往，「自顧自努力去戒烟。七巧也奈何她不得。」鴉片成爲適婚女子的大忌，予七巧以長安沉浸鴉片的謊言嚇退童世舫的機會。

那想必是個新舊觀念交替、鴉片在中國社會逐漸消逝的時代。張愛玲被父親毒打並幽禁，姑姑來說情，有鴉片烟癮的後母一見姑姑就冷笑道：「是來捉鴉片的麼？」足見當時官方確有捕捉鴉片癮者的事例（〈私語〉）。

值得特別注意的是，〈金鎖記〉有意不揣摩鴉片所可能觸發的心靈或肉體的反應。文字裡完全忽略鴉片如何刺激想像，擴大或變幻感官（視覺、聽覺、嗅覺等等）敏感度，以及長久吸烟如何累積身心傷殘。曹七巧智退童世舫時候那種「瘋子的審愼與機智」未曾歸因於鴉片的昂奮。長安戒毒期間的可能的身心煎熬描繪全告闕如。我們不能簡單地說作者本身缺乏吸鴉片經驗，所以不予著墨，因爲張愛玲自己天足，竟也經由想像（或其他方式吸取相關知識）而描寫曹七巧腳痳。腳痳畢竟可能是纏足的後遺症之一。較爲適切的解釋似乎是作者有意避免鴉片藥物影響與道德敗壞的關聯。這是非常有意思的用心。前引達昆西自傳篇名裡有「懺悔」一詞，表明了他不但在毒品副作用裡汲取教訓，而且在道德上自我責備。他詳記鴉片造成個人道德與奮鬥意志的萎縮：

> 鴉片食者沒有喪失他的道德敏感或熱望。他與往常一樣熱切希求、並渴望認知他相信為可能做到的事。他感覺職責在身。但是理智上疑懼那些可能性。疑懼無限地超過行動、甚至提議和意願的能力。他只是躺在惡魔與夢魘的世界級的重量之下。[12]

張愛玲不寫鴉片的生理反應，所以曹七巧的行爲過失不能以化學中毒爲藉口。沒有鴉片癮的讀者也不能與曹七巧劃分界線，認爲她的表現是異類現象。

5

我們個別討論纏足與鴉片，已無可避免它們一些共通性質。比如說，它們都與七巧活動範圍偪仄有關，它們都在故事時空裡漸趨消逝，它們的著墨都符和社會寫實的原則等等。在進一步研析其他更重要的共性之前，我們必須先看清作者自設的社會寫實界線。這項知識將使我們了解坊間流行的、視張愛玲爲自然主義作家的說法，雖然不至於完全無稽，卻有其明顯的限制。

張愛玲小說的生活寫實是有所不爲的。所以作家本身的原則與好惡凌駕於自然主義誇張、透徹、科學性的人生寫實訴求之上[13]。就在〈金鎖記〉裡舉兩個例子。其一，張愛玲小說不諱言性事，但是作者向來點到爲止，性感而不猥穢。七巧向妯娌抱怨房事盡廢，七巧以小腳就範長白等等，都意在言外，留予讀者極大的想像空間。其二，她的實物描寫興趣從中國章回小說的傳統脫化出來，所以對生活裡科學與技術性細節的興致，還不如對服飾、家用器具、顏色或外形的專注。〈金鎖記〉不做纏足與鴉片技術的雕琢推敲。長安被迫裹足，作者只說她痛，完全不寫裹足的步驟。相對之下，李汝珍《鏡花緣》男主角林之洋被女兒國國王強行納「妾」而纏足，就有較爲詳細的裹腳過程的描繪。七巧誘導子女吸鴉片，以及要長白整夜幫她燒烟，未見烟膏用量、手續、火候、專用器具操作方法等等的記錄。吞食生鴉片何以幫助絹姑娘自殺成功，也沒有交代。除了篇幅限制與小說藝術要求之外，作者可能也沒有縷述細陳這兩項民族舊習的興趣。張愛玲曾說她「喜歡鴉片的雲霧」，然而基本上還是

「看不起」鴉片（〈私語〉），可見一己好惡可能影響到下筆著墨的耐心。〈茉莉香片〉聶傳慶生長於父親與後母的鴉片烟香裡，仍不免偶生發暈嘔吐的反應。那個故事也不細述吸食鴉片的技術。

自然主義文學的另項主張是世間所有事情都可以用自然與物質法則來解釋，因此必須摒棄超自然、神明或靈異的成因。自然主義文學特長於描摹社會環境失序，以及人性缺陷。我們在〈盡在不言中——《秧歌》的神格與生機〉試探《秧歌》的非政治意義，曾指出作者重現章回小說傳統面對逝親亡友時候化悲平憤的一種心理機制，在死者的神格化之中尋取存活者的生機。作者獨抒性情，率性自然，在超自然與現實之間游移往返，灑脫自如，確與上述自然主義的要求有別。可見用單項文學類別來標籤張愛玲一生文學業績，實非易事。

纏足與鴉片最重要的共性，在於都是七巧滯溜子女在身邊的利器。

先說纏足。七巧破壞童世舫與長安姻緣並非突發之舉。蓄意長期約束長安在家其實由來已久。七巧決定裹長安腳的理由是：「你人也有這麼大了，又是一雙大腳，哪裡去不得？我就是管得住你，也沒有那個精神成天看著你。」女兒一雙大腳，行動範圍大，母親監控不便，所以要予以限制。本文第三節提到當時社會女性美學已經進化，纏足反而造成女子出嫁不易，而添增此項困難正是七巧的目的。老媽子勸阻，七巧的反應是：「沒有扯淡！我不愁我的女兒沒人要，不勞你們替我擔心！眞沒人要，養活她一輩子，我也養得起！」當時長安才十三歲，七巧已有不讓她出嫁，「養活她一輩子」的念頭。

十三歲可能正好是裹足年齡的上限。美國民俗藝術收藏家比佛利・傑克孫（Beverley Jackson）收藏中國小腳鞋，在中美兩國親訪許多纏足女性。對纏足的年齡，她有這樣的意見：「開始纏足的年齡通常在五歲七歲之間，不過中國不同地區習俗各異。有的提早自兩歲開始，或是遲至十二十三歲。不過六歲是理想的年紀……」[14]美國學者哈佛・李維（Howard Levy）認爲裹足開始年齡爲三歲至十二歲[15]，也與十三歲相去不遠。

本文第三節曾指出，纏足惡習千年，男人或男權社會罪狀昭彰，然而〈金鎖記〉允許我們追究女性本身容忍此項痛苦形成傳統的責任與理由。長安這個案例清楚說明了母親強迫女兒纏足以便管控。此非張愛玲的天眞狂想，在現實生活也有例證。傑克孫曾做了這麼個報告：在美國舊金山華埠有位來自廣州的纏足女性，允許美國出生的女兒天足。可是這位定居美國的女兒自己身爲人母之後，竟然強逼在美國出生並生活的女兒裹足，理由是她覺得女兒行動過於方便，有礙管教[16]。這個實例完全吻合了七巧要長安纏足的動機。不過長安較爲幸運，只纏了一年多就停止了。

長安裹足與上述實例令我們追問：在中國的千年纏足歷史裡，除了病態女性美感以及提供男權（父親以及未來丈夫等等）控馭方便以外，是不是曾多少滿足了女權（母親以及未來的婆婆等等）管教的需要？

現在看鴉片如何成爲七巧綑綁子女在身邊的手段。七巧留困長白有兩種方法：性與鴉片。娶袁芝壽的理由是長白「漸漸跟著他三叔姜季澤逛起窰子來」，讓七巧「著了慌」。婚後：

> 夫妻不和，長白漸漸又往花街柳巷裡走動。七巧把一個丫頭絹兒給了他做小，還是牢籠不住他。七巧又變著方兒哄他吃烟。長白一向就喜歡玩兩口，只是沒上癮，現在吸得

多了，也就收了心不大往外跑了，只在家裡守著母親和新姨太太。

這裡坦言鴉片是「牢寵」長白的陷阱。故事沒有明說吸烟是抓緊長安的詭計，直到以烟癮謊言嚇退童世舫，那以鴉片套圍長安的心機才似乎現了原形。

長白兩次娶親都是七巧以性滿足爲手段而圈束他。七巧的動機與傳宗接代的念頭無關，所以我們這裡不能歸罪於宗法社會。自私的惡質的母性完全不顧袁芝壽與絹兒的終身幸福，就如同當年姜老太太爲骨癆纏身的兒子騙娶個媳婦，完全無視曹七巧財富以外的福祉。

現存有關〈金鎖記〉的人性探討僅限於說明人性敗壞可以引發讀者的恐怖反應與道德醒覺。我們似乎有必要進一步指出這項暗惡其實源於母性的異質化。曹七巧破壞子女婚姻自然比姜老太太更爲狠毒。曹七巧母性失常的理由似乎是身爲人母，無法以母性自然的去我、護生、利他的過程來取代與生俱來的自私自利的自我。母性衍發是人類天性，然而自然界通則裡也有突變或例外。七巧的母性未得充分成長，異質化、一切以利己爲要，於是佈下天羅地網，不再允許子女的自然成長與獨立。

這個故事無論從客觀環境或個人理知程度而言，都不是密不透風，不見天日的情況。論者以魯迅《吶喊．自序》所述「絕無窗戶而萬難破毀的」鐵屋子來比擬〈金鎖記〉，就魯迅民智閉塞的指涉而言，並不妥當。

前文已詳述〈金鎖記〉的生活世界就纏足與鴉片而言，都是新舊交替的局面，可見客觀環境不是全面封死。現在我們進一步看曹七巧的意識形態是否整個關閉。張愛玲說過：「我的小說裡，除了〈金鎖記〉裡的曹七巧，全是些不徹底的人物。」照她自己的解釋，「徹底」

意指「極端病態」與極端瘋狂（〈自己的文章〉）。話雖如此，張愛玲執意要寫七巧明知故犯。故事裡三度提七巧瘋狂。第一次借用袁芝壽的意識說：「不是他們瘋了，就是她瘋了。」第二次由童世舫表態：「世舫直覺地感到那是個瘋子——」第三次作者親自敲板定案：「七巧有一個瘋子的審慎與機智。」故事終了之前，終於再說：「她知道她兒子女兒恨毒了她，她婆家的人恨她，她娘家的人恨她。」

兼顧瘋狂與自知之明，直指〈金鎖記〉的人性定義。攬鏡自照，渴望愛情，懷念年輕歲月（朝祿、丁玉根、張少泉、沈裁縫的兒子），都是張愛玲所能界定的最大程度病態與瘋狂之中不可或缺的人性本能。換言之，張愛玲的人性觀念認爲人類本能裡具有不可抹殺的省察自己行徑、評估生涯規劃得失的能力，並有情愛的需要。所以曹七巧的理知能力也不是魯迅所言，民智全然昏睡死滅的「鐵屋子」。

〈金鎖記〉人性審查的這項要義非常重要：人性裡有理智無法導引的盲動或衝動，繼續堅持理智所不允許的操作。此所以曹七巧一意孤行，不留轉寰餘地，也不產生懺悔。這種失控以惡質母性的形式出現，是〈金鎖記〉令人不寒而慄的主因。

纏足與鴉片長期殘害中華民族，不免消滅散逝。曹七巧「劈殺了幾個人，沒死的也送了半條命」，最後也難逃一死。說明個別惡業新陳代謝，也許是作者堅持爲曹七巧送終的原因之一。藉此〈金鎖記〉提醒我們：另種民族惡習的形成，個人辨認並且脫離失序的倫常關係的必要性（就像張愛玲自己逃離父親繼母那樣），以及惡質母性的蠢動，都是世世代代必須面對的課題。

1 成中英〈從哲學看文學〉，收入柯慶明編《中國文學批評年選》，台北巨人，一九七四年八月，頁九一。

2 傅雷〈論張愛玲的小說〉，收入唐文標《張愛玲研究》，台北聯經，一九七六年五月初版，頁一一七。

3 Hsia, C.T,. *A History of Modern Chinese Fiction*, New Haven: Yale University Press, 1961, 2nd ed. 1971, p. 398.

4 這是一九六六年七月八日張愛玲致夏志清信裡的話。夏志清〈張愛玲給我的信件〉，台北《聯合文學》月刊，一九九七年四月，頁五八。

5〈金鎖記〉中文版原發表於上海《雜誌》月刊，一九四三年十一至十二月，連載兩期。現收入台北皇冠出版社典藏版《張愛玲全集》第五集《傾城之戀——張愛玲短篇小說集之一》，一九九一年七月初版。

6〈金鎖記〉英文版（The Golden Cangue）有兩個版本。舊版收入 Hsia, C. T,. *Twentieth-Century Chinese Stories*, New York: Columbia University Press, 1971。新版收入 Lau, Joseph S. M.; Hsia, C. T.; Lee, Leo Ou-Fan., *Modern Chinese Stories and Novellas 1919-1949*, New York: Columbia University Press, 1981。根據劉紹銘在後書的序言，新的英文版〈金鎖記〉有細微修訂。本文論述，英文版部分完全依據上述新版。

7 暫譯。Lin, Yutang, *My Country and My People*, New York: Halcyon House, 1938, pp. 165-166.

8 林語堂〈談天足〉，收入林語堂《魯迅之死》，台北金蘭文化，一九八四年五月，頁一三八。

9 Scott, J. M., *The White Poppy: A History of Opium*, New York: Funk & Wagnalls, 1969, pp. 12-13.

10 暫譯。De Quincey, Thomas., *Confessions of an English Opium Eater*, New York: The Heritage Press, 1950. 老舍《二馬》提到狄．崑西的《鴉片鬼自狀》，大概就指這本書。張愛玲幼年讀過《二馬》，見〈私語〉。

11 Lindop, Grevel., *The Opium Eater: A Life of Thomas De Quincey*, New York: Taplinger Publishing Co., 1981, p. 249.

12 暫譯。De Quinc-ey, ibid., p. 59.

13 關於自然主義的定義，可參閱〈什麼是自然主義？〉，傅東華主編《文學手冊》，台北喜美，一九八〇年八月，頁四九—九三。亦可見Cuddon, J.A., *A Dictionary of Literary Terms*, New York: Doubleday & Company, Inc. 1977, pp. 407-408。

14 暫譯。Jackson, Beverley, *Splendid Slippers: A Thousand Years of an Erotic Tradition*, California: Ten Speed Press, 1997, p. 27.

15 Levy, Howard S., *The Lotus Lovers: The Complete History of the Curious Erotic Custom of Footbinding in China*, New York: Prometheus Books, 1992, p. 224.

16 Jackson, Beverley, ibid., pp. 167-168.

5

花非花

聆聽〈鬱金香〉裡的爭辯

我記得我小時候，
院子裡開著一種像蝴蝶的花，
我相信它們是會飛的，
常獨自守著它們，
但它們總不飛，
於是我悲哀極了。

——何其芳[1]

1

〈鬱金香〉自一九四七年五月十六日至五月三十一日止，在上海《小日報》逐日連載。就作品順序而言，乃介於《傳奇》增訂版（一九四六年十一月）以及〈小艾〉（一九五一）之間的少數作品[2]。

這個跨步重要，非僅因爲大陸易幟導致作者生存環境巨變，而且是實際發生了作品取向之異動。〈小艾〉從事無產階級文學實驗，《十八春》繼續頌揚新政權，《秧歌》與《赤地之戀》重新檢討中國土地改革，《半生緣》還原《十八春》原始寫作規畫。作品題材與人生關切轉折，擴大了她的格局。雖然《傳奇》增訂版的成就有目共睹，將來的文學史不會也不能像現下某些論者，僅僅以《傳奇》增訂版來全面評估或定位張愛玲。

〈鬱金香〉證明跨步之間確存待發之覆。前有〈桂花蒸　阿小悲秋〉，後接〈小艾〉，〈鬱金香〉非但亦藉篇名點明女僕主角，而且借鏡《紅樓夢》以花喻人。我們勢必提問：這個故事的女僕筆墨在張愛玲文學裡如何與眾不同？爲何有此差異？最有意思的，或是作者如何超越僕傭族群關切，觸及其他張愛玲小說未曾涵蓋的一項課題：已婚男子是否應該承擔擾亂既有婚姻秩序的風險，勇敢會見舊日情人？此爲生命情境處理適當與否的問題。作者如何呈現矛盾對立的兩種聲音？作者在婚姻倫理的尊重與浪漫純情的嚮往之間如何取捨？

2

金香世故圓融，大概與她的工作有關。我們在〈盡在不言中——《秧歌》的神格與生機〉曾舉例說明，張愛玲小說裡婢僕時因專業便利，在兩個生活世界裡出入，知其差異而具特殊視野，爲長期幽禁於單一世界裡的人所不及。作者明寫金香「伶俐」：尊稱老姨太爲老太太；由寶初臉色即知他不悅寶餘在飯桌下餵狗；寶初示愛，金香盡快收控自己受激的情緒而明言事不可行。

然而基於兩項觀察，我們確知作者沒有充分開發這個主題角色的潛質。觀察之一：本篇小說明明允許個別角色衍生視覺或想像幻境，卻無一字描繪發自金香的類似渲染。觀察之二：金香具有幾近完美的個性。

先說第一項觀察。我們舉三個例子說明作者允許其他角色享有短暫的感官的舒放。

例一，寶初聽見金香低聲說話，「更使人心裡起一陣淒迷的蕩漾」。例二，寶餘戲弄金香，覺得金香「有一種魅麗的感覺，彷佛《聊齋》裡的」。我們在〈盡在不言中〉曾指出，《秧歌》英文版直接點名引用《聊齋》來描寫男人的異性驚豔。〈國語本《海上花》譯後記〉提到寄託戀愛想像於「《聊齋》中狐鬼的狂想曲」，倒是可男可女。例三，寶初見到金香在地上釘被面：「金香赤著腳踏在上面，那境界簡直不知道是天上人間。」

張愛玲〈表姨細姨及其他〉解釋過前引幾段文字的寫作技巧。簡而言之，即在同一段落裡有某人的對白或動作，就可省略「他想」或「她想」的提示。〈鬱金香〉全然避用這些提詞，敘事仍然自然易懂，相當出色。〈留情〉仍有「她想道」，〈桂花蒸　阿小悲秋〉仍有「她想」。〈色，戒〉用了不少隱藏主詞的句子，引起論者視其晦澀的評見。

諱言金香思潮，就是作者與金香保持距離。〈鬱金香〉劈頭開始就愼步如此，最後終於愈走愈遠。事實很明顯：從寶初示愛開始，即堅持以他的立場敘事，一旦寶初離家上班，金香就不再出現，敘事淨是寶初所觀所感所想。金香遂變成寶初記憶裡的幻點，或記憶之外遙不可及的純情象徵。

作者沒有充分開發金香角色的第二項觀察，即她近乎完美的個性。拒絕承認搽抹胭脂實爲無傷大雅的小疵。當然這也與捨近就遠的敘事距離有關。身爲女僕而個性幾近無瑕，在張愛玲小說世界裡確屬例外。

張愛玲小說世界裡的女僕，無論戲分多寡，常因個性缺失而招引注目。例子相當多。〈桂花蒸　阿小悲秋〉阿小教子粗暴，偷主人茶給自己男人喝。〈鬱金香〉具有「大家風範」的旗人女僕榮媽，害怕兩兄弟得罪姊夫，竟怪金香「跟少爺們瘋瘋傻傻的」。〈小艾〉小艾在那篇小說的無產階級文學教條裡難免小資產階級的物質想望。陶媽幫助小艾出嫁，私意在防阻自己兒子有根追求小艾。〈秧歌〉月香脾氣一來就罵兒子：「癟三？你怎麼不死呀？」

張愛玲的僕役缺陷上限很高。《十八春》與《半生緣》幫助曼璐囚禁曼楨，然後出賣曼楨，把託寄的私信與訂婚戒指交給曼璐，就是曼璐的女僕阿寶。可惡的阿寶。

家僕乃張愛玲著墨最多的使役關係。繁複的僕傭筆觸說明了作者的多重視野。也就是說，雖然她在散文〈氣短情長及其他〉（一九四五）曾表示，在雇傭關係裡身爲家主令她羞怯，她不安於指使管控僕役的家主身分，但是在宏觀閱讀裡，她未偏執於單一角度評頭論足。這種海納百川的態度也表現於短篇小說〈封鎖〉的「好人」、「眞人」之辯，中國近代政治觀察，中國家庭結構裡的人際關係記述（正房偏室、原出庶出等等），性別、貧富與社會階級的觀察。

3

名字浮現小說篇名，可見得金香重要。那麼爲何作者預設清冷遙遠的敘事距離，隨著情節發展任金香銷聲匿跡，金香近乎完美的形象昇華爲中年男子（寶初）思念的對象？最簡單的回答，當然是金香可遇難及的象徵性意義，此時作者知會但是無意深究當時中國社會仍舊殘存、賣身式的婢女制度。金香與阮家的關係，可以用〈國語本《海上花》譯後記〉這兩段話來解釋：

當時男女僕人已經都是雇傭性質了，只有婢女到本世紀還有。

江南華南有些守舊的人家，僕人還是「家生子兒」（《紅樓夢》中語），在法律上雖然自由，仍舊終身依附主人，如同美國南方戰爭後解放了的有些黑奴……

金香原是「從前那個太太的人，自從老爺娶了塡房，她便成爲阮公館的遺少了」。大概是那個尾大不掉的婢女俗制裡的陪嫁丫頭。作者沒有交代金香是否自由選擇或首肯婚姻對象，然而出嫁多年之後，老姨太因金香「託我給找事」而建議阮太太雇用，顯然已經是雇工性質。

〈小艾〉小艾乃購婢，婚前身不由主，飽受欺凌，嫁出門就自由。故事年份較〈鬱金香〉晚，俗制背景類似。兩篇小說前後相隔大約四年，〈鬱金香〉寫於新中國建國之前，可見〈小艾〉雖然因應無產階級文學綱領而筆觸特殊，由於已有前例，其族群關切的眞誠性質實無可置疑。

我們讀張愛玲故事裡的主僕牽扯，一定得注意它的時代背景。張愛玲〈國語本《海上花》譯後記〉詳述中國傳統小說裡的主僕關係。從明朝《三言二拍》說起，《金瓶梅》、《歧路燈》、《紅樓夢》、《兒女英雄傳》、《海上花》，作者注意到地域南北差異，種族歧視，時代變遷等等因素及影響。小說家張愛玲與評論家張愛玲同樣注重社會寫實。

〈金鎖記〉故事年份較〈鬱金香〉早些。丫頭絹兒原先嫁給長白做小，大房（芝壽）死後扶了正，不到一年吞了生鴉片自殺。好在像曹七巧這樣的惡魔少有。〈鬱金香〉老姨太係購婢收房做小，似乎比絹兒幸運得多。然而金香依附主人服役時期，與〈小艾〉小艾一樣，受了冤屈，仍然投訴無門。

〈桂花蒸　阿小悲秋〉阿小是月資雇傭，勞資雙方彼此利用，有離職的知識與自由，情況要好得多。

〈鬱金香〉同情金香，卻未偏執認定寶初寶餘即爲金香厄運的迫害者。理由淺顯易見。寶餘的性騷擾固然愚蠢粗魯，而且促使阮家安排金香出嫁，然而金香遲早總得出嫁，阮太太相當樂意遣散金香這種前面太太留下的人。後來金香遇人不淑，怪不得寶餘。張愛玲似乎允許我們同情瞭解那種青少年的異性渴慕。家庭結構欠整，成人輔導闕如，兩兄弟完全自己摸索性趣。他們缺乏青少年成長期所需要的行爲規導，盲動的後果幸未釀成大害。

作者與陳氏兄弟審美意見產生落差，大概就是要說他們熱血奔騰，缺乏成人的客觀冷靜。這項區別非常重要。前文已提到兩兄弟對金香都有動情條忽神魂顛倒的經驗。作者在〈國語本《海上花》譯後記〉說過：「戀愛的定義之一，我想是誇張一個異性與其他一切異性的分別。」寶初寶餘的迷戀大概附和了那個定義。情人眼裡出西施。在他們眼中，金香自然是美的。

然而金香絕非張愛玲小說世界裡的頂級美女，肯定遜於《秧歌》月香與《十八春》、《半生緣》曼楨，因爲張愛玲非得在《聊齋》與「天上人間」之外表態，用塵世凡間的俗眼來描摩她：

> 她的確是非常紅的「紅顏」，前劉海與濃睫毛有侵入眼睛的趨勢，欺侮得一雙眼睛總是水汪汪的。圓臉，細腰身，然而同時又是胖胖的。

所以關於金香的美，既有從兩兄弟立場的側描，係虛的，也有作者的正寫，是實的。細腰而「又是胖胖的」，指體型豐滿，乃人間味。點到即止。這個淡筆也與金香可遇難及的身分有關。〈色，戒〉王佳芝同樣吸引男人，可遇可及，作者就三番兩次寫她胸前丘壑。

4

鬱金香是種百合花植物。作者顯然有意以花喻人。雲想衣裳花想容，金香愛搽紅色胭脂。《辭海》言花色，以紅爲先，或係此花主色。金香衣著也是花團錦簇：「穿著套花布的短衫長褲，淡藍布上亂堆著綠心的小白素馨花。」

以「鬱」字來形容金香在故事結局的心情或生存狀態，似能配合老姨太所說，金香在人口眾多的家裡幫傭，「挺苦的。說她那男人待她不好，也不給她錢，她賭氣出來做事了，還有兩個孩子要她養活。」

我們是不是可以猜想原始寫作寄意之一，乃抽出杜秋娘〈金縷衣〉兩句，個別閱讀所產生的那種特殊體會，一種人生規勸：

花開堪折直須折
莫待無花空折枝

我們孤立這兩個詩句來衍生新意，實非創舉。早年港片《梁山伯與祝英台》，黃梅調裡已有「有花堪折只須折，莫待無花惹心煩」歌詞，乃祝英台女扮男裝，暗示戀人梁山伯的話。出處大概就是〈金縷衣〉。杜秋娘原詩有「勸君惜取少年時」句。坊間詩話遂以花喻時，視此詩勸人愛惜時光。那是穩當可靠的解讀。原意與衍意不同。

個別詩句游離原詩結構，跳進我們日常所思所感，乃文學跨時越域的滲透威力。葉嘉瑩舉王國維《人間詞話》三種境界，以及《論語》孔子與子貢對話爲例，認爲詩歌欣賞在尊重作者原意之外，確實可以有讀者主觀聯想。她的例證，皆從原詩借出一二詩句，在全然不同的脈絡裡另生別解。論者無意責其斷章取義[3]。

張愛玲就有那種個別詩句與特殊心情相遇切合的感觸。〈國語本《海上花》譯後記〉說過：「常在舊詩裡看到一兩句切合自己的際遇心情。」「一兩句」並非整首詩，可見其特別領悟是否符合原詩整體寓意不很重要。

《紅樓夢》第六十二回，香菱道：「前日我讀岑嘉州五言律，現有一句，說：『此鄉多寶玉』，怎麼你倒忘了？後來又讀李義山七言絕句，又有一句：『寶釵無日不生塵。』我還笑說，『他兩個名字，都原來在唐詩上呢。』」惹得眾人笑。也是孤立詩句，古爲今用的例子。

我們無法證明，然而願意假設，作者在〈鬱金香〉之前就讀過《唐詩三百首》這篇壓卷之作。張愛玲三歲就能背誦唐詩（〈天才夢〉，一九四一），中學時作過三首七絕（〈私語〉，一九四四），討論新詩時說過：「用唐朝人的方式來說我們的心事，彷彿好的都已經給人家說完了。」（〈詩與胡說〉，一九四四）

如果我們能夠同意前述唐詩別解是這篇小說所允許的一種聯想，我們必須立刻面對與那人生規勸相反而制衡的一股力量。後續討論相當有意思。

5

唐詩別解裡的規勸與寶初的本位立場顯然對峙。什麼是寶初的立場呢？

就寶初而言，「鬱金香」代表猶待確認的金香近況傳聞，或一種嚮往與思戀。然而年輕時候的愛慕未曾狂熱到突破主僕階差而毅然實踐諾言的程度，現下的煩愁又無法凝聚成具體追尋與重逢的衝刺。

他的反應始終是戴望舒〈煩憂〉的懦弱：「假如有人問我的煩憂／我不敢說出你的名字。」仍缺乏〈雨巷〉的希冀：「我希望逢著／一個丁香一樣地／結著愁怨的姑娘。」[4]在中年男子以自我爲中心，任由固定生活規律控馭的認命裡，青少年初嘗戀愛糊里糊塗的愚行，隨著歲月轉化爲難以言傳、非常隱私、對於嫁了別人的少女的繫念。心裡或是雪亮的：見了面，相互印證歲月無情的侵蝕之後，又能改變什麼？

論者已經指出〈鬱金香〉與《十八春》、《半生緣》的種種類似：寶初與世鈞的個性，敘事時序等等[5]。然而〈鬱金香〉與那兩部長篇故事最顯著的差異有二：（我們已經討論過的）作者與女主角的敘事距離，以及重逢之有無。《十八春》、《半生緣》的重逢目的之一，在於恢復曼楨的尊嚴。〈鬱金香〉沒有那種負擔。寶初金香的戀情與相互瞭解，比起世鈞曼楨，要淺淡得多。不寫重逢是對的。思念本身就具美感，也許是種無所謂負不負責任，過於世故，幾近廉價的美感。茫然裡冷熱交加。情緣似斷實續，似續實斷。

作者宅心仁厚，未曾明白譴責這種自以爲是的美感。〈我看蘇青〉（一九四五）這些夫子自道或許適用於她的寶初態度：

因為是寫小說的人，我想這是我的本分，把人生的來龍去脈看得很清楚。如果原先有憎惡的心，看明白之後，也只有哀矜。眼中所見，有些天資很高的人，分明在哪裡走錯了一步，後來怎麼樣也不行了，因為整個人生態度的關係，就壞也壞得鬼鬼祟祟。有的也不是壞，只是沒出息，不乾淨，不愉快。我書裡多的是這等人，因為他們最能夠代表現社會的空氣，同時也比較容易寫……

我寫到的那些人，他們有什麼不好我都能夠原諒，有時候還有喜愛，就因為他們存在，他們是真的。

這段文字幫助我們瞭解何以作者苦心經營的重點是寶初：金香固然重要，寶初才是張愛玲或可原諒、有時喜愛的那種小說人物。此項理解頗爲關鍵。汪曾祺憶述沈從文教小說寫作：「他的意思是：在小說裡，人物是主要的，主導的，其餘的都是次要的，派生的。作者的心要和人物貼近，富同情，共哀樂。什麼時候作者的筆貼不住人物，就會虛假。」[6]作者貼近人物其實有所選擇。就篇幅而言，〈鬱金香〉近寶初而遠金香，張愛玲確曾努力站在寶初立場，合理化他任由愛情消逝，多年後又拒見金香的抉擇。

作者扶持著兩個對立的意見，惟恐這個爭辯出現一面倒的情況，就於故事收尾處添增神來之筆，暗裡質疑寶初。我們知道金香始終（或許永久）存活於寶初的記憶裡。故事結束當刻，他甚至知道她就在牙醫診所下頭那家幫傭。歲月與現實蒙蔽了他的心眼：

街上過路的一個盲人的磬聲，一聲一聲，聽得非常清楚。

聲聲磬，盲人過路，牽引我們離開那個一味世故、老成圓滑的立場。這點聲音我們聽得很清楚：作者在遠金香近寶初的操演之後，或許未能完全贊同寶初按兵不動的決定。維持現狀雖然符合循規蹈矩的行爲訴求，但是失之冷酷，守成得令人討厭。

如果能夠如此解讀這個結尾，我們就可以體會故事首身尾三段式的進程：始於招引唐詩別解、人花通義的篇名，終於盲音繞梁的質疑，兩極之間敘事觀點遂漸濃縮而凝聚於寶初。首尾兩端結盟，與中間夾裡針鋒相對，各自表述，就作者評估這個戀愛事件的立場而言，有個「金香——寶初——金香」或「花——非——花」的敘事結構。

芥川龍之介短篇名作〈竹藪中〉（電影《羅生門》原著），藉幾個人物對同一事件互相矛盾的陳述而傳達事實眞相的不可得。〈鬱金香〉反其道而行，情節本身毫無矛盾，作者卻在評是論非的過程裡舉棋不定，二易其手。兩篇小說都由旗鼓相當的爭辯來說明人生事件有時對錯難分，令人束手無策。

本文第二節曾經指出，張愛玲盱衡世事，常做多方各面考量，不願遽下結論。〈鬱金香〉三段式的敘事結構，即來自個性裡深思熟慮的一面。讀完這個故事，我們與作者並肩而立，左右爲難。

1 何其芳〈靜靜的日午〉，收入《畫夢錄》，台北大雁書店，一九八九年三月初版，頁一一八。

2 陳子善〈〈鬱金香〉發表始末初探〉，上海《上海文學》，二〇〇五年十月，頁一四—一五。〈鬱金香〉重刊於同期《上海文學》；香港《明報》，二〇〇五年十月二日至三日；台北《聯合報・副刊》，二〇〇五年十一月七日至十日；台北《皇冠》雜誌，二〇〇五年十一月，本文依據香港《明報》版。〈鬱金香〉收入《重訪邊城》，台北皇冠，二〇〇八年九月。

3 葉嘉瑩《迦陵談詞》，台北純文學，一九七〇年一月初版，頁一—一一。

4 瘂弦編《戴望舒卷》，台北洪範，一九七七年八月，〈煩憂〉見頁五四，〈雨巷〉見頁三四。

5 見鄭樹森、蘇偉貞〈淒迷魅麗與傾心吐膽〉，台北《聯合報・副刊》，二〇〇五年十一月七日至八日。

6 汪曾祺〈自報家門〉，收入《文與畫》，山東畫報出版社，二〇〇五年三月初版，頁一二。

6

閻王與小鬼

後殖民張論引起的省思

其實前人的論見自有當時的根據，無需以近代的作品來證明它原有的真實。

——葉公超[1]

1

後殖民張論値得稱道。比如說，蔡源煌借用薩依德（Edward W. Said）東方主義（Orientalism）的觀念來解讀〈鴻鸞禧〉與〈第一爐香〉建築、室內裝潢，以及葛薇龍南英中學制服的筆墨，說明作者不同意東方主義[2]。雖然這個術語引起的議論頗爲龐雜，薩依德本人不但不只一次闡述，而且有意以後再予解說[3]，但是此項基本定義似乎已經很清楚：東方主義意指殖民帝國霸權所揑造出的、與事實不符的東方。所以蔡源煌的提示使我們了解張愛玲早於該術語進入學術殿堂之前就已抗議它所界定的、西方對東方的偏見、誤解，以及控馭種種現象。此項後殖民評見於是予人印象深刻。

然而在諸如此類的貢獻之外，某些後殖民張論卻存在兩樁運作範疇的問題。其一，它們不約而同認爲張愛玲小說持有「白種人是殖民者」的觀點，並以此項認知爲基礎，發展出其他有關論述[4]。這個提法是否符合張愛玲故事時空的近代中國歷史事實？張愛玲注重社會寫實，她可能認爲白種人皆殖民者嗎？其二，就我所見，幾乎所有現存後殖民張論都迴避了宏觀閱讀張愛玲的以下議題：爲何在〈連環套〉以外，張愛玲批判殖民主義的表述簡短，並且在一九四五年抗戰勝利以後，突然中止書寫香港英國人或上海俄國人的故事？

逾越與不足，都値得我們簡略回顧。

2

張愛玲就讀香港大學期間（一九三九—一九四一）就已留意於殖民主義的反彈。〈燼餘錄〉（一九四四年二月）回憶港大歷史教授佛朗士，徹底中國化的英國人：「他對於英國的殖民地政策沒有多大同情，但也看得很隨便，也許因爲世界上的傻事不止那一件。」當時她也高度敏感於香港殖民地的種族歧視。同篇散文記述華僑同學喬納生不滿志願軍在九龍作戰，派兩個大學生出壕溝去抬回一個英國傷兵，好像「我們兩條命不抵他們一條」。

張愛玲小說也不放過香港殖民地的種族偏見。後殖民學者早已盡責指出，〈第一爐香〉說過，香港白種人「誰娶了東方人，這一輩子的事業就完了」，「中尉以上的軍官，也還不願意同黃種人打交道呢！這就是香港！」

然而我們難以證明後殖民張論所說，張愛玲的人種態度發展出白種人皆殖民者，大小通吃的思考模式。前引〈燼餘錄〉已證明張愛玲注意到並非所有英國人都贊同英國的殖民政策。她的立場暗合我們今日對該項簡化論斷的懷疑：如果因爲俄英法美等國曾經侵佔、租借、或殖民中國領土，我們必須暫時忽略這些國家也有有色人種的事實，視其爲白人國家，並指稱所有白人皆殖民者，那麼美國越戰陣亡官兵家屬認爲黃種人都是敵仇，是否合理？二○○一年九月十一日美國紐約世貿大樓全毀的死者家屬認爲阿拉伯人皆爲恐怖分子，是否公平？尤有甚者，日本殖民中國，也是上海租界外權。絕大多數的日本帝國主義者並非白人，顯然僅僅種族膚色不足以認證所有殖民者。可見「白種人是殖民者」不但殃及無辜，而且有意放掉一條漏網大魚。

以上提問僅爲理論層面的推敲。在實用批評層面，我們個別分辨張愛玲對以下三種族群的處理態度：有色人種，英國人，以及白俄。

張愛玲公平書寫有色人種。〈連環套〉印度商人雅赫雅並非善類，然而作者不以膚色爲其缺憾的肇因。另一印度商人發利斯忠厚老實，曾爲女主角霓喜私心屬意的對象。〈第一爐香〉喬琪喬本身雜種，卻爲女主角葛薇龍下嫁的男子，證明了作者自己適婚年齡時期即好奇於跨種族通婚。

張愛玲藉由香港英國人來傳達殖民主義的質疑。〈連環套〉米耳先生是個「中國地方的外國官」，或湯姆生，「政府裡供職的工程師，沾著點官氣。」然而作者不容種族問題成爲故事佈設的唯一支柱。所以湯姆生瞞著同居人霓喜回英國娶白人妻子，固然具有強烈種族考量在內，但是作者特意指出霓喜個性未盡完美，生活安定之後喜歡與湯姆生吵架。可見琴瑟不和也可能是湯姆生另尋配偶的部分原因。

基於故事發生地的歷史背景來區分白俄與英國人的社會地位很重要。張愛玲本人很注意那個分野。承蒙不同後殖民論者一再垂青的〈桂花蒸　阿小悲秋〉男主角哥兒達，由於在阿小眼裡，他的住房「有點像上等白俄妓女的妝閣」，大概與〈年輕的時候〉女主角沁西亞一樣，皆爲住在上海的白俄。

這兩個故事的年代已距一八四〇年鴉片戰爭以後，沙俄侵佔並開發東北的時期很遠。一九〇四至〇五年日俄戰爭，俄軍敗北以後，滯留東北的俄僑與俄國降軍不論經濟或教育情況爲何，已具難民身分。一九一七年俄國十月革命驅使更多難民進入中國，特別是哈爾濱、天津與上海諸城。白俄難民是否仍具有歷史的殖民者心態，是否可視爲沙俄霸權沒落的象徵，以及作者的種族立場與殖民主義態度等等，都應就個別小說分別裁決。舉兩個例子。

巴金短篇小說〈將軍〉（一九三三）寫一對白俄夫婦落難中國，靠妻子賣淫維生。雖然他們埋怨中國，「中國這地方就像沙漠一樣，眞是一個寂寞的大沙漠呀！好像就沒有一個活人！」可是作者的人道同情，顯然大於那些埋怨所可能引起的，中華民族的民族情緒或種族反彈。陳年歷史的殖民舊帳，很難算到他們頭上去。

第二個例子是英國小說家班森（Stella Benson）的短篇小說〈The Desert Islander〉（一九三〇）[5]。我們在〈同物無慮——張愛玲海葬的質疑與辯正〉說過，張愛玲曾公開承認她喜歡班森的作品。這是個發生於中國南方，兩個白人的故事。一位法國外籍兵團的逃兵，不知自己腿疾已嚴重到需要切割手術的白俄，求救於一位生活優裕的英國人。英國人很不情願地冒險帶白俄去遠地醫院，途經中國內戰的小城，英國人中彈跌倒，白俄不願救援，顧自逃生。故事至此終止。兩人的社會地位似乎很清楚：白俄是難民，英國人會說廣東話，自備私用汽車，是位能與戰區將領直接打交道的外僑。這個短篇與班森的長篇《遠地新娘》一樣，筆墨涉嫌辱華，或許值得後殖民論者研討。不過目前在美國，班森所有著作都已絕版，只有圖書館與舊書店才找得到。

張愛玲筆下的沁西亞與哥兒達，較諸以上兩例的白俄，生活條件都好得多，可是他們在各自故事裡與潘汝良與阿小對應，仍非高高在上的統治者或殖民者。假定這兩個故事都發生於作者當時居住的上海，我們必須指出，上海不僅不是俄國殖民地，也非俄國租界。一八四二年南京條約之後，上海的租界外權主要爲英法美日。殖民地與租界的歷史定義不同。然其差異就張愛玲小說的白俄討論而言並不重要，因爲在她的故事裡白俄既非殖民者，也不是租界外權。

沁西亞嫁給「一個年輕漂亮的俄國下級巡官」。白俄巡官當是租借區外權雇用的職員。就後殖民主義的偵測與閱讀而言，此時無聲勝有聲，作者有意不提的可能鋪設比已經著墨點明的情節更爲重要。其一，作者不因巡官的職位而表示沁西亞婚嫁抉擇在種族考量之外，還具任何租界種族階級的複雜情結。作者似乎只想說這個婚姻未能改變沁西亞貧窮與中產階級以下的社會地位，堅持同種聯婚亦有其代價。其二，這位巡官始終沒有重要到露臉或直接間接發言的地步。作者毫無興趣揣摩租界區白俄巡官的生活、心態以及足以令今日後殖民學者雀躍的其他相關議題。收筆處，作者掩不住對沁西亞的同情。後人是否因此而施以所謂共犯型受殖民者的罪名，對張愛玲而言，完全不重要。這個故事的人道胸襟與巴金〈將軍〉相通。

比較白種人的國籍與職業，我們或可指出，哥兒達與阿小的主僕對應，未必如後殖民論者所言，應與毛姆〈遠地支部〉（The Outstation）（一九五三）兩個英國白人與土著的關係相提並論[6]。毛姆故事發生於殖民地，兩個白人皆殖民官。他們對英國社會階級虛飾的執迷程度、種族優越偏見的強弱、適應殖民地生活的能力，以及與土著人際關係都不相同，而其差異正是故事衝突與張力的基礎。〈桂花蒸　阿小悲秋〉的緊張主要來自主僕關係，並非殖民者與受殖民者的二元對立。前文已指出，上海並非俄國的殖民地。哥兒達不但是流落於上海的白俄，而且職業模糊，不像〈連環套〉米耳先生與湯姆生，或〈年輕的時候〉沁西亞的丈夫，沒有頭銜可予影射殖民者，或租界外權幫凶的身分。阿小所以洞察哥兒達爲男妓，因爲張愛玲小說世界的僕傭經常稟賦評鑑雇主生活習慣、社交心態、或意識形態的能力，我們已於〈盡在不言中——《秧歌》的神格與生機〉詳述。張愛玲並非面對種族對決，才特別提升阿小地位，寵賜犀利的眼光。

暫離後殖民思考模式，作者允許的其他解讀才變爲可能：這兩個故事的兩個兒女私情，潘汝良暗戀沁西亞以及李小姐苦追哥兒達，都可以，當然並非一定得，從移民角度來理解。地主國居民動情於外國移民，第一代移民在新國度尋求來自母國的嫁娶對象，第一代移民在新國度裡兩性關係了無禁忌，皆爲多年來海外華人小說津津樂道的課題。我們很容易辨認崇洋媚外未必是作者對李小姐唯一的評斷。理由很簡單，張愛玲小說舉目皆是忍受花心大少錯待的女性，風流成性者不乏中國男人。所以李小姐的困境既是種族的，也是超越種族的。

3

本文開宗明義就已指出，張愛玲質疑殖民主義實爲不爭的事實。她當然知道五四以降藉用文學來喚醒國人種族自覺，去除民族自卑等等訴求。散文〈私語〉承認自幼即讀過老舍《二馬》。《二馬》就有開門見山、情感眞摯、篇幅頗長的民族宏論。一九九九年周策縱重估五四，曾說：「就短期效果而論，它堅持外抗強權，維護國家領土、主權的完整，推進了愛國運動，發揚了民族主義。」[7]證諸散文〈童言無忌〉回憶幼年時候與小她一歲的弟弟玩耍，由她指使假裝兩人是「能征慣戰的兩員驍將」，可見年幼天眞的想像裡，女性非但戰鬥意志與能力不遜於男性，甚至可具主導權。那麼爲何未於〈連環套〉之外，多事鞭伐香港殖民地的英國人，暢言民族大義？比如說，〈第二爐香〉基本上是個香港英僑之間的故事，除了簡筆帶過他們之間有關印度獨立問題的辯論，以及「白種人在殖民地應有的聲望」討論以外，作者何以無意趁機多所打擊殖民主義或種族偏見？

我們試提三個原因。

其一，雍容華貴、根深飽滿的民族自信，無須悲憤、急切、或抗爭的固定模式來編造故事。張愛玲散文屢現晚清之後中國知識分子對西洋文明的佩服與好奇，然而張愛玲小說涉及異國情調，在在堅持以中文表述，充分顯示自給自足的中國性。〈第一爐香〉、〈第二爐香〉、〈連環套〉、〈年輕的時候〉、〈桂花蒸　阿小悲秋〉故事裡許多對話其實以外語進行，可是作者從容不迫以流利的中文書寫。較諸錢鍾書《圍城》的外語中譯，或某些台灣小說以外語摻雜中文的習慣，張愛玲小說語言超人一等，實在除了文字掌控能力之外，另具原因。杜維明說過：「假如我們認爲語言的本身不只是交通的工具，而且是自我認同的工具，它就多多少少有塑造人格指導行爲的影響力。」[8]以中文描繪異國情調，張愛玲確實做到杜維明所言：「用自己的文法、語言來消化外來的文化。」[9]

其二，張愛玲寫作的企圖之一，是居中介紹異地異俗異人異事。許子東注意到〈第一爐香〉藉用葛薇龍的「上海人的觀點」來看香港的異國情調[10]。何杏楓進一步指出張愛玲作品「常以一種中介的姿態出現」[11]，也就是說，她爲預先選定的讀者群做跨越地域與文化的介紹工作。這種書寫姿態不限於上海時期。以《秧歌》和《赤地之戀》向自由世界報導中國土改，藉英文寫作向外國讀者介紹中國，中介可說是張愛玲一生的興趣。

這個觀點不但充分解釋〈第二爐香〉的故事性質，而且說明何以在一九四五年抗戰勝利以後，張愛玲忽然不再寫香港英國人或上海白俄的故事。抗戰勝利以後，出國以前，她應付中國特殊情況而寫作。一九五二年出國以後，她的預設讀者群是台港以及海外讀者，中介的材料因應讀者對象而產生變化。

其三，張愛玲異國情調的故事都寫於上海淪陷區時期。當時中國面臨的殖民者已不是俄國或英國，而是日本。後殖民主義龐雜的定義之一豈不是在反歐洲中心主義之外，強調反帝國主義？張愛玲沒有譴責日本帝國主義的環境。證諸一九三六年十月十五日上海光明書局出版《現階段的文學論戰》，當時文藝「救亡圖存」的唯一對象就是日本。然而爲了避諱，有些論述只敢用「××帝國主義」的字眼指稱日寇。可見當時上海文人承受壓力之大。柯靈如此記述張愛玲躍身文壇之前，上海「孤島」的情況：「由於環境特殊，鬥爭特別複雜和艱苦，但愛國主義的旗幟舉得更高了，鬥爭形式也有許多新發展。例如不少報刊都掛上英、美等洋商招牌，藉以維護主權，排除日僞的干擾，就是一種應運而生的新戰略。」[12]

藉英美招牌抗日，維護主權，一時成爲上海文化界遠交近攻的生態。上海全面淪陷之後，寫作環境更爲惡劣。張愛玲忍辱偷生，無膽冒犯身邊難纏的閻王，如果大筆揮師香港英國人或落難上海的白俄，不但有違上海地區特殊的抗敵策略，棒打各處小鬼，又有何勇可言呢？

1 葉公超〈從印象到評價〉，收入《葉公超散文集》，台北洪範，一九七九年九月初版，頁五〇。

2 蔡源煌〈從後殖民主義的觀點看張愛玲〉，收入楊澤編《閱讀張愛玲——國際研討會論文集》，台北麥田，一九九九年，頁二七九—二八二。

3 見單德興〈權力・政治・文化——三訪薩依德〉，台北《當代》月刊，二○○二年二月，頁四六—六七。

4 蔡源煌〈從後殖民主義的觀點看張愛玲〉就持「白種人爲殖民者」的看法。這種觀點很普遍，不限於蔡源煌。

5 這篇小說刊於一九三○年六月的《哈潑月刊》（*Harper's Monthly*），以及同年七月的《雙週評論》（*Fortnightly Review*）。

6 Deppman, Hsiu-Chuang, "Rewriting Colonial Encounters: Eileen Chang and Somerset Maugham", *Jouvert: A Journal of Postcolonial Studies*, North Carolina State University, Vol. 5, Issue 2, Winter 2001.

7 周策縱〈重訪「五四」——不斷地重新估價〉，香港《明報月刊》，一九九九年五月，頁一八。

8 杜維明《現代精神與儒家傳統》，台北聯經，一九九六年二月初版，頁三六八。

9 同上註，頁二九八。

10 許子東〈重讀《日出》、《啼笑因緣》和「第一爐香」——兼論張愛玲與五四新文學主流之關係〉，收入黃德偉編《閱讀張愛玲》，香港大學比較文學系，一九九八年，頁二五—二八。

11 何杏楓〈「謔而虐」析論——並談張愛玲的翻譯因緣〉，收入黃德偉編《閱讀張愛玲》，頁二○八。

12 柯靈〈關於「孤島」文學〉，收入《柯靈六十年文選》，上海文藝出版社，一九九三年十二月，頁一一七○。

7
〈小艾〉的版本問題

這不但研究《紅樓夢》如此，
無論研究什麼，
必先要把所研究的材料選擇一下，
考察一下，
方才沒有築室沙上的危險。
否則題目先沒有認清，
白白費了許多心力，
豈不冤枉呢。
——俞平伯[1]

1

〈小艾〉最初連載於上海《亦報》，一九五一年十一月四日至次年一月二十四日[2]。除了這個原始版本以外，海峽兩岸先後至少出現了四種版本：聯副版（台北《聯合報》副刊，一九八六年十二月二十七日至一九八七年一月十八日）、明月版（香港《明報月刊》，一九八七年一月）、皇冠版（收入皇冠出版社《張愛玲全集》第十四冊《餘韻》，一九八七年五月），以及安徽版（收入安徽文藝出版社四卷本《張愛玲文集》第二卷，一九九二年七月）。此外還有香港山河圖書公司繁體字單行本《小艾》，七十一節，沒有註明出版年月，封面淡綠背景水彩畫裡，有個深綠瓦、慘白牆的房子倚山而立。這個單行本不在本文討論範圍之內。

〈小艾〉與《十八春》最初皆以筆名梁京發表。張愛玲一九七四年六月九日致夏志清信卻說：「除了『十八春』也從來沒用筆名寫過東西。」[3]一時遺忘，還是在以反共立場著稱的摯友面前，此地無銀三百兩，刻意隱瞞？作者在《餘韻．代序》裡說：「我非常不喜歡『小艾』。友人說缺少故事性，說得很對。」公開與本篇小說保持距離，或有當時不便說明的、文學以外的理由：作者本人的政治觀點已與〈小艾〉的左傾姿態大異；〈小艾〉的無產階級文學實驗亦未必見容於台灣的衛道人士，〈色，戒〉引起爭論即爲例證。所以〈小艾〉出土，大概出乎作者意料之外。《餘韻．代序》說張愛玲在「無可奈何」的情形下同意收〈小艾〉入文集，當爲實情。

這些版本各個不同。聯副版與皇冠版因應當時台灣的政治環境而不得不有所刪減，兩版切除的部分未盡相等。聯副版與安徽版不分節；明月版與皇冠版分節，兩版節數並非一致。就以最基本的分段以及錯別字以外的文字而言，竟也各有春秋。如〈〈小艾〉的無產階級文學實驗〉所示，建立張愛玲小說的宏觀了解，不能忽略〈小艾〉。然而研讀〈小艾〉必須先確立版本選擇的問題。定本應該具備哪些條件？這四個版本何者可以出線做爲研讀的定本？

本文建議〈小艾〉定本應滿足以下三個條件：保留政治犯忌的部分（第二節）；保持原來的形式和節數（第三節）；收入皇冠版在政治手術之外，與其他版本的差異文字（第四節）。

我們將在這些條件的討論裡逐一指出目前四種版本個別的缺陷，以及無一可視爲研讀定本的理由。

2

〈小艾〉定本不應刪除政治犯忌的部分，因爲這篇小說是張愛玲最重要的無產階級文學實驗（詳見本書〈〈小艾〉的無產階級文學實驗〉）。故事的時空座標很重要；原來的故事發展到一九四九年以後。政治淨化版（聯副版、皇冠版）抽掉包括「那是蔣匪幫在上海的最後一個春天，五月裡就解放了」以及「解放後」等等文字的段落，造成故事停止於解放之前的錯覺。既傷作者原意，也破壞了小說藝術的完整性[4]。

聯副版的政治手術切除了九整段，還有兩段中間挖空、併爲一段的地方。皇冠版的開刀部位大致依照聯副版，只是另外多拿掉了一整段。

聯副版與皇冠版的政治忌諱今天應該已不再存在。恢復〈小艾〉對蔣介石與國民黨不敬的文字並不表示我們蓄意重提舊怨，藉機再度惡意攻擊。就這個案例而言，小說定本之確立較繼續堅持政治顧慮重要得多。文學或有天長地久代代相傳的可能，一時一地的政治狀況卻肯定會被時間十年、百年、千年地沖消淡化掉。小說詆毀政治人物或政黨，只要格調不趨下流，都應允許。基於國共對抗立場而叫罵的政治筆墨，越是激揚，越不具煽動性或殺傷力，因爲明眼人洞察其圖，不易爲所惑。維護蔣介石或國民黨的讀者應該不會因此而怒，反對蔣介石或國民黨的讀者或許不必由是而喜。

3

定本應該尊重作者意願。《餘韻．代序》：「盡量保持原來的形式和節數，以呈現當時連載的原貌。」明月版段落以及節數（共得七十二節）在四種版本裡最多，可惜白璧微瑕：如本文第一節所示，《亦報》從連載開始到結束，該有八十二天，出報天數大於明月版節數。陳子善先生一九九八年九月九日致筆者信詳盡地澄清了這個差異：

關於〈小艾〉連載問題，就我記憶所及，謹覆如下：〈小艾〉當初在《亦報》上是逐日連載並無間斷的，我把全部影印件寄給《明報月刊》後，他們為節省篇幅，在刊登時刪去了十節的小標題，以至縮成只有七十二節了。這事《明月》編輯黃俊東兄在一篇文章中曾提到過，因此《明月》的節數已不能完全反映〈小艾〉的原始原貌。至於到底在那些段落刪去了小節標題，時隔十多年，我已無法回憶（即使在當時我已弄不清了，因我提供給《明月》的複印本是唯一的一份），這當然是十分遺憾的事。

《亦報》藏於上海圖書館，因係孤本，現在已很難再複查，今後如有機會，我願再複查，以弄清這個節數問題，還〈小艾〉的本來面目。

皇冠版經過政治手術，只得七十節。聯副版和安徽版都不分節。聯副版在政治敏感部分之外的分段與其他三種版本略爲不同：併前後兩段爲一段，或拆一段爲兩段，大概是爲了報紙排版的需要。聯副推出〈小艾〉頗爲愼重。事先連續登了三天預告（十二月二十四至二十六日），陳秋松的插畫可圈可點，最後一天（一月十八日）加上臺繼之〈另一種傳說——關於「小艾」重新面世之背景與說明〉。這篇文章與陳子善〈張愛玲創作中篇小說「小艾」的背景〉（於明月版同期的《明報月刊》刊出），個別表示了海峽兩岸對〈小艾〉左傾色調不同的詮釋。

安徽版有把兩段併爲一段的單一事件。疏忽的可能性較大。這個版本有與其他三種版本都不同的細微文字差異，錯別字以外，顯然是編校人員有意修改。就文字而言，此爲最拙劣的版本。由於這可能是大陸目前流通的版本，編校的自以爲是頗令人氣結。舉幾個例子。

張愛玲的助動詞多用「的」收尾，〈小艾〉也不例外。安徽版的助動詞以「的」或「地」結束，並不一致。比如說，「偷偷的打牌」就改爲「偷偷地打牌」。類似的更改至少有六起。

五太太約麻將搭子：「陶媽送了茶進來，五太太笑道：『咦，我們正是三缺一。』」安徽版把「咦」改爲「姨」。當時房裡還有老姨太和婉小姐兩人，「姨」自然指老姨太。這裡該用何字才好？基於三個理由，「咦」比「姨」妥當得多。其一，老姨太身分不高，戲分也輕，作者沒有必要去強調五太太與老姨太之間特殊而且親暱的關係；其二，這篇小說愛用喉音，「咦」字另外至少還用了四次。其他的喉音還有「哦」、「唔」、「噯呀」、「噯喲」、「噯」、「哪」、「喲」等等；其三，張愛玲對「姨」字有過敏性。散文〈表姨細姨及其他〉曾說：「看來除了風氣較開放的江南一隅——延伸到蘇北——近來都避諱『姨』字，至少口頭上『姨』『姨娘』的稱呼已經被淘汰了，免與姨太太混淆。」五太太不會稱呼老姨太爲「姨」。

牌沒打完，小艾正式登場。「眾人一齊回過頭來看看」，安徽版把「看看」改作「看著」。「看看」比「看著」不經意，隨便瀏覽一下。在這些牌友心裡，買個小丫頭沒那麼大不了，不必盯著看不停。「看看」當然好些。

強暴事件當晚，劉媽在走廊盡頭遙遙叫喚：「回來了回來了」，通知陶媽，太太們回家了。安徽版改爲「回來了，回來了」。加個逗點，把原文的急切語氣破壞掉。張愛玲頗留意標點符號與語氣。五太太愛買小禮物送人，笑著向人手裡亂塞，說：「你拿去拿去！」，就不用逗點分開兩個「拿去」。

相反地，添加逗點以拖長語調的例子也有。小艾緩慢漸進地忘記身世細節：「漸漸的，也就眞的忘記了。」安徽版把逗點刪掉。「漸漸的也就眞的忘記了」，完全無視於原文的用意。

小艾不顧一切地把強暴事件述說給金槐聽：「她要把她過去受苦的情形全都訴給他聽。」

安徽版把「訴」改爲「告訴」。單字動詞「訴」是傾訴、訴苦之意，情緒激動，比「告訴」的冷靜要好得多。此字用法有另例可引。《十八春》第八章顧太太氣惱沈世鈞。世鈞來訪，顧太太避見他，源源本本，把世鈞曼楨的事一一「訴」給曼璐聽。安徽文藝出版社《張愛玲文集》收錄《十八春》，產生種種誤差，所幸未曾改動此字。《十八春》改寫爲《半生緣》，仍保留「訴」句。可見〈小艾〉用此字乃作者偏好，絕非筆誤。

故事頗注意場地的照明度。強暴那場戲以「燈光是黯淡的紅黃色」做結束，完全沒有露骨的情色筆墨。金槐送小艾三個鉛字，爲她命名，「走到街口的燈光下」。安徽版改爲「走到街口的窗燈光下」，加了個「窗」字，把場所限制到鄰舍窗邊。當然原文較好，兩人談話的位置不必緊靠別人窗邊，比較不會吵到鄰居。命名是大事，那時他們兩人應該是自成天地的。

金槐告訴小艾去香港的計畫，「小艾噯呀一聲，在枕上撐起半身向他望著。」安徽版把「噯呀」改爲『噯呀』。不加引號表示噯呀聲音不大。小艾病中，而且向來不對金槐大裡大氣說話。沒有改的必要。

不必要改動的地方還很多。小艾笑道：「我又不是個小孩子了！」安徽版改「！」爲「？」。「小艾就最受不了這種叱罵的聲口」，安徽版改「聲口」爲「聲氣」。「打打鬧鬧」，安徽版改爲「熱熱鬧鬧」等等。

4

皇冠版與其他三種版本至少有九處政治手術之外的文字差異。看似瑣碎，其實高明，應該收納於定本之內。這些變動是否來自作者本人則難確定。我們知道皇冠版曾得作者本人批准（《續集．自序》）。既已批准，親校自是可能。〈對現代中文的一點小意見〉有句：「我出全集的時候，只有兩本新書自己校了一遍」；該文發表時間較早（一九七八年三月），那兩本新書自然不包括現在容納〈小艾〉的《餘韻》。所以本文重視皇冠版的文字修訂，不能也不必以校定者（作者或皇冠出版社編校）爲考量。

舉例簡單討論這些文字更改。

故事開始不久就交代五太太在席家尷尬的處境。她有時心懷怨恨，「也不知怎麼，恨來恨去，就是恨不到他本人身上」。皇冠版把「他」改爲「她」。這裡「他」指席景藩，「她」指五太太自己。哪個字比較好呢？基於以下三項理由，「她」比「他」的含意繁複得多。其一，五太太雖然一直不死心，希望席景藩回心轉意，但是她終究間接表示了他應爲她的不幸負起責任：善待失勢之後的憶妃，五太太私下對人說：「從前那些事也不怪她，是五老爺不好。」故事未曾著眼於這個認知的源起、發展或轉折，所以她可能在婚姻初期就已肯定了要把這筆情帳算在他身上。所以用「他」不合適，五太太遲早總歸要怪恨席景藩的。其二，五太太完全沒有自責的理由。不過這個問心無愧的心情在席家得不到支持，稍後有句「老太太本來就說景藩不跟她好是因爲她脾氣不好」。此處「也不知怎麼」，就是要點明五太太不恨自己，其實是個孤立無援的立場。其三，我們在〈〈小艾〉的無產階級文學實驗〉裡曾指出，張愛玲同情五太太的可能原因之一，是她們家庭階級成分（舊官僚）相同，張愛玲不願順應左翼文學教條而全盤否定自己的出身。這種執著遙相呼應了五太太在四面楚歌之中不怪自己的態度。

憶妃敞著高領子，「露出頸子上四五條紫紅色的揪痧的痕迹」，皇冠版刪去第二個「的」字。簡潔。

強暴事件當天，小艾「拿起剪刀，把那紅紙剪出來」，皇冠版刪去「那」字。紅紙並無特定專指的必要。

強暴事後，隔壁的和尚唸經，「那波顫的喃喃的音調」，皇冠版刪去第二個「的」字。也是求簡潔。

身遭凌辱，小艾還得服侍席景藩。她「一步一步的走近前來，把那托盤放下來」，皇冠版刪去第二個「來」字。犯重。

小艾挨五太太打，「左右躲閃著」，皇冠版改「躲閃」爲「閃躲」。閃躲強調的動作是閃，躲也躲不掉。

小艾「到後面去把門關上了」，皇冠版刪去「上」字。同段文字已有「上樓」，「忘了關門」，除掉「上」字，前後一致些。

小艾注意到住在對過的金槐以後，奉命到衖堂找貓，開始覺得不自然，「彷彿怕給什麼人聽見了」，皇冠版把「聽見了」改爲「看見他」。當是「看見她」之誤。小艾當時已「覺得這種行爲實在太可笑了」。既是找貓的行爲，而不止是叫貓的聲音，用「看見」很合理。情竇初開，總是想當面相遇的，所以也合情。

金槐與小艾商量去香港的事。小艾笑道：「那也好，我一好了就來。」金槐道：「也只好這樣了。」皇冠版刪金槐話裡的「也」字。也是犯重。才用了個「也」字。

每個版本多少都有錯別字，就不必一一列舉了。

說來其實簡單。以明月版或再度出土的亦報版[5]爲基準，加上皇冠版政治切割手術之外的文字修訂，就可得定本。

1《俞平伯全集》第伍卷，河北省花山文藝出版社，一九九七年十一月，頁七七。

2見陳子善〈張愛玲創作中篇小說「小艾」的背景〉，香港《明報月刊》，一九八七年一月。這篇文章也收入陳子善編《私語張愛玲》，浙江文藝出版社，一九九五年十一月；以及陳子善《說不盡的張愛玲》，台北遠景，二〇〇一年七月。

3夏志清〈張愛玲給我的信件(八)〉，台北《聯合文學》，一九九八年四月，頁一四二。

4〈小艾〉在台北《聯合報·副刊》與香港《明報月刊》同步刊登之後，香港《信報》「觀景窗」專欄作家葉彤立即指出聯副版有刪減，並引用本文提到的臺繼之文章，說明不得不刪節的理由。見一九八七年一月二十一日至二十三日香港《信報》。

5陳子善主編《鬱金香》收入〈小艾〉。陳子善在該書〈編後記〉說：「本書所收〈小艾〉恢復了《亦報》初刊本原貌，這也是〈小艾〉『出土』二十年後首次以本來面目與讀者見面。」北京十月文藝出版社，二〇〇六年十二月第一版，頁四六九。

8

〈小艾〉的無產階級文學實驗

如果訴諸某種意識形態來解釋人的生存狀況，
那只不過是一個解釋，而不是文學。
因此我們要文學直接訴諸、
直接表述人的生存狀態。
而人的生存狀態恐怕大於任何理論。
任何關於人的解說，
乃至於任何哲學對人的解說，
都是不全面的，都是解說不盡的。
——高行健[1]

1

〈小艾〉最值得注意的特質並非其明顯強烈的政治立場，而是背棄了作者曾經公開陳述的文學理念去順應外在的嚴格的無產階級文學綱領。論者早已指出這項轉折的原因在於客觀政治環境的壓力、作者謀生存活的需要[2]、甚至作者對新中國短暫的、善意的肯定[3]。被迫或自發，〈小艾〉是張愛玲最前衛、最重要的無產階級文學實驗。我們是否可以暫時拋開外緣因素（政治、經濟等等）的考量來追問以下幾個文學性的問題：她的文學理念如何允許了這項實驗？這項實驗如何配合了無產階級文學理論？同樣重要的是，〈小艾〉是否仍然堅持了某些或某種程度與無產階級文學理論相違的寫作原則？張愛玲的文學理念如何幫助她拒不從命？

2

長期生活在左翼文學團體活躍的上海，張愛玲很早就留意到，並且在幾篇散文裡簡略地提到無產階級文學理論。她曾坦承自己不太了解左翼思想，見到警察無理打人：「大約因爲我的思想沒受過訓練之故，這時候我並不想起階級革命，一氣之下，只想去做官，或是做主席夫人，可以走上前給那警察兩個耳刮子。」（〈打人〉，一九四四年六月）她也一度迷糊不解無產階級的定義：

> 有個朋友問我：「無產階級的故事你會寫麼？」我想了一想，說：「不會。要末只有阿媽她們的事，我稍微知道一點。」後來從別處打聽到，原來阿媽不能算無產階級。幸而我並沒有改變作風的計畫，否則要大為失望了。（〈寫什麼〉，一九四四年八月）

她一直沒有正式挑戰或譴責無產階級文學理論。《紅樓夢魘》有句話：「近人竟有認爲此書是集體創作的。集體創作只寫得出中共的劇本。」批判的對象是實際的文學作品、社會群體對單一文學主張的盲從、強迫這種文學創作活動的政權，並非文學理論本身。終其一生，她認爲文人「寫所能夠寫的，無所謂應當」（〈寫什麼〉）。所以如果作家個人心甘情願去奉行無產階級文學理論，也未嘗不可。只要沒有政治外力干預與迫害，任何文學流派裡的強制性與排他性充其量只是種訴求，並不能絕對地規範個人自由創作的思維、過程、方法或結果。公開鼓吹特定文學教條、而又以創作令人刮目相看的作家，往往不能產生徹頭徹尾支持自己高見的作品，因爲文學作品如果可觀，就必然有不能受制於任何預設的文學規章的繁複性質。張愛玲深知文學綱領的這種本然的限制，所以用平常心來對待無產階級文學理論。

> 「文藝沒什麼不應當寫那一個階級。」（〈國語本《海上花》譯後記〉一九八三年十月）

這種開闊包容的文學胸懷，允許她自己嘗試類似〈小艾〉的無產階級文學實驗。在這個實驗裡，她強調了政治學習、個人階級成分以及階級仇恨。

中國共產黨無產階級文學理論最重要的依據，大概是毛澤東一九四二年五月〈在延安文藝座談會上的講話〉。〈講話〉分〈引言〉以及〈結論〉兩部分，各是五月二日和五月二十三日的演說詞[4]。〈引言〉的指示之一是，文藝應該描寫無產階級、農民和小資產階級在鬥爭中改造自己的過程，「使他們團結，使他們進步，使他們同心同德，向前奮鬥，去掉落後的東西，發揚革命的東西，而決不是相反。」從這個條件觀之，張愛玲嘗試左翼文學，始自《十八春》。那個故事說曼楨在解放之後積極參與政治學習，拓展個人視野，落實個人生涯規劃，原諒祝鴻才，冷靜對待沈世鈞等等，在在配合了〈引言〉的訓導。〈小艾〉寫金槐與小艾在解放後政治學習，不過是前述《十八春》那種順應的再次浮現。

然而《十八春》缺乏無產階級的角色。富家子弟沈世鈞、翠芝、小事務員（或教師）曼楨，都不夠資格做無產階級。許叔惠政治覺悟最早最徹底，面對翠芝的誘惑毫不動心，反而曉以大義，算是張愛玲小說少見的無個性缺點的男性，與《半生緣》那位花花公子許叔惠大相逕庭，仍因其家庭與個人成分與無產階級無緣。〈小艾〉顯然要擺脫《十八春》這項限制，上應〈引言〉「站在無產階級的和人民大眾的立場」的要求，爲無產階級發言陳情。階級成分得分家庭與個人兩方面考量。從家庭成分來看，小艾「只曉得她父母也是種田的」，大概是貧農，和金槐出身相仿。從個人成分而言，金槐是印刷所排字工人，算是無產階級。小艾出嫁以後，因爲沒有正式在外頭就職，個人成分跟著金槐歸類，也是無產階級。

了解到階級成分的重要性，我們才能體會金槐爲不太識字的小艾改名爲「玉珍」，這個情節雖然暗含了作者對文盲（或近文盲）的同情，那項熱忱是自我節制的。且以張愛玲看過幾遍的《老殘遊記》做個比較[5]。老殘娶了妓女翠環，作者不描寫兩人新婚燕爾，逕說換名：「因翠環的名字太俗，且也不便再叫了。遂替他顚倒一下，換做環翠，卻算了一個別號，便雅得多呢。」不便再用舊名，大概因爲那是歡場花名。五天過後，再提老殘教翠環認字。這些偏重都代表了知識分子同情文盲（或近文盲）的傳統。老殘在官僚體制之外對國家社會貢獻一己之力的情節，也十足代表了傳統文人狂野而尊貴的幻想。然而共產主義，至少在理論上，不會允許知識分子在政治體制外尋求報國的意圖或行爲。身爲知識分子——小資產階級的一種——就應有所不逮，需要改造。所以張愛玲小心翼翼地局限了金槐的文化承載量度，有意不讓這位自修讀書的排字工人沾惹知識分子的思維言行。比如說，金槐爲小艾改名並不以俗雅爲由，而是因應她對自己遭遇的憤恨：「她最恨這名字，因爲人家叫起這名字來永遠是惡狠狠的沒好氣似的。」小艾後來「略微認識幾個字了」，偏不寫金槐教她認字。這些安排都在避免知識分子氣息，以免玷污了金槐的無產階級成分。

階級成分並不能確保個人思想言行的政治正確性。〈引言〉說過：「無產階級中還有許多人保留著小資產階級的思想」，所以小艾與曼楨一樣，需要政治學習。小艾婢女出身，窮怕了，「總有這樣一個模糊的意念，在這種社會裡，一個人要揚眉吐氣，大概非發財不行吧。」這是極其俗氣而又合情理的價值觀念。戀愛中，她不喜歡金槐講國家大事，因爲他一說起來就要生氣。婚後見到曾追求過她的有根，跑單幫發了財，覺得丈夫金槐傻愛國，「循規蹈矩，永遠也沒有出頭之日。」小艾也毅然決然去跑單幫，生意不成再爲人揹米，終於累壞了身體。這些都是小資產階級的包袱。解放後聽金槐講新民主主義、社會發展史，聽了喜歡，「卻不求甚解」。小艾非常實際，生活實質的進步才能贏取她認可新政權。解放後，果然物價平穩、生活安定，又有「眞的爲人民服務」的醫院，她的政治認同才得落實。

如果小艾是無產階級政治學習的一種樣板，金槐則另具格調，算是裡裡外外毫無缺點可言的無產階級樣板。他一向愛國。上海失守前，冒險替各種愛國團體送慰勞品到前線去。知道小艾曾遭凌辱而懷孕、流產，仍要娶她。抗戰期間，他在內地親見官方領頭投機囤積而憤懣。勝利以後，又爲內戰連連而憂慮。解放後，他熱心政治學習，在家裡講解新民主主義、社會發展史。他「從事正當勞動」來養家活口，不介意小艾多病、久婚不孕，阻止小艾迷信亂投醫，並善言開導小艾「恨死了席家」的情緒。金槐遂成爲《十八春》許叔惠之後，另一位張愛玲小說世界裡罕見的無瑕疵的男性。

所有張愛玲的小說裡，大概〈小艾〉用恨字的密度最高。這篇小說宣揚了兩種符合無產階級文學綱領的階級仇恨：無產階級（或貧農）對反動官僚（或舊官僚）的憤怒，大陸人民對親日漢奸與國民黨的敵對。先說前者。席家算是反動官僚（或舊官僚）階級，金槐與小艾，如前文所述，都是無產階級（或貧農）。所以金槐與小艾根深柢固憎惡席家，就是兩個階級之間合乎馬列觀點的重要對應關係。小艾在打罵與誤解裡長大，席家上上下下沒有任何人對她說過稍帶善意的話。陶媽幫助她出嫁，也是防阻自己兒子有根追求小艾。小艾不但階級意識明晰，「總忘不了她從前是個丫頭」，階級仇恨也強烈，「她的冤仇有海樣深」，席景藩的死訊使她「覺得快意」。金槐同仇敵愾，聽見小艾遭強暴，並受毒打而流產，氣極了：「席景藩要是還活著，他眞能夠殺了他。」結婚前幾天，金槐本來不願去席家送禮，「因爲實在恨他們家。」

〈小艾〉這種階級仇恨主要是單向的，發自受剝削的階級。佔了便宜的階級倒不一定非得基於階級立場去憎嫌受欺辱的階級。所以強暴事件之前五太太打罵小艾，在於欺凌；強暴事件之後五太太開始長期嫌惡小艾，雖然作者沒有點明原因，主要還是基於個人的妒忌：席景藩一直沒有對五太太動心，對五太太的肉體興趣缺缺。小艾流產之後大病數月，五太太不予醫治，當時「五太太對小艾實在是有一點恨」。好不容易小艾要出嫁了，五太太還是「心裡恨她，所以只要是與她有關的事情，都覺得有些憎惡」，囿於丫頭不能直接從主人家出嫁的忌諱，讓小艾先搬到劉媽家去住著，再辦婚嫁。

〈小艾〉宣揚階級仇恨的第二種方法是攻擊親日漢奸與國民黨。爲何這種矮化也算是無產階級文學的要則？毛澤東〈兩種不同性質的矛盾〉（一九五七）清楚指出親日漢奸和國民黨反動派爲諸多「人民的敵人」類別裡的兩類。〈引言〉論及態度問題，明說「我們文化軍隊的任務是在暴露一切敵人的殘暴、欺騙及其必敗的前途」。

席景藩要做漢奸的謠言流傳不久，就在路上遭槍殺死亡。這裡他是否眞的做了漢奸並不重要，把這個反動官僚與漢奸牽聯在一起就是藉助漢奸的反面性質，說明他死有餘辜。

醜化親日漢奸的另一例子是勾結日本人從事非法生意發財的吳氏夫婦。吳先生欺負金福老實，「老是不給他加工錢。」吳太太對傭人刻薄，每天剩下的雞魚鴨肉，寧可倒了也不給傭人吃，怕她們吃慣了葷。

攻擊國民黨，在所有張愛玲小說裡〈小艾〉最爲劇烈。前文已提到抗戰時期金槐在後方目睹國民政府腐敗。故事寫解放之前，有這麼句話：「那是蔣匪幫在上海的最後一個春天。」張愛玲小說對蔣介石或國民黨不敬，常藉用某項政策實施之不當來呈現微言，像「蔣匪幫」這種辱罵的例子，並不多見。〈小艾〉服膺〈引言〉指令，立場明確，態度暴露。

3

張愛玲這場無產階級文學實驗並沒有產生徹頭徹尾的普羅作品。也就是說，純粹從無產階級文學觀點而言，這篇小說仍有可資商榷之處。其原因自然是雙重的：作者無法在思想上遵照馬列教條而全盤改造；作者有意持續沿用已久的文學理念。「不能」或「不願」，這種冥頑不靈促成了故事本身許多特殊的趣味。其中兩項——五太太形象突出，故事進程由強轉弱——久爲方家視爲這篇小說個別的明顯的成功與失敗，但是實與作者格格不入無產階級文學理論大有關聯，則乏人論及。

先談五太太的形象問題。〈引言〉允許作者在歌頌與暴露之間採取適應不同對象的中間態度；所謂對象，就是敵人、朋友（各種不同的同盟者）和自己（無產階級及其先鋒隊）。五太太可能是無產階級的朋友嗎？她並非一無是處。她認爲席景藩做漢奸有傷聲譽。她「生平最贊成自由戀愛，不但贊成，而且鼓勵，也是因爲自己被舊式婚姻害苦了，所以對下一代的青年總是希望他們『有情人終成眷屬』」。可惜由於忌恨，那些開明與善良一直沒能拂拭小艾。相對地，金槐與小艾始終視她爲席家一分子，同是階級仇恨的對象。也就是說，故事裡的無產階級未曾把五太太從舊官僚階級裡區分出來，兩者之間形同水火，毫無友誼可言。五太太是無產階級的敵人，不是朋友，似乎十分明確。

作者卻無法採取同樣的敵視五太太的態度。作者視五太太爲舊社會婚姻制度的受害者，無止無垠地等待丈夫回心轉意。由於五太太未能升格爲無產階級的「朋友」，張愛玲這種同情的態度並非〈引言〉所特准的，面對「朋友」的中間立場，而是〈自己的文章〉所陳述的小說寫作的要則：

……我不把虛僞與真實寫成強烈的對照，卻是用參差的對照的手法寫出現代人的虛僞

> 之中有真實，浮華之中有素樸，……
> ……因為我用的是參差的對照的寫法，不喜歡採取善與惡，靈與肉的斬釘截鐵的衝突那種古典的寫法，所以我的作品有時候主題欠分明。……

張愛玲堅持這種小說方法，所以在顯然贏取讀者同情的角色身上添加人性弱點，又在可能令人厭惡的人物身上補充個性優點。舉兩個例子來說明前者。《赤地之戀》黃絹楚楚可憐，爲愛捨身，然而在個性上有妒忌的缺點。《十八春》、《半生緣》的曼楨當然令人同情，但是自願下嫁曾經強姦她的祝鴻才，在愛情判斷與婚姻抉擇上犯了錯誤。

相反地，張愛玲也在可能令人憎恨的角色身上補充人性優點。五太太就是個例子。她照顧丈夫前妻留下的子女、敬侍婆婆、樂贈親友自己收藏的小玩意兒，並善待曾經嚴重破壞她婚姻的失寵之後的憶妃。前文提到五太太贊成自由戀愛。讀者或許記得〈金鎖記〉曹七巧一生婚姻悲慘，自己獨立掌理家務之後，竟然蓄意摧毀親生女兒長安與童世舫的戀愛。那種人性顛狂著實襯托出五太太樂見有情人終成眷屬的寬大。

提到曹七巧，總令人想到張愛玲的名言：「我的小說裡，除了〈金鎖記〉裡的曹七巧，全是些不徹底的人物。」（〈自己的文章〉）由《十八春》許叔惠與金槐，我們知道那句話說得太早太徹底。張愛玲戰戰兢兢地捧著這兩位左翼思想的模範，不敢妄加任何可以暗示或明示他們個性或言行缺失的文字。他們使那句「我寫的故事裡沒有一個主角是個『完人』」（〈到底是上海人〉）從事實陳述降格爲理想訴求。

就同情五太太這樁案例而言，作者沿用自己的文學理念，相悖於〈引言〉規定的文學立場，可能也因爲她不願意全盤否定自己出身。張愛玲的家庭成分與五太太一樣，屬舊官僚；張愛玲的個人成分，是毛澤東〈講話〉的〈結論〉部分所提示，應予幫助與爭取的「小資產階級文藝家」。作者並非一味袒護舊官僚階級，席景藩與憶妃的惡劣自是一言難盡。然而五太太顯示作者不願徹底鞭伐自己舊官僚的家庭成分；從馬列思維方式看來，當然包袱太重，不知悔改。

所幸小說閱讀經驗並非左翼階級意識形態所能統攝。〈小艾〉的讀者也許會同意五太太的人物塑造——雖然不是這篇小說僅有的強點，小艾在席家的遭遇描述，著實令人窒息沉重——應屬於這個故事最成功的部分。所以此項小說藝術的成功，並非受惠於這場寫作操練所根據的外來的遊戲規則。情形正好相反，恰是作者拒絕那些強硬的演練指令的結果。抗命與拒降，確爲〈小艾〉無產階級文學實驗最重要的文學意義。荀子〈大略篇〉說過：「歲不寒，無以知松柏；事不難，無以知君子無日不在是。」

余斌認爲五太太「的處境有幾分像《金瓶梅》中的吳月娘，但是吳月娘有她的一份剛愎，五太太則膽小怕事，不敢有自己的意志」[6]。〈小艾〉自然可能受《金瓶梅》影響。前引那句「她的冤仇有海樣深」與《金瓶梅》第十二回的「冤仇結得有海深」可稱神似。五太太與吳月娘都是丈夫喪偶之後再娶的正房妻子，並非姨太太或妾。不過就家庭地位高下而言，兩人處境頗爲不同。月娘一直多少得到西門慶的尊重。西門慶寵愛的對象游移變動，但是月娘一直是妻妾的領袖。她是唯一曾經勸西門慶節慾從善的人，也爲他生下唯一倖存的兒子。西門慶死後，決定寄賣潘金蓮的就是月娘。五太太缺乏這些情愛、尊重與實務的權力。五太太雖然有善良的一面，可是打罵並憎惡小艾，令讀者對她愛憎併立，與月娘的賢良忠厚相去甚遠。五太太意興闌珊地同意小艾出嫁，與月娘懲罰性地寄賣潘金蓮，意義自然有別。所以五太太與月娘的差異比類同重要得多。對比之下，總覺得五太太頗爲欠缺。

現在談〈小艾〉故事走勢由強轉弱的問題。張愛玲自己說過：「我非常不喜歡『小艾』。友人說缺少故事性，說得很對。」（《餘韻・代序》）大概就是針對情節發展的枯竭跌停而言。陳子善說得扼要清楚：「〈小艾〉的前半部寫得得心應手，從容不迫，後半部就顯得較爲薄弱，結尾也略嫌倉促。」[7]問題是故事進程爲何如此困頓？我們試提兩種可能的原因：其一、作者殷切恭維新政權的方式過於拘泥；其二、作者拒絕肯定階級鬥爭。

先說作者殷切恭維新政權的拘謹，從《十八春》與〈小艾〉的結尾，我們知道張愛玲歌頌新中國的主要方式是強調解放後國家大我對個人小我感召教化的功能。基於這項認知，解放後不但政治、社會、經濟等等客觀問題都不便再提，就是人性、人際關係等等都立即趨向完美。善於編故事的張愛玲就難於鋪陳情節。《十八春》在解放後仍需交代兒女私情的發展。〈小艾〉在解放後幾乎無事可表。金福興奮地下鄉參加土改，小艾仍圖從事個體戶經濟，「多掙兩個錢」，以至第四次（最後一次）大病。這次大病的用意在於彰顯新中國的醫療服務進步。她的病奇蹟似地治癒了，而且還如願懷了孕。

寫解放後的中國非得歌功頌德不可，這是由恐懼造成的自禁。在沒有這種意念先行的情況裡，張愛玲曾說：「我的情節向來是讓它自己發展，只有處理方面是由我支配的。」[8]〈小艾〉有了束縛，情節無法自由發展，愈接近解放時期，綑綁愈緊，一寫到解放之後，作者就噤若寒蟬起來。

這種動輒得咎、驚心動魄的寫作經驗，豈不類似五太太面對婆婆和丈夫的窘懼？張愛玲說過，《紅樓夢》「爲了文字獄的威脅，將時代背景移到一個不確定的前朝」[9]。〈小艾〉把作者的驚嚇，託付到五太太硬著頭皮去服侍午覺睡醒的婆婆、巧遇回家探母的丈夫的那段戲裡：婆婆待理不理她的問候，五太太「一有點窘，就常常在喉嚨口發出一種輕微的『啃』『啃』的咳嗽的聲音」；聽見丈夫汽車聲，知道他回來了，「頓時張皇起來」，進退兩難，「六神無主」；丈夫進房以後完全視若無睹，她「十分局促不安……越發覺得自己胖大得簡直無處容身」；不知該不該舉手整理或許零亂的頭髮，「因此左也不是右也不是，站在那裡繃了半天，方才搭訕著走了出來」。五太太在婆婆和丈夫跟前，就像〈小艾〉寫作時期面對左翼文學批評家，作者完全沒有自由表達個人意願或情緒的勇氣。她們不申冤訴苦，因爲完全沒有人會支持或同情。

作者拒絕肯定階級鬥爭的正面意義，不然解放後仍可添增清算鬥爭的情節。這個故事有階級仇恨、階級迫害、作者對自己家庭階級（五太太）的同情，可是沒有無產階級主導的階級鬥爭。解放前席景藩、五太太都已死去，解放後，故事裡的無產階級突然沒有了可以仇恨或清算鬥爭的對象。

張愛玲不是不會寫階級鬥爭，但是她要思考鬥爭所必須攜帶的意義：「倘使爲鬥爭而鬥爭，便缺少回味，寫了出來也不能成爲好的作品。」（〈自己的文章〉）比如說，憶妃與五太太之間的鬥爭也具有階級性：前者堂子出身，身世故事可以令五太太流淚，可見家世貧寒，後者與席家原是老親，所以妾妻兩人家庭階級不同。憶妃要奪五太太的權。但是這個奪權鬥爭的目的在寫人性傾軋，在暴露舊社會（如一夫多妻制）的問題，而不是直接爲無產階級服務。作者沒有讚揚這個階級鬥爭。

證諸《赤地之戀》以「殺人越貨」來標籤土改過程，並以謊言與誣賴來做爲戈珊通過清算大會的手段，我們知道張愛玲視階級鬥爭爲殘暴，並不認爲它可以發掘事實眞象、維護正義、解決問題。

毛澤東藉不斷的、激烈的階級鬥爭來快速改造中國，所謂「一萬年太久，只爭朝夕」。張愛玲深知文化源遠流長，小說家最大的挑戰就是作品是否能夠禁得起時間的考驗，世世代代的傳下去。她要爭萬年，不爭朝夕。

1 高行健〈文學的語言〉，香港《明報月刊》，二〇〇一年三月，頁六〇。

2 臺繼之〈另一種傳說——關於「小艾」重新面世之背景與說明〉對〈小艾〉寫作的環境做了如此的說明：「上海陷共後，張愛玲的處境當不太樂觀。以張的冷靜、敏感，一定早已嗅到對她這種『小資產階級』不利的空氣，故文章不發表則已，要發表一定得表明立場，以掩護作品之意識形態，卻非內容所需，肯定言不由衷。……這一年四月，大陸展開『肅反』，搞得人心惶惶，張愛玲顯然有所顧忌、遲疑，作品最後才弄了一些保護色。揣想她勉強發表作品，也許是生活有些拮据。」見台北《聯合報》副刊，一九八七年一月十八日。

3 陳子善〈張愛玲創作中篇小說「小艾」的背景〉有這樣的意見：「隨著〈小艾〉的『出土』，我們又明白無誤地知道，張愛玲確曾在自己的作品中對剛剛誕生的新社會表示過歡迎，儘管她的聲音很小，很微弱，但是她並沒有做作，她的態度是眞誠的。」見香港《明報月刊》第二五三期，一九八七年一月。陳文收入陳子善編《私語張愛玲》，浙江文藝出版社，一九九五年十一月，頁二八三。同文收入陳子善《說不盡的張愛玲》（台北遠景，二〇〇一年），把「剛剛誕生的新社會表示過」改爲「當時大陸政權易手表示過謹愼的」，頁一一八。

4見《毛澤東選集》第三卷，北京人民出版社，一九六六年。

5張愛玲早於一九四四年三月就說「熟讀《老殘遊記》」，見〈女作家聚談會〉，收入唐文標編《張愛玲卷》，台北遠景，一九八二年十一月，頁二二八。張愛玲一九七二年四月二十三日致夏志清信上有「『老殘遊記』看過幾遍」的話，見夏志清〈張愛玲給我的信件(七)〉，台北《聯合文學》，一九九八年一月，頁一〇七。

6見余斌《張愛玲傳》，台中晨星，一九九七年三月，頁二八九。

7見陳子善〈張愛玲創作中篇小說「小艾」的背景〉，頁二八三。

8見張愛玲〈寫「傾城之戀」的老實話〉，一九四四年十二月九日上海《海報》，收入陳子善編《作別張愛玲》，文匯出版社，一九九六年二月，頁二五九。

9見《紅樓夢魘》，台北皇冠，一九七七年八月，頁一一七。

9

多妻主義的鼓吹與抵制

從《兒女英雄傳》到〈小艾〉

始欲識郎時，
兩心望如一。
理絲入殘機，
何悟不成疋。

——〈子夜歌〉之一

藉由註釋，〈小艾〉（一九五一）這個細節或可幫助我們掌握本篇小說迄今仍乏人問津的一些要義：

憶妃想必和景藩預先説好了的，此後家下人等稱呼起來，不分什麼太太姨太太，一概稱為「東屋太太」，「西屋太太」，並且她有意把西屋留給五太太住，自己住了東屋，因為照例凡是「東」「西」並稱，譬如「東太后」「西太后」，總是「東」比較地位高一些。……

以東屋與西屋安置兩位妻子，源頭之一應是《兒女英雄傳》。較早發表的散文〈必也正名乎〉（一九四四）證明張愛玲曾留意到此書一夫兩妻婚姻裡的住屋安排：

《兒女英雄傳》裡的安公子有一位「東屋大奶奶」，一位「西屋大奶奶」。他替東屋題了個匾叫「瓣香室」，西屋「伴香室」。

〈小艾〉遙指《兒女英雄傳》的事實，乍看輕微，實則深具奧義。如果讀者的想像循其運轉，初步印象或是作者假借住屋分配，而在民俗舊典裡沾染《兒女英雄傳》那種一夫多妻的正當性，以及人倫關係的穩定性。由於〈小艾〉的人物沒有《兒女英雄傳》那些虛飾的美德，〈小艾〉就無法觸及《兒女英雄傳》誇張空泛的圓滿。

兩個故事的串連用意不僅如此而已。就篇幅與程度而言，《兒女英雄傳》鼓吹多妻主義很可能在中國小說裡居首。可是其宣教的熱情背後暗藏猶豫。那項理念的矛盾值得我們稍後略論。〈小艾〉的故事設計靈感不一而足，然而自《兒女英雄傳》摭拾而出，卻勉力呈現了截然不同的多妻主義態度與立場。〈小艾〉的多妻主義看法不但不受《兒女英雄傳》外表的強銷攻勢所涵攝，而且顯然不與《兒女英雄傳》內在的遲疑意志相互銜接。〈小艾〉的多妻主義觀點自有來路與格局，那麼張愛玲為何主動費神與《兒女英雄傳》攀上關係？

2

前引〈必也正名乎〉把東西兩屋的名稱搞錯了。《兒女英雄傳》第二十九回，何玉鳳在張金鳳的西屋門上看見「瓣香室」的匾。第三十二回，安公子為何玉鳳的東屋命名「伴香室」。所以東屋「伴香室」，西屋「瓣香室」，毋庸置疑。

此非張愛玲唯一的閃失。日本學者池上貞子曾指出，散文〈忘不了的畫〉（一九四四）錯把兩幅日本美人畫併為同一幅畫來描述[1]。或許此為張愛玲灑脫不拘小節個性的自然流露。歷經十年完成《紅樓夢魘》，居然如該書自序所陳，「有些今是昨非的地方也沒去改正前文」。學術研究，以自己「頭昏為度」，任性至此。

池上貞子的發現固然重要，其陳述張愛玲錯誤的平和態度尤為難能可貴。較諸張愛玲遭受的種種激情待遇，或視若神明過度呵護，或妒恨交加惡毒攻擊，令人低迴徐志摩〈留別日本〉所言：「我慚愧揚子江的流波如今溷濁。」

〈必也正名乎〉的瑕疵或亦說明自《兒女英雄傳》承襲秩序，即令簡單的命名順次，絕非易事。《兒女英雄傳》名目次第本就錯亂。舉兩個例子。

其一，作者取何玉鳳（十三妹）與張金鳳名字中間的各一個字，稱她們為「金玉姊妹」。何玉鳳比張金鳳年長，互以姊妹相稱，「金」是妹，「玉」為姊，「金玉」恰與「姊妹」順序相反。

其二，按身分重要性來配位，何玉鳳住東屋，張金鳳住西屋。這項安排當然無可厚非。何玉鳳是安公子與張家救命恩人，張金鳳終身供奉十三妹的福德長生祿位，所以何玉鳳「到了公婆跟前，便同張姑娘敘姊妹禮數，自己居先」。然而「東西」與「金玉」上下交錯。

為何《兒女英雄傳》重疊合用重要名詞，竟然各含相反倒置的次第？名正言順豈非本書講求社會家庭秩序的一大要務？一種可能的解釋為：作者私心並不完全信服本書所倡導的約定俗成的倫理。相關的例證：故事數度以才子佳人的糞尿笑料來縮短他們與常人的距離。作者自動降低品味，因為他不盡信那些完美人物的存在。故意糗糗他們，套句時髦的話，就是有意顛覆。

如果此項揣摩可予成立的話，我們進一步推論：很可惜的，作者私心暗藏的懷疑未能克制宣傳多妻制度合理性與可行性的熱情。為了糾正與遮掩疑慮，編織大男人衷心憧憬的齊人美夢，作者一再以強烈冗長的敘述來歌頌一夫多妻家庭倫理的完美。能仁寺殺僧（第六回）與擊降夜匪（第三十一回）兩段武打情節精采。然而全書文字只要涉及人倫禮教，功名利祿，就不免流於嚕嗦。

3

〈小艾〉的情形完全不同。本篇小說的寫作困頓與奮鬥，主要在於政治層次，我們已於〈〈小艾〉的無產階級文學實驗〉詳論。其反對多妻主義的立場與態度，與張愛玲一生對此課題的執著，前後一致，毫無妥協商量的餘地。

張愛玲至少三度提到質疑多妻主義的理由。其一，〈雙聲〉（一九四五年三月）認爲多妻主義爲女性「自尊心所不能接受」。

其二，〈我看蘇青〉（一九四五年四月）述及兩性平等的重要：「唐明皇喜歡楊貴妃，因爲她於他是一個妻而不是『臣妾』。」

其三，愛情的排他性不能使妻妾們人人滿意。《紅樓夢魘》指出：「愛情不論時代，都有一種排他性。就連西門慶，也越來越跟李瓶兒一夫一妻起來，使其他的五位怨『俺們都不是他的老婆』。」（頁三四六）

張愛玲身體力行這項認知。胡蘭成〈民國女子〉自承當時張只知道胡另有情婦小周。張要求胡在小周與自己之間選擇。胡不肯，張愛玲就主動斷絕婚姻。張所企及者，並非諸妻妾之首席，而是平等專一的承諾。胡所固執，而且頗爲自豪者，即一夫多妻的局面。一九七五年十二月十日張愛玲致夏志清信曾言：「胡蘭成會把我說成他的妾之一，大概是報復，因爲寫過許多信來我沒回信。」[2]胡蘭成風流自賞，「報復」當然不能道盡他公然行文詳敘兩人舊情的動機。

張愛玲如此強烈反對多妻主義，竟然以鼓吹多妻主義的《兒女英雄傳》爲〈小艾〉的借鏡之一。無論借貸如何局限，總是值得我們注意。事實上，《兒女英雄傳》一定曾予張愛玲極深刻的印象，《紅樓夢魘》就至少兩度再提到它。我們所能肯定的是，《兒女英雄傳》與〈小艾〉的過渡，絕非稀鬆平常的限量篩選而已。〈小艾〉的妻妾們按照張愛玲堅持的，婦女在多妻狀況的必然反應來鬥爭求存，完全不符合《兒女英雄傳》制定的美化的行爲模式。〈小艾〉兩妻共事一夫，根本沒有和平共處的可能。在席景藩另結新歡之前，憶妃身爲寵妾，處處打壓「又像棄婦又像寡婦」的五太太。兩人地位懸殊，明爭暗鬥，與《兒女英雄傳》金玉姊妹唱隨和睦，相合歡慶的情況大不相同。

《兒女英雄傳》以多妻主義的倫理幻想來討好男性讀者，教化女性讀者。〈小艾〉正面迎擊，洪聲亮嗓爲警鐘與善勸，打碎女性對多妻主義的過度期望。此爲本篇小說情節佈設與張愛玲其他妻妾故事不同的可能原因之一。小艾受毆流產，使本篇小說在張愛玲文學世界裡，妻妾拚鬥程度最爲慘烈。〈留情〉小老婆（敦鳳）強勢超過米先生的原配妻子。《十八春》與《半生緣》反轉過來，沈母苦等到丈夫離開小公館，回歸正房。或妾或妻，總有最終的，即令殘缺不全的，勝負。〈小艾〉別具居心，有意陳述多妻主義於妻妾皆無好處，就自然而然發展出劇戰之後，席景藩移情別戀，五太太與憶妃兩敗俱傷的結局。

這個文化傳承案例裡有異議，糾正，與反制。

1 池上貞子〈張愛玲和日本——談談她的散文中的幾個事實〉，收入楊澤編《閱讀張愛玲——國際研討會論文集》，台北麥田，一九九九年十月，頁八三—一〇二。劉錚〈張愛玲記錯了〉列舉了二十八個張愛玲引述出錯，收入陸灝編《無軌列車》第一輯，上海書店，二〇〇八年一月，頁一一九—一二九。

2 夏志清〈張愛玲給我的信件(八)〉，台北《聯合文學》，一九九八年四月，頁一五〇。

10

盡在不言中

《秧歌》的神格與生機

媽媽死了以後，
幾個小弟弟、小妹妹常常哭著要找媽媽，
祖母就說：
「媽媽已經到天上做神了，
你還找什麼媽媽？
到天上去找吧！」
——黃春明[1]

1

讀過台北皇冠版《秧歌》的讀者應該記得書前胡適親筆推薦的短文說：「寫的眞細緻，忠厚，可以說是寫到了『平淡而近自然』的境界。」讀過〈憶胡適之〉的讀者也許會注意到，「平淡而近自然的境界」其實是張愛玲自己在致胡適信上先提出的，那是她自設的小說目的。不但如此，境界討論的對象是中文版，不是英文版[2]。胡適信上有句：「你的英文本，將來我一定特別留意。」可見胡適回信的時候只讀了中文版。中文版在英文版之先面世[3]。

可想而知，那個小說境界具體實現的先決條件之一，是作者必須稟賦與其配合的情緒。由「平淡而近自然」的字面意義看來，作者的感懷大概與平靜祥和相去不遠。所以張愛玲自提小說藝術鵠的，也可能透露了寫完《秧歌》的滿意。從當時她的生活狀況、故事性質、以及個人寫作經驗而言，這種心態著實令人驚奇。

當時張愛玲剛剛經過新中國的革命洗禮，在香港驚魂甫定，立即面臨自立謀生的問題，想來不易「采菊東籬下，悠然見南山」。

故事探討中國土改後遺症，本質上是個政治大敘述。證諸多年來中外文評家的強度反應，《秧歌》的政治刺激性與震撼力非但在張愛玲所有小說裡爲最，就以三〇年代任何革命、諷世小說相比也毫不遜色。然而許多政治小說風光明媚的壽命難以持久，《秧歌》政治以外的旨趣卻開始爲評家注意[4]。這個發展值得我們繼續留意。如果《秧歌》眞是眾望所歸的傳世之作，它必定要具備一時一地的政治情況所不能約束的魅力。它所指控的世紀末的中國共產黨的過錯，百年千年後或許不易再吸引讀者。除了超越時間的爲民請命的胸懷以外，這個故事還有什麼可以獵取讀者興趣的特點？本文所圖，也是在中國近代的政治辯論之外另闢蹊徑，探討這個故事非政治的情趣。張愛玲自己說過：「許多留到現在的偉大作品，原來的主題往往不再被讀者注意，因爲事過境遷之後，原來的主題早已不使我們感覺興趣，倒是隨時從故事本身發現了新的啓示，使那作品成爲永生的。」（〈自己的文章〉）

就作者個人寫作經驗的角度來看，《秧歌》是她以同情死者的態度對待非自然肇因死亡的罕例之一。〈金鎖記〉絹姑娘吞食生鴉片自殺，令人扼腕。〈小艾〉也有席景藩遭暗殺身亡，然而作者以無產階級文學觀點視其爲罪有應得。《秧歌》人命關天，她如何一方面同情，一方面操持恬靜閒適？容我們追問，張愛玲自己說過在中國社會裡：「普通的病死比較容易被接受了，可是凶死還是被認爲可怕的。不得好死的人沒有超生的機會。」（〈中國人的宗教〉）她要如何面對月香、金根——如果他們喪生的話——死後的問題？

同樣重要的是，既有英文中文兩版，這兩者差異爲何？兩版之演進是否邁步走近那個預設的小說藝術境界，幫助她恬淡與篤定？回答這些有趣的問題，就已承認作者自我表白寫作目的，其實也在暗示閱讀這部小說的一種方法。

我們確知英文版完成於中文版之前。林以亮說張愛玲「可以先寫英文，然後自譯爲中文，例如《秧歌》」[5]。張愛玲提到英文版「最後一章也補寫過，譯成中文的時候沒來得及加進去」[6]。這兩則第一手資料都把英中兩版的過程說成「譯」，自然是翻譯的意思。然而翻譯一詞未能道盡它們的關係。上引作者自己的話，已點明兩版最後一章有別。就字數而言，最後一章是兩版最大的差異，然而兩版之間的變動並不限於最後一章。所以自英文版到中文版，除了翻譯以外，還有改寫。

我們先說明《秧歌》當頭一棒就擺明作者主控全局的架式（第二節）。作者坦承的寫作企圖始自英文版，並非在兩版交接之際才產生，然而改以中文講這個故事，有助於那個寄盼的完成（第三節）。最後一章英文版異別於中文版的部分將全數譯出（第四節），以便緊接著的討論。中文版現存的結局是原始構想，因應英文版代理人增加字數的建議才擴大該版最後一章篇幅。自一九五四年中文版印行，至一九九五年作者謝世，中文版（如台北皇冠版）多次增版印行，作者使英中兩版最後一章等同的機會很多。所以未收英文版最後一章膨脹的文字，應該視爲作者的決定，不再是「沒來得及加進去」。

添增也表示當時作者未堅持原始構想爲定稿，然而不及以至後來終於決定拒收入中文版，也證明作者本人最後認爲原始構想比較好。比對兩版結局，我們可以發現中文版結局的開放性，有助於悲憤情緒之紓展（第五節）。然而英文版的結局洩漏天機，讓我們確認神格化爲重要的小說策略之一，它的目的在徹徹底底解脫悲憤的情緒（第六節）。現存中文版神格化的遺跡值得探尋，因爲經過精心修訂之後，筆墨雖然有限，仍舊執行化悲平憤的任務。從傳承與自立的角度而言，捨棄英文版的新寫，堅持中文版的設計，是從《紅樓夢》的猛烈奔放回歸到張愛玲刻意的含蓄收斂。這個轉折是否意味著一種特殊的領悟（第七節）？

2

自設高難度的挑戰，或許是作者對親身體驗過的無產階級文學教條的一種反動。在《秧歌》之前，《十八春》與〈小艾〉都有牽就中國共產黨文學指令的筆墨。雖然那兩篇小說都有左翼綱領難以邀功的成就，它們的寫作過程裡每逢唯命是從之際，想必如《秧歌》所言：「幾隻母雞在街上走，小心地舉起一隻腳來，小心地踩下去。」《秧歌》是張愛玲擺脫禁錮以後的第一篇小說。作者掩不住脫韁之馬的狂喜，所以故事第一個人的動作是：

> ……這邊一爿店裡走出一個女人，捧著個大紅洋磁臉盆，過了街，把一盆髒水往矮牆外面一倒。不知道為什麼，這舉動有點使人喫驚，像是把一盆污水潑出天涯海角，世界的盡頭。

方家曾以「嫁出去的女兒潑出去的水」來解讀這段文字。由於小說文本就用了這句俗話（皇冠版頁一六九），所以此項詮釋不會離譜太遠。可惜未盡完美。問題是：文字裡明明有「污水」一詞，那麼嫁出去的女兒就污濁不淨嗎？

月香沒有全力資助自己母親與金花。相對的，金花出嫁以後也未及時庇護遭難的金根。這種爲了自我小家庭存活而產生的自私，一直爲作者諒解與寬容。作者不會用骯髒的字眼來侮辱或責備她們。所以我們建議從作品序列的觀點來了解。身陷文網所受的限制、苦悶、委屈、憤怒等等負面經驗像盆污水，張愛玲藉著這個新故事的開張，一下子全甩到天外去了。這個「令人喫驚」的大動作，宣佈了作者本人、並非外在的政治勢力，再度主控了小說寫作。

收回創作主權自然與前文所述、她完成這篇小說的滿足有關。值得注意的是，我們在〈《赤地之戀》的外緣困擾與女性論述〉曾指出，她曾表示對《赤地之戀》失望，所以張愛玲完成《秧歌》與《赤地之戀》之後的感覺與自我評價十分不同。我們沒有理由雞免同籠，說這兩篇小說之寫作都受環境所迫，非她所願[7]。事實上，當時才寫完左傾的《十八春》與〈小艾〉，她或有自動修正個人政治論述的強烈意願：當時《十八春》和〈小艾〉，幾乎完全杜絕於海外市場，所以這項修正並非討好任何外在政權（包括美國帝國主義），而是平衡政治表述，向歷史做個交代。

進而言之，由於政治論述得以自由發揮，才可能給予作者振奮與滿足。有些論者視《秧歌》、《赤地之戀》爲一面倒的反共政治小說，並咬定它們是美國帝國主義的奉命文學。我們在〈張愛玲的政治觀〉曾指出張愛玲的政治態度頗爲繁複，這兩篇小說，尤其《秧歌》，不是黑白分明、妄自尊大的文宣。

《秧歌》開宗明義就強調作者自我性情，也主導了我們的閱讀態度。曾有人指責「金根這個農民塑造得天眞，錯在張愛玲賦予他小資產階級人物的氣息與性格特徵」[8]。其實中國許多農民具有小資產階級的氣息與性格特徵。毛澤東早於〈在延安文藝座談會講話〉指出此點，並以此爲文學必須是政治思想改造工具的理由之一。我們在〈〈小艾〉的無產階級文學實驗〉裡指出，〈小艾〉的金槐是張愛玲小說最突出的無產階級樣板。《秧歌》的人物，包括金根，不再是外來教條的產物，具有濃厚的寫實主義色彩，正是張愛玲收回小說創作主權的證明。

除了左翼訓令以外，我們也避免意念先行，用田野調查或自然主義那些標準來量秤這個故事。本文第七節會討論作者在社會寫實的努力之外，如何「獨抒性靈，不拘格套」。曾有人洋洋灑灑列出《紅樓夢》裡數百種食譜。誰能證明這些食譜確曾在大觀園的或曹雪芹本人的時空裡完全無誤存在？就算有人能證明其中不符歷史事實的部分，又何損於《紅樓夢》的文學價值？史家一向知道以文學作品裡的描述做爲史料有其限制。文學是虛構、創作，與現實生活無須完全等同。

3

「平淡而近自然」想必是寫英文版時就已有的構想。舉個例證。第十六章，顧岡聽見受酷刑拷問的農民哀號而想到個鬼故事。此情節兩版同。鬼故事大概典出《聊齋誌異》的〈閻羅薨〉。顧岡受意識形態所限制，似乎只對刑獄過於酷毒而暗中不平。作者也樂在其中，不讓他進一步思考農民搶糧食是否有罪的問題。罪與罰，顧岡想到罰，無視於罪。作者防止《聊齋誌異》的因果報應觀念凸顯出來，成爲顧岡或讀者思辨的題目，因爲那種推理，可能會導致共黨幹部惡有惡報的結論。惡業果報畢竟是惡狠狠的，大快人心的情緒衝擊，有傷平淡之本意。作者也無意用簡單的黑白分明的善惡觀念來評判幹部。

改寫的目的之一，就是增進「平淡而近自然」的效果。單就小說書寫語言來說，中文版比英文版自然得多，因爲英文版必須加入介紹中國特殊事物的解釋。英文版有兩個正式的註解：解釋「數九寒天」（第十章，皇冠版頁一二三），以及「掃帚星」（第十七章，這段文字不見於中文版，見本文第四節的譯文）。

除了兩個正式標明的註解之外，爲了減少英文讀者了解困難而略爲膨脹的正文很多。值得特別一提的是人名。我們在〈張愛玲的政治觀〉曾指出，藉由英文版，我們知道沙明的名字意指「明沙」（Bright Sand），那個定義可幫助我們體會沙明在王霖生命裡特殊的意義。另舉一例。第六章王霖化裝爲小生意人探訪趙八哥。趙八哥口才好，王霖一度以爲「八哥」是他的綽號。英文版說明王霖如此聯想的理由：「八哥也是中文裡的鸜鵒，那種能學人語並以聰明著稱的鳥」（暫譯，英文版頁七五）。中文版刪此句，配合作者減少依賴《聊齋誌異》的策略，因爲以「八哥」一詞做學人語的鳥，也見於《聊齋誌異》的〈鴝鵒〉[9]。

中文版文字擴張的例子較少。值得一提的是第一章以「李麗華、周曼華、周璇」取代英文版的「中國電影明星」（暫譯，原文是 Chinese film stars）。這項更改的原因不一而足，不過其中之一也是自然。

4

英中兩版變動最大的是最後一章。英文版添了情節，一直沒有放入中文版。我把這段追加的文字譯出，再於以下諸節析釋。

「等一下，」金花告訴丈夫大有，他們剛走出縣公安局。她布鞋上的帶子鬆了。她一手扶著他的胳臂，單腳站穩了，扣上鞋帶。

金花奉命來鎮上辨認河裡找到的屍體。屍體可能自河水上游沖流下來，其描述也頗合金根模樣，但是他們仍然要她來確認。

大有暗自想，今天可難為她了。沿河步行至市鎮的路途挺長，警察夾衛著兩人一逕走來，沿途農人緊盯著瞧。然後在警察局後面的小柵房裡，單盞電燈照著，面對粗糙檯架上攤敞的屍景。知道警察在旁瞧他們有無激情反應，大有朝下凝視他大舅子的屍體，微微詫異自己與死者一樣感覺麻木。他聽見妻子平靜的說：「是我哥哥。」

大有第一次看見槍擊彈孔。大腿裡肉的傷口已沖洗乾淨，槍洞合口處已幾乎沒有血跡。警察領他們到屋外偵問。主管同志終於滿意了，要他們在他們不能閱讀的文件上簽名，隨後就放行。主管同志意味深長地提出遺體處置的最後問題：「除非你們另有計畫，我們會處理後事。」大有點點頭；最好他們不把金根屍體送回周村。

金花倚靠著他扣鞋帶的時候，大有微轉過頭，臉湊近她的臉。他沒盯著她瞧，可是她覺得他在表示同情，她臉上表情更陷深沉內斂，隱藏了她的諸般感觸或是無動於衷。

全身麻木的奇異感覺隔絕了她目睹哥哥屍體的驚嚇。畢竟，在傍晚與丈夫一同在鎮上步行就是怪怪的。他們難得一同外出。剛才他們進鎮的漫長步途上，一直給同行的兩個壞兆頭的警察震嚇著，現在好了，就剩下他們自己。大有小心不洩漏因兩人獨處而感到的快慰。如果他知道她有同感，一定會驚訝。

他們來到碼頭，點燈的船隻在微光閃爍的暗色裡蕩漾。在一隻舢板的暗金色內艙裡，他們可以看見牆蓆上釘著竹筒，裝著成把的紅漆竹筷。另條船上的油燈光穿透了船邊的水線。有條船黑磨磨的，船尾站個人，側身朝河裡小便。

用竹扁擔挑運貨品與行李的苦力小心側步走下令人暈眩的、橫寬頂淺的石階。那巨大古老的石砌堆排在昏黃電燈光下，像場夢幻。持槍的軍人自對岸吆喝著問話。貌似幫派人物的船主昂首闊步下階，有襯裡的夾克前排敞開，皮拖鞋噼啪大聲作響。

過了碼頭，河邊變得黑暗荒蕪。商店仍因過年而關閉。然而再往下走好像有狀況，有一小群人在那兒集結。金花和她丈夫停步看個究竟。有個旁觀者解釋說：「除夕夜，有個酒醉的船伕失足落水。好好除夕夜，真是死不當時。所以他們在河邊舉行追悼儀式。」

大約七、八個悼喪者一排跪著，每人抱著前面人的腰部。領頭跪著的是個小男孩，大概是溺亡者的兒子。傳統的白布纏繞著悼喪者，一直到小男孩的前額打個結為止。哭泣一定已持續好一陣子了。男人們乾號著，女人們微弱呻吟，只有斷續模糊的低聲悲泣。但是他們之一開始怪異的、高音波的號叫，在他們頭頂上時發時收，像陣哀鬱的風。小男孩的頭隨著抽抽搭搭的韻律向前沉落，越沉越低。在他前面地上放著插香的香灰籃子。

不遠處有個方桌，桌上放著更多祭香與一對點燃著的高高的白蠟燭。兩個非僧非道的人併坐在桌前。他們是專業的誦經師。他們大約三十來歲，穿著襤褸的長袍，像店裡的伙計。他們同聲吟誦經文，身體左右搖擺，像學校孩童朗誦課文。漫長的半禱詞是中文而非梵文，可是金花只能偶爾聽懂一些。經文裡提到死者的姓名，籍貫，年齡，妻子娘家的姓，孩子們的數量和性別。吟誦靜謐而滿足，陳述亡者的生平資料，並且祈求亡者盡快轉世人間，最好投生再做男人。

「我會為哥哥安排同樣的祭典，」金花忽然對自己說。「不是現在，而是等這反革命的謠言靜止之後。」她覺得祭祀可以消除他死於非命的痛苦，而且使他與別人平等。祈禱似乎有這些效應。蠟燭光隨著嗡嗡的經誦閃爍起伏，河岸逐漸黑暗下來，死者被小心的沉放於人道慈悲的大海裡。

她就在那裡向哥哥的亡靈許下諾言，她會安排唸經超度，而且會為他領養個嗣子，使他得到適切的悼念。她會好好養大這個男孩，讓他娶妻成家，所以哥哥那房不致斷後。她會同時對譚家與周家盡職。想到該為哥哥做的事，她熱淚滿眶。自從災難降臨到他身上之後，這是她首次真誠的為他悲傷。

領養的孩子必須生下來就是譚姓。也許可以說服譚大娘讓出個孫子。她有好幾個孫兒。

一直在下雪。譚大娘一大早就去田野，帶著暖手籃，炭灰裡熾炭熊熊。村大門口有個十來歲的民兵。村口日夜輪班警戒——緊張狀況還未完全解除。那男孩看見暖手籃，戲謔的朝她低聲說：「又要去倉庫放火，大娘？」

「別胡說。」譚大娘神經過敏的左右張望。「我的孫兒病垮垮的，你還有心開我玩笑。」

生病的是她最小的孫子。大家都說他「犯了忌」，觸犯神靈，惹神明生氣。村裡最近有那麼多人死，這種說法毫不令人訝異。

譚大娘確確實實知道病因為何。

火災過後那天，村裡的人奉命清掃殘瓦碎礫，在兩片塌牆形成的洞穴之間發現一具屍體。死者坐姿，全身呈現著均勻的亮麗的粉紅顏色。那色彩在焦黑的廢墟裡光鮮耀目。譚大娘因此聯想到——事實上所有在場的村人都想到——那端坐的形象似乎是廟裡兩側排列的光頭削瘦羅漢。譚大娘嚇壞了，心中懍然生敬。她也記得和尚死後總是放在大瓶裡坐著火化。這真奇異，好像在點明金根老婆的神祇前生——因為這是個女屍，而且譚大娘確知這是月香。這個月香前世一定至少是位稟賦不凡的和尚。

心裡知道這是月香，可是像別人一樣，她閉口不說出來。參與暴動已屬不當，火燒庫房罪加一等。即使大家都猜測縱火者是村裡的人，最好還是不追根究柢。誰曉得會受那種方式的懲處？說是自己人幹的，也許會像日本侵略時候，全村受罰遭毀。

就是農會主席也假裝他無法辨認屍首屬誰。然後王同志來到現場，堅持那就是月香。前晚在庫房站岡的民兵挺身而出，興奮的重複他追趕一個鬼鬼祟祟的人回到正在焚燒的建築物的故事。

「如果這是譚金根的愛人，我一點也不覺得奇怪。」農會主席終於承認。「她在城裡工作了三年。誰曉得她交了什麼樣的壞朋友，間諜和國民黨特務？她下鄉不過近一個月就發生火災。一定是給派來執行特殊任務的。」

譚大娘隨聲附和：「我不是說死者壞話，可是她是真狐狸和掃帚星。我一向知道不能信任她單身住在城市裡。一定結上了幫派人物，反革命。可憐的金根——她牽著他鼻子走。自她回來以後，看他怎麼著變了，他從前又好又進步。你問問王同志。她狠狠揍過她小女兒！就像個後母！你問問顧同志。他知道。我們吵架時她說的話好毒！吵完我沒對她說過任何一句話。一句話都沒有。問問任何人。」

稍後，她回家就發現孫兒發燒病倒。她沒告訴媳婦金有嫂，不想嚇壞她。可是譚大娘心裡很快的就向月香求情：「別生氣，金根嫂。『在世為人，死後為神。』你不會委屈尊駕來折磨孩子，會嗎？他總是你的姪兒。」

她孫兒半夜發高燒。這天早上，譚大娘勇敢的決定冒被人看見的危險，去月香墳前上香。

「他是你的姪兒，別忘了，」她一直向月香低語，「我或許得罪了妳，可是他母親可沒冒犯妳。妳們兩人一向處得好，還記得罷？放他一條生路，他長大了會在過年過節時候來你墳前燒紙錢。他會像你自己的孩子那樣。」

路旁白雪覆蓋的竹子有厚肥的白葉子。風吹時，葉底的青綠在雪的白淨裡編織般的出出進進。暖手籃裡的炭灰給風吹到譚大娘臉上。她準備用籃裡的熾炭來燒冥錢。她眼水鼻水在嚴寒裡併流。在棉襖裡帶著疊好的杯形錫箔，胳臂撐持著發疼。臂膀得抬高才藏得住東西，還得約略撐離開身體，才不致壓壞了脆弱的錫箔紙。

在白雪鋪蓋的宇宙的寂靜裡，餓鳥的啁啾響亮驚人。譚大娘舉目四望田野，找月香的墳，她知道會難找。屍身用蓆子捲著，放入淺坑，約略遮埋，上面沒有堆建土丘。

她在叉口步道邊那裡看見一片黃土。「就在那兒嗎？」她想知道。「地面不可能透過蓋雪而顯相，可能嗎？墳頭不著雪！」她敬畏得兩膝發軟。

遠處飄來狗的咆哮聲音，微弱但是有蒸餾過的清晰。她揉揉兩眼，看清那片起伏不定的黃土，其實是一群野狗在纏鬥爭墳。牠們一定挖掘墳頂，扒開了覆土。她覺得在狗群的下面可以看見草蓆的一角露出來。

「罪過。罪過。」譚大娘走開時喃喃自語，滿心慰藉。「她確然不能傷害任何人，」她想，「她甚至連自己老骨頭都無法保護。」

5

不在中文版裡收入本文第四節譯自英文版的情節延伸，也使中文版的故事趨向平淡。道理很簡單。英文版帶領讀者去見金根與月香的屍體，確定了他們不容置疑的結論性的終點。讀者在知性上也許得到追根究柢、水落石出的滿意，在感性上卻必須隨著金花（對金根之死）與譚大娘（對月香之死）各自的複雜反應而情緒震盪。中文版諱言金根已死，甚至月香是否就是火燒糧倉的那個女人也沒有百分之百咬定。中文版的讀者不必一定得為他們的慘死承擔悲痛，因為他們有一線生機，可能僥倖逃活。同情心與正義感使我們希望他們未死，悲觀與無力感令我們猜測他們遇難。兩種立場各執己見，沒有誰對誰錯。

中文版結局引人入勝的原因之一，就是這種想像的空間。有了餘味，我們的情緒得以紓展。結尾從封閉性改為開放性，也是《十八春》改寫為《半生緣》的終極差異之一。我們在〈大我與小我——《十八春》、《半生緣》的比對與定位〉已略為析論。

張愛玲深知中文版這種留空白的美的效果。她研究《紅樓夢》版本演進，就有「由誇張趨平淡」的批語[10]。〈中國人的宗教〉（一九四四）說過：「不論在藝術裡還是人生裡，最難得的就是知道什麼時候應當歇手。中國人最引以自傲的就是這種約束的美。」[11]

6

英文版的結局並非缺乏宣慰讀者的努力。這可分金根與月香兩方面來說。就金根而言，金花在河邊暗自決定等待適當時機爲金根補行奠祭並續嗣。她想到譚大娘的孫子。由於譚大娘在愧懼中曾許願要那生病的孫子以後執親子的禮數來祭拜月香，金花的想法頗具可行性，讀者可被說服而與金花一同在悲慟裡感到撫慰。

目睹金根屍體，金花情緒反應遲鈍。除了顯而易見的政治驚嚇之外，也另有宗教的理由。張愛玲自己說過：「死後既可另行投胎，可見靈魂之於身體是有獨立性的，軀殼不過是暫時的，所以中國神學與埃及神學不同，不那麼注重屍首。」[12]

月香的案例要弔詭得多。我們分三方面來討論：前世、來生、以及故事發生的現時。

先說前世。譚大娘目睹月香如阿羅漢之莊嚴坐像，當下猜測她兩種可能的前世：神祇或高僧。兩者在中國小說傳統裡都有其根源。本文第七節將細論神祇降世的昔例。這裡先談高僧。魯迅記述自己逃難，提到高僧無處可逃，即時就地坐化的故事：

……記得《說岳全傳》裡講過一個高僧，當追捕的差役剛到寺門之前，他就「坐化」了，還留下什麼「何立從東來，我向西方走」的偈子。這是奴隸所幻想的脫離苦海的唯一的好方法，「劍俠」盼不到，最自在的唯此而已。我不是高僧，沒有涅槃的自由，卻還有生之留戀，我于是就逃走。[13]

譚大娘成竹在胸，認爲「這個月香前世一定至少是位稟賦不凡的和尚」，是不是因爲作者熟悉那種高僧脫離苦海的故事？魯迅機警逃生、視坐以待斃者爲「奴隸」，足見他堅強與戰鬥的個性。《說岳全傳》與《秧歌》英文版古今一例，承認人生有無可逃匿，欲飛無翅的情況。無力感並非奴性。魯迅奴隸之說看似自誇，本意實爲激勵與煽動。張愛玲自有「生之留戀」，據此而產生中文版的開放性結局，衍生雙重的生機意義。我們在第七節再予詳述。

現在說月香的來生。暫且不論張愛玲是否眞正精諳佛理——雖然那種睿智頗爲可能——月香死狀如神明顯相以及本文稍後將討論的《秧歌》與《聊齋誌異》的牽涉，都允許了宗教層面的有趣思辨。此爲《秧歌》版本研究令人著迷的原因之一。

月香死若阿羅漢進入涅槃，暗示了透視性或超越性的宗教論述。張愛玲無視於中國寺廟普遍以男身羅漢塑像的現象，罔顧某些大乘佛經輕視羅漢的態度，獨具膽識，確認女性進入阿羅漢境界的可行性與正面意義。這個觀念遙相契合原始佛學的精神。佛陀在世的時候，女眾修成阿羅漢果的例子很多。比如說，佛陀的妻子耶輸多羅、繼母摩訶波闍波提（大生主），以及與繼母一同聽道的釋迦女眷，都由領悟與修行而達到阿羅漢境界[14]。

野狼爭食月香屍體自然可能引起讀者的複雜反應。感性上，它或可觸發人世悽慘之傷懷，可是知性的啓發也可引進冷靜。前文討論金根屍體，曾引張愛玲自己的話指出轉世投胎之觀念可以減少我們對遺體的重視。然而月香已進入阿羅漢死滅後的涅槃，情形與金根益發有別。我們試從修持與成果兩方面來試探涅槃。在世修持阿羅漢的「無我」要義之一，就是佛陀所言：「此身非我有。」[15]成阿羅漢果之後，佛陀說是：「無悲傷，完全自由於一切事，毀斷所有牽絆，不動情氣。」[16]所以就修持要則與成果境界來猜測，阿羅漢死滅後與肉身的糾纏有限。我們只能臆度，無從確言，因爲佛陀說過阿羅漢死滅後的涅槃境界是無可言傳的[17]。然而我們至少可以說，譚大娘因爲屍身餵狗而認爲月香未曾成爲神明，在理論上並不完全可靠。

在佛陀教訓之外，我們當然可以理解譚大娘的判斷合乎她的需要：排除了心裡對月香的畏懼。譚大娘的最終結論一反她原先認爲月香神明轉世的看法，張愛玲的辯證卻不那樣簡單，她不過是用譚大娘的轉變來平衡意見，故事就不致流於一面倒的具有神話色彩的鄉野傳說。

中文版拿掉阿羅漢的指涉，卻仍然保留了神格化月香的筆墨。由於中文版不再明寫月香死狀，就敘事的時段而言，神格化脫離了前世或來生的強調，轉而專注於故事時空的現時。此非中文版神格化的時間拘束性。本文第七節將說明月香地位晉升，源自超越時空限制的心理機制。

舉個例子說明故事時空裡的神格化。說來也許令人驚訝，英文版曾經指名道姓，明指蒲松齡。中文版刪去了對《聊齋誌異》作者的直接點名：

……在燈光中的她，更顯得豔麗，像蒲松齡故事裡，為書生從書裡走出來的仙女。

（暫譯，英文版，頁九九）

> ……在燈光中的她，更顯得豔麗。他覺得她像是在夢中出現，像那些故事裡說的，一個荒山野廟裡的美麗的神像，使一個士子看見了非常顛倒，當天晚上就夢見了她。（中文版，頁一〇六）

英文版的《聊齋誌異》故事源自〈書癡〉。中文版不再提蒲松齡，事實上也沒有單一特指的《聊齋誌異》故事前身可引。最接近的大概是〈畫壁〉：朱孝廉見壁畫上的散花天女而神搖意奪。

中文版企圖擺脫《聊齋誌異》，目的在確立月香的神格地位。《聊齋誌異》尊重佛道混合共存以後菩薩高於仙人的等級觀念，從未以女菩薩下凡與男主角談戀愛，只敢高攀到仙格爲止。前引〈書癡〉、〈畫壁〉都指仙女，其他大部分類同的故事則用狐仙或鬼。〈小梅〉狐仙報恩，假託觀音化身而嫁王慕貞，嫁了以後得清清楚楚向丈夫解釋自己其實絕非菩薩：「君亦大愚，焉有正直之神，而下婚塵世者。」所謂正直之神，在那個故事裡，指觀音菩薩。

中文版用「荒山野廟裡美麗的神像」來形容月香。「神像」是概稱，可佛可道。掙脫了《聊齋誌異》或仙或狐或鬼的束縛，強調是神格，不特指菩薩或仙姑，也避開菩薩不下婚塵世的禁律。

此非中文版月香神格化的唯一例證。第三章月香返鄉初晚，譚大娘一家過來敘舊。金根在眾人喧鬧裡想到新婚之夜鬧房的情景：

……她使他想起一個破敗的小廟裡供著的一個不知名的娘娘。他記得看見過這樣一個塑像，粉白脂紅，低著頭坐在那灰黯的破成一條條的杏黃神幔裡。

這段文字兩版同。英文版的「女神」（goddess）譯爲中文版的「娘娘」。娘娘可以指觀音、土地婆、或某位仙姑等等，延續英文原字的模糊。神格化而拒絕特指，也在避免佛道合一世界裡神明等級的限制：仙狐鬼地位太低，菩薩又有不下凡世的規矩。簡單化強調了神格之確定。

7

英中兩版演進，張愛玲念念難忘月香的神明地位，因爲它補償了作者與讀者的哀悼。也就是說，雖然中文版需要細心體會才豁然明朗，作者對月香的特殊關注仍然可以順當地傳遞給讀者。作者創作的生命經驗藉由讀者的閱讀而得再現。

現在我們可以面對前文一再迴避的課題：以月香本人的行爲舉止而言，既無修持也乏頓悟，那裡有資格升格成阿羅漢或神明？她能成果，爲何金根不能？故事文本沒有提供信服人的邏輯來回答這些問題，所以神格化裡暗藏作者的任性。一廂情願而理直氣壯，因爲類似的率性自然古已有之，張愛玲熟讀的《紅樓夢》裡就有賈寶玉把晴雯神格化爲芙蓉花神的前例。

由於明顯易見的差異，我們確定月香絕非晴雯的盜印版；比如說，晴雯一生未嫁，月香自始至終都是金根的妻子。但是基於以下六項理由，我們可以說晴雯是張愛玲創造月香這個人物時所用的模子：名字、容貌、個性、身分、換衣、神格化。其中以神格化最爲重要。

名字

月香這個名字古已有之。《今古奇觀》裡〈兩縣令競義婚孤女〉的女主角就叫月香。月香父親石璧是位縣令，因「倉糧失火，賠償無措，鬱鬱而亡」，月香因而受苦。相對而言，《秧歌》糧倉失火可能是月香對抗暴政的反制。兩位月香的遭遇都與糧倉火災有關，所以或有淵源。作者熟讀傳統舊小說，遙指《今古奇觀》的可能性自然很大。說服力雖強，畢竟是猜測。

晴雯的情形不同。由《紅樓夢魘》可知，張愛玲研究《紅樓夢》的重點之一，就是晴雯。在版本比較裡，她再三再四討論晴雯的出身、容貌、個性、與寶玉的關係、病情、被逐的原因、死亡等等。張愛玲一再引用〈芙蓉誄〉，甚至也直接提到月香名字出處——我們知道這是諸多可能出處之一——全句的下半句：「芙蓉誄中有『紅綃帳裡，公子多情』；又寫晴雯去後，『蓉帳香殘，嬌喘共細言皆息』。『嬌喘』是指病中呼吸困難。」（《紅樓夢魘》頁三四三）月香名字出處的全句是：

> 桐階**月**暗，芳魂與倩影同消；
> 蓉帳**香**殘，嬌喘共細腰俱絕。

容貌

晴雯美貌出眾，應是定論。鳳姐說過：「若論這些丫頭們，共總比起來，都沒晴雯長得好。」（第七十四回）月香也美。前文所引，由金根與顧岡立場把月香比擬爲神像的表面的理由，都是她的美。這不是兩個男人的偏見：「大家都說他這老婆最漂亮。也許人家都想著，這樣漂亮的老婆，怎麼放心讓她一個人在城裡這些年。」（中文版頁二四）月香上冬學，當著顧岡開金有嫂玩笑，顧岡心想：「有時候她倒也很活潑大膽。」（中文版頁九三）英文版比較露骨，原句爲：「顧岡心想：有時候這位漂亮的村婦倒也很活潑大膽。」（暫譯，英文版頁八七）中文版以「她」取代「這位漂亮的村婦」。

張愛玲從容貌衣著纏足等等描寫，認爲黛玉比晴雯更沒有時間性。這種程度上的差別也適用於曼楨（《半生緣》）與月香身上。我們在〈本是同根生——爲《十八春》、《半生緣》追本溯源〉曾說明曼楨脫化於黛玉，現在我們逐次說明月香借助於晴雯。月香貌似神像，喚起讀者在廟裡見過的女神像的回憶，所以比較具體，與曼楨那種朦朧恍惚的情形也不同。

個性

晴雯處處托大，所以得罪人，遭人暗算。月香不托大，可是她潑辣則不下之。我們第一次讀到月香打罵阿招，雖然了解當時大家都已餓得不成樣了，還是會驚訝她說話狠毒：「你怎麼不死呀，癟三？你怎麼不死呀？」（中文版頁一一〇）等到她與譚大娘吵架，才恍然領悟月香發脾氣咒死或許是個習慣，而非心地惡毒：「你怎麼不死呵，死老太婆！」（中文版頁一一五）

身分

晴雯與月香都做過婢僕。小說裡婢僕的專業便利，也許反應了現實人生的實況，是在兩個不同的（階級或意識形態等等）世界裡出入，知其差異而具有特殊視野，爲幽禁於這些世界裡的人所不及。比如說，〈第一爐香〉睨兒知道葛薇龍深陷情網不能自拔，深具同情，白白捱打。〈金鎖記〉長安被迫纏足，老媽子們勸阻。〈小艾〉陶媽說動五太太讓小艾出嫁，也在五太太臨終前祕密洩漏席景藩已死了三年的訊息。

晴雯受屈被逐的苦楚之一，必然是已經親身體驗除了貧寒之外，另有個大觀園的豐裕。月香在上海見過世面，所以一下鄉就知道上了官方宣傳的當。她一度想試探來自上海的顧岡是否能幫助她以及金根在上海謀職（第七章）。大觀園與晴雯，上海與月香，似有那遙遙對應的關係。《秧歌》時期的張愛玲已離開再也回不去的上海。上海是她創作的原鄉。上海不但是月香的，也是張愛玲的大觀園。

此非張愛玲小說人物離開上海，心生思念的僅例。〈第一爐香〉葛薇龍病中念及上海老家父親書房的鎮紙球：「想到它，使她想起人生中一切厚實的，靠得住的東西。」許子東認爲上海在〈第一爐香〉「成了厚實、可靠和溫暖的象徵」[18]。當然兩者情形不同：月香受騙離城，受迫滯留鄉下，葛薇龍自願留在香港墮落。所以本文以晴雯爲前者的，〈飛蛾投火的盲目與清醒〉以飛蛾投火爲後者的，敘事原型來揣摩個別的創作機制。上海對張愛玲誠然重要，但是其意義並非一成不變。回不去與不回去，細巧精微的差異，反映小說寫作當時特殊的生命經驗。

雖然張愛玲以小腳以及在寶玉心中地位高低，認爲晴雯不如黛玉，並且同意〈芙蓉誄〉兼輓黛玉，她確認晴雯的獨立性與重要性。

……晴雯是不甘心受環境拘束的，處處托大，不守女奴的本份，而是個典型的女孩子，可以是任何時代的。寶玉這樣自矜「我二人之為人」，在續書中竟說：「晴雯到底是個丫頭，也沒有什麼大好處。」（第一〇四回，《紅樓夢魘》頁二一二）

張愛玲不盲從普通紅學家以「晴爲黛影」而忽略晴雯。她說過「阿媽她們的事，我稍微知道一點。」（〈寫什麼〉）成年女傭叫做阿媽。多年來方家們提到張愛玲筆下的女傭，總是〈桂花蒸　阿小悲秋〉阿小或〈小艾〉小艾。其實月香是張愛玲小說地位最崇高的婢僕，因爲她是唯一神格化的阿媽，就像晴雯是賈寶玉唯一神格化的丫頭。

換衣

《秧歌》裡沒有與賈寶玉對應的人物。然而金根月香逃亡，在寒冬裡讓對方加穿自己棉襖的舉動也令人想到寶玉探病，與晴雯偷換貼身襖兒以表明互愛。《秧歌》這個情節自然有《紅樓夢》不及的一個延伸意義。我們曾在討論《十八春》、《半生緣》、《赤地之戀》時兩度指出，張愛玲小說兒女私情的最高境界是犧牲自己，成全對方，而非佔有。金根不顧自己凍死的危險，毅然決然脫下自己的以及月香先前留下的棉襖給月香，也是一種犧牲與成全。不同於曼楨（《半生緣》）與黃絹（《赤地之戀》），金根是個男人，可見張愛玲這個情愛的期許兼顧男女兩性。進而言之，金根月香的夫妻關係絕非世鈞曼楨、劉荃黃絹所可望及，所以雖然金根打過月香（中文版頁三五、一二九），月香仍是張愛玲小說世界最幸福的已婚女子。

由於月香與晴雯的對應關係，我們可以理解月香婚姻之美滿或是作者爲晴雯那種苦命婢女申冤抗辯。月香不是晴雯的補遺或續篇，月香是張愛玲的不平之鳴。

神格化

芙蓉花神之說難以服人，因爲它是大觀園裡一位婢女爲了哄騙寶玉而隨口編造的。賈寶玉立即信以爲眞，「去悲生喜」。大某山民注意到它並非無稽荒唐：

> 晴雯為芙蓉神，不但作者造其誑，讀者辨其誑，寶玉即甚愚，亦何至不知其誑？然天下事何者為真？何者為誑？何者非誑？何者非真？以真者之皆誑，又安知誑者之非真耶？或有笑寶玉受丫頭之誑者，則真誑人也已矣！[19]

這個似誑非誑的情節一定深深感動過張愛玲。它對《秧歌》至少產生了以下三種啓發。

其一，神格化死者或可慰藉生者。爲情而愚癡癲狂仍是有我，所以並非莊子所說的忘我物化、與萬物自然合一。但是去智就情，合乎情緒宣洩的需要，是心理之自然機制，精神之解脫。

其二，文學抒情言志，是抑鬱悲情之傾洩。寶玉爲晴雯作〈芙蓉誄〉，張愛玲爲月香寫

《秧歌》，都藉由文學來完成鬆綁悲慟的工作。所謂「情與境會，頃刻千言，如水東注」。完全是個人性情之發揮。

其三，生界死界，以火相通。晴雯得肺癆而死，兄嫂立即進園向王夫人領錢焚化屍體。〈芙蓉誄〉必須一把火燒掉，以達仙界。《秧歌》中文版留有月香金根未死的餘地。但是這點很明顯：如果月香在中文版的故事時空裡結束生命，必然與英文版結局一樣葬身火海。火是月香達到阿羅漢涅槃的交通工具。

英文版封閉性結局比較接近賈寶玉的狂放與明朗。中文版較難辨認賈寶玉那種歡天喜地的情緒，但是開放性結局加上精簡的神格化，仍有較壓抑節哀更進一步的解脫與鬆馳。兩版都能「去悲生喜」，喜的定義（程度、格局）與方式略爲不同。兩版神格化都提供了中文版逃生的機會之外的另種意趣：弔亡者或同情者心中化哀爲喜，才能免於痛不欲生，所以也是種生機，活人持續生命之必要憑藉。所以《秧歌》中文版的生機意義明暗交加，兩面夾擊，是加料重疊的。

舉三個例子說明神格化亡者確爲撫慰生者的一種通行的方式。本文前引黃春明回憶初中時候祖母所說，亡母上天做神的話。由黃春明當時反應看來，祖母也許沒有完全撫慰了孩子們喪母的痛切：「晚上睡覺前，我打開窗子往外看，只看到星星和烏雲。」[20]然而黃春明難忘此事，可見老人家的勸導亦非虛功。祖母的邏輯並非僅只適用於稚子。巴金懷念亡友逝親，點明了這種自然的訴求：「我是一個無神論者。我絕不相信神和鬼。但是在結束這篇《回憶》時，我眞希望有神，有鬼。祝願宗林同志的靈魂得到安寧。也祝願我姑母和表哥的靈魂得到安寧。」[21]楊聯陞悼念亡友陳世驤，說：「石湘（按：指陳世驤）沒有死，石湘是仙去了。」[22]

這三個例子不約而同都以逝者的神格化做爲人生苦難的一種解套或補償。如果生者相信它，就在悲慟與無奈裡尋得一條出路。曹雪芹與張愛玲鬼斧神工，藉由小說形式戲劇化了那種心理運作的過程。

《秧歌》兩版神格化仍有寶玉的愚癡，然而中文版捨棄了他的癲瘋。也就是說，張愛玲借用了《紅樓夢》疏導悲慟的機制，然後獨具創意地將其變更，轉化放恣爲我們凡人比較容易認同與接受的沉潛。含蓄所以「平淡」，近常情常理所以「近自然」。

1 楊澤主編《從四〇年代到九〇年代——兩岸三邊華文小說研討會論文集》，台北時報文化，一九九四年十一月初版，頁二七三。

2 本文《秧歌》英文版（*The Rice-Sprout Song*）依據美國加州大學出版社（University of California Press）一九九八年版。該版依據美國紐約州 Charles Scribner's Sons 出版公司一九五五年的版本重印。本文《秧歌》中文版依據台北皇冠出版社《張愛玲全集》，一九九五年十月典藏版。

3 林以亮（宋淇）〈私語張愛玲〉：「以前愛玲寫過信給胡適，胡適很快覆信，並將《秧歌》細讀和批注，使愛玲非常感動。後來《秧歌》英文版問世，胡適買了多冊推薦給友好……」，可見中文版面世在英文版之前。香港《明報月刊》，一九七六年三月，頁二三。林文亦收入《華麗與蒼涼》，台北皇冠，一九九六年三月。

4 盧正珩《張愛玲小說的時代感》（台北麥田，一九九四年）以及莊宜文〈論《秧歌》中的色彩〉（台北

《中國現代文學理論季刊》，一九九八年三月）都注意到《秧歌》政治之外的意趣。

5 林以亮〈私語張愛玲〉，頁二三。

6 張愛玲〈憶胡適之〉，《張看》，台北皇冠《張愛玲全集》，一九九五年十月典藏版，頁一四五。

7 王德威〈此怨綿綿無絕期——從〈金鎖記〉到《怨女》〉有這樣的意見：「如果彼時她能有更多的選擇餘地，她未必會將《秧歌》或《赤地之戀》式的題材，作爲創作優先考慮的對象。」見王德威《如何現代，怎樣文學？——十九、二十世紀中文小說新論》，台北麥田，一九九八年十月，頁三六三。

8 水晶〈《秧歌》的好與壞〉，《張愛玲未完》，台北大地，一九九六年十二月，頁一六八。

9 台北名家出版社，一九八二年一月出版的《聊齋誌異》，在〈鴝鵒〉之後如此註解「八哥」：「名鴝鵒身首俱黑，飛時如書八字故叫八哥。」

10 《紅樓夢魘》，台北皇冠《張愛玲全集》，一九九五年十月典藏版，頁一〇三。

11 《餘韻》，台北皇冠《張愛玲全集》，一九九五年十月典藏版，頁一八。

12 〈中國人的宗教〉，《餘韻》，頁二二。

13 魯迅〈爲了忘卻的記念〉，黃繼持編《魯迅著作選》，台北商務，一九九四年十二月台灣初版，頁四四五。

14 那拉達《佛陀與祂的教誨》（Narada, *The Buddha and his Teachings*, Singapore Buddhist Meditation Centre, 1973），頁七一，八七—八八。

15 同上註，頁xii。

16 同上註，頁三二八。

17 同上註，頁xi。

18許子東〈重讀《日出》、《啼笑姻緣》和「第一爐香」——兼論張愛玲與五四新文學主流之關係〉，收入黃德偉主編《閱讀張愛玲》，香港大學比較文學系，一九九八年，頁二一五。

19《紅樓夢——三家評本》，上海古籍出版社，一九八八年二月，頁一三〇七。三家指護花主人，大某山民，太平閒人。

20見楊澤主編《從四〇年代到九〇年代》，頁二七三。

21巴金〈關於《寒夜》〉，收入《寒夜》，人民文學出版社，一九八三年四月，頁二八二。

22楊聯陞〈序一〉，收入陳世驤《陳世驤文存》，台北志文出版社，一九七二年七月，頁七。

11

張愛玲的政治觀

兼論《秧歌》的結構與政治意義

獅子老虎永遠是獨來獨往的，
只有狐狸和狗才成群結隊！
——胡適[1]

1

從宏觀立場爲張愛玲間斷零散的政治表述勾勒輪廓[2]，非但鳥瞰她的政治思想全貌，彌補現存有關傳記與論述之欠缺，而且藉此種知識來解讀她的小說，可以避免多年來堅持特定政治立場褒貶個別作品，以偏概全的遺憾。

張愛玲是否秉持前後一致的政治理念，一以貫之地支持貌似牴觸的政治姿態？也就是說，左搖右擺的踉蹌步履之中，是否有原則或規律可循？回答這些問題之前，我們必須先注意這項思辨與研析的要則：詮釋小說固然可以各就特殊角度適度發揮，可是史料陳述宜拘謹實在，不能無中生有，以訛傳訛；史料採用得審思它與文學議題是否關聯。舉兩個例子。其一，目前沒有史料建議，所以我們也沒有必要猜測，《秧歌》是授權之作。其二，我們在〈《赤地之戀》的外緣困擾與女性論述〉回顧《赤地之戀》故事大綱是否外來的各種說法，建議這個爭論並不重要。原因之一，在於如無作者認可，產生於中文版兩年之後的英文自譯版，故事大要不可能蕭規曹隨。我們必須看清作者意願的自主性。

本文將提六項議題來歸納張愛玲的政治觀點：政黨與國家絕非等同（第二節），就事論事批判時事（第三節），政治無法徹底改變人性（第四節），未曾全面否定中國共產黨（第五節），漢奸態度（第六節），國家與個人的關係（第七節）。總結這些平行共存的政治觀點，就是她政治思想的一張快照。爲證明這種整體性了解的實用價值，我們將簡略回顧方家在政治層面上讚譽或詰責張愛玲的案例（第八節）。

2

先說黨與國絕非等同。《赤地之戀》劉荃與煽動韓戰俘虜的工役有這麼段對話：

「媽的，你這帝國主義的走狗，」那工役瞪著眼睛罵了起來：「你是中國人不是？倒幫著帝國主義說話！」

「我是中國人，」劉荃安靜地說：「可是我不是共產黨。」（皇冠版《赤地之戀》，頁二三七）

張愛玲一語道破了政治現實狀況。不論實際原因爲何，中華人民共和國或中華民國都非人人入黨。這就是說，雖然國共兩黨在廣義中國的領域裡有不可磨滅的重要性和歷史地位，可是都不能代表中國整體。所以全面或局部地批評這兩個政黨，並不表示否定它們所隸屬的中國。這個道理說來簡單，在多黨政治的國度裡尤其容易理解，可是在一黨專政的社會裡就容易被忽略。也許這就是柯靈的問題癥結所在。一九九五年張愛玲過世以後，有篇柯靈受訪的報導：

> 張愛玲抵港後，寫了《秧歌》和《赤地之戀》這兩篇小說。柯靈坦率地說：「這是兩篇壞作品，我很為張愛玲惋惜。她寫了這樣兩篇虛假的作品，意味著與祖國決裂了。……」[3]

如果這項記述忠實反應了柯靈的意見，顯然柯靈不能辨別政黨與國家之間的區分。據此我們了解柯靈一九八五年〈遙寄張愛玲〉誣賴張愛玲缺乏農村經驗[4]，並非完全因應於當時大陸政情而說的場面話，十年之後他仍然堅持對那兩部小說的成見。柯靈不能超越他所經歷的一黨專政的生活經驗，無法了解大有爲的政黨必須有接受批評、改正錯誤的機制與雅量；打殺撲滅異議只能促進自我僵化、減低國家的競爭力。

反過來看，如果前引訪談未能坦誠記錄柯靈的看法，我們至少可以說這種閉塞或許不限於個人專有，訪談者必須「代言」，乃柯靈所處的那個時代的一種悲哀。那麼與他同時期的張愛玲呢？如果她的黨與國不等同，以及本文將要討論的其他政治觀念，在中國大陸也具有某種代表性，那麼那些政治的張愛玲們豈不是時代的另種苦楚？如果他們不裝聾作啞、扮白癡，豈不都成了抗害鬥爭的對象？

3

除了稍後提示的少數例外，張愛玲小說一再藉由具體事件來表達對國共兩黨的怨懟。雖然我們不能證明所有情節都有史實依據，但大都具有實際發生的可能性。這種小說特色，證明了作者批判政治，具有就事論事的態度。舉幾個例子。〈等〉抗議蔣介石爲了「中國人民死得太多的緣故」，鼓勵已婚男子討小老婆，增加人口，不顧原配妻子的處境。《十八春》與〈小艾〉都直指抗戰勝利之後，國民黨在上海的金融政策不當，引起通貨膨脹。

《秧歌》延續了就事論事的態度。在政治層面上，這個故事主要在說黨機器鋪天蓋地，造成了「人爲的飢饉」（皇冠版，頁一七四）。農民暴動，向村公所借米過年，有人喊著：「這樣好的收成，倒餓著肚子過年！」，就在點明這個飢荒源於人禍，並非天災。

《秧歌》的寄意與成就不限於上述那個政治層次的主題。但是掌握此項題旨，就可了解所有情節都是緊密不可分割的組件，小說結構絕不鬆散。舉個例子。譚金有被汪僞和平軍抓兵而失蹤，以汪僞政權的短暫生命來襯托中國共產黨的勝利與長期控馭；兩相對比，就知道農村問題的嚴重性，在於暴動事件絲毫沒有動搖或影響黨機器的良性效益。抓兵過程裡藏豬、搶豬，以及後來殺豬、送豬等等，皆非蔓蕪的枝節。我們知道張愛玲讀過《詩經》：〈傾城之戀〉引「死生契闊——與子相悅，執子之手，與子偕老」；〈自己的文章〉提「死生契闊，與子成說；執子之手，與子偕老」；胡蘭成〈民國女子〉說張愛玲讀「倬彼雲漢，昭回於天」而驚[5]。雖然我們不能因此宣稱《秧歌》有意在文化脈絡裡遙應爲魏國農民終身勤勞、貴族坐享其成而發不平之鳴的〈伐檀〉，但是我們可以說，由於題旨都是爲民請命，《秧歌》注意到稻米主食之外，農民的肉食來源（豬）也遭剝奪，與〈伐檀〉同具文學的合理性：

……不稼不穡，胡取禾三百廛兮？不狩不獵，胡瞻爾庭有縣貆兮？彼君子兮，不素餐兮！

（今譯）……不耕種來不收割，為啥收取三百户的米糧啊？既不狩呀也不獵，為啥看到豬獾掛在你院牆上啊？那些大人貴族呀，吃飯絕不吃素呀！[6]

再舉個例子說明《秧歌》情節緊湊。王霖與沙明的婚姻從無到有，再自有變無，交代了王霖木納內斂、敬業效忠，以及革命事業如何漸漸轉化或呑食了他的純眞，爲稍後痲木不仁、無視於農民疾苦，預做合理的解釋。《秧歌》英文版音譯沙明的名字（Shah Ming），也意譯爲「明沙」（Bright Sand），影射亮麗無邪、率性自然，都是王霖累積革命經驗與職責的過程裡，漸行漸遠的優良生命品質。胡適不見於此，致張愛玲的信裡說沙明往事的一段文字可刪。其實在王霖的人性僵化的漸進裡體會沙明的象徵性意義，就知道現存所有有關沙明過往的敘述都切合題旨。張愛玲仰承鼻息地在回胡適信上道：「確是應當刪」，並且報告她如何增添篇幅以滿足英文版代理人的要求。這些陳述不外是她回應胡適評見的謙詞，或小說寫作過程情況的記實，不能視爲小說結構缺失的證據。張愛玲崇拜胡適，「跟適之先生談，我確是如對神明」，當然不會在覆信裡老王賣瓜解釋小說情節恰如其分的種種理由。胡適表示評見時候只讀了中文版。當時英文版仍待出版，所以胡適信裡有「你的英文本，將來我一定特別留意」的話。現行英文與中文版裡有關沙明的文字大致雷同，所以張愛玲大概沒有依照胡適的建議而做了任何刪修；如果遵命行事，她或許會特別提到。假定以上這項判斷正確，我們甚至可說張愛玲心知肚明：就小說結構而言，完全沒有裁剪情節的必要。

前述胡適與張愛玲交換《秧歌》意見，都出自〈憶胡適之〉。水晶〈《秧歌》的好與壞〉一再引用張愛玲那篇散文，必然注意到張愛玲同意沙明過往文字可刪，以及擴充篇幅的記述。水晶由此而撿拾了《秧歌》情節零散的說詞；不過他不提這項看法的來源，只說是自己的閱讀心得。視若己出，就得另設理由：他認爲這篇小說僅是「農民金根的故事」，所以許多金根以外的情節都屬「拼湊」，更進一步指稱故事缺乏主角（金根）的書寫（Discourse），所以不能視爲小說，只能以散文來欣賞[7]。這個駭人聽聞的評見與我們普通人的閱讀經驗相去甚遠。小說結構確實可以，但是並非一定得，鎖定單一主角來確認。比如說，《赤地之戀》雖然有主角劉荃行止不及的場合，但是我們可以籠統地說劉荃是整個故事的主軸，由他來體會結構以及故事的連貫性。《秧歌》最重要的角色是月香，不過其他角色如金根、王霖、顧岡、譚大娘等等戲分都不輕，沒有眞正統攝全局的單一角色；情節佈設分兵數路，所以小說結構可以從主題去理解。

水晶應該懂得這個淺近的道理。他在〈試論張愛玲「傾城之戀」中的神話結構〉裡討論多項具有神話色彩的故事片段[8]，完全不談這些組件之間的互動關係。論文題目明明是「結構」，好像品評一幅山水畫，只要個別鑑賞畫中的青山綠水曲橋釣翁，整體結構就不言而喻、呼之欲出了。用同樣的方法來體會《秧歌》的結構，遠較用之於〈傾城之戀〉的「神話結構」要合適得多，因爲後者的神話主題，以水晶論文視之，仍需更清楚的界定。如果我們注意到《秧歌》個別情節與「人爲的飢饉」的關係，近觀而不忘大局，其結構就顯而易見了。所以水晶誤讀《秧歌》，在於削足適履，認定了它應該是普羅文學，以致見樹不見林，焦點集中在金根身上。

前文提到胡適對《秧歌》的看法有其限制；他認爲這個故事的主題是飢餓。這個意見原現他致張愛玲的私信裡，另有親筆便箋放在皇冠版《秧歌》書前頁。兩段文字都簡短，都容易誤導。好在有王德威的意見來彌補胡適短批之不足：王德威認爲《秧歌》的飢餓主題可予政治化，說明中國共產黨群眾運動飢不能飽[9]。

《秧歌》在政治層面的原意，以及小說實際的呈現，都套牢了「人爲的飢饉」。僅僅飢餓兩字不足言之。作者要追究飢荒的人爲因素：鄉村管理只有人治，沒有法治；共幹不懂農業，外行領導內行；農稅過重；從自由經濟（金花一家到周村相親，還是帶著小羊雞鴨上鎮趕集的局面）改變爲單一客戶（國家）統一購買（賣麻只能賣給合作社），失去了農產品市場價格的合理調整；農民在政經機制裡沒有表達異議的管道，以及農村支援韓戰，代價過大等等。

《秧歌》也藉由王霖稍現即逝的政治良知，略提黨機器的其他不妥：官員的妻子也有官銜，吃糧不管事；重資重建北京上海佛寺，以取悅西藏代表等等。顧岡與月香都發現都市（上海）文宣不符合農村實況。爲了自保，顧岡的劇本也只能依樣葫蘆。

《赤地之戀》儘管盛怒譴責，仍然持用事件陳述的控訴方式：土改的殘暴、三反的混亂，以及韓戰場中國軍隊的慘重傷亡等等。我們在〈《赤地之戀》的外緣困擾與女性論述〉裡，曾指出部分故事情節，可能與歷史事實相當接近。

政治謾罵的例子不多，最醒目的是〈小艾〉。我們在〈〈小艾〉的無產階級文學實驗〉裡，曾指出那個故事順應了外在的無產階級文學綱領，採用了敵我分明的態度。

4

張愛玲政治觀的另項要點是：政治可以宣傳或約束，但是不能徹底改變人性。就非黨員而言，從《十八春》到《赤地之戀》，這個信念漸次強化。《十八春》只敢歌功頌德，解放後曼楨思想改造順利成功。從〈小艾〉開始，作者與共產黨思想教育保持距離，不再承認政治新人類的烏托邦。〈小艾〉的小艾與《秧歌》的月香政治學習都魯鈍，覺得生活實質改善，老百姓才會衷心擁戴政府。這種遲疑並未妨礙〈小艾〉稱揚新政權，因爲新中國的進步終於令小艾心悅誠服。《秧歌》的政宣得靠暴力支撐，作者直言「民以食爲天」（皇冠版，頁九〇）。《赤地之戀》提升政治思維的自主性，劉荃、黃絹、戈珊不再可能被政治教育徹頭徹尾重塑。

政治效力的局限也適用於共產黨員身上。張愛玲小說涉及共產黨員，主要是《秧歌》與《赤地之戀》。前文提到非黨員的頑強逐次提高，部分原因是與這兩個故事裡共產黨員的政治敏感互爲消長：非黨員的政治省思能力低，共產黨員的政治意識就高，如《秧歌》；相反地，非黨員的政治心態繁複，共產黨員的政治覺悟就低，如《赤地之戀》。這些強弱對比自然是作者的小說方法。所透露的消息之一是：宏觀而言，非黨員與黨員同樣得到重視。

這種同情共產黨員的態度非常重要。她批判中國共產黨，反對黨員爲黨機器盲目效忠，但是在人的基礎上，那些爲虎作倀的黨員的所有人性缺點，都與讀者息息相關，因爲唯命是從、爲了存活而蒙蔽良知、狠毒、懦弱，皆屬人性。張愛玲未曾非人化共黨幹部，確使她的小說比普通反共八股小說耐讀。《秧歌》寫新四軍的革命經驗自是可圈可點；《秧歌．跋》自承「美化」了王霖追求與尋找沙明的情節；即以王霖與顧岡不斷暗中自我糾正政治思想錯誤而言，作者也表示了善意與耐心。

階級鬥爭也未能抹殺不合馬列規條的另類人性表徵：溫情主義。張愛玲那麼早就預見了晚近毛澤東思想研究者的發現。《赤地之戀》共幹張勵在鄉下威風八面，到了上海就萎縮歸隊爲中下級幹部，戲分減少。然而他與戈珊的露水姻緣被揭發，公開自我檢討，都說明了黨員儘管接受組織嚴格約束，仍有政治教育難以清除的基本慾求與需要。溫情主義是清算鬥爭要糾正的過失。離開左翼思維習慣來看，溫情主義往往就是人味。

5

評家早已注意到張愛玲未曾全面否定共產黨。在小說文本以外，以旁證支持這種看法，司馬新訪談張愛玲繼女霏絲女士（賴雅首任妻子的女兒）的記錄，最值得一提：

……霏絲女士道，在六十年代初，她曾問張愛玲對一九四九年後的「新中國」有何看法，張愛玲並未作直接回答，而是說：「對一個女人來說，沒有一個社會比一九四九年前的中國還要壞。」這當然並非表示她擁護共產主義，但證明她對新中國看法很是複雜，並不僅是「反共」而已。到今天還有少數文評人，稱她為「反共作家」，好像她專門寫政治小說，不足觀矣。[10]

在小說文本之內求證，自然更具說服力。我們在〈大我與小我——《十八春》、《半生緣》的比對與定位〉曾指出《十八春》描繪了國家大我振奮與提升個人小我，而對當時的中國新政權做了肯定與讓步。我們在〈〈小艾〉的無產階級文學實驗〉曾引陳子善的意見，說它可能是作者對新中國短暫的、善意的肯定。本文第四節提到張愛玲以人類通性做爲共產黨員革命經驗合理化的依歸；嘗試了解共產黨員，也是不全面否定共產黨的一種證明。我們可以在被標籤爲政治小說或反共小說的《秧歌》裡另舉三個例子，說明張愛玲的共產黨態度頗爲複雜。

其一，作者從未質疑中共土改的原始目的——重新分配農地以及財富。〈小艾〉提到貧農金福滿懷希望返鄉，因爲土改會分他田地。《秧歌》描寫土改時候把地主的家具與日用器具硬性分給農民。金根分到紅木雕花大鏡。平常膽怯的金有嫂一提起那面鏡子，竟興奮過度與婆婆譚大娘搶著發言，次日與月香私談還念念不忘盡誇不止。她的過度反應顯然暗示了土改前農村貧富懸殊。月香返鄉當晚，金根從箱底取出地契，兩人仔細研究，金根說：

> 這田是我們自己的田了，眼前的日子過得苦些，那是因為打戰，等戰打完了就好了。苦是一時的事，田是總在那兒的。

月香當時「非常快樂」，對「幸福的未來」覺得有「無限的耐心」。可見作者反對土改的激烈方式，可是肯定了農地與財富重新分配的需要。

其二，作者反對支援韓戰而剝削農民，可是並不忽視當時中國抗美援朝的官方的說辭。《秧歌》藉由幹部發動農民做軍鞋的一段話，反映當時中國擔心美軍借道朝鮮半島打入中國大陸：

> ……我們的戰士穿著這鞋要走上幾千里地，到朝鮮去打美國鬼子。要不是虧了我們的志願軍在朝鮮擋住了他們，美帝早打到我們這裡來了！

韓戰期間（一九五〇年六月至一九五三年七月），由於麥克阿瑟將軍跋扈，美國軍令系統數度危機四起。從今日美國的韓戰記史看來，美國中央政府並無趁機入侵中國領土的計畫[11]。我們無法考證張愛玲寫《秧歌》時候是否擁有這些歷史知識，但是從英文版到中文版的譯寫過程裡，她確實曾經決定放棄質疑，改爲尊重以中國爲本位的戰略思考方式：雖然領土未受實際侵犯，把抗美援朝的理由擴大爲保衛疆土的危機意識。刪除以下這段英文版裡唯一駁斥中國領土受到威脅的文字，不能證明作者完全同意，但是足見作者知會了中國立場的地緣戰略考量：

> 幹部走了，譚大娘就喃喃低語：「笨死了！美國鬼子絕不會來這個小村子。幹部把我們搞得這麼窮，就算外國鬼來了也沒東西可偷！」（暫譯）[12]

《秧歌》沒有全面否定中國共產黨的第三個證明，是新四軍的軍紀。《秧歌》寫王霖、沙明憑著一腔報國熱忱參加新四軍，作者原本就毫無譏諷之意。王霖的部隊半夜奉命撤離鄉村，共產黨士兵徹底執行「不取民間一針一線」的口號，即刻挨家挨戶歸還借用的物件。一位不知名的士兵向村婦致謝時說：

> 「我們現在走了。不過你放心，大娘！」他安慰地說：「我們要回來的。」

這種軍敬民的美德令人稱羨，足以收錄於任何國家部隊訓練操典裡，視爲行爲準則。只知鞭打共產黨的作家，不可能寫出如此的情節。

6

張愛玲小說涉及漢奸問題，始於《十八春》。由於她藉此課題批判國民黨，所有漢奸筆墨在改寫爲《半生緣》過程裡全部刪除。兩起漢奸情節都質疑漢奸的基本定義，以及政府處理漢奸事件過度嚴苛。第十五章提到顧太太在六安城的經驗：

> ……日本兵進城的時候，照例有一番奸淫擄掠，幸而她小叔顧希堯家裡只有老夫婦兩個，而且也沒有什麼積蓄，所以並沒有受多大損失。但是在第三天上，日本人指定了地方上十個紳士出來維持治安，顧希堯因為從前在教育局做過一任科員，名單內也有他。其餘都是些有名望的鄉紳，其實也就是地頭蛇一流的人物，靠剝削人民起家的，這些人本來沒有什麼國家思想，但是有錢的人大都怕事，誰願意出面替日本人做事，日本人萬一走了，他們在這地方卻是根深蒂固，跑不了的。當然在刺刀尖下，也是沒有辦法。不想這維持會成立了沒有兩天，國民黨軍隊倒又反攻過來了，小城的居民再度經歷到圍城中的恐怖。六安一共只淪陷了十天，就又收復了。國民黨軍隊一進城，就把那十個紳士都槍斃了。

顯然作者同情被迫擔任僞官，慘遭槍斃的那些鄉紳。十六十七兩章兩度提到慕瑾蒙冤爲漢奸被捕，太太受拷打慘死。此情節再度強調漢奸罪名濫施。作者不平則鳴，也有史實根據。南方朔說得好：「用忠奸之辨來禁錮他人或懲罰他人，是一種歷史上的過度殘酷。讀國民黨歷史，最讓人不能忍受的，就是『藍衣社』和各種特殊行刑隊在淪陷區的誅殺『漢奸』，甚至許多民間商界人士也都無法倖免。派人暗殺侵略中國的日本軍人，或許合乎戰爭規則，但連只不過爲了身家性命或虛榮的商人也被當成漢奸，未免太過不仁。」[13]《十八春》之後，〈小艾〉服膺外在的無產階級文學教條，簡單化問題以免犯政治錯誤，就只敢刻意矮化漢奸。

張愛玲離開大陸以後的小說〈色，戒〉（一九七八）重訪這個課題，就嘗試從漢奸易先生的立場去合理化他自己的行徑。這種小說方法引起誤解與臆測，作者特別寫〈羊毛出在羊身上〉，以及在〈惘然記〉（《惘然記》自序）與《續集》自序數度澄清。揣摩反面人物的內心，描繪他自以爲是的思維與情緒，就是在政治信念之外——不論作者是否認可這些政治信念——留意到人性。特別值得注意的是〈惘然記〉這段話：

> 對敵人也需要知己知彼。不過知彼是否不能知道得太多？因為了解是原恕的初步？如果了解導向原宥，了解這種人也更可能導向鄙夷。缺乏了解，才會把罪惡神化，成為與上帝抗衡的魔鬼，神祕偉大的「黑暗世界的王子」。至今在西方「撒旦教派」「黑彌撒」還有它的魅力。

沿用「敵人」、「鄙夷」的字眼來描述漢奸，可見作者不圖爲漢奸翻案洗清罪名。然而她確實肯定了由了解而導致原諒的可能性。她從反面人物（漢奸、共產黨員等等）的立場觀照世事，或是提到反面人物的人性弱點，都清楚知道設身處地或軟心腸可以通達饒恕與同情的大道。她不介意允許那項轉折的萌機。這是張愛玲小說涉及政治而能超越政治的諸多原因之一。

對習於漢賊不兩立思維習慣的讀者而言，這種心存慈悲的姿態自是大逆不道。身臨沙場的士兵必須具有高昂的敵我對立的士氣，不然如何打勝仗？親受八年抗戰摧殘的中國人往往一生無法寬恕日本軍國主義的罪行。熟悉歷史掌故的遊客，面對岳飛墳前跪立的秦檜夫婦雕像，仍然吐口水、打耳光。張愛玲沒有說這些昂奮的敵意是錯的。二元論的敵我意識形態在個人、群體以及國家的競爭或戰爭裡，往往是必要的。但是歷史經驗證明，未來的人類戰爭裡仍然會有降臣降將。那種必要的戰鬥意識無法波及每一個人，因爲人性裡有那普遍存在的軟弱與貪生。

從另外一個角度來看，歷史上有形的、國家之間的戰爭都不永久。幾個千年之後，歷史長時間的合理性或許可以取代那種一時一地的善惡絕對的二元論看法；特定時空裡的仇恨或許可以在代代相傳裡淡化或遺忘。史家已開始提醒我們約兩千年前的秦始皇在暴政之外，或許也對中華民族有所貢獻。中國歷史上以和平手段改朝換代的例子極少。流血死人的朝代更替裡，漢奸與僞民比比皆是。我們可以敬謹試問：賣國賊是否可能緩衝了侵略者與受侵者之間的誤解，減少了政經文教制度的破壞，避免更多士兵或無辜百姓的殺戮？他們政治立場錯誤，除了證明個人的卑微貪婪以外，是否完全一無是處？如此推想，我們在歷史追懷的沉重裡，是否可以稍釋憤恨與鄙夷？在這個基礎上，張愛玲是否在問：有沒有一天，我們能夠恕饒八年抗戰期間的親日漢奸？

我們不必把這種情愫完全歸因於她和（親日漢奸）胡蘭成的特殊婚姻關係。當然那份情緣並非毫無關聯。張愛玲在上海淪陷時期直接間接耳聞目睹的漢奸，當不止胡蘭成一人。比如說，周作人與她同時期在上海《亦報》發表文章。在〈小艾〉出土的年代（一九八七），大陸學者就曾爲周作人在日僞政權任職之舊事而重新評估討論。所以張愛玲的漢奸關切必然是超越私人情結的，如〈色，戒〉，在故事時空的波瀾壯闊之外，勇敢地偷窺歷史長時間後的平靜。

7

從張愛玲就事論事的批判案例，我們可以清楚看見她對政府的種種盼望；這些期許說明了國家與個人關係裡，國家應負的責任。舉兩個例子。《十八春》與〈小艾〉都提到抗戰勝利以後，國民政府在上海金融政策失敗，可見她認定了國家平衡物價、穩定貨幣的職責。〈小艾〉比較解放前後醫生對窮人不同的服務態度，以及《赤地之戀》稱譽韓戰區美軍醫護之優良，足證作者視醫療服務爲政府是否令人滿意之一種準繩。

但是張愛玲小說裡，國家與個人關係最重要的觀念，在於前者對後者的控馭必須適可而止。〈小艾〉未能順應左翼文學教條而批鬥與作者家庭階級成分相同的五太太，就是張愛玲不容個人尊嚴受侵犯的一項證明。證諸《赤地之戀》、《秧歌》，中國共產黨不僅曾經適度管控思想，而且侵犯了基本生命存活的權利。「殺人越貨」（《赤地之戀》）、「人爲的飢饉」（《秧歌》），都是小說文本直接使用的字眼。作者以人道主義的立場，向階級鬥爭的方式，提出了嚴正抗議。毛澤東肯定農村革命的暴動：「每個農村都必須造成一個短時期的恐怖現象，非如此決不能鎮壓農村反革命派活動，決不能打倒紳權。矯枉必須過正，不過正不能矯枉。」[14]張愛玲卻認爲枉殺一人即不仁不義。這項抗言，比本文第五節列論她對中國共產黨的種種肯定，都來得更明顯、更沉重。

宏觀張愛玲一生的不同的政治姿態，確然未曾過度極端化或一面倒，並且有個由左轉右的進程。她最終的政治態度是質疑中國共產黨。所以從程度或轉變而言，只要「反共」不影射膚淺盲目、不過分簡單化她的政治思想、不誤解爲反對廣義中國，用此說詞來概述張愛玲的基本政治立場，並無不妥。評家引〈憶胡適之〉自陳從一九三〇年代起就對左派壓力「本能的起反感」，做爲張愛玲恐共、反共的證明。到目前爲止，仍可視爲定論。當然，最重要的原則，是她堅持個人抨擊執政黨的權利。

這不是說我們可以隨隨便便用政治標籤來歸類她的小說，因爲那種小說賞閱方式往往會導致到此一遊、玩興已盡的輕蔑，自蒙雙眼，拒見文學殿堂的炫麗。

張愛玲小說中關於國家與個人關係的另項要義，是國家必須提供個人參與政事、發表異議的管道。《十八春》、〈小艾〉的政治學習或國建參與，皆屬個人服貼順從的活動。小艾與月香的政治遲疑只是藏於心頭，不能啓齒的思緒。《秧歌》農村幹部代表政府，形同天命；農民別有所見，就被幹部蓋上政治大帽子。幹部（王霖、顧岡）本身略生良知，就得迅速自我暗中糾正。《赤地之戀》純潔熱情的愛國知青，在革命經驗裡逐漸腐化、麻木、只求存活。劉荃徒具政治醒覺，也無一展鴻圖的機會。

隨著異議管道阻塞而來的，就是個人深度絕望與無力感。《秧歌》冷靜自持，藉扭秧舞的汗水與肌動，展現個人忍辱求存的適應能力。在幹部撲滅不盡的政治良知與柔弱生之途的農民堅強生命力裡，作者寄放了她對未來的希望，掩飾或彌補了她對政治現狀的失望。《赤地之戀》不再懲忍，採用較爲直接的國事論述，個人的無力感也隨之充分流露，我們已於〈《赤地之戀》的外緣困擾與女性論述〉詳爲析述。

宏觀張愛玲一生文學，這種情緒的對象是動亂多變的中國，遠超過了國共兩黨。〈華麗緣〉有這段話：

> 我注意到那綉著「樂怡劇團」橫額的三幅大紅幔子，正中的一幅不知什麼時候已經撤掉了，露出祠堂裡原有的陳設；裡面黑洞洞的，卻供著孫中山遺像；兩邊掛著「革命尚未成功，同志仍須努力」的對聯。那兩句話在這意想不到的地方看到，分外眼明。我從來沒知道是這樣偉大的話。隔著台前的黃龍似的扭著的兩個人，我望著那副對聯，雖然我是連感慨的資格都沒有的，還是一陣心酸，眼淚都要掉下來了。
>
> ……每人都是幾何學上的一個「點」——只有地位，沒有長度、寬度與厚度。整個的集會全是一點一點，虛線構成的圖畫；而我，雖然也和別人一樣的在厚棉袍外面罩著藍布長衫，卻是沒有地位，只有長度、闊度與厚度的一大塊，所以我非常窘，一路跌跌衝衝，踉踉蹌蹌的走了出去。

皇冠版的這篇散文寫於上海（一九四七），修訂於美國洛杉磯（一九八二），時空跨距頗大，很可能反映了貫穿兩個時空、前後一致的心情，所以值得我們特別注意。爲什麼她說：「我是連感慨的資格都沒有」？是自覺人微言輕（「沒有地位」）？是避秦人恥言抗秦大任？還是傳統的男主女輔參政觀念裡的女性謙讓？不管原因爲何，我們大概可以同意這種退避姿態已不限於〈有幾句話同讀者說〉（一九四六）那種爲自己漢奸嫌疑辯白，而是與她一生溫良恭儉讓的論政態度相通。她牽掛國事，不置身事外，所以見到孫中山遺言會悲慟，但是從未以政治先知者的傲慢來煽動讀者，誇飾或強銷自己的政治理念。所以《愛默森選集．譯者序》評斷愛默生的這段話恰是夫子自道，只要把「他」（愛默森）改爲「她」（張愛玲），就剛好描述張愛玲政治思想的基調：

> 他並不希望有信徒，因為他的目的並非領導人們走向他，而是領導人們走向他們自己，發現他們自己。每一個人都是偉大的，每一個人都應當自己思想。他不信任團體，因為在團體中，思想是一致的。如果他抱有任何主義的話，那是一種健康的個人主義，以此為基礎，更進一層向上發展。

8

全盤檢討張愛玲的政治觀點，有助於省察現存所有的相關的政治批判。我們舉正反案例各一，以爲佐證。

在政治層面上，並非所有讚譽都無懈可擊。許多肯定的評見，由於未曾整體審視張愛玲文學，今日視之，已不再妥當，頗難用以抗辯持正。比如說，胡蘭成曾如此總結張愛玲文學的政治面：

> 魯迅是尖銳地面對著政治的，所以諷刺、譴責。張愛玲不這樣，到了她手上，文學從政治走回人間，因而也成為更親切的。時代在解體，她尋求的是自由，真實而安穩的人生。[15]

張愛玲確曾步魯迅後塵，面對了政治。她缺乏尖銳政治諷刺的持續性興趣，但是《赤地之戀》出之譴責。單單譴責二字，也難以概括她的政治風貌。

由於聲勢凌人，攻訐總比誇耀刺耳，較需要辯正。用政治觀點來批判張愛玲的理由不一。自歷史的長距離來看，多不出反共或親共、反日或反美的激情。這些立場與熾熱都無可厚非，但是敵我對立的昂奮往往使評者曲解史實史料，忽略小說整體的透察。兩岸三地對《秧歌》或《赤地之戀》的轟擊都是例證：柯靈（大陸，見本文第二節）、劉以鬯（香港）[16]、水晶（台灣）。本文第三節已細論水晶〈《秧歌》的好與壞〉如何誤解《秧歌》的結構，現在我們檢視它犯了何種錯誤來助長貶張聲浪。水晶並未援引柯、劉或其他類似的評論，所以不能說他拾人牙慧，但是他的政治論斷與前人謬見大同小異，則無疑問。水晶的政治誤解大致可以歸納爲以下三點。其一，他未能體會《秧歌》未曾全盤否定中國共產黨，誤以爲它盲目反共；其二，他視《秧歌》的政治立場爲他所誤解的那個盲目反共的立場，爲頌揚「以美國爲首的資本主義集團」。他暗示張愛玲是「御用文人」，明指《秧歌》的反共「立場，當然是美新處官員，像麥卡錫處長，樂於贊助的」；其三，他認爲張愛玲未受中國共產黨迫害，沒有反共的「內在的理由」。

本文第五節已詳細說明張愛玲，包括《秧歌》，並無一筆抹殺中國共產黨。那是政治智慧，不是思想的破綻。這裡只需簡要回應第二、三點政治誤解。

我們不能否認《秧歌》（以及《赤地之戀》）的反共立場或許因爲香港美新處支持出版她的著作或譯作，而多少受到影響。美新處的任務之一，想必是資助反共文宣。可是像水晶那樣，用這個可能性來徹底排除作者政治立場的自發性，又不足以服人。我們可以分客觀與主觀兩方面來析辨此事。

客觀看來，香港美新處當時審查出版中文書籍並不嚴苛。本文第五節提到《秧歌》不全面否定共產黨的例證昭然若揭，我們在〈《赤地之戀》的外緣困擾與女性論述〉提到那篇小說明目張膽對蔣介石不敬，都足以證明香港美新處未曾緊密監控。張愛玲由「今日世界出版社」出版的翻譯《愛默森文選》（皇冠版改名爲《愛默森選集》）、《老人與海》、《鹿苑長春》，皆非惡形惡狀的文宣。當時的工作環境未能完全禁止作者在政治層面上暢所欲言。作者的政治立場非但可以有自動性，而且政治論述的空間頗大。

主觀而言，張愛玲本人當然有反共的「內在的理由」。離開小說文本，量秤作者政治立場的眞僞，自屬難事。然而我們也許可以同意，小說家無須親受災難，也可有民胞物與的情懷與悲憤。話雖如此，張愛玲確實遭到政治迫害。一九四九年以後，張愛玲寫《十八春》、〈小艾〉來討好新政權。我們在〈〈小艾〉的無產階級文學實驗〉曾指出。從嚴格的左翼觀點視之，〈小艾〉仍有可予批鬥的小資產階級溫情主義。套句〈小艾〉的話來說，專業作家張愛玲當時身陷文網，「覺得自己胖大得簡直無處容身」。這種樹大招風，隨時會受清算的惶惶威脅，以致不得不出國，就是一種迫害。

水晶以夏衍愛才，有意邀請張愛玲當編劇，支持「共黨並沒有迫害她」的意見。此事記於柯靈〈遙寄張愛玲〉[17]。事實是柯靈未及轉達這份盛情，張愛玲已遠走香江，可見她行前根本不知道這個工作機會。她離滬赴港的主要原因就是在上海沒有工作[18]。尤其甚者，夏衍的邀約當時猶未成熟，柯文說「眼前還有人反對，只好稍待一時」。既然黨內仍有一時未能輕易排除的阻力，怎麼說沒有迫害？當然這種壓榨較文革所加諸於大陸文人的災難要小得多，可是我們不能否認張愛玲當時生計出了問題，受逼而無後路可退。

張愛玲與香港美新處的工作關係，根據林以亮〈私語張愛玲〉[19]，僅是作者或譯者與出版單位的合作，並非余斌所言：「到香港後不久她即供職於美國新聞署在香港的辦事機構。」[20]「供職」就有老闆與下屬的對應，影射授意與聽命的確認。我們在〈張愛玲與香港美新處〉訪問香港美新處麥卡錫處長，證實了《秧歌》與《赤地之戀》的自發性與寫作自由。

張愛玲無須爲這種工作關係而向任何人道歉。問心無愧，問民族無愧，問國家（廣義中國）無愧。抗戰勝利以後，由於左右翼文評家仍然罪及妻孥，繼續因爲胡蘭成涉案而夾擊圍攻，她已不易發表作品，少數電影劇本之外，《十八春》、〈小艾〉皆以筆名發表，意在避風頭[21]。很早就有人揣想她寫〈小艾〉時期生活拮据[22]。張愛玲過世以後，另有人訪查她在上海的最後居所，由其簡陋推測她出國前窮困潦倒[23]。這些研判應是可信的，我們確知她離滬赴港前後，曾得姑姑與國外親戚的資助[24]。所以她初抵香港，很快就有經濟上的迫切需要，急於自立謀生。《秧歌》是她離開大陸之後的第一篇小說。我們也許大都同意它描寫飢餓眞切。從無接近挨餓邊緣，哪裡寫得出那些因飢餓引發的沮喪、理智無法控制的衝動言行，以及感官功能的反應？

水晶論文另有小問題值得一提。我們知道，〈等〉（一九四四）、《十八春》（一九五一）、〈小艾〉（一九五一），都涉及政治，所以水晶說：「張愛玲在一九五四年以前，自絕於政治潮流之外，是聰明的也是正確的」，根本是錯的。這個偏差不可能是筆誤，因爲一九五四是《秧歌》出版的年份。所以水晶的意思是：在《秧歌》之前，張愛玲自絕於政治潮流之外。

水晶明明見過《十八春》。張愛玲一九七四年六月三十日致夏志清信上說過：「水晶來信已經提過他看到『十八春』，原來是 Yale 圖書館的。」[25]讀過《十八春》而犯了前引「一九五四年」的錯誤，應是年代久遠，一時忘記，也未及複查小說細節。難怪〈《秧歌》的好與壞〉所有關於《十八春》的評語都適用於根據《十八春》改寫的《半生緣》。《十八春》曾出單行本，字數比《半生緣》多，是張愛玲最長的一篇小說。水晶論文用篇名號（〈〉），而非書名號（《》），也欠妥。

水晶最早出版張愛玲小說評著，迄今仍是唯一擁有兩本親自撰寫的評張專書的名家。這篇〈《秧歌》的好與壞〉屬晚近的評作。在此之前，他從來沒有細論過《十八春》。所以該文有關「〈十八春〉」的錯誤令人覺得唐突。我們受惠於水晶評張論述多年，見到他無理打壓《秧歌》，也覺驚訝。

1 鄭學稼《魯迅正傳》第九章〈與新月派論戰〉，台北時報文化，一九七八年七月十五日，頁二一二。

2廣義的政治，泛指一切人際關係。本文討論的是狹義的政治：國家、政制、政黨、政綱、政策，以及個人參政、政黨屬性、國家認同等等。

3見江迅〈柯靈追憶張愛玲〉，香港《明報月刊》，一九九五年十月；該文收入陳子善編《作別張愛玲》，上海文匯出版社，一九九六年二月，頁二〇二。

4見本書〈《赤地之戀》的外緣困擾與女性論述〉。

5胡蘭成〈民國女子〉，收入唐文標編《張愛玲卷》，台北遠景，一九八二年十一月，頁一四。

6見裴溥言編撰《詩經——先民的歌唱》上冊，台北時報文化，一九八四年十一月，頁三三六—三三九。白話譯文皆採自該書。

7見水晶〈《秧歌》的好與壞〉，收入水晶《張愛玲未完》，台北大地，一九九六年十二月。

8該文收入水晶《張愛玲的小說藝術》，台北大地，一九七三年九月。

9見王德威〈重讀張愛玲的《秧歌》與《赤地之戀》〉，香港嶺南學院《現代中文文學學報》，一九九七年七月。見王德威爲《秧歌》英文版寫的序，美國加州大學出版社，一九九八年。

10見司馬新〈雪泥鴻爪拼貼大師風貌——《張愛玲與賴雅》之外一章〉，美國《世界日報》「世界周刊」，一九九七年五月十一日、十八日、二十五日；引文見五月十八日。

11見Alexander, Bevin, *Korea: The First War We Lost*, New York: Hippocrene Books, 1986.

12見《秧歌》英文版，頁四九—五〇。

13南方朔〈從張愛玲談到漢奸論〉，收入《華麗與蒼涼》，台北皇冠，一九九六年三月，頁二二五。

14見毛澤東〈農村革命〉，一九二七年三月；該文收入姜義華編《毛澤東著作選》，台北商務印書館，一九九四年十二月台灣初版，頁六一。

15 見胡蘭成〈評張愛玲〉，收入唐文標編《張愛玲卷》，頁一一一。

16 戴天曾如此記述劉以鬯的「綠背」文化言論：「而在『史識』及『評價』方面，則由於過去五十年來，香港處於極複雜現實處境，意識形態亦曾發生嚴重衝擊，益增判斷之難。如劉以鬯談及『綠背』文化，即不乏耳食之言、以訛傳訛的『定見』，尤其將一應活動，都歸於香港美國新聞處，更是不盡不實。如他談及張愛玲的《秧歌》及《赤地》兩部政治小說，認爲張是爲美新處而寫，又以爲張譯了一些作品交美新處今日世界出版社出版，都非事實。張的政治小說，如《秧歌》是寫好後才交付出版；張的翻譯，則是美新處屬下主要出版美國著作的今日世界社請她翻譯（如劉以鬯本人即受邀譯有長篇小說《人間樂園》）。」見「乘游錄」專欄文章〈翻翻看看〉，一九九八年十二月二十八日香港《信報》副刊。

17 柯靈〈遙寄張愛玲〉，北京《讀書》，一九八五年四月，收入陳子善編《私語張愛玲》，浙江文藝出版社，一九九五年十一月；該文也收入四卷本《張愛玲文集》第一卷，安徽省文藝出版社，一九九二年七月第一版。

18 張愛玲姑姑張茂淵女士接受司馬新書面訪問，曾說：「一九五二年去香港的思想起源是當時在滬沒有工作機會」，見一九九七年五月十八日美國《世界日報》，司馬新〈雪泥鴻爪拼貼大師風貌〉。

19 林以亮〈私語張愛玲〉，香港《明報月刊》，一九七六年三月。

20 見余斌《張愛玲傳》，台中晨星，一九九七年三月，頁三〇二。

21 有關抗戰勝利以後，上海評論界對張愛玲的爲難，可參閱陳子善〈圍繞張愛玲《太太萬歲》的一場論爭〉，收入陳子善編《私語張愛玲》。該文亦見陳子善《說不盡的張愛玲》，台北遠景，二〇〇一年七月。

22 見臺繼之〈另一種傳說——關於「小艾」重新面世之背景與說明〉，台北《聯合報》副刊，一九八七年一月十八日。

23見報導〈近距離看張愛玲——她不孤絕，只是潦倒〉，美國《世界日報》，一九九五年十一月二十六日。

24這是張愛玲姑姑接受司馬新書面訪問時說的話，見註18。

25夏志清〈張愛玲給我的信件(八)〉，台北《聯合文學》，一九九八年八月，頁一四四。

12

《赤地之戀》的外緣困擾與女性論述

我相信只有土改才能終止鄉村的剝削，
改善貧窮苦況。
多年以後，也參加過土改的朋友才敢跟我說
當年的運動常常十分殘暴不公。
——李志綏[1]

1

一般論者都同意，從小說藝術觀點而言，《赤地之戀》不如《秧歌》，前者激情憤慨，後者冷靜自制。此爲公允之見。然而《秧歌》以及其他作品證明張愛玲與普通只能寫譴責小說的作家不同，她的格局遠超過《赤》。所以我們無法以對待專事譴責的作家那種漠然的態度來鑑閱這篇小說。《赤》中英兩版境界有別。本文專注於坊間流通的中文版，〈開窗放入大江來——辨認《赤地之戀》的善本〉將進一步討論英文版。

《赤》流露張愛玲難得一見的人間煙火。它縮短了作者與我們凡人的距離，讓我們知道她對國事也有常人一般的憤怒與絕望，而且她也曾必須不顧一切地噴洩這些情緒。《赤》的怒乃尋常百姓之表態，絕非寺廟金剛爲了嚇退妖魔鬼怪故作的凶相。作者沒有神奇法力，只有枝筆，以筆代劍，爲大陸易手初期的親身經歷刻石留念。《赤地之戀．自序》把這個企圖說得很清楚：

> ……我確是愛好真實到了迷信的程度。我相信任何人的真實的經驗永遠是意味深長的，而且永遠是新鮮的，永不會成為濫調。
>
> 《赤地之戀》所寫的是真人實事，但是小說究竟不是報導文學，我除了把真正的人名與一部份的地名隱去，而且需要把許多小故事疊印在一起，再經過剪裁與組織。……[2]

我們都知道張愛玲在離開大陸（一九五二）之前有兩篇稱頌中國共產黨的小說：《十八春》（一九五一）、〈小艾〉（一九五一），由於淹沒多年才陸續出土，出土時只以政治淨化版在台港流通——前者最後三章收入唐文標《張愛玲資料大全集》（一九八四，時報文化），後者見《餘韻》（一九八七，皇冠），所以左傾色調一直不曾干擾張愛玲作品在台港以及海外的復出與盛行；這當然是張愛玲以及文學本身的幸運。大概沒有需要，作者本人一直沒有行文爲那兩篇小說公開辯解。然而小說家補充政治意見的方式不一定是直言澄清。小說問題就用小說方法來解決。《十八春》改寫爲《半生緣》這個動作本身，似乎暗示了她不再堅持前者的政治筆墨，藉由後者追求更高的小說藝術境界。目前台港流通的皇冠版〈小艾〉先由編輯刪除政治敏感的段落，再經作者親自批准定稿。因爲〈小艾〉出土之前就已披露《秧歌》和《赤》，實在沒有必要在政治層面上更大幅度地修訂〈小艾〉。

作者書寫土改，實具由左轉右的政治姿態變化，或許眞是有意留下嚴肅的國事論述。《十八春》故事結束於大陸易手初期，不涉及土改。〈小艾〉故事結束的時間比《十八春》稍晚，提到一九五〇年十月左右開始的土改，一片憧憬：「第二年秋天，金福辭掉了生意，很興奮地還鄉生產去了。十月裡他們鄉下要土改了。」[3]《秧歌》故事開始於土改之後：「金根現在分到了田了，自從土改以後」[4]，明寫土改之後農村的飢荒問題。一直到《赤》，她才有機會把土改的過程寫出來。從期待與肯定轉變爲譴責，因爲她必須向歷史有所交代。這幾篇小說總合起來，呈現了作者對土改前因（農地分配不均）、過程（「殺人越貨」），以及後果（飢荒）的整體性陳述。全盤評價這項國家政策的得失與成敗，自是有意而爲，不大可能是巧合。

很不幸地，張愛玲小說受到文本以外的周邊噪音干擾，以致妨礙閱覽，以《赤》爲最。我們必須先斬荊削棘，澄清對其先天條件的責難（第二節）、後天環境的傾軋（第三節），然後才簡要地探究它如何以女性論述對付黨機器的國家論述（第四節），以及這項抗衡的成功與失敗（第五節）。

2

多年來關於《赤》先天條件的責難很多，主要是以下兩點：作者缺乏實際農村生活經驗、作者受雇爲美國做反共文宣。

根據蕭關鴻訪談張愛玲姑丈李開第的記錄，我們知道作者確曾參與土改。蕭關鴻這段話說得很清楚：「上海解放後，主管文藝工作的是夏衍。夏衍愛才，很看重張愛玲，點名讓她參加上海第一屆文代會，還讓她下鄉參加過土改。當時張愛玲還是願意參加這些活動，她希望有個工作，主要是爲了生活。」[5]這項認知也與《秧歌．跋》、《赤地之戀．自序》一致。一九六八年在美國劍橋接受殷允芃訪問，曾說寫《秧歌》前，在鄉下住了三、四個月[6]，可能就與土改經驗有關。

對此提出質疑的代表人物是資深作家柯靈。一九八五年四月，柯靈〈遙寄張愛玲〉痛批《秧歌》與《赤》。該文轉載於一九八七年三月《聯合文學》，首度在台灣露面。承鄭樹森教授賜告，當時顧及台灣政治敏感，文章曾經編者刪修，我才注意到海峽兩岸版本不同。台灣讀者大概不大容易看見這段剔除的批文：

> ……《秧歌》和《赤地之戀》的致命傷在於虛假，描寫的人、事、情、境，全都似是而非，文字也失去作者原有的美。無論多大的作家，如果不幸陷於虛假，就必定導致在藝術上繳械。張愛玲在這兩部小說的序跋中，力稱「所寫的是真人實事」，而且不嫌其煩，縷述「故事的來源」，恰恰表現出她對小說本身的說服力缺乏自信，就像老式店鋪裡掛「真不二價」的金字招牌一樣。事實不容假借，想像也須有依托，張愛玲一九五三年就飄然遠引，平生足跡未履農村，筆桿不是魔杖，怎麼能憑空變出東西來！這裡不存在什麼祕訣，什麼奇蹟。海外有些評論家把《秧歌》和《赤地之戀》讚得如一朵花，醉翁之意不在酒。——他們為小說暴露了「鐵幕」後面的黑暗，如獲至寶。但這種暴露也是膚淺而歪曲的，在國內讀者看來，只覺得好笑。……[7]

評判《秧歌》、《赤》眞誠或虛假屬文學意見範疇。我不同意，可是必須尊重柯靈的意見。然而他痛責的主要理由是張愛玲沒有農村經驗，根據前引張愛玲參加土改的記述，柯靈根本是錯的。柯靈大概不清楚一九四九年以後張愛玲的行止，因爲他在她赴港之後才「聽說她去了香港」，而且還犯了另項錯誤：根據林以亮〈私語張愛玲〉，張於一九五二年離開大陸[8]，不是一九五三。

中華文化傳統要求文人「修辭立其誠」。柯靈質疑《秧歌》、《赤》的誠實，可是自己犯了不查考事實的毛病。柯靈「誠」的基礎爲何？〈遙寄〉坦承自己當年被日本人抓起來，曾因張愛玲託胡蘭成說項而得釋放。所以張愛玲對柯靈有朋友之義、救命之恩。柯靈此時卻讓黨國忠貞熱情佔了優勢——抑或臣服於當時的文網壓力。這種誣賴，實在令人失望。

至於《秧歌》、《赤》的描述是否歷史實況，當是見仁見智的問題。千千萬萬實際參與土改、三反、抗美援朝的人，自然會有各自不同的經驗。任何歷史記錄都多少摻雜了當事人、目擊者或不在場者的主觀意見、想像、有意扭曲或無意的誤解。人爲誤差加上文字或非文字史料的殘缺，乃世世代代追求歷史眞相的史家最大的挑戰。然而文學的「眞」，不必是歷史的「眞」。《赤地之戀．自序》說「小說究竟不是報導文學」的意義即在此。文學裡的歷史事件只要是當時該地可能發生的，只要作者呈現了對生命、自然、社會、人類（個人或少數人或多數人）等等對象的人道的關懷，就有了文學的「眞」。如果作品的藝術方法（文字、結構、語調、氣氛等等）有可取之處，就值得讀。批左評右的文學都應做如是觀。

我們沒有理由懷疑《秧歌》、《赤》故事發生的可能性，所以說，它們具備文學的眞；它們的小說藝術使其可讀。其實《赤》裡的土改過程很可能與史實相去不遠。黃仁宇提倡「大歷史觀」，避免道德批判，絕非以反共爲職志的歷史學家。他在《放寬歷史的視界》數度提到土改[9]：

……毛澤東開口不離階級鬥爭，喜歡利用人類的壞性格去執行他的革命方針，土地改革，可能犧牲了三百萬到五百萬人命。歷史學家若不將這些事實寫下來，則為不真。（頁一九二—一九三）

……要不然何以早在一九二七年毛澤東就承認反對他的人，稱他的組織農民為「痞子運動」，卻又堅持所謂痞子，實係「革命先鋒」？韓丁（William Hinton）以聯合國工作人員的身份，看到一九四六年以後山西土地改革的情形，他著的書號為《翻身》，對中共極端的同情。書中就指出中共在潞城一個村莊裡的組織，起先發動於身患梅毒、吸白麵，帶有土匪性質的流氓。他們進入村莊之內，鼓動村民造反。起先無非以威迫利誘的方式，弄得多數的農民個個下水，當時「打土豪分財產」的辦法，甚至弄得有些共產黨員也為之心寒。（頁二五七）

> ……中共領導下的土地改革，因此喪生的人數據估計達三、五百萬人不算過多。（韓丁的敘述，一個村莊內即有十幾人。）（頁二六一）

《赤》指稱中國正規部隊以「志願軍」名義投入韓戰也有史實根據。一九五〇年十月二日毛澤東發給史達林的電報就坦承此事[10]。

小說是否史筆，與作者是否實際參與故事裡的事件並不一定需要有關聯。張愛玲說過：「直接經驗並不是創作題材的唯一泉源。」[11]寫謀殺故事的作者不一定得親手殺人、參與謀殺陰謀或目睹殺人過程。讀《阿Q正傳》，很少人會去追問魯迅本人是否眞的認識一位像阿Q那樣的人物。然而我們大都相信阿Q的存在，那是文學的眞，不一定得是——是也沒關係——歷史的眞（某時某地眞有某人經歷了阿Q一生所有的細節遭遇）。

關於《赤》先天條件的第二項責難是作者受雇爲美國做反共文宣。這類攻擊的依據大概是林以亮與水晶的個別記載。《赤》寫於香港，彼時張愛玲與林以亮夫婦往來。林以亮〈私語張愛玲〉說《赤》「大綱是別人擬定的，不由她自由發揮，因此寫起來不十分順手」。水晶〈蟬——夜訪張愛玲〉：「她主動告訴我：《赤地之戀》是在『授權』（Commissioned）的情形下寫成的，所以非常不滿意，因爲故事大綱已經固定了，還有什麼地方可供作者發揮的呢？」[12]然而當時香港美新處麥卡錫處長接受專訪，如〈張愛玲與香港美新處〉所示，力主以上這些描述皆非事實。我們刻意忽略坊間流傳的其他相關記載[13]，特別併提林以亮與麥卡錫兩說，因爲它們皆第一手見聞，兩人都是張愛玲患難之交。我們承認兩議的針鋒相對性，卻不必有所取捨，擇一爲安。理由有二：

其一，如無強烈認可意願，作者不可能採用《赤地之戀》故事大要。道理很簡單。中英兩版相隔兩年之久。英文版志在打開英美書市，譯寫之時張愛玲已離港赴美，不必受制或取悅於香港美新處。然而我們在〈開窗放入大江來——辨認《赤地之戀》的善本〉比對兩版，發現細節修訂頗巨，故事大綱卻仍類似。所以我們評估這部作品，只能依照文責自負的準繩，成敗功過，盡量歸諸作者。林以亮〈私語張愛玲〉說張愛玲寫《赤》「態度同樣的認眞」。我們不必懷疑作者的自發性，拒認小說的誠意。

其二，雖然故事大綱外來說曾遭受後人泛政治化，否定《赤地之戀》的可讀性，林以亮原意卻很可能僅在於他覺得本書缺失很多，藉此說詞——姑且不論說詞內容眞假——護友。林以亮曾親自參與當時香港美新處的文學譯介工作，以反共立場著稱，不大可能趁機攻擊香港美新處。麥卡錫提法——提法內容是否屬實並不重要——當然維護張愛玲文學的地位。所以兩個意見表面上截然對立，其實就支持張愛玲的立場而言，絕無不同。如果我們對林以亮原意的揣測能予成立，我們可以進而指出，他始料不及他的善議在《赤》的政治環境裡一度引起負面效應。所幸那些政治攻擊有其限制與淺度。林以亮麥卡錫論爭實質的一致性，自有明眼人或可同意的延伸意義：我們畢竟面對著〈金鎖記〉與《秧歌》的作者，無論《赤》故事來源爲何，都無法削損審閱的必要性。

回顧這段史實之後，我們需要再做兩項澄清。其一，評家曾認爲作者本人厭惡這篇小說，以致一度不讓它與《秧歌》於一九六八年一齊由皇冠出版社出版[14]。這個猜測大概是錯的，當時張愛玲非常願意立即在台灣推出《赤》（見第三節）。其二，作者自己對《赤》「沒有信心」或「非常不滿意」並不表示這篇小說一無是處。類同的情形是〈連環套〉。夏志清認爲張愛玲受到傅雷〈論張愛玲的小說〉（一九四四）影響，「自己心虛」，低貶了〈連環套〉，那些自責其實「無此必要」[15]。其實張愛玲喜新厭舊自己作品，是驅策自我的努力，殷允芃訪問記就說：「她的小說，只有在剛完成時，她才覺得滿意，過久了，再看看，就又不喜歡了。」[16]向別人陳述自己不滿舊作，似乎是習慣，也是自謙的行爲。我們不必因作者的負面意見而忽略《赤》。

3

《赤》後天的困擾在其完成後立即發生。〈私語張愛玲〉說：「書成後，美國出版商果然沒有興趣，僅找到本港的出版商分別印了中文本和英文本。中文本還有銷路，英文本則因爲印刷不夠水準，宣傳也不充分，難得有人問津。」礙於政治原因，《秧歌》、《赤》一直難於大陸流通，一九九六年五月十九日美國《世界日報》一則不大引人注意的新聞，說明了直到晚近仍爲禁忌：

> ……最近出版的《張愛玲全集》（十六卷本，大連出版社）和《張愛玲小說全編》（內蒙古文化出版社）卻闖下了大禍，因為這兩套書都收入了被認為是「反共小說」的《秧歌》和《赤地之戀》。前者完全是台灣皇冠版《張愛玲全集》的翻版，只不過把直排繁體字改為橫排簡體字而已，據聞，係不法書商所為；後者則已對《秧歌》和《赤地之戀》作了「技術處理」，刪去的「反共」字句以◆代替，並在〈編者說明〉中要求讀者批判的閱讀。儘管如此，這兩部長篇在大陸首次出版已引起大陸有關方面的高度重視，下令查禁，全部就地銷毀，從而為大陸的「張愛玲熱」亮出了「紅牌」。

《赤》在台灣出版也曾有困難。平鑫濤這段記述雖有瑕疵，但是說明了張愛玲並不猶豫《赤》在台灣與其他作品一併出版；而且，《赤》至少有三個版本。《赤》最初由香港天風出版社出版（一九五四）。一九七八年一月二十五日台灣三重市的慧龍版以及現在流通的皇冠版，都是淨化版。

> 許多人都覺得不解，為什麼以前「皇冠」出版了張愛玲所有的作品，竟獨缺她較早完成的《赤地之戀》？這背後的確有一番曲折。
>
> 張愛玲於四十年前寫完《赤地之戀》時，是先在美國以英文發表的，海峽兩岸卻一直遲遲不能出書。小說中描寫共產黨員辱罵國民黨政府，甚至對先總統蔣公也頗有譏諷，在當時的書刊檢查制度之下難獲通過，若大幅刪改那些敏感的部分又傷害了原著的精神，以出版社的立場而言，委實兩難。張愛玲並不清楚這些，以為我們不願出版，所以

當某家出版社很積極地向她爭取這本書的出版權時，她就答應了。但那家出版社是刪改了那些敏感的部分才出版的，品質也不盡理想，所以張愛玲要求我代她把出版權收回來……[17]

這段記述有兩個小問題。其一，《赤》中英文本初版都在香港出版（見前引〈私語張愛玲〉），並非「先在美國以英文發表」。其二，原版並無「共產黨員辱罵」國民黨政府和蔣介石先生。對蔣先生與國民黨不敬的情節或文字倒確是有的。天風版與皇冠版最顯著的差異是章次：天風版缺第八章，章數排到十二；皇冠版改正章數的問題，共得十一章。對於台灣政治敏感的部分有三。天風版第七章這段文字裡的「蔣介石」，在皇冠版裡改爲「反革命」：

隊伍又開始向前移動。劉荃和機關裡的一個通訊員一同推著一輛囚車，囚車裡是孔同志扮的杜魯門。另一輛囚車裡是張勵扮的蔣介石。樂隊的調子一變，杜魯門與蔣介石從檻車裡衝了出來，戴著巨大的彩色面具跳跳蹤蹤，像西藏的「跳神」儀式。（頁一三二）

天風版第九章第二段這句話：「是他謁見蔣介石呈遞國書的時候拍攝的」（頁一七二），皇冠版第八章第二段把「蔣介石」改爲「國民政府的首腦」。原文除了沒有用「先生」、「總統」之類的稱謂之外，並沒有其他侮辱之意。

天風版第九章第三段這句話：「心裡想如果根據這篇文字就證實黎培里是勾結蔣政府的

特務」（頁一七二），皇冠版第八章第三段把「蔣政府」改為「國民政府」。這是戈珊思潮之描述，與前引張勵跳神那段一樣，皆非約定俗成慣稱的「辱罵」。

4

小說篇名一詞多義。其一，赤指原始初民，赤地為農地：故事始自土改，赤地之戀是農民與耕地生死與共的感情。其二，赤指紅色政權，赤地為國土：知青參與土改、抗美援朝、三反，在在服膺黨的指令，赤地之戀是知青報效國家的家國之愛；赤地之戀也是紅色政權下發生的兒女私情——劉荃與二妞純淨飄逸的賞慕、與戈珊魚水之歡的激越，以及與黃絹持久互信的愛情。其三，赤指受盡剝奪而不留一物，赤地之戀是對荒蕪家園持恆不變的愛；所有的憤慨、無力感、幻滅、譴責，都基於那無條件、無限無底的愛。家國之愛與兒女私情重疊交錯，確為情節設計的基本策略。

最值得留意的，或是作者如何以女性論述對付黨機器的國家論述。女性論述指基於女性立場的個人立身處世、解決問題的哲學、策略、行動等等的總稱。國家論述意指建國育民的思維、政策、施政等等的總稱。黨機器的國家論述意指某一特定政黨的國家論述。

《赤》女性論述的基本要義是男女兩性承擔國家責任的男主女輔——男性為主導、女性為支援——看法。張愛玲曾經說過：「將來的世界應當是男性的。」[18]所以土改雖然是她個人的實際經驗，《赤》主導知青政治醒覺與政治良知的是名男性（劉荃）。《十八春》政治覺醒最早最徹底的是叔惠，〈小艾〉具有愛國情操，在抗戰後方目睹「貪污腐敗，由上面領頭投機囤積」的是金槐，都是男性。

然而與《十八春》、〈小艾〉比較起來，《赤》費了極多筆墨鋪陳政治覺悟主導人物（劉荃）的思緒與談吐。作者幾乎完全沒有興趣複雜化許叔惠和金槐的政治心態與政治言行。可以說，劉荃是張愛玲小說世界裡最響亮、最重要、作者政治良知的代言人。劉荃與《秧歌》那位頑固地認爲「這次農民的暴動不過是一個偶然的事件，一個孤立的個別現象，在整個的局面裡它是沒有地位的」的顧岡，最大不同處即在於此。劉荃之所以從純淨到污染，但是在墮落裡始終不完全放棄政治思考與救國之念，就因爲作者不允許自己心裡那點希望的火苗全然熄滅。

這就說明了《赤》女性論述的弔詭：劉荃原爲男主女輔分工架構裡的男性帶頭者，然而在政治層面上，他的思想言行俱代表了女性作者。他當然不是個娘娘腔的男人。但是在《赤》的國事論述裡，他男身女聲，既是男性，也是女性。這就是說，《赤》女性論述一旦涉及國家與個人關係就不分男女，超越了性別界限。

舉幾個例子說明劉荃如何傳達作者的政治良知。離開韓家坨以前，他向二妞說：「你年紀還青得很。年紀這樣青的人，不要灰心。」（皇冠版改「青」爲「輕」）我們似乎聽見了張愛玲對千千萬萬中國年輕人的叮嚀。知道黃絹爲救他而犧牲了自己，做了申凱夫的情婦，當晚：

> 他不想回宿舍去，在馬路上亂走，走了許多路。糊裡糊塗倒已經走到國際飯店附近了。那高樓的頂巔上插著一面紅旗，旗桿下大概安著幾盞強光的電燈，往上照著，把那

紅旗照亮了。它在那暗藍的夜空裡招展著，紅艷得令人驚異，像一個小小的奇蹟。
他仰著臉，久久望著那明亮的小紅旗。它像天上的一顆星，無法把它射落下來。

在那深重的無力感裡，作者控訴黨機器的國家論述摧毀了社會的公理與正義。劉荃決定經由志願參加韓戰而離開赤地：「他僅只是覺得他在中國大陸上實在活不下去了，氣都透不過來。他只想走得越遠越好。」我們可以想像當時身居香港的張愛玲如何在遠赴美國謀生的盤算裡掙扎。在韓戰戰俘營裡，劉荃冷靜地說：「我是中國人，可是我不是共產黨員。」那豈不是作者宏亮的宣言？劉荃最後選擇回大陸的情節也可做類似的解讀，我們稍後在第五節再提它。

劉荃處處代女性作者抒情敘懷，不忘救國重擔，那麼那些女性角色做什麼呢？夏志清說《赤》主題可用「出賣」兩字來概括[19]。其實《赤》仍有人與人之間的相互扶持，不過那種美德——除了一個稍後特別討論的例外——僅存於異性之間。此爲男主女輔運作的倚靠。劉荃自責未能保護唐占魁，私下坦然向二妞道歉。劉荃與黃絹、戈珊可以私下個別無虞地表達政治意見。這些可予交心私談的對象都是女人。崔平與賴秀英、趙楚與周玉寶，夫妻之間都無糾紛。相對地看，同性之間的關係俱不足道。崔平與趙楚生死之交，在三反期間竟演出賣友致死的慘劇。賴秀英與周玉寶除了共同取笑戈珊那一幕戲之外，平時形同水火。戈珊一石兩鳥，救劉荃而害了黃絹。

同性朋友互信互助的唯一例子是劉荃與葉景奎。他們結交於韓戰場，不受黨機器國家論述控馭的異國，算是例外。事實上，劉荃的活動能量自農村（韓家坨）、城市（上海）到異國（韓戰場），有逐漸增強的趨勢。他在韓戰場才有了令人意外的自發的意志力。那與黨機器在三個場所操管的嚴密程度（由緊到鬆，由鬆至無）大有關係。

《赤》男主女輔的搭配裡，紅粉佳人是男主角的知己、避風港、救援系統。這種男女職責分派的觀念非常傳統。在這個女性論述裡，缺乏異性戀愛的個人是孤立的、力量單薄的。張愛玲自己說過：「一個人在戀愛時最能表現出天性中崇高的品質。」[20]異性關係裡必須有戀愛的滋養，作者才賦予個人對抗黨機器的能量、勇氣與智慧。證諸戈珊與陸志豪、張勵的露水姻緣，缺乏眞情的兩性關係不但難於持恆（陸），也可淪於出賣（張）。《赤》強調情愛至此地步，我們只能說性別差異增進——但是並不保證——人際互信的可能性。

值得特別注意的是，《赤》女性論述肯定異性情愛，不受當事人政治順從或異議之影響。評家曾盡責地指出趙楚與周玉寶私練俄羅斯式擁抱情節的譏諷與幽默，然而那滑稽動作的基礎豈不是夫妻同心協力、互相信任？在黨機器製造的人人相互猜疑的社會裡，夫妻同舟共濟的努力何等可貴？

《赤》女性論述控訴黨機器的範圍遼闊：個人基本生存權利遭受剝奪，是非顛倒，只有人治沒有法治等等。引起作者最堅持、最熱切抗言的事件——除了唐占魁冤死之外——大概就是黨機器侵犯了兩性的情愛與結合。兒女私情確是《赤》最珍惜最推崇的人生經驗。劉荃與黃絹之離散自是大宗，趙楚蒙冤喪命之後，周玉寶爲了自己與孩子們的安全，寫坦白書《叛徒趙楚害了我》自保，也不可小觀。了解俄羅斯式擁抱練習背後的共信與享悅，才能體會到坦白書其實嚴正抗議了黨機器的無情與殘酷。

5

黨機器的國家論述要建立團隊的以及個人內在思維的新秩序。張愛玲的女性論述迎而戰之。這個對抗的結果無非以卵擊石，幾乎全盤潰退。張愛玲不是不知道以成敗論英雄的冷酷現實，她只好在劉荃、戈珊與黃絹身上個別寄放了傳統成敗尺度之外的滿足。我們必須先掌握《赤》的善惡立場，再來體會這三個角色的形象意義。

以單項敘詞來概括《赤》，絕非易事。方家早已指出以「反共」來標籤這篇小說並不適當。本文第四節提到夏志清以「出賣」爲《赤》的主題，可是劉荃與二妞、黃絹、戈珊都有朋友或情人之間的互信，而且那項互信禁得起考驗。余斌以「幻滅」爲《赤》之主題，立即補充說明劉荃在故事結尾「有新的覺醒，成了一個英雄」[21]。王德威比較《秧歌》與《赤》：「《赤地之戀》中則把善惡問題坐實；惡人當道，襯托出劉荃及黃絹的無助。」其實《赤》並不完全坐實善惡問題[22]。劉荃與戈珊這兩個角色都是道德模糊的。

劉荃曾受迫槍殺半死的死刑犯，並於職務上與《解放日報》資料組長戈珊一同做不實的新聞報導；存活成爲這些缺失的理由。兩人私生活放蕩，則爲生活苦悶裡偷偷摸摸的一種鬆弛或解脫。作者不用死板的道德規戒去責備他們，因爲她慈悲，認爲那些軟弱是人之必然。然而作者並未跋扈地視那些舉止善良可欽。殺人之後，劉荃「像吞了一塊沉重的鉛塊下去，梗在心頭」；與戈珊勾搭，使他見到黃絹時覺得「自己有一種不潔之感」。他良心難安，適足以證明作者中立、不予裁奪善惡的立場。

戈珊與黃絹併立，使人聯想到〈第一爐香〉梁太太與葛薇龍，以及《十八春》曼璐與曼楨。這些配對的年紀與風塵閱歷的差距都類似，也都有個男人（劉荃、盧兆麟、喬琪喬、慕瑾）令那位年長的女人（戈珊、梁太太、曼璐）吃醋、搶奪或報復。作者向來不苛責這些女人的貞節與嫉妒。然而我們必須留意梁太太經營交際花組織、曼璐下海當舞女，都有其生計需要；戈珊卻不爲政治利益或金錢而賣淫，她與劉荃一樣具備高度的政治敏感。所以那種不求酬金的浪漫生涯可視爲對黨機器運作的一種反彈。《解放日報》的文宣工作一片虛假，風情角逐裡屢現男女慾求最基本的動物性的眞。當然慾海騰躍未能提供她永久性的心靈慰藉，結果仍是驅之不去的空虛。崔平、趙楚年輕時競追同一位女同學，結果她由黨安排嫁給年長的幹部；劉荃決心「在工作上有好的表現，希望能一步步地升遷，等到當上了團級幹部，就可以有結婚的權利」。黨無所不在，男婚女嫁都組織化、政治化了，戈珊的心靈空虛豈不是更無止無垠了？這是不是《赤》女性論述的另一向度？

〈傾城之戀〉有情人終成眷屬的結局一向令方家激賞。然而張愛玲小說世界裡最高的情愛境界，卻是黃絹獻身救劉荃：至愛不是佔有，至愛是自我犧牲。《十八春》改寫爲《半生緣》，添增了世鈞建議重收覆水，曼楨拒絕，就是那個境界的重現。〈色，戒〉王佳芝或許未曾預料救戀人易先生一命會引來殺身之禍，所以我們只能說她糊塗。黃絹與曼楨預知並承擔了犧牲的後果。尊貴必須來自受難。〈傾城之戀〉白流蘇完成婚嫁，謀生謀愛的災難隨即消失，故事適時而止。再繼續就變成日常的穿衣吃飯。黃絹與曼楨的災難並不因故事結束而中止。讀完小說，讀者心中餘痛猶存。

南方朔認爲張愛玲赴美謀生，避免了海峽兩岸「忠奸之辨」的困擾[23]。這是精要的意見。如果台灣讀者能接觸原版《赤》，或會了解張愛玲當時不去台灣，可能與她對蔣介石先生和他領導的國民黨心存芥蒂有關。〈等〉、《十八春》、〈小艾〉、《赤》的原版都有對蔣先生或國民黨不敬的文字。其中又以〈等〉最緩和，〈小艾〉最激烈。論者曾指出《十八春》、〈小艾〉寫於大陸易手之後，張愛玲離開大陸以前，文網所及，不得不應時爲之。那種辯解就不能適用於〈等〉、《赤》。這兩篇小說對蔣先生或國民黨的微詞應屬自發。如本文第三節所示，《赤》的敏感文字只是細節，並非故事大綱，然而性質敏感，引人注目。即使皇冠版《赤》也沒有刪除韓戰俘營裡中共宣導員那句話：「台灣也沒有眞正的自由」，針對解嚴以前的台灣而言，自是話中有話。所以《赤》平常予人批左的印象，其實它也證明作者對當時的政治右翼深度失望。

《赤》中文版譴責黨機器直接而露骨，不留讀者想像空間。第七章劉荃疑患肺病，在赴醫院路上聽見兩位婦人埋怨孩子們爲國家賣命，「送了命都不哼一聲」，傷透父母心，那段談話引起劉荃自己「悲憤」的思緒。這些文字固然失之過白，然而政治暢言與〈叛徒趙楚害了我〉那種噤若寒蟬交錯，足見張愛玲在大陸易手後留居上海三年期間（一九四九－一九五二）噤不能言的苦悶與憤怒，藉此而像大河決堤那樣噴瀉出來。這種直爽，稍後在《赤》英文版有所調整，我們在〈開窗放入大江來——辨認《赤地之戀》的善本〉再予詳述。

劉荃在韓戰俘營選擇回歸大陸，「只要有他這樣一個人在他們之間，共產黨就永遠不能放心」。王德威批得好：「憑他的記錄，他那裡作得好地下工作？」[24]如果劉荃眞如前文所提，是作者政治良知的代言人，或許揚言放話要黨機器不放心的是張愛玲本人。《十八春》、〈小艾〉曾經處心積慮要黨機器對她放心。身離文網，藉由《秧歌》、《赤》，她反而要黨機器記得她，擔她一點心，因爲她對家國仍繫牽懷，對出國不盡甘心：「何鄉爲樂土？安敢尚盤桓？」《赤》中文版是她赴美定居前的最後作品，她要左右兩翼都記得作家握有春秋之筆，可記下黨機器的劣跡醜行，讓千古傳誦之。

1 見李志綏《毛澤東私人醫生回憶錄》，台北時報文化，一九九四年初版，頁五〇。

2 見張愛玲《赤地之戀》，香港天風出版社，一九五四年十月初版。我根據的是香港天風一九五五年三月三版。亦見台北皇冠典藏版，一九九一年六月。

3 見《張愛玲文集》第二卷，安徽文藝出版社，一九九二年七月，頁三七五。這段引文不見於台灣版〈小艾〉，見張愛玲《餘韻》，台北皇冠典藏版，一九九一年八月。

4 見張愛玲《秧歌》，台北皇冠典藏版，一九九一年七月，頁一三。

5 見蕭關鴻〈尋找張愛玲〉，台北《聯合文學》，一九九五年十一月，頁一七一。

6 殷允芃〈訪張愛玲女士〉，收入《華麗與蒼涼——張愛玲紀念文集》，台北皇冠，一九九六年三月，頁一五九。

7 柯靈〈遙寄張愛玲〉寫於一九八四年十一月二十二日，見《香港文學》，一九八五年二月，北京《讀書》，一九八五年四月。該文收入以下諸書：四卷本《張愛玲文集》第一卷，安徽文藝出版社，一九九二年七月第一版；《柯靈散文選集》，百花文藝出版社，一九九三年八月第一版；《柯靈六十年文選：一九三〇—一九九二》，上海文藝出版社，一九九三年十二月第一版；陳子善編《私語張愛玲》，浙江文藝出版社，一九九五年十一月。

8見林以亮〈私語張愛玲〉，香港《明報月刊》，一九七六年三月，頁二〇。

9黃仁宇《放寬歷史的視界》，台北允晨，一九八八年七月。

10姜義華編《毛澤東著作選》，台灣商務，一九九四年十二月，頁三九三—三九六。

11見〈女作家聚談會〉，唐文標編《張愛玲卷》，台北遠景，一九八二年十一月，頁二三四。

12見水晶《張愛玲的小說藝術》，台北大地，一九七三年九月，頁二七。

13司馬新提到《赤地之戀》「是由美國新聞處委任張愛玲作爲主要作家，還有別人協助寫成的，可是越幫越忙，使小說中部分內容幾乎下降到宣傳品的水準，恰如張愛玲想逃避的那種在大陸的應時文章，這種對她生命的諷刺勢必使她感到悲哀」。見司馬新《張愛玲與賴雅》，台北大地，一九九六年五月，頁七二。這種描述予人《赤》係集體創作、多人參與寫作過程的印象，而且沒有說明新資訊之來源。

14見余斌《張愛玲傳》，台中晨星，一九九七年三月，頁三一九。王德威一度曾從其說，見王德威〈重讀張愛玲的《秧歌》與《赤地之戀》〉，香港嶺南學院《現代中文文學學報》，一九九七年七月，頁二七—二八、三六。王德威論文修訂版已不再沿用余斌這項沒有根據的猜測，見《如何現代，怎樣文學？——十九、二十世紀中文小說新論》，台北麥田，一九九八年十月，頁三三七—三六一。

15見夏志清《張愛玲與賴雅·序》，收入司馬新《張愛玲與賴雅》，頁一五。

16殷允芃〈訪張愛玲女士〉，頁一五八。

17見彭樹君〈瑰美的傳奇·永恆的停格——訪平鑫濤談張愛玲著作出版〉，收入《華麗與蒼涼——張愛玲紀念文集》，頁一八〇。一九七七年十一月十一日張愛玲致夏志清信有這句相關的話：「『赤地之戀』有些內容我早已忘了，所以一直沒想到皇冠簽了約又不出書是因爲違禁。」見夏志清〈張愛玲給我的信件(九)〉，台北《聯合文學》第一六三期，一九九八年五月，頁九六。同期《聯合文學》有慧龍版《赤地之戀》

的封面相片，頁一二六。

18 見胡蘭成〈評張愛玲〉，收入唐文標編《張愛玲卷》，頁一〇〇。

19 見夏志清《中國現代小說史》第十五章〈張愛玲〉，香港友聯出版社，一九七九年，頁四三三。這本書由劉紹銘編譯，第十五章由夏濟安譯。

20 見林以亮〈張愛玲語錄〉，香港《明報月刊》，一九七六年十二月，頁八〇。

21 見余斌《張愛玲傳》，頁三一三。

22 見王德威〈重讀張愛玲的《秧歌》與《赤地之戀》〉，頁三七。

23 南方朔〈從張愛玲談到漢奸論〉，《華麗與蒼涼——張愛玲紀念文集》，頁二二一。

24 王德威〈重讀張愛玲的《秧歌》與《赤地之戀》〉，香港嶺南大學版，頁四三。麥田版，頁三五五。

13

開窗放入大江來

辨認《赤地之戀》的善本

自有淵明方有菊，
若無和靖即無梅，
只今何處向人開。
——辛棄疾〈種梅菊〉片段

Printed in Hong Kong by Union Press

1

《赤地之戀》版本演進大致如下：香港天風版（一九五四，中文），香港友聯版（一九五六，英文），台灣慧龍版（一九七八，中文），以及現在流通的台灣皇冠版（中文）。司馬新認爲《赤地之戀》英文稿完成於一九五七年三月十三日[1]。這個記錄與香港友聯版版權頁的年份不符合。確實原因已不易考。或許友聯版之後，另有現在已失傳的英文新版，在國外待價而沽。

慧龍與皇冠版都是出版社主動過濾、作者不得不接受的政治淨化版。我們在《赤地之戀》的外緣困擾與女性論述〉討論過天風與皇冠版的差異。眞正要觀察作者本人如何修訂本篇小說，藉由增刪來了解作者經營的苦心，並且認證善本，必須比較很不一樣的天風與友聯兩版。

友聯版版權頁（見右頁）標明：（暫譯）

> 一九五六年，版權屬張愛玲。
> 友聯出版社在香港印刷。
> 保留所有法權。
> 不得在英國、加拿大、或美國銷售。

張愛玲當時顯然有意在上列三個英語國家找出版公司。友聯版〈導論〉作者燕歸來配合該項用心，在結語裡強調預設對象僅爲亞洲國家的英語讀者：

> 容我說明：本書原有中文版本，以英語發行是項實驗。友聯出版社相信今日亞裔作家的作品應有作者母語之外的讀者。贏取更大讀者群的方式之一，即翻譯成亞洲諸國都有人使用的英語。亞洲正在取得自我以及影響我們共同未來的歷史事件的更大醒覺。如果本書找到我們認為它應得的讀者群，友聯出版社或會出版其他亞裔作者的作品，希望在奮爭世界的不同族群之間，我們微薄之力至少可以促進更大的了解與同情。（暫譯）

很可惜，英文版一直未能如願另行出版，該是張愛玲終身憾事之一。一九九八年美國加州大學重新印行《秧歌》與《怨女》英文版，誠爲張學盛事，偏偏漏掉《赤地之戀》英文版。原因待查。我們在〈那人正在燈火闌珊處——張愛玲如何三思「五四」〉中譯張愛玲英文短文片段，證明作者自己認爲《赤地之戀》英文版受挫，在於美國社會不願或不能接受暴露中國政治病端的故事。〈導論〉似已預見張愛玲遭遇的困難：

> 當今中國情勢發展風馳電掣，相關的報導很多。《赤地之戀》乃虛構小說。它的心情與筆墨與當代大部分中國報導步調不同。然而，它的優質風格與情節戲劇感或能抓住那些不信本書所陳列中國面貌的讀者的注意。
>
> 我認為本書與今日其他類同作品不同，在於此項品質：它說了個故事，並非專注於支

> 持或反對特定政治系統的宣傳。故事本身當然不乏政治理念，任何有關今日中國情勢的記述都不能避免某些價值判斷。
>
> 較諸二次世戰以來頭角崢嶸的其他年輕作家，張愛玲更屬於中國文學發展的延續。就形象取捨與其他風格特色而言，她展示了經典小說的影響。她也承繼了一九二〇與三〇年代中國偉大作家的傳統——她的著作具有社會批判，您或會說「抗議」的濃烈成分。現代中國最具威望的小說一直是抗議文學。暫且不論得失，那種品質似已自目前中國大陸年輕作家的著作裡消失。這種消失提示以下兩種可能：作家在中國政治環境裡無法抗言，或者已經不再有他們應盡言責的事物。
>
> 我希望讀者以開放的心胸來讀這部小說。中國目前情勢的最後評斷仍付之闕如。本書也不遽做裁決。但是它確為個人在亂世裡如何以超越小我的方式應變，提供了嶄新的視界。（暫譯）

關鍵字眼在「那些不信本書所陳列中國面貌的讀者」。《赤地之戀》問世已近半個世紀。今日視之，西方國家已增進了他們對中國的了解。當下許多歷史學家已經同意《赤地之戀》指控的土改暴行，以及韓戰得失評估裡，中國部隊傷亡慘重。美國歷史教授迪催克在《人民的中國——簡史》[2]如此總結土改：

> 一般學者認為一九五〇年中期，土改處決地主與富農的數字還不很高。當時大約三分之一農民，大部分在中國北方，完成農地分配。突然在一九五〇年末期以及一九五一

> 年，韓戰開始，土改運動逐漸血腥化。當時打倒反革命分子的運動開始猛烈發展。中國初嘗革命的恐怖，死亡人數增高。不同的土改研究者估計一九四九年至一九五三年間處決人數的差距頗大。許多西方學者現在接受所有土改運動總共死亡人數在二百萬至五百萬的範圍裡。（頁六九，暫譯）

同書根據美國估計，認爲中國輕裝部隊在韓戰傷亡或失蹤人數約九十萬（頁六七）。

如果類似的歷史評估值得信賴，我們沒有必要繼續回應左派評者指責《秧歌》與《赤地之戀》虛假的評論，也無須憂慮西方社會拒讀中國弊病故事的舊習。《赤地之戀》英文版能否爲英語或中文世界接受的癥結，主要是文學考量。它的英文是否聱腳難懂？從天風版到友聯版的進程是否意味了品質改進？就張學而言，友聯版是否重要？對單語的中文讀者而言，友聯版有何意義？本篇小說誠如〈導論〉所說，具批判性質，然而在劉荃黃絹的愛情故事之外，它是否跌入了一般抗議文學的陷阱：缺乏超越性，無法與後代讀者掛鉤而不生關聯？

容我們循序漸進，逐一試答這些饒富情趣的問題。

2

我們偶聞張愛玲英文作品文字欠好的評語。金凱筠直言不諱說：「張愛玲作品的英譯本卻無法將其作品的創造力及其運用語言的才能展現出來。」[3]然而友聯版英文樸素簡單，乃華麗、濃烈、俏皮、深奧之外，小說語言的另種風格。鍾理和的文字美感即在於素淨自然。

友聯版英文的基本可讀性可予肯定，足以做爲英美大學外國小說讀本。

非得挑剔的話，我們似可指出：張愛玲或許高估了英語讀者對中文術語的興趣。一般英語讀者好奇於中國故事，未必有耐心做專門研究。有朝一日重印，似可考慮刪除許多中共術語的音譯：如「識字班」、「糾偏」、「訪貧問苦」、「吐苦水」、「做負擔」、「閻王債」、「挖底財」等等，只留書裡已有的意譯，以利閱讀之順暢。「赤貧戶」、「鬥爭大會」、「一杯水主義」、「三反」、「五反」、「抗美援朝」諸詞只用意譯，效果不錯。中文口語或名詞過度集結的情形也可依照同一原則處理。如「鬧男女關係」、「作風」、「孩子的爹」、「好高騖遠」、「大爺們」、「他媽的」、「操他媽的」、「去、去、去」、「來了！來了！對象來了！」、「土包子」、「媽的」、「操他奶奶」、「寬大」、「坦白」、「跟上」、「特別接見」、「不行」、「大力幹他們」等，酌情以意譯取代音譯，可減少單語英文讀者負擔。

我們並非建議全盤意譯。少數音譯，如「幹部」或人名，仍需保留以醞釀異國情調。

3

英譯與改寫兩種雄圖大志齊頭並進。熟悉中文版的讀者或會在友聯版首章領受當頭棒喝的驚訝：黃絹改名爲 Su Nan。李向前、唐占魁、孫全貴、周玉寶、賴秀英、葉景奎，在友聯版都改名換姓。不僅如此，趙楚變成崔平，崔平叫做 Liang Po。

我們在〈張愛玲的政治觀〉曾指出，《秧歌》英文版意譯音譯沙明的名字，藉意譯來解釋特殊含義。友聯版《赤地之戀》不再如此耐心幫助讀者。由散文〈必也正名乎〉可知，張愛玲不大會掉以輕心命名小說人物。很可惜 Su Nan 所根據的中文名字已無法確考。

章次擴充值得一提，以示全面性更動的情況。

天風版第四章分成友聯版第四至七章，用意在避免單章過長，土改發展大致類似。然而自天風版第五章開始，故事場景一旦離開農村，移師上海，改寫的程度遽增。上海是作者寫作的原鄉。回到家了，難免從心所欲而不虞踰矩起來。

4

改寫的目的之一是減少尖銳評論，講求情緒表達的緩和。舉幾個例子。

天風版第三章，劉荃與黃絹在暗夜裡看見一隊民兵去逮人，黃絹低聲說：「這些人也都是剛巧陷在時代的夾縫裡。」友聯版刪掉，太露骨。

天風版第四章，劉荃與黃絹私談，有如下描寫：「他也像一切人一樣，面對著極大的恐怖的時候，首先只想到自全。他擁抱著她，這時他知道，只有兩個人在一起的時候是有一種絕對的安全感，除此以外，在這種世界上，也根本沒有別的安全。只要有她在一起，他什麼都能忍受，什麼苦難都能想辦法度過。他一定好好地照顧她，照顧他自己，他們一定要設法通過這凶殘的時代。」友聯版改爲：「他們突然停止狂笑，頭朝後靠牆。他們轉頭互望。劉荃不禁想著，如果那平滑土牆躺下變成家用的炕，他早晨傍晚望著她的臉，他的晨夕就安全鎖在快樂裡，早晚之間發生了什麼都沒關係。」（暫譯）

天風版第七章，劉荃在路上聽見兩位婦人批評青年報國的時風，引發劉荃思緒裡的強烈

《赤地之戀》三種版本的章次比較

天風版	1	2	3	4	5	6	7	缺第8章	9	10	11	12
友聯版	1	2	3	4～7	8	9～11	12～15		16～19	20～26	27	28～32
皇冠版	1	2	3	4	5	6	7		8	9	10	11

抗議。不僅失之過白，而且簡化劉荃的政治思辨能力。友聯版第十三章非但刪除兩位婦人，而且重寫劉荃的政治反思，反思裡肯定了土改的結果是土權重新分配，佃農得到土地，即使手段大可商議。劉荃想到新聞報導裡有位小腳婦女勞工模範覲見「毛主席」，很生氣中國歷史上還從來沒人如此關切工農，雖然那些政宣多少有虛飾成分在內。友聯版允許劉荃擺脫一味反對共產主義的立場去評估政治。他不能完全支持，也不再全面否定。矛盾帶來心中痛苦。立場模糊化，思辨繁複化。

天風版同章寫劉荃在醫院排隊，看見年輕男子爲戈珊佔位，猜想「以她的資歷與地位，也許也夠得上像丁玲那樣蓄有一個小愛人」。友聯版刪掉丁玲的名字，不事譏諷，免得失了厚道。

天風版提到丁玲當然很有意思。我們在〈那人正在燈火闌珊處——張愛玲如何三思「五四」〉曾指出，丁玲是少數引起張愛玲長期注意的五四作家之一。雖然我們無法證明張愛玲寫《赤地之戀》之前讀過丁玲一九四九年歌頌土改的名作《太陽照在桑乾河上》，卻無法忽略比較這兩個土改故事的收益。這點我們稍後於第七節再談。

5

改寫的目的之二是情節的合理化。有些例子很值得一提。

天風版第四章，張勵在縣城外刑場主動出槍槍決半死不死的死刑犯。友聯版第六章加了幾個句子，描寫張勵開槍之前眼望著民兵隊長徵求同意，民兵隊長點頭表示許可，面無表情目擊張勵殺人。添增很合理，因爲張勵在縣級單位沒有鄉裡那種蠻橫不可一世的地位。

天風版同章寫劉荃私會黃絹告別，心裡許願「一定要在工作上有好的表現，希望能一步步地升遷，等到當上了團級幹部，就可以有結婚的權利」。友聯版第七章補充了一句：「他在鄉村所見可謂凶殘。但是革命過程不免過度。」（暫譯）新句妥切。在體制內升遷，必須有容忍土改凶殘的理念。

天風版第十一章，黃絹探監，劉荃「不管有沒有人在旁邊，就熱烈地吻她。」友聯版第二十四章重寫探監，注重心理描繪。探監開始，警察在門口大叫：「十五分鐘。」兩人談話之間不再像天風版那樣唱「叫我如何不想他」。「黃絹」重複問：「我們之間的感情是唯一的考慮，對不對？其他事都不要緊。不論發生什麼事。」（暫譯）問到哭起來。劉荃一時誤會自己與戈珊的爛帳東窗事發。自慚與悔恨令他不知所措。十五分鐘很快就用完了。

限時與兩人溝通的誤解都合情理。「黃絹」提問的原因在於她委身做申凱夫情婦來救劉荃，她要知道犧牲是值得的，而且劉荃不會怪罪。黃絹遭遇與行爲是否合情合理，確爲改寫思緒運作裡的一大關切。天風版結局黃絹與申凱夫同居，或有讀者會懷疑高幹的私生活是否可能長期避免物議。友聯版大改。原來申凱夫乃有婦之夫，太太是「長征」老將，北京婦女協會副主席，活躍而具影響力，黨中央不可能批准離婚，所以申凱夫短期藏嬌之後，放了「黃絹」。改寫一方面消除上列懷疑的可能，一方面安排「黃絹」懷了申凱夫孩子，墮胎之後流血不止而死亡，死亡以後劉荃才獲釋放。擴張的情節具說服力而且感人。

打胎手術由充軍韓戰的醫生的太太執行，所以出事。「黃絹」原先在樓梯間故意跳下而造成流產，結果跌傷而未能流產，再誤信不合格的庸醫，足見友聯版才充分利用她質樸的個性。天風版第三章，黃絹在土改時候曾寫信企圖上書「毛主席」。友聯版同。天眞無邪至此！

最後一章寫劉荃在韓戰戰俘營選擇去向。友聯版比天風版出路多些，除了大陸、台灣，劉荃還可以選中立國家如印度。劉荃覺得那個決定會引人譏爲懦夫。不去台灣的理由較清楚：他不完全信任台灣的軍事力量，而且他並非職業軍人，暫任還沒有官銜的隨軍參謀，到台灣得繼續從軍。回歸大陸的原因：「回去以後他會隱藏仇恨的慢火。他會等——現在不急了。十年，二十年，他的機會終究會來。只要像他這種人還活著，不關在牢裡，中國領導人絕無安全。他們也怕，他想，怕那些受威權統治的人民。」（暫譯）友聯版強調耐心，不再提中文版回大陸要做「工作」的念頭。「工作」比較誇大，不著實際。他當時完全沒有任何具體的行動計畫或概念。

6

改寫的第三個目的，在於情節與小說題旨相關性的強調。刪增之間，處處可見這個版本演進的嚴肅態度。舉幾個例子。

第一章寫黃絹出場，坐在疾馳的卡車上，貌美而引人注目。天風版等到次段補寫上車前大家挨次報名，才提劉荃曾與其他同車的男生一樣注意她。友聯版在黃絹出場那段文字中間加了一句：「劉荃看著她。」（暫譯）可見「黃絹」佳容的描繪自始就是情人眼中出西施，而且一見鍾情。同章結尾寫劉荃在農村的第一夜。友聯版加寫劉荃思念「黃絹」，有此句：「她是他所見過最美的女孩。」（暫譯）

友聯版從「黃絹」立場加強營救劉荃的情節複雜性。司馬新曾指出：友聯版「當女主角被共產黨幹部當情婦遺棄後，她做了人工流產。這段情節在兩年前中文版中是根本沒有的」。司馬新根據此項添增猜測張愛玲本人曾經墮胎[4]。本文第五節曾提到「黃絹」營救劉荃的過程不僅只訴諸作者人工流產的人生經驗而已，改寫增加了故事合理性，凸顯了「黃絹」的純眞。從小說題旨的角度而言，情節細緻化加強了這個愛情悽愴感人的力道。

友聯版仍有人在醫院爲戈珊佔位排隊，劉荃在戈珊住處第一夜仍有人在門外猛敲門。除此之外，陸志豪這個名字以及與他有關的情節全數刪除。精簡防止蔓蕪。友聯版第十五章加寫戈珊革命經驗，原來也是大學生知青出身。這些文字取捨，都專注於戈珊。作者確認重點人物。角色去留，在土改之外，大概視其與劉荃關係而定。

友聯版第十三章說劉荃在北京有一貧如洗的寡繼母。第二十五章「黃絹」告訴戈珊，探監發生於大年初三。都是與故事主要人物有關的新細節。劉荃的家庭背景暗示了家人出面營救的不可能。「黃絹」記得會見劉荃的確切日子，當然那是個值得她記憶的片刻。別人忙著過年，「黃絹」正爲劉荃倉皇奔走，訣別一場悲而無淚。高明。

7

雖然本文第四至六節未能盡述兩版差異，我們已找到足夠證據來指認友聯版爲目前《赤地之戀》所有版本的善本。

此爲張愛玲文學的異數。我們在〈那人正在燈火闌珊處——張愛玲如何三思「五四」〉指出：〈金鎖記〉、《秧歌》、《怨女》三篇小說，純就文學評鑑而言，英文版的成就都未能超越中文版。我們在〈《秧歌》的神格與生機〉特別中譯英文版《秧歌》最後一章補加的情節，以饗單語的中文讀者，因爲如此一來，他們可以很方便地欣賞《秧歌》英中兩版的雙美。《赤地之戀》友聯版與天風（以及皇冠）版差別終究太大，無法以外在存立的疏析一網打盡。我們不得不建議以友聯版爲研讀定本。

這種結論當然爲張學研究添增挑戰。理由有二。其一，友聯版已經絕版，在美國也只有少數大學圖書館才找得到。所以我們得爲其重印而請命。其二，爲單語的中文讀者計，我們也冀求可靠的中譯版本早日出現，以取代現行的皇冠版。張愛玲喜歡自己英譯她的中文作品[5]，我們可以想見外人中譯友聯版亦非她所願。然而生前身後事，處理方式或可不同。她長期容忍政治淨化版流通，也是政治環境使然，本非她的選擇。

重印與中譯都是值得的。雖然友聯版未能提升《赤地之戀》至《秧歌》的文學地位，不過就知識青年的關切與寄望而言，它自《秧歌》延伸出來，暢所欲言，自成格調，也有前者難及的痛快。《秧歌》裡的知青（顧岡）僅爲配角，《赤地之戀》的知青們則成主戲，中國知識青年隨波逐流，妥協求存，實爲這兩部小說在土改評估之外，另種共通性。作者非得借道《赤地之戀》來痛痛快快鋪陳她的中國知青情懷與關切。

《赤地之戀》與丁玲《太陽照在桑乾河上》[6]、姜貴《旋風》[7]都提到中國土改。所述土改的時段與地區容或有別，它們都緊貼中國近代史鋪陳故事，尊重勝者爲王、敗者爲寇的事實。我們從三部長篇「個人」觀念的差別，試窺《赤地之戀》的特殊性與超越性。

《太陽照在桑乾河上》描繪參與土地改革群眾，興趣在於階級性與土改推行期間農村社會寫照。「個人」突出，自縣級宣傳部長章品開始，進而見微知著，宣導神明崇拜毛澤東。第五十二章〈醒悟〉說得明白：「毛主席的口令一來，就有給咱們送地的來了，毛主席就是咱們的菩薩，咱們往後要供就供毛主席。」既然黨裡菩薩決定一切，群眾只顧臣服、信賴，重複思想改造。所以在這個口口聲聲爲人民服務的黨治裡，群眾無可質疑黨政策，只應檢討自己，學習政治。此爲反智主義。

這個寫於一九四六年的故事已經坦承土改殺人。第四十三章提到「孟家溝打死了陳武」。丁玲預見土改運動還要殺更多人，暗知欠妥，第四十七章藉章品傳述「隨便打死人影響是不好的」。歷史證明土改運動血腥恐怖。今日視之，《太陽照在桑乾河上》還有一讀的理由，或許就在於作者心中那點隱憂。

《旋風》的主要興趣在於解釋中國社會重重積病如何促進或滋養了共產黨的發展，進而預言中國共產主義未來發展。姜貴關注的「個人」，並非劉荃或黃絹那種純淨天眞、心存懷疑的知青，也非政治神明，而是黨性強弱各異的共產黨人。半途而廢者有之，最後「竊國封侯」者，「要命就不能要臉」，土改鬥爭遂成爲共產黨員爭權奪利的混戰。姜貴罔顧自己書寫的共黨的組織力量，根據共產黨人的草莽性、隨機性以及盲目，來預測共產主義僅能在中國短暫生存。一九五七年《旋風》自序甚至有「自由中國且已瀕反攻前夕」之語。反攻大陸的政治神話其實在故事裡欠缺強而有力的支撐。

《赤地之戀》注重的個人是受土改迫害的農民，以及以劉荃黃絹爲代表的知青，毫無丁玲那種政治神明崇拜的興致。雖然友聯版已透露劉荃暗自接受土改運動的分地結果，而且猜想暴烈手段或有必要，這個合理化與內在化的進程終究未曾徹底完成，因爲故事終結處，劉荃心中懷疑與憤恨猶存。那是誤殺一人即不仁不義的立場，政治過激主義的反彈。思考、存疑、評估，仍爲個人職責。那個個人，即知識青年。

《赤地之戀》與《旋風》幹部互鬥的性質略有出入。後者的鬥爭目標較爲確切，範圍較爲局限，前者涉及三反五反，離不開鋪天蓋地的黨機器籠罩，鬥爭目標難測，範圍廣泛。張愛玲不像姜貴那樣大膽預言中國前景。友聯版甚至刪掉了天風版劉荃回歸中國伺機而有所作爲的文字。除了黃絹（包括友聯版改了名的「黃絹」）之外，故事裡沒有公然或暗示的人生戰鬥英雄。從天風版到友聯版，作者堅持拒改的是劉荃私心暗藏的忿恨，以及威權政治因此而難予安民的宣稱。星星之火是否可以燎原？作者提問而避答。

張愛玲不忍深責知青懦弱無能。理由有二。其一，美國歷史學者巴爾仁（Jacques Barzun）

曾經如此界定知識分子：「根據定義，他們自詡的定義，知識分子乃獨立思考者，隨時熟悉新近的藝術、科學與社會思想的眞理。」[8]然而知識分子未必具有抗議抗暴的膽識與勇氣。張愛玲自己深知柔弱生之途、老氏戒剛強的道理，在威權政治裡寫過《十八春》與〈小艾〉來表態與保命。爲了存活，作家或知識分子尚且不免違背自己政治、學術、文化或藝術意願的行爲，何況是知青？羽毛未豐的知識分子？

其二，她大概知道我們大多數人，無論是否經歷土改、三反、五反或韓戰，心裡多少都有個劉荃：思想未能透徹，意志難以堅定。《赤地之戀》不可等閒視之，或許因爲那反英雄的筆觸，探著了我們靈魂深處的痛點。

1 司馬新《張愛玲與賴雅》，台北大地，一九九六年五月，頁一〇九—一一〇。

2 Dietrich, Craig, *People's China, A Brief History*, 2nd edition, Oxford University Press, 1994.

3 金凱筠〈張愛玲的「參差的對照」與歐亞文化的呈現〉，收入《閱讀張愛玲》，台北麥田，一九九九年十月一日，頁三〇五。

4 司馬新《張愛玲與賴雅》，頁一〇七—一〇八。

5 司馬新曾英譯〈年輕的時候〉，請張愛玲過目並同意，爲張所拒。見《張愛玲與賴雅》，頁二一九—二二一。

6 北京人民文學出版社，一九四九年十一月北京新華書店初版。本書獲一九五一年斯大林文學獎金二等獎。

7台北九歌出版社，一九九九年九月重排初版。本書獲一九九九年台灣文學經典小說獎。

8 Barzun Jacques, *From Dawn to Decadence, 500 Years of Western Culture Life: 1500 to the Present*, Harper Collins Publishers, 2000, p. 700.

14

張愛玲與香港美新處

訪問麥卡錫先生

與余同是識翁人，
唯有西湖波底月。
——蘇軾〈木蘭花令〉

麥卡錫先生，1957，泰國曼谷

訪談的主要目的在於深入了解張愛玲一九五二至一九五五年在香港的寫作環境。那時她最重要的作品是《秧歌》中文版（一九五四，香港），英文版（一九五五，Charles Scribner's Sons，美國），以及《赤地之戀》中文版（一九五四，香港）。《赤地之戀》英文版很可能離港之前就已動筆，我們確知作者到了美國之後才完成。

張愛玲與美國駐港總領事館新聞處（簡稱「美新處」）交往的關鍵人物是理查德．麥卡錫（Richard M. McCarthy）。兩人建立了長久不渝的友誼。張愛玲一九五五年到美國以後繼續爲香港美新處翻譯，一九六一年訪台，稍後爲美國之音翻譯，都與麥卡錫先生有關。以下麥卡錫的生平簡歷取自美國喬治城大學圖書館所藏美國外交研訓協會外國事務口述歷史計畫的檔案資料：麥卡錫畢業於愛荷華大學，主修美國文學。一九四七至一九五〇年派駐中國，任副領事，後轉至美新處服務，在北平親歷「解放」。一九五〇至一九五六年派駐香港，歷任資訊官、美新處副處長及處長等職。一九五六至一九五八年派駐泰國，一九五八至一九六二年派駐台灣，皆任美新處處長，在台灣經歷金馬砲戰危機。一九六二至一九六五年返美任美國之音東亞及太平洋區主任。一九六五年調往越南，次年返美。一九六八年請辭公職，在民間機構工作並退休。一九八五年復出，在美國之音工作至今。

喬治城大學收藏的口述歷史文獻記錄於一九八八年十二月（以下簡稱爲「口述歷史」）。二〇〇二年五月麥卡錫先生八十一歲，以電話與電郵方式接受筆者訪談。他完全不限制提問的性質或範圍。爲愼重計，這個訪談紀錄曾請麥卡錫先生過目定稿。

訪談

高 您在香港時的職稱是什麼？

麥 我是美國駐港總領事館新聞處處長。由於我仍是美國國務院的外務官，所以也是領事。司馬新在舊文件裡看到我簽發愛玲的簽證，我一時忘了那事。

高 張愛玲與美新處的淵源，有時成爲某些評者的負擔。他們認爲必須藉此質問《秧歌》與《赤地之戀》的寫作誠意，甚至攻擊它們是美帝支持的反共文宣。

麥 我了解這些批評。然而我懷疑當時如果我們不關注她，誰會及時施援！愛玲初到香港，經濟頗爲窘迫。她是文學天才——我認識的兩位文學天才之一。

高 另一位是誰？

麥 羅伯特·佛洛斯特（Robert Frost, 1874-1963，曾於一九二四、一九三一、一九三七、一九四三，四度獲普立茲詩作獎）。

高 在「口述歷史」的結論部分，您說在香港六年「從事反中共的宣傳」。《秧歌》與《赤地之戀》是否類似的文宣？

麥 「反中共宣傳」意指「中國報告計畫」。該計畫包括報紙新聞記事的製作與傳播、雜誌專題報導、電台難民訪問，以及學術論文。《秧歌》另當別論。我們也有正常的美新處業務：圖書館、文化交流、福勒萊特學者交換計畫、每日首府新聞存檔、爲美國之音彙報等等。還有大規模的美國書籍中譯計畫，包括梭羅、愛默森、福克納、海明威等經典作品。爲此，我們請愛玲翻譯，此爲結識的開端。她爲我們翻譯了三四本書，她的海明威中譯立即被稱許爲經典。《赤地之戀》英文版哪一年出版的？我想是我一九五六年初調駐曼谷之後的事了。別人校訂的，大概是宋淇，不過我確實讀過她準備好的故事大綱。

高　曾有人說，《秧歌》與《赤地之戀》皆由美新處授意而寫。《赤地之戀》的故事大綱甚至是別人代擬的。

麥　那不是實情。我們請愛玲翻譯美國文學，她自己提議寫小說。她有基本的故事概念。我也在中國北方待過，非常驚訝她比我還了解中國農村的情形。我確知她親擬故事概要。

高　所以小說寫作的自發性不成問題。寫作過程有無外力干預？有人說《赤地之戀》靠別人幫助才得以完成。

麥　她是作家，你不能規定或提示她如何寫作。不過，因我們資助她，難免會詢問進度。她會告訴我們故事大要，坐下來與我們討論。初讀《秧歌》頭兩章，我大爲驚異佩服。我自己寫不出那麼好的英文。我既羨慕也忌妒她的文采。

那一年，在美國頗負盛名、曾得普立茲小說獎的作家馬寬德（John P. Marquand, 1893-1960）訪港。我負責招待。是個星期日，我請他與愛玲吃中飯。愛玲的盛裝引起馬寬德的好奇與興趣。他偷偷問我爲何張愛玲的腳指頭塗著綠彩。我問愛玲，她一時頗受窘，說是外用藥膏（大笑）。我交《秧歌》頭兩章給馬寬德，請他評鑑。他說應酬多，大概沒工夫看。當晚下大雨，他就在香港半島酒店房間裡讀完。次晨打電話來，我剛好不在家。他告訴我太太：「我肯定這是一流作品。」他帶了這兩章返美，幫助推介，使《秧歌》在美國出版。

高　既然在寫作過程裡曾坐下來討論進度，您或美新處同仁是否有意影響她的寫作？

麥　我們絕對沒有嘗試藉討論來操縱或「幫助」《秧歌》的寫作。我們的會議簡短而且扼要。我們無法使《秧歌》更好。我相信最佳的宣傳——如果立意可取的話——是忠實報告社會現狀。我們努力維護「中國報告計畫」的誠信，不惜拒絕虛假唬人的報導。比如有人宣稱她全家在廣東受拷刑，在雪地裡跪了一整天。我在報告上寫批語：廣東的雪，該是北平運來的。

高　《赤地之戀》英文版就不順利。一九五六年由香港友聯出版社（Union Press）出版，並由 Maria Yen 寫導論。

麥　我覺得《赤地之戀》不如《秧歌》。Maria Yen 是燕歸來。友聯出版社由一群熱中「第三勢力」的年輕人組成。他們不喜歡國共兩黨。燕歸來屬於那個團體。

高　您與燕歸來合譯了她的長篇小說，英譯本《雨傘花園》（*The Umbrella Garden*，暫譯，一九五四）。自己寫過小說嗎？

麥　（大笑）寫了兩個長篇，但從未出版。你必須自己嘗試寫作，才懂得佩服愛玲的文學天才。

高　我認為作者在《赤地之戀》自由地表達了別離中國的切膚之痛。藉小說方式，作者的情緒盡情奔瀉。

麥　我同意。《秧歌》之後，她還有話要說。當時我們期待愛玲繼續翻譯美國文學，她自己要寫《赤地之戀》。這部小說有真摯的情緒與感受。當時她在香港住久了，大陸情況也

高　聽得多一點。這部小說具有高度創意。《秧歌》英文版首頁標明「獻給理查德與莫瑞」，理查德是指您嗎？莫瑞是誰？

麥　理查德是我。莫瑞是愛玲在美國的出版代理人，莫瑞．羅德爾（Marie Rodell）女士。她已過世十五或二十年了。我們關心愛玲的生計。愛玲一度過著朝不保夕的生活，沒有穩定收入。莫瑞打電話來報喜，說愛玲嫁給在麥道偉文藝營認識的賴雅。我高興極了，以爲這下子愛玲衣食無憂了，就說：「那好極了！」莫瑞知我話意，立即說：「我們女兒沒嫁出門，倒是招進個窮女婿。」我才知道賴雅窮途潦倒，比愛玲更不懂謀生之道。（大笑）

高　「口述歷史」提到在香港結識張愛玲。您如何總結張與香港美新處的關係，是職員與雇主嗎？

麥　愛玲不是美新處的職員。她與我們協議提供翻譯服務，翻譯一本就算一本。美新處乃政府機構，支持美國的外交政策。美國外交政策之一，是努力制止毛澤東思想在亞洲蔓延。達成此項目的的方法之一，即忠實報導中國大陸的情況。然而香港美新處同仁比較關切出版我們認爲是文學類的出色作品。幾種不同的個人與官方的興趣快快樂樂會合起來。在台北美新處任內，爲了出版台灣年輕作家毫無政治色彩的作品，我必須向上級陳情。我辯稱這些作品與北京外語出版社那些偏重政宣、疏於人味的英語作品迥然不同。他們聽從了我的建言。但是我個人眞正的興趣，當然在於讓那群正要改變索然無味台北文壇的驚人的年輕作家，在台灣之外引起注意。個人與官方的興趣再度朝同一方向奔馳。

高　請談談張愛玲一九六一年訪台。她是接受您邀請訪台？你們在台灣相遇？她與您談過此行的觀感？

麥　對，我協助安排邀請。可是我已不記得詳情了。與我們合作出書的台大年輕作家推動此事，因爲他們敬她如神。也許白先勇或陳若曦還記得一些細節。我聽說有人發現她有點矜持，但是我猜這是她極端害羞所致。她眞的不懂「待人之道」。我不記得她談及此行。

高　謝謝您接受訪問。

麥　（用清楚的中文說）不要客氣。

後記

麥卡錫先生告訴我，事隔多年，他已不記得台北美新處同事或是台灣年輕作家、經由會談或信件，誰說張愛玲在台灣待人矜持了。我們知道張愛玲在台灣見到殷張蘭熙、白先勇、王文興、陳若曦、歐陽子、王禎和、戴天，以及麥卡錫夫婦。陳若曦〈花蓮才子王禎和〉憶述張愛玲訪台，並無類似記載[1]。不僅如此，丘彥明〈張愛玲在台灣〉訪問王禎和，曾向王禎和說：「從你前面的描述，感覺上她是很自然親和的人。」[2]白先勇〈花蓮風土人物誌〉提及會見張愛玲，曾言：「那天張愛玲說不多，但跟我們說話時很親切。」[3]親和或親切，都與矜持有別。

我曾於〈張愛玲與〈王禎和〉指出，張愛玲對台灣一般性的示意可分爲三個階段（憧憬、冷峻、親切），並以一九六三年三月二十八日在美國《記者》（*The Reporter*）雜誌發表的訪台遊記〈重回前方〉（A Return to the Frontier）爲冷峻時期的代表。然而該遊記完全不談在台灣遇見年輕作家的事，無從印證她對待這些作家的態度。

我告訴麥卡錫先生，有關文獻難以證實張愛玲在台灣待人欠周。他平靜溫和回答：「也許有人印象不同。」

值得順便一提其他兩個細節。其一，王禎和記錯了張愛玲訪台遊記的英文題目，目前收錄〈張愛玲在台灣〉的幾本文集仍舊將錯就錯，不予註釋。其二，前引白先勇與王禎和文章，都忘了張愛玲台北午宴，在座還有戴天。一九九七年戴天於香港《信報》專欄〈一周記事〉特予提及。鄭樹森教授賜示戴天文章，我就教於白先勇教授，證實了該項遺漏。

補記

本書從鄭樹森，統一中譯張愛玲英文遊記篇名爲〈重回前方〉。

二〇〇二年十二月十四日台北《中國時報・人間副刊》登出英文遊記的中譯。譯者劉錚，譯名〈回到前方〉。我曾於〈張愛玲與王禎和〉（一九九六）說過，英文篇名裡 Frontier 一字多義，兼顧中國大陸本位思考方式，以台港爲邊城，也反應了冷戰時代民主與共產陣營對抗的看法，以台港爲民主前哨。英文遊記爲英文讀者而寫，篇名譯爲「前方」，實無不妥。

二〇〇八年四月台北《皇冠》登出宋以朗（宋淇兒子）提供的中文遊記〈重返邊城〉。預設讀者爲華語族群，理所當然稱台港爲邊城。中英兩篇遊記都收入《重訪邊城》，台北皇冠，二〇〇八年九月。

在中英遊記篇名之外，兩版內容差異也證明作者曾爲預設讀者著想。中文版細緻入微，銳利敏感，以同情的理解來接觸台灣，完全沒有英文版予人的冷淡印象。

我建議讀者併閱兩篇遊記，以及〈倦鳥思還——張愛玲寫給賴雅的六封信〉。前者是公領域書寫，刊布作者的台灣觀察，令人回想到〈中國人的宗教〉那位與文化交融，揮灑自如的作家。後者乃私領域家常細語，實錄貧賤夫妻百事哀的狀況。全方位讀張愛玲，很難不生由衷的佩服。

本書兩度提及麥卡錫夫人。由於坊間已有錯誤報導，我們簡述這個張學的邊緣資料。〈張愛玲與香港美新處〉裡麥卡錫先生談到的妻子，是首任，Rachel 雷秋爾。當時住香港。一九六一年張訪台，麥氏夫婦都在，雷秋爾仍是夫人。〈爲何不能完成英譯本《海上花》〉裡張信提到海倫，是第二位麥卡錫夫人。中文名字麥施。因是越南華僑，懂中文，所以張信說寄中文著作給海倫。

麥卡錫先生於二〇〇八年四月十四日過世。享年八十八。同年七月三日安葬於美國阿靈頓國家公墓。

1 陳若曦《柏克萊郵簡》，香港天地圖書，一九九三年，頁一二一——一二三。

2 鄭樹森編選《張愛玲的世界》，台北允晨文化，一九九〇年十一月，頁二六。

3 高全之《王禎和的小說世界》，台北三民書局，一九九七年二月，頁一七。

15

毋忘土改

張愛玲與黃仁宇的共同焦慮

在中外歷史上，任何以激烈的革命方式徹底改造社會的活動都會帶來更大的災難，因為推翻舊有的制度、建立全新的體制，往往把社會搞得更亂。我認為一切革命都是假象，改革應該是漸進的，那有可能在一夜之間就能夠改變一切？

——余英時[1]

1

目前沒有任何資料顯示張愛玲與黃仁宇曾經會面或聯繫。沒有張讀過黃的紀錄。黃讀過、卻未進一步討論張（見〈補記〉，頁二七六）。所以〈《赤地之戀》的外緣困擾與女性論述〉根據黃仁宇所提供，中國共產黨土地改革運動（以下簡稱「土改」）的死亡人數，來瞭解張愛玲土改小說的歷史依憑，僅只認證了他們的共同興趣，並非提示他們任何相互影響。

注意到兩人在文學（張）與史學（黃）的僕僕風塵裡殊途同歸，產生交集，卻如本文所示，乃另組相關議題的啓點。基於以下兩點理由，我們認爲這些探討相當重要。其一，土改是中華民族的重要記憶。且不彈吸取歷史教訓，避免同樣錯誤的老調。重新梳理張黃，或許有助於中華民族醫治心中傷痕。瘂弦說過：「一個眞正強大的民族，一個有出息的民族，是不應該忘記歷史教訓。也許我們這一代人只做重理歷史眞相的工作，讓功過評論留給下一代。」[2]其二，張愛玲與黃仁宇的讀者都應該知道他們曾經不約而同提醒我們毋忘土改。褒貶黃仁宇大歷史論述竟忽略他的土改思路，仍爲以偏概全的短缺。借道黃仁宇來重思張愛玲，我們或可看出後者土改筆墨的另種深淺濃淡。如果張愛玲的土改故事爲我們留下了民族記憶，證明這個民族是有出息的，我們不必回應坊間埋怨張愛玲小說缺乏朝氣的意見。

本文第二節將追蹤歸納黃仁宇的土改鋪陳。他並非唯一著墨於土改的史家。以明朝經濟史聞名，土改亦非他學術業績之樞要。然而他的大歷史觀爲何未曾防堵他引述土改死亡數字時候疏於掩藏的對錯意識？如果眞不在乎人命犧牲，爲何一再提及那些驚心動魄的數目？宏觀歷史，就黃仁宇而言，豈不是在遼闊時空裡梳理因果，避免是非裁奪？土改關切是否暴露了他歷史思脈的轉折，牽制平衡著他的大歷史觀？

本文第三節從道德本質的研討出發，試究張黃各自爲政竟有同好的原因。採用這項考察方法，因爲黨機器明知土改操作失控，一度還要依賴種種善惡或對錯標誌強制執行。所謂大方向大政策正確無疑，可以容忍下級執行難免偏差的說法，其實就是遷就單項道德（某種「正義」）而忽略其他考量的態度。所以我們再探道德界定，撿拾兼籌並顧的訴求，從而體認矯枉過正的缺失。我們將進一步探討黨機器賴爲口實的單項道德是否可以成立的問題。如果土改政策與農村實際需要脫節，就沒有堅持某種「正義」的理由。

本文第四節借助前兩節所建立的基礎，比較張黃土改涉獵，回味張愛玲的土改認識。議題很多，也很有意思。引起他們土改關注的特殊歷史事件前後參差，黃前張後，那麼張愛玲土改故事背景那些年頭，實際情況眞如她所描述，還在暴力殺人嗎？爲何張愛玲一直沒提土改解決中共兵員問題？爲何她捕捉了黃仁宇未曾提到的飢餓？土改課題在兩人一生政治言錄裡有何重要性？兩人的共同焦慮是否具有任何大歷史的意義？就文獻資料與歷史反思而言，兩人的土改陳述有何限制或現代意義？

2

黃仁宇以大歷史觀著稱，堅尋「歷史的長期合理性」。他相當重視土改，認爲那是國共內戰勝負的關鍵。一九六六年韓丁（William H. Hinton, 1919-2004）在名著《翻身》已先指出土改震撼近代中國大局[3]。黃仁宇屢次援引該書，顯然得其啓發。

細心的讀者應已留意到黃仁宇著作中譯該書作者名字頗不一致。《放寬歷史的視界》譯爲「韓丁」，演講紀錄《近代中國的出路》或許未經演說者親校，得「韓廷頓」。「廷」或爲「延」之排誤。張逸安中譯《黃河青山：黃仁宇回憶錄》，又做「辛頓」，徒增困擾。本文從「韓丁」，引文則照舊。

雖然受到《翻身》影響，黃仁宇並未蕭規曹隨，依樣葫蘆。他進一步指認土改的功用與效益：

> ……透過土地改革，毛澤東和共產黨賦予中國一個全新的下層結構。從此稅可以徵收，國家資源比較容易管理，國家行政的中間階層比較容易和被管理者溝通，不像以前從滿清宮廷派來的大官。在這方面，革命讓中國產生某種新力量和新個性，這是蔣介石政府無法做到的。（《黃河青山》[4]）

> 土地改革解決了中共一切的動員問題。一到他們將初期的農民暴動控制在手，兵員補充與後勤都已迎刃而解。兵器的補充也不成問題，凡日軍之所駐在到處都有槍砲彈藥，再不然即是俘獲國軍之美械。（《從大歷史的角度讀蔣介石日記》[5]）

> ……中國土地與農工問題，既有幾百年的背景，最後弄得派不出兵籌不出餉，改革又要在短時間內完成，尚且牽涉到整個社會組織，也怪不得流血縱橫了。（《近代中國的

出路》[6]）

這些以及其他史見已經引起反彈。然而還沒人指出黃仁宇在土改話題裡發言遲鈍，原因竟是基本史學方法的動搖。容我們首先認定黃仁宇絕非大歷史觀所可能影射的高傲冷血。他早年在美國決定不以中國內戰爲博士論文題目，因爲行伍出身，覺得自己「無法抽離戰爭帶來的情緒衝擊」[7]。但是在美國教書生涯受挫之後，開始以中文通俗歷史寫作爲主，就忍不住書寫對日抗戰與國共內戰。瞭解這項變通，我們當可體會史家個人生活困頓反倒成爲中文讀者的幸運。我們得以聆聽他爲中國近代史以及中國未來發展尋求出路的建言。他仍然以史爲鏡，希望鑑往知來，絕非一面倒，僅述歷史之所以然，忽略歷史之所當然。

黃仁宇歷史思辨的複雜性質亦見於他終究流露的道德立場。例證之一在於他力辯毛蔣兩人都「偉大」，因爲「他們都獨樹一格，用自己的方式去處理歷史加諸他們身上的最艱困處境，從而展現本身非凡的長才。他們的勇氣雖然方式不一，但都代表中國的心智和力量」[8]。辨識勇氣，其實就是一種廣義的道德研判。本文第三節會繼續討論這點。

類似的偶現的論斷不足以模糊他宏觀歷史的視野。然而滔滔雄辯之外，確有出自史家內心深處，環繞著土改課題，驅之不去的疑慮。黃仁宇絕非本節前引幾段土改說詞那般堅決。我們可從他對《翻身》的反應入手，掌握他的猶豫，體會他深切的反省。

《翻身》是韓丁一九四八年春夏兩季在山西省潞城縣（暫譯，Lucheng County）張村（暫譯，Changchuang）親自採訪的報導。韓丁把「張」字拆開，稱村名爲「長弓」，Long Bow。

黃仁宇坦承肩負良知重擔，未能同意韓丁的土改結論。這段誠篤懇切的文字與本節前引的土改意見大爲不同：

> ……我也不能像威廉・辛頓（William Hinton）建議下一代，長痛不如短痛，為結束長期的痛苦，可以容許短期的殘暴。假裝一切都沒發生過，在書內完全不提這件事，又有違我歷史學家的角色，我的故事將難以理解。如果哀悼在動盪中的罹難者，又顯得我只是假惺惺。面臨這樣的困境，我只能採取最難但也可能最簡單的方法，就是請命運來承擔我們良知的重擔，如此我才能接受事實。雖然無法精確統計，但估計改革過程中約有三至五百萬人喪生，他們大多數是中小規模的地主，大多數是被活活打死。[9]

《翻身》後半部詳記張村補救土改偏差的細節。韓丁肯定黨機器的反省機制與農民的生命韌性，並且在追究土改出錯原因之時，同意了中共官方的意見，即農民與下級幹部缺乏正確的無產階級指導，在中農階級強求絕對性平等。毛澤東與共產黨沒有過錯，上梁仍正而下梁歪了。毛澤東本人，就採取了這個推卸責任的立場[10]。

黃仁宇歉難苟同這套官方說詞，反過頭來猜測韓丁其實也良心欠安：

> 中共的土地改革亦即是歷史所賦予的答案。內中有無限血淚辛酸不堪回首的情節。美國人韓廷頓（William Hinton）身臨其境，就提及年輕人看到農民暴動時把土豪劣紳打死，不禁想及自己父母在家鄉或者會遭到同樣的命運，有的終夜不眠，有的為之得神經

病。[11]

……這一定很難受，否則辛頓為何花上六百多頁描述村落裡的事件，又引用馬克吐溫和法國大革命呢？在我的任教班級，我建議學生除了將《翻身》視為中國現代史的教材外，也可以視為二十世紀人類道德處境的教材。[12]

良知與大歷史觀產生了黃仁宇一生未能克服的史學思辨的矛盾。先以寄居海外的內疚爲由，說明自己無能置評，然後避免歸咎於他已推崇爲「偉大」的毛澤東，大而化之把責任推給全人類：「我既然逃離現場，就無法做出道德判斷。在這場無異於戰爭的土地改革中，無論發生什麼事，我都沒有能力去寬恕或譴責。這不能和屠殺猶太人相提並論，應該比較接近廣島原爆，是人類社會的污點。如果要提到責任的問題，應該由我們全體來承擔。」[13]

大歷史論述照理可以規避土改責任歸屬的問題。然而一旦要評述，根據黃仁宇著述的慣常的高格標準而言，上引那項結論實在失之含混。我們不必責怪他犯錯，我們可以確言他交代不清。這個課題，土改責任落實的問題，韓丁重複官方說詞，黃仁宇欲言又止，終究語焉不詳。近年來圍繞這個話題的討論愈來愈多，而且很多記述出自中國出版刊物。言路漸寬，值得留意。本文第三節將以黃宗智爲代表，試爲答覆。就黃仁宇而言，土改責任很可能是他史學研究整體架構裡最弱的環節。

此爲不假外力就可予認證的治史方法的內在困惑。

3

張愛玲質疑土改方式殘暴過激，黃仁宇良心難安於土改付出慘烈代價。文學史學如此撞個滿懷，因爲兩人沒能拋棄對錯法則來衡估世事。人皆有之的惻隱之心與對錯判斷的自然需要，兩者比鄰而居，皆屬道德範疇，都與愛爾蘭作家路易士（Clive Staples Lewis, 1898-1963）所倡議的道德本體論述有關。

路易士的道德本體論述出現於他的名著《全然的基督教》。該書界定基督徒行爲準則。好在道德本體論述置於書首，在傳播基督教義的章次之前，是種超越個別宗教的道德理論，可以自作者的特殊宗教立場抽離出來，做爲我們非特定神學的、文學與史學研討的參考[14]。

路易士的道德本體論似可歸納如下：

1 世間存在的道德有以下各種稱謂：自然法則（Law of Nature，此爲舊名，易與現今的物理法則混淆），人類本性法則（Law of Human Nature），對錯法則（Law or Rule about Right and Wrong），道德法則（Moral Law），正當行爲法則（Rule of Decent Behavior）。

2 道德法則具有以下這些性質：眾所公認（超越個人、地域、文化、社會、國家、時代），天賦（無須教導也會存在），無從去除（春風吹又生），沒人能夠完全徹底遵循（時或有意犯規），存在於人類本能之外（存在於人類各種本能之上）。

3 道德的例子：勇敢、無私、忠誠、仁慈、助人、公平、同情弱者。

4 如果我們由比較而辨認社會道德進步的實例，我們事實上用了客觀絕對的道德法則來衡量確認。每個人稱量出來的對錯數據容或不同，我們都自然而然承認而且使用了超越個人的、客觀存在的標準。

這套理論與孟子的四端（仁義禮智）相通，因爲兩人都說德行先天存有。孟子指出，任何人看見小孩即將落井都會產生恐懼憐憫的反應，由此延伸，惻隱（仁）、羞惡（義）、辭讓（禮）、是非（智），都應藏諸人心。雖然孟子未嘗直截命名四端爲道德，可他視四端如人之四肢，缺一則「非人也」，所以那是做人要素，與近代道德觀念相符。兩論諸多差異之一，在於道德存在處所：路易士認爲道德位於人類本能之外或之上，孟子視四端存於人心。此項分歧出自論者的企圖：路易士要引出基督教萬物之主的上帝觀念，孟子講求個人修身，並藉此約束當政掌權者。可惜重話「非人也」嚇不倒像毛那種政治領袖。

路易士兼具神學家與兒童文學作家身分。影響皆可觀。本文僅略涉前者。二〇〇六年十一月十三日美國《時代》週刊邀請兩位科學家辯論科學支持或排除宗教的問題。受邀兩人都熟讀路易士。兩人的最新著作都引用（贊成或反對）路易士。美國基因學者葛林斯《神的語言》遵循路易士的推演，認爲道德存在乃神明，特別是基督教的上帝，存在的證明之一[15]。英國生物學家道根斯《誤信神明》認爲，人類美德出自達爾文物競天擇的原理，生物具有德行，就增加自己（或本體基因）存活的機會，所以道德早於宗教，不能證明神明存在[16]。

類似的衍論與辯駁都超出本文範疇。我們的興趣僅在於道德先天存有，內涵，以及個人自願抗從那些看法。

如果路易士的道德界定或孟子的四端意見可信，歷史整頓就很難永久罔顧個人心存的衡稱念頭。所謂歷史的長期合理性，該是暫時放下對錯秤錘之後的史事因果辨識。關鍵在於暫時。大歷史觀當然可資參考，不能完全漠視。但是人類無可能永遠拋棄是非之心，我們必然難予終老於大歷史論見。黃仁宇未能免俗，整理土改而不得不面對無所不在的道德法則。

路易士道德論述與土改思辨有進一步的牽扯，因爲他注意到平衡妥協的要求：

> ……道德法則並非單項或一組人類本能：它是指導多項人類本能而造成某種音調（我們稱為善良或正當行為的那種音調）的那東西。
>
> 順便提一下，這個要點具有長遠的實際影響。你能做的最危險的事，乃誤憑你本性裡的任何單項衝動，不顧一切代價貿然前趨。任何單項衝動，如果我們奉為絕對的導引，都會使我們變成魔鬼。你也許認為一般性的人道關愛是安全的，不對。如果你疏忽了公正，你會毀約而且在審判裡做偽證以「支持人道」，最終成為殘酷而靠不住的人。[17]

折衷的訴求非常重要。《翻身》第六十七章在政策執行層面討論平衡，注意到絕對性平等與將就生活現實條件而彈性調整的相對性平等，兩者之間有其落差。

或許此爲「德不孤，必有鄰」的問題。如果我們以「德」爲接受檢驗的單項道德，「鄰」乃旁涉而且相關的其他道德項目，這個聖訓的意涵則爲：道德抉擇，必須兼顧多方面道德考量來取捨與整合。雖然黨機器道德化了土改，單項偏執仍是不足取的。

土改的道德思辨不止於此，因爲黨機器得知各地農村出事之後，曾經擇「善」固執。黃宗智直搗黃龍，在政策層面析論蠻橫。他舉實例證明土改政宣（他稱爲「表達性現實」

或「官方建構」）與村莊階級結構客觀現實脫節。比如說，「華北平原很多村莊根本沒有地主」，有個村莊只有一戶佃農，有個村莊的大地主大都是鰥寡孤獨，並非官方建構裡的「統治階級剝削者」。黨中央明知於此，仍然決定在所有的村莊裡發動階級鬥爭：

> ……階級鬥爭被當做是一場道德戲劇性的行動，用來表現代表著「善」的革命力量與代表「惡」的階級敵人之間的對抗。
>
> 共產黨的政治決定，使土改變成要在每一個村莊和每一個農民身上演出的道德戲劇性階級鬥爭，造成了要在每個村莊擬造階級敵人的巨大壓力，即使是按照黨自己定的標準根本就沒有地主的地方。當精確的階級分析讓位於簡單的套用和普遍性的配額時，將會不可避免地出現浮誇和梯升，把富農錯劃為地主，把中農錯劃為富農。並且，強制要求階級利益和個人行為之間簡單的一一對應。[18]

也就是說，共產黨硬性象徵化、道德化、戲劇化土權重配的理想。簡化的善惡道德合理化了土改方式的殘暴。就以《翻身》而言，韓丁也有革命熱情過度的盲點。黃宗智指出：

> 然而，從這本書自己提供的證據可以發現，在張村實際上只有一個佃農，並且沒有在村地主。仔細檢驗，我們發現在張村的主要矛盾，與其說是階級矛盾，不如說是天主教徒和非天主教徒以及漢奸和愛國者之間的矛盾。這是一個比較少見的具有天主教堂的村

莊，也是一個目睹日本人和共產黨對這一地帶的殘酷的爭奪戰的村莊。這導致了村莊內部非同尋常的尖銳和激烈的衝突——這些在韓丁那裡都被當做了「階級鬥爭」。[19]

李放春引用多份中共土改報告，說明土改偏差曾經嚴重降低農產產量[20]。凡此種種，在在彌補了黃仁宇土改責任歸屬的茫無頭緒，也清楚認定了張愛玲土改故事的歷史背景。

諸如此類的推敲非僅追究黨機器責任，也觸及大歷史觀基本史思方法的限制。舉個旁例。一九九七年美國洛杉磯加州大學生理學教授戴蒙在《槍炮、病菌與鋼鐵：人類社會的命運》一書中，以生態環境來解釋地球諸洲在過去一萬三千年的不同發展，以及歐洲諸國格外強勢的現象[21]。戴蒙涵蓋的時空較黃仁宇更加寬廣，當然是種大歷史論述。該書引起褒貶互見的反應。最容易理解的質疑是戴蒙合理化了歐洲人在人類歷史的種種罪行。我們不必析辨這種抨擊的詳情，就很清楚看見大歷史敘述難逃歷史細節的追蹤與驗證。

容我們回到「德不孤，必有鄰」比較傳統的詮釋。把「德」與「鄰」套在個人身上，這句話可解讀爲：「有道德意識的人不會孤立，必然會有志同道合的人。」黃仁宇在土改思路上巧遇張愛玲，那條尋念大道後頭，緊跟著根據田野調查還原土改眞相的黃宗智。

4

前文摸索黃仁宇土改思脈，張黃土改興趣根源，並在道德領域推敲土改的善惡界說。我們在那個過程裡增長識見，營造歷史視野。現在我們藉由張黃土改書寫異同的辨認，重新審視張愛玲幾個土改故事。

張愛玲的土改故事算來只有三篇：〈小艾〉、《秧歌》以及《赤地之戀》。由於《秧歌》與《赤地之戀》各有中英兩版，作者苦心經營這個課題當然不止三次。從時段而言，一九五一年〈小艾〉開始連載，一九五六年英文版《赤地之戀》出版，前後約六年，難予算短。從內容視之，我在〈《赤地之戀》的外緣困擾與女性論述〉提過，涉及土改前因（農地分配不均）、過程（「殺人越貨」），以及後果（饑荒），實具刻意表述政治意見的雛形。

試提張黃土改的兩項區別。

張黃土改話語的第一項不同，在於引發興致的事件有別。前文已指出黃仁宇受《翻身》影響。韓丁說張村的土改暴力只在少數農村存在，實在難以服人。該書第五十七章介紹新近調到張村的土改工作隊長蔡清（暫譯，Ts'ai Chin），蔡清的親兄弟就在他們原來的村莊，因土改暴行而被打死。韓丁估計張村約一千人口，土改打死了一打人[22]。黃仁宇與許多西方史家據此，以及其他資料，推算出來的土改死亡總數不一，動輒百萬千萬。黃仁宇常說「數字管理」，注重數據。這些估計深深觸動了他。

數字確能引人注目。魯迅〈藥〉繁複的課題裡，斬首的恐怖與不人道未必佔先。沈從文記述湘西地方二十年間長期內戰，以量取勝，迅雷不讓掩耳，逼人悚然深思：「鬧得至少有一萬良民被把頭顱割下示眾（作者個人即眼見到三千左右農民被割頭示眾）。」[23]

張愛玲《秧歌・跋》清楚交代故事來源有自，乃一九五〇至五一年報章雜誌的農村饑荒報導片段，以及傳聞，地點是華東、南昌鄉下、上海西郊、天津等等。《赤地之戀・自序》則言：「《赤地之戀》所寫的是眞人實事」，土改部分在一九四九年大陸易幟之後，一九五〇年六月韓戰之前。

我們沒有理由懷疑張愛玲的自述。我們可以找到與其一致的資料。試提三點。

其一，黃宗智的研究證實，一九四九年之後，雖然土改漸趨緩和，有些地方仍然使用了暴力[24]。

其二，史諾（Edgar Snow, 1905-1972）在未完成的遺作《長期革命》裡提到，中國山西省南寧灣（暫譯，Nanniwan）在一九四九至五二年間，仍搞土地分配、後革命整合，以及清除反革命分子；意即土改整肅持續進行[25]。

其三，章乃器一九五一年八月十日的日記裡，記載合川地區土改「加工」補課，出了人命的實況：天星三村「加工吊打中打死了女地主何敬修……但其他地主並不因此恐怖，仍是『沒得』」。四村打死地主曾瑞。六村地主何雲樵及兒、媳，二人被吊打，二人被扎（綁），「其大兒媳第二天上吊自殺，另一地主何郁文被吊打二三十分鐘就死了」，該村「吊打了八人，得（糧）二石，死二人」。這些記錄來自土改工作團「團內會報」，相當可靠[26]。

掌握這些查證相當重要。迄今仍有論者堅持張愛玲土改故事乃順應當時美國過度反共的情勢而作。有了牢靠信實的證據，我們知道那些虛構的故事有其史據，美國當時的政治環境因而變得無關緊要。

小說未必需要歷史憑單。然而如果故事確有史據，即令情節仍然多所虛構，史實依舊可以充當閱讀該篇作品的一種角度。所謂史據，即與故事近似時空裡發生過類似的歷史事件，充分證明小說虛構情節的可能性與可信度。

張黃歷史回顧的第二項差異在於土改主旨與缺失之確認。先說主旨。本文第二節曾指出，黃仁宇認為土改目的兼涉中共兵員與後勤補充。張愛玲停滯於故事裡的農民視野，衷心專注於土改促進土地權與財產的重新分配。理由似乎視土改實際需要變更。前文提到黃仁宇（韓丁）土改案例約一九四八年，張愛玲土改故事背景約一九四九至五一年。大陸易幟之後，中共收編了許多國民黨部隊，韓戰爆發，中共兵員不再短缺。

再說缺失。黃仁宇痛陳土改手段過激，死亡人數驚人。張愛玲的土改故事沒有數學推演，注意到手段、死亡以及飢餓。差異大概源自歷史距離。張近黃遠。張愛玲土改故事出版年代（一九五一—五六）緊接故事背景之後。書寫急切當然意味了專業作家生活所需，但也透露著膽識與勇氣。黃仁宇從事大歷史的數字管理。刺激他的《翻身》出版於一九六六。黃仁宇思索土改，很可能晚了張愛玲十五年。

距離近，難免關切民以食為天的問題。舉兩個例子。沈從文也注意到農村普遍長期貧富懸殊，深表不滿：「按規矩，芷江的佃戶對地主除繳納正租外，還應當在每一石租穀中認繳雞肉一斤，數量多少照算。所以有千來石淨收入的人家，到收租時照例可從各佃戶處捉回百十隻肥雞。常日吃雞，吃到年底，還有富餘。單是這一點，東鄉的民俗如何需要改造，便很顯然了。」[27]虹影《饑餓的女兒》寫一九五九至六一連續三年饑荒，「弄到人吃人地步的餓荒」[28]。

現在談張黃土改鋪敘的近同。試提三點。

近同之一：張黃的土改立場都是一生政治表述裡的重大轉折。雖然黃仁宇既往不究，避免責怪國共兩黨缺失，但本文第二節已說明他的土改態度其實牽制了大歷史宏論。雖然張愛玲為了適應一九四九年之後中國新環境而寫過左傾小說（《十八春》、〈小艾〉），然而她終究借助土改故事（《秧歌》、《赤地之戀》）平衡了政治步調。就這點而言，張愛玲要比姜貴《旋風》（偏國民黨，過右），以及丁玲《太陽照在桑乾河上》（袒共產黨，太左），都要高明得多。特別是《秧歌》。我在〈張愛玲的政治觀——兼論《秧歌》的結構與政治意義〉已試提張愛玲政治立場的繁複性質。

土改思索提供了契機，張愛玲與黃仁宇因而圓融了一生的政治發言紀錄。

近同之二：張愛玲土改問難與黃仁宇土改思困都屬於中國文化裡，人道與人權關懷的大傳統。隨手在那個大傳統裡拈來幾個例證：

・《詩經》的〈伐檀〉。
・陳壽《三國志》多次記述「時歲大饑，人相食」。
・司馬遷〈史記・伯夷列傳〉所說：「盜蹠日殺不辜，肝人之肉，暴戾恣睢，聚黨數千人，橫行天下，竟以壽終。是遵何德哉？」
・杜甫「三吏三別」詩組。
・李華〈弔古戰場文〉：「蒼蒼蒸民，誰無父母？提攜捧負，畏其不壽。誰無兄弟？如足如手。誰無夫婦？如賓如友。生也何恩？殺之何咎？」
・司馬光《資治通鑑》寫楚漢相爭，劉邦逃亡，圖減輕負載，使車速加快，「推墮二子車下」。
・沈從文《鳳凰》爲湘西煤業家庭、苗民、農民、女性請命（誰說沈從文不關心民間疾苦？）[29]。

此亦歷史的長期合理性：文學史學記錄知識分子爲民請命的呼籲，希望悲慘的歷史事件不再重複發生。那知識分子往往就是作者或史家本人。未來歷史是否能夠左右倒很難確定。不過只要贏得一二讀者共鳴，就是有了影響。

近同之三：文革發生於張愛玲與黃仁宇的有生之年，然而兩人專注於土改，始終沒有把土改與文革串聯起來。張愛玲在加州大學柏克萊分校的中共研究目前仍舊失傳，她的文學與黃仁宇的史學都鮮及文革。

這項資料或史思的限制不止於張黃兩人。蔡仲德校勘馮友蘭《三松堂自序》，寫了一段極感人的文字：「不反省、不懺悔的民族是沒有希望的。唯有經過深刻的反省與懺悔，我們才能眞正告別過去，走向未來。」[30]可惜他意指文革，沒有上追土改。

爲何從土改投射到文革如此要緊？因爲以後者爲前者之重複的歷史觀念值得參考。章乃器詩作殘句：「遺臭萬年『暴力論』」[31]，就有從土改看出根本政治哲學病端的意思。章立凡說：「『文革』中的廣泛暴力，近因當源於土改，遠因則可追溯到湖南農民運動。」[32]黃宗智認爲文革乃城市裡進行的「第二次土改」[33]。前後一起檢討，黨機器更有自省機能，改進更能徹底。

張黃盱衡近史，雖然未曾從土改擴及文革，然而流連往返於前者，他們熱切誠篤，已經提問：執政黨將來處理類似問題，有無愼重緩進的可能？

催請變更，大概是兩人土改折騰的現代意義。

補記

二〇〇七年七月北京九州出版社《黃仁宇全集》共十四冊，有幾篇我寫〈毋忘土改〉時候還沒讀到的文章。今日視之，頗慶幸那些忽略並未影響拙文大意。然而確有必要根據那些材料做個補記。試提兩點。

其一，黃至少提過一次張。一九九八年二月在台北《中國時報．人間副刊》發表〈關係〉，曾說：「即是我因為留戀三〇年代而不能放棄張愛玲也是我自己的事。」見全集第九冊《關係千萬重》，頁一六。語焉不詳，然而語氣正面堅定。可惜黃未及全面深入探討張的文學。

其二，全集第十一冊《大歷史不會萎縮》至少四度提及文革（頁二六、三二、六四、六七），然而第五冊《中國大歷史》才指認文革的正面性質：毛權持續，稍後得以授權促成中美結盟，為中國另謀出路；文革提供下層社會分工重組的機會；文革證明社會上下層之間仍需穩定大局的力量。頁二三五—二三六。

1 余英時《中國文化與現代變遷》，台北三民，一九九二年十一月初版，頁一九七。

2 丁果〈詩人的星空——與瘂弦暢談文學與人生〉，美國《世界日報．世界周刊》，一九九九年十一月二十八日。

3 William Hinton, *Fanshen: A Documentary of Revolution in a Chinese Village,* New York: Vintage Books, 1966.

4 黃仁宇著，張逸安譯《黃河青山：黃仁宇回憶錄》，台北聯經，二〇〇一年初版，頁二七七—二七八。

5 黃仁宇《從大歷史的角度讀蔣介石日記》，台北時報文化，一九九四年一月初版，頁四四二。

6 黃仁宇《近代中國的出路》，台北聯經，一九九五年四月初版，頁八五。

7 《黃河青山》，頁一八四。

8 《黃河青山》，頁二七九。

9 《黃河青山》，頁二七五。

10 章立凡〈梁漱溟與章乃器〉，收入章立凡主編《記憶：往事未付紅塵》，陝西師範大學出版社，二〇〇四年九月第一版，頁八一。

11 《近代中國的出路》，頁八四。

12 《黃河青山》，頁三六六。

13 《黃河青山》，頁二七五。

14 C. S. Lewis, *Mere Christianity,* New York: Touchstone, 1943.

15 Francis S. Collins, *The Languages of God: A Scientist Presents Evidence for Belief,* New York : Free Press, 2006, pp. 21-31.

16 Richard Dawkins, *The God Delusion,* New York: Houghton Mifflin, 2006, pp. 214-226.

17 *Mere Christianity*, p. 24.

18 黃宗智〈中國革命中的農村階級鬥爭——從土改到文革時期的表達性現實與客觀性現實〉，《中國鄉村研究》第二輯，北京商務印書館，二〇〇三年初版，頁七六—七七。

19 同上註，頁七六—七七。

20 李放春〈北方土改中的「翻身」與「生產」——中國革命現代性的一個話語——歷史矛盾溯考〉，《中國鄉村研究》第三輯，北京社會科學文獻出版社，二〇〇五年六月，頁二三二—二九二。

21 Jared Diamond, *Guns, Germs, and Steel: The Fates of Human Societies*, New York: W.W. Norton & Company, 1997. 中文版《槍炮、病菌與鋼鐵》，台北時報，一九九八年十月初版。

22 William Hinton, *Fanshen*, p. 22.

23 沈從文《鳳凰：沈從文的散文集「湘西」》，台北卓越文化，一九八九年六月初版，頁八〇。

24 黃宗智〈中國革命中的農村階級鬥爭〉，頁八一。

25 Edgar Snow, *The Long Revolution*, New York: Random House, 1972, p. 112. 史諾最著名的書大概是 *Red Star Over China*, 1937.

26 章立凡〈梁漱溟與章乃器〉，頁八〇。

27 沈從文《鳳凰》，頁八一。

28 虹影《饑餓的女兒》，台北爾雅，一九九七年五月十日初版。

29 沈從文《鳳凰》。

30 馮友蘭《三松堂自序》，北京人民出版社，一九九八年十一月初版，頁四七八。

31 章立凡〈梁漱溟與章乃器〉，頁八二。

32 同上註。

33 黃宗智〈中國革命中的農村階級鬥爭〉，頁八八—九四。

16

本是同根生

為《十八春》、《半生緣》追本溯源

無論什麼人，
都曾異口同聲的說過，
中國的文學乃是完全的中國的，
不曾受過什麼外面的影響與感化的。
這乃是愛祖國的迷霧，
把他們的心眼蒙蔽了。
只要略略的考察一下，
便可知我們的文學裡，
有多少東西是由外面販買來的。

——鄭振鐸[1]

1

張愛玲自己說過，《十八春》與《半生緣》的故事結構採自美國小說家約翰．馬寬德的長篇小說《樸廉紳士》[2]。林以亮憶述此事的文字值得我們回味：

> 《十八春》就是《半生緣》的前身。她告訴我們，故事的結構採自 J. P. Marquand 的「H. M. Pulham, Esq.」。我後來細讀了一遍，覺得除了二者都以兩對夫婦的婚姻不如意為題材之外，幾乎沒有雷同的地方。原作小說在美國曾改編拍成電影，成績平平。愛玲卻相當尊重這位不上不下的小說家（他的偵探小說倒反而很有銷路）。五十年代中他來過香港，我們一起吃過一次飯，席間愛玲破例和他講了許多話。他很喜歡愛玲用英文寫的《秧歌》。後來愛玲移居美國後，還承他寫信幫了一次忙。[3]

這項記錄證明了張、馬相識，而且張「相當尊重」馬。然而林以亮刻意淡化《十八春》與《半生緣》依賴《樸廉紳士》的程度，卻生欲蓋彌彰的反效果。我們比對小說文本，可以發現它們雷同之處非但不限於「兩對夫婦的婚姻不如意」的題材，也超過了「故事的結構」約定俗成的意義範疇。我們就敘事時序、人物關係、情節片段、關鍵語句四方面略予討論。

之一

《樸廉紳士》採用第一人稱單一觀點，觀點人物就是書名那位男主角哈瑞．樸廉。故事從他受邀參與籌劃二十五週年哈佛大學校友會，並且意外地接獲舊日女友瑪玟密約電話而開始回憶一生往事，直到校友會開完爲止。《十八春》與《半生緣》採用張愛玲最熟悉的「舊小說的全知觀點羼用在場人物觀點」（〈表姨細姨及其他〉）。但是它們都是從世鈞的立場回憶往事，一路說下來，到了第十六章結束而止。第十七章開頭，由翠芝催睡，那段回憶才結束，再從當時向下發展情節。所以敘事觀點不同，敘事時序則類似。

之二

《十八春》、《半生緣》的一些重要角色，以及他們之間的關係，也來自《樸廉紳士》。人物對應關係參見下頁附表。

人物關係互通處頗多。把以下這些陳述裡的人名抽換爲下頁表格裡的對應人名，結果仍然成立：世鈞、翠芝兩人青梅竹馬，原先彼此毫無興趣，個別失戀後因權宜而結婚；世鈞、叔惠、曼楨都是同事；世鈞、曼楨瞞著叔惠談戀愛；叔惠職位比世鈞高，前者外向，後者內向；世鈞對翠芝、叔惠信任，毫無猜疑。

之三

情節借用的例子比比皆是。世鈞無法兼顧家庭（南京）與工作（上海）。哈瑞也有相同的問題，不過那是波士頓與紐約市之間的奔波。兩人都因爲父病故而必須放棄工作而選擇

世鈞	H. M. Pulham	哈瑞・樸廉
翠芝	Kay Motford	啃・莫得福特
叔惠	Billy King	比利・金
曼楨	Marvin Myles	瑪玟・賣爾斯
一鵬	Joe Bingham	救・賓漢
文嫻	Madeline Bush	瑪德藍・布盧

家庭。

翠芝對叔惠一見傾心，與一鵬退婚。莫得福特對比利一見鍾情，與賓漢解除婚約。一鵬娶文嫻之前，對世鈞說自己昨非今是。瑪德藍與莫得福特是舊識。賓漢娶瑪德藍之前來看哈瑞，就說過他感激她點明自己感情迷團的話。

世鈞與翠芝出門，翠芝要世鈞進屋拿她忘了帶的東西，等他拿齊了東西，就把先前忘東西的責任怪到他身上去。莫得福特也曾如此折磨哈瑞。兩位先生都習慣了，大氣不哼一聲。

世鈞回家聞到瓦斯爐漏氣，婚後有兩個孩子、一條狗。哈瑞同。

世鈞私藏曼楨情書於書本裡。情書被翠芝看見，翠芝讀信，兩人搶信。世鈞隨即負氣出門打電話找曼楨。電話打通了，等著曼楨來聽之時世鈞又後悔找她，掛斷電話。以上所有情節皆源於馬寬德。不過哈瑞負氣出門後先去斯瓜盧（類似網球的室內運動）俱樂部打球，洗澡，再查電話簿找到瑪玟紐約市家裡電話號碼。電話打通了，傭人說她正在用餐，哈瑞當時已後悔打這通電話，就說不必叫她，掛了電話。

世鈞吃了螃蟹，鬧肚子，讓翠芝代爲招待叔惠，予她舊情復燃的機會。哈瑞同。

《樸廉紳士》不但爲《十八春》藍本之一，也是改寫成《半生緣》的重要依據。後者較前者更貼近《樸廉紳士》。《十八春》叔惠是政治覺悟的先進，在解放區娶了工程師，沒有婚變。《半生緣》叔惠在美國結婚，離了婚才回國。這項改動使翠芝的騷動合理，因爲叔惠又變成了適婚的單身對象。《樸廉紳士》也是先讓比利離婚，才寫莫得福特狂熱招待他。

《半生緣》叔惠在美國離婚的理由是自己外遇，而且他婚前「當然也有過豔遇」。這種花心不泯的個性，神似《樸廉紳士》的比利。

之四

張愛玲小說與散文名句頗豐，常得方家援引並讚揚。不過《十八春》與《半生緣》幾個關鍵語句都源於《樸廉紳士》。舉幾個例子來說明這種依賴性。

第十六章翠芝問世鈞：「咦，你怎麼啦？你在那兒想些什麼？」世鈞道：「我啊……我在那兒想我這一輩子。」此爲故事從倒敘到現時的交接。這段對話的原文（《樸廉紳士》頁四四）：

"Harry," Kay said, "what are you thinking about?"
"About my life," I said.

證實此項借貸很重要。張愛玲一九六一年訪台，曾向王禎和提到這個敘事結構：

王：她說：她寫了個長篇，是回憶的方式寫。不過回憶的部分太長了，「現在」的部分只在前面佔一點點地位，顯得不平衡，她要再改。這個長篇，是不是指「半生緣」？我也不能確知。[4]

張愛玲當時提到的長篇應是《十八春》。王禎和於一九八七年三月受訪憶述張愛玲訪台事。當時他或許還沒讀過，或許有意不提，《十八春》。了解兩書與《樸廉紳士》共具張愛玲小說世界裡絕無僅有的敘事結構，我們就能結束王禎和留下的這樁文學公案。

沈世鈞在張愛玲小說世界裡十分突出：就男人思維情緒著墨的周詳、同情與耐心而言，沒有其他男性角色能望其項背。這份細緻，其實來自馬寬德。雖爲外借，仍然證明張愛玲並不否定沈世鈞秉賦的種種男性優點。舉幾個例子。

第一章這段話：「曼楨曾經問過他，他是什麼時候起開始喜歡她的。他當然回答說：『第一次看見你的時候。』說那個話的時候是在那樣的一種心醉的情形下，簡直什麼都可以相信，自己當然絕對相信那不是謊話。其實他到底是什麼時候第一次看見她的，根本就記不清楚了。」原文見《樸廉紳士》頁一四二：

Once Marvin Myles asked me when I first loved her, which I imagine is a question that a good many people have asked each other, and I told her that I had loved her from the first minute that I had seen her. I was in a state that makes you believe such things. As a matter of fact, it must have been a while before I even noticed Marvin Myles.

第五章寫世鈞初戀的心旌搖搖：「這是他第一次對一個姑娘表示他愛她。他所愛的人剛巧也愛他，這也是第一次。」原文見《樸廉紳士》頁一八三：

It was the first time that I had ever told a girl that I loved her, and the first time that the girl that I loved loved me.

第十三章翠芝在洞房花燭夜對世鈞坦承悔婚，世鈞當時的思緒反應：「當然來不及了。她說的話也正是他心裡所想的，他佩服她有這勇氣說出來，但是這種話說出來又有什麼好處？」《樸廉紳士》莫得福特在結婚前後多次向哈瑞明白表示她的遲疑。新婚之夜又說了類似的話。哈瑞心裡的反應（《樸廉紳士》頁二九〇）：

She was thinking just what I was thinking and she had not been afraid to say it.

張愛玲爲曼楨表情達意，也參考了馬寬德筆下的瑪玟。《十八春》第十六章曼楨情書最後一句話：「世鈞，我要你知道，這世界上有一個人是永遠等著你的，不管是什麼時候，不管在什麼地方，反正你知道，總有這樣一個人。」《半生緣》把「這樣一個人」改爲「這麼個人」。原文見《樸廉紳士》瑪玟寫給哈瑞的情書，頁三七六：

All I can do is to make you think, when you're up there all alone, that it isn't so bad if you know you have someone, someone forever and always, someone you can always come back to, dear, any time or anywhere......

《十八春》第十七章曼楨重逢世鈞，說了句激勵世鈞參與政治建設的話：「只要是在一條路上走著，總是在一起的。」《半生緣》第十七章改爲：「世鈞，我們回不去了。」這句話很重要，點明了時間逆轉性的不可能。其實原來是《樸廉紳士》的強調。瑪玟對哈瑞，莫得福特對比利，個別說了一次。以瑪玟說的那次爲例，原文（頁四二〇）：

"Darling," she said, "we can't go back."

2

《樸廉紳士》與張愛玲兩部小說因國情、時代、社會習俗等等差別而各異其趣的地方很多，不必一一追究。值得我們注意的是它們在傷時、婚姻失調等等共同題旨之外，馬寬德著重於男主角哈瑞一生的回顧，呈現了一個規矩男人誠懇、可靠、乏味、頑固等等的融合。由於用第一人稱單一觀點，在觀點人物身邊的人，太太（莫得福特）、朋友（比利）的戲分並不少於老情人瑪玟。

張愛玲重新調整了角色的重要性。曼楨不但取代瑪玟，就角色比重而言，曼楨超過了其他角色，成爲故事的重心。讀完《十八春》或《半生緣》，我們印象最深的是曼楨的不幸以及愛情的困頓，大概無法對世鈞從小到大的一生，產生全盤的觀照。這是因爲作者的強調不同。

哈瑞與瑪玟婚事不成，因爲瑪玟不喜歡波士頓，堅持哈瑞離家到紐約市居住。哈瑞喪父，老母與家產都待理，無法也不願遷居，以致感情中斷。談及婚嫁，兩人之間突然出現了較力與爭取主控的、無法克服的矛盾。瑪玟後來嫁了一位與哈瑞個性相近、也是哈佛大學畢業的好好先生。表面上得其所求，然而私心不忘哈瑞。

相對地看，曼楨與世鈞的爭執在於對世鈞父母名教勢利觀念的順受或反抗。它遠超越了單純的男女較力，而且對世鈞的膽識產生挑戰。曼楨與瑪玟同樣出身貧寒，可是前者有家累，後者沒有。曼楨遭姦受囚，命運坎坷，比瑪玟容易引起讀者的同情。

哈瑞與瑪玟重逢互訴相思之苦，但是他如釋重負地了解到時間不能倒流，體會到「也許愛情並非激情或奢望，而是生活的長期的相互扶持」（……perhaps that was love really was—not passion or wish, but days and years……）。他再度發現自己深喜妻子莫得福特。比利不願奪友之妻，終於讓莫得福特痛切地了解到覆水難收。所以哈瑞與莫得福特對他們的婚姻有了多一次的肯定，回到規律的現實生活裡來。

這樣的結局是張愛玲預見而不肯面對的。《十八春》用新政權的政治學習來沖消私情的綣戀，避免了個人是否維持婚姻的問題。《半生緣》排除那個外在的政治的感召，個人該與現狀妥協呢？還是該鬧婚變以續舊情呢？張愛玲藉由曼楨與叔惠的冷靜來杜塞婚變的可能性。那麼只剩下與《樸廉紳士》結局那樣服膺現狀的出路了。她不忍見彼，所以在《半生緣》結尾強化了世鈞、翠芝的求變意願，而且讓故事終止於兩對男女交心會談之際。也許那偶現的私藏的狂野，微弱但是眞摯的情愛，才是張愛玲珍惜的，不願見其死滅的，活著的理由。

3

《㒒廉紳士》的影響不足以完全詮釋曼楨的造像。《紅樓夢》正是《十八春》與《半生緣》共擁的另個源頭活水。在《紅樓夢》裡尋根並不牽強。張愛玲很小就讀過這本書。她初涉《紅樓夢》的年齡有兩種不同的記述：八歲（〈論寫作〉），十二三歲（〈憶胡適之〉）。《紅樓夢魘》自序說《紅樓夢》、《金瓶梅》是她「一切的泉源」。不過我們必須預做說明，紅學浩瀚，本文所圖僅止於文學影響，無意整體性討論《紅樓夢》。

我們簡要以四項觀察來陳述《紅樓夢》對《十八春》與《半生緣》的籠罩：慕瑾改名、人際關係、個人意願，以及曼楨形象。其中又以曼楨形象最爲重要。

改寫只改了一個角色姓名：慕瑾改爲豫瑾。這是因爲他與曼楨關係有所變更。慕瑾對曼楨的追求較爲露骨，並且是曼楨最後託付終身的可能對象。故事結尾世鈞翠芝沒有婚變，叔惠也是有婦之夫，曼楨是單親母親，慕瑾喪妻，仍愛慕曼楨，世鈞看在眼中「惘然地微笑了。他是全心全意地爲他們祝福」。一九四九年以後的政治新秩序帶來個人命運的改善，是《十八春》結尾的一項強調。

「慕」自然是愛慕的意思。「瑾」，《辭海》：「美玉也。」曼楨當然就是那塊玉——林黛玉？「豫」，《辭海》：「禁而不發」，表示在新版裡豫瑾不得再去迷戀曼楨。事實也正如此。除了短暫示愛受拒以外，豫瑾在行爲與感情上都不再追求曼楨。曼楨對豫瑾也較少關注。重逢時世鈞問起豫瑾，曼楨僅只輕描淡寫地說：「也是前兩年，有個親戚在貴陽碰見他，才有信來，還幫我想法子還債。」

曼楨對應於林黛玉的另項證據在於世鈞、曼楨、翠芝的三角關係。基本上那是寶玉、黛玉、寶釵三角關係的再現。世鈞與曼楨互許終身，無法結合爲夫妻，始終沒有肉體關係，那是寶玉黛玉的牽涉，也是與《樸廉紳士》不同之處，哈瑞與瑪玟熱戀中曾試雲雨。世鈞與翠芝小時候在他哥哥婚禮上做捧戒指的僮兒與替新娘拉紗的女孩，使人想到寶玉身上「通靈寶玉」與寶釵金鎖項圈上八字對合（「莫失莫忘，仙壽恆昌」對「不離不棄，芳齡永繼」），都是自幼就定姻緣的意思。

世鈞娶翠芝，兩人志趣不合，現實與權宜大於純淨精神的合鳴。前文提到兩人新婚之夜都有悔意。這情形也與寶玉寶釵的勉強結合遙相呼應。曼楨與翠芝比較起來，前者家貧、體弱、內向，後者家富、豐姿、外向。世鈞雖不像寶玉那樣不求上進，年紀也應該大些，比較成熟，但是在現世事務上溫吞遲緩、缺乏恢宏大志的情形則雖不中，亦不遠。

《紅樓夢》啓發這個故事的第三項佐證是宗法社會、現實生活對個人意願的壓抑與侵害。世鈞父母因應名教與勢利觀念而阻擾了世鈞的婚事，曼璐與顧母力勸曼楨下嫁鴻才等等。賈母、鳳姐、薛姨媽安排寶玉寶釵婚事，也完全不考慮個人的自由意願。

《紅樓夢》影響最重要的證明是曼楨的造型。《紅樓夢魘》提到黛玉的這段話值得我們特別注意（頁二二一）：

……她不可能纏足，也不會寫她纏足。纏足究竟還是有時間性。寫黛玉，就連面貌也幾乎純是神情，唯一具體的是「薄面含嗔」的「薄面」二字。通身沒有一點細節，只是一種姿態，一個聲音。

曼楨的長相也是一直沒有清楚交代。第一章出場時：「她是圓圓的臉，圓中見方——也不是方，只是有輪廓就是了。蓬鬆的頭髮，很隨便地披在肩上。」當時世鈞看了「只是籠統地覺得她很好」。讀者對她的長相也一定覺得籠統。

兩姊妹長得像，所以嘯桐初見曼楨就想到李璐（曼璐做舞女的花名）。這是故事的重要關鍵。藉舅爺馮菊蓀幫忙，嘯桐猜到曼楨與曼璐的姊妹關係。他與曼璐有宿怨，就憑名教勢利來輕視曼楨，由沈母給予世鈞娶曼楨的阻力。由於曼楨容貌必須模糊，與她長得像的曼璐也不能細繪，只寫她如何濃妝，濃妝之後如何「恐怖」。

張愛玲非常注意兩姊妹面容接近。一九六六年十二月三十日，時值改寫《十八春》為《半生緣》期間，致夏志清信曾說：「『十八春』的戲劇性強，拍電影可由一人兼飾姊妹倆正反二角」[5]。顯然她認為同一演員藉化妝、服飾、髮型就可扮演兩角。這段話裡兩個重疊詞「姊妹」、「正反」次第顛倒：姊姊曼璐是反角，妹妹曼楨是正角。秩序交錯，原因在於成詞的意義受單字的順序所規範：把兩字反過來，「妹姊」不通，「反正」另具不同的意義。《兒女英雄傳》的「金玉姊妹」即類似的例子：金（張金鳳）是妹妹，玉（何玉鳳、十三妹）是姊姊。

為何「圓中見方」呢？作者有意藉此為兩人的容貌區分一下。第二章鴻才看見曼璐小時候的相片，「是一個圓圓臉的少女」，一時不察，就問「這是你妹妹什麼時候拍的？」曼璐趕緊糾正說這是她的相片。曼璐圓臉，曼楨圓中見方，就有了距離。

第十一章世鈞與曼楨吵架之前，兩人都同意她們姊妹「一點也不像」，再次提醒讀者她們容貌有別。所以張愛玲在矛盾裡妙筆生花，一方面利用她們外觀相似做爲故事關鍵轉折的邏輯，一方面又要苦口婆心明言她們其實不像。後者當然重要，曼楨必須是獨特突出的。

第十章曼楨與叔惠去南京看世鈞。世鈞看她「用一條湖綠羊毛圍巾包著頭……顯得下巴尖了許多，是否好看倒也說不出來」。這種模擬兩可的審美評價，也是有意不使她長相固定。第十四章在醫院生產，她看見自己「手腕瘦得像柴棒似的，一根螺螄骨高高的頂了起來」，作者明白交代了因爲房間裡沒有鏡子，她看不見自己的臉。張愛玲實在不想細描曼楨的臉。第十六章重逢，在世鈞眼中，「她憔悴多了，幸而她那種微方的臉型，再瘦些也不會怎麼走樣」。「微方」配合「圓中見方」。這個平民化、現代化的黛玉，沒有病死，具有謀生的意志與能力，但是她的長相「沒有一點細節，只是一種姿態，一個聲音」。

4

了解《紅樓夢》爲這兩部小說的借鏡，可以幫助我們回顧陳輝揚的溯源論見。陳輝揚考證出「十八春」原是傳統京戲《汾河灣》中的唱詞，並由這齣戲裡薛仁貴的自私，加上張愛玲散文〈洋人看京戲及其他〉對《紅鬃烈馬》薛平貴自私的指責，認爲世鈞「在感情上的怯懦和自私扼殺了曼楨一生最好的時光」[6]。疼惜曼楨的讀者難免會如此痛責世鈞。世鈞一時向父母的阻力低頭，向曼楨建議暫時否認與曼璐的關係，並斷絕與曼璐的來往，而引發與曼楨的爭吵。

可是他吵完架一夜沒睡，次日立即去找曼楨。由於怕豫瑾乘虛而入，「心裡像火燒似的，恨不得馬上就能見到曼楨，把事情挽回過來」。一直到他上曼璐的當，以爲曼楨已遠嫁豫瑾之後，才死了心，娶了翠芝。曼楨受辱遭囚發生得太快，曼璐收拾殘局又狠又猛，世鈞眞的一點辦法也沒有。曼楨的苦難不能全怪他。當初不吵架，受辱遭囚還是會發生。《紅樓夢》柳湘蓮懷疑尤三姐品行不端而退婚，尤三姐立即自殺。世鈞深信曼楨貞節，也沒要求退婚。他既非薛仁貴，也不是柳湘蓮。吵架後立即回來，鍥而不捨地要解決問題。所以重逢時世鈞和曼楨可以有互不虧欠的坦然與滿足，是寶玉黛玉關係的再現。《十八春》重逢時這句話把這種情境一語道破：「至少她現在知道，他那時候是一心一意愛著她的，他也知道她對他是一心一意的，就也感到一種淒涼的滿足。」

張愛玲擬「十八春」爲題，也許眞的想到《汾河灣》，我們知道她對民俗戲劇與民俗文學涉獵頗深。可是白話小說用典往往只取原典多種意義的一二義，並非一定照單全收。柳迎春的苦難當然可以歸因於薛仁貴的自私，但是在一個簡化而片面的角度裡，那個故事也可以僅僅視爲女人命運多舛的強調。這也許是「十八春」篇名與舊典的一點關聯。當然這樣解釋，新用與舊典之間就有了歧義。死心塌地、上行下效反而無趣。作者創作新故事，總不免要自發新意。

改寫把故事時間從十八年縮短爲十四年，只好捨棄篇名「十八春」。這下子切斷了薛仁貴故事的牽連，以及讀者因此而爲世鈞責任問題的詰難。也好。

曼楨大難不死而重逢世鈞，彌補了寶玉黛玉抱恨終身，無法向對方表達摯愛未移，互無虧欠的遺憾。第十二章結尾交代曼楨受囚時候的求生理由，就是「將來有一天跟世鈞見面，她要怎樣怎樣把她的遭遇一一告訴他聽」。兩書同。從這個立場來看，兩書都較《紅樓夢》更進了一小步，得到一種心靈與精神上的圓滿。

然而《半生緣》比《十八春》更接近《紅樓夢》的境界。故事本質原爲談「情」說「愛」。《十八春》曼楨重遇世鈞，卻得提醒他政治學習的重要：「我覺得在現在這個時代裡，是眞得好好的振作起來做人了。」《紅樓夢》以及我們大部分普通人的經驗大概都同意：個人的情愛經驗雖然可以借助政治宣召而暫時壓抑或忽略，卻無法訴諸政治理念而予眞正徹底疏導與解決。

礙於情勢，《十八春》不得不頌揚國家大我，犧牲個人情緒的細緻揣摩。《半生緣》幸免於政治監控，回頭來注重小我的尊嚴。《紅樓夢魘》曾說：「要替黛玉留身分，唯有讓她先死，也免得妨礙釵黛的友誼。」（頁三三九）張愛玲也費神爲曼楨爭取顏面。當然曼楨的情形與黛玉略有差別。其一，翠芝與曼楨向無深交，並無妨礙友誼之顧忌。其二，黛玉病亡，曼楨既然不是曼璐氣話裡指稱的烈女，受虐未死，就得活下來，像張愛玲所說：「人生下來，就要活下去，沒有人願意死的，生和死的選擇，人當然是選擇生。」[7]苟且偷生，就得讓她活得令人尊敬。

留身分的第一個方法，是模糊化曼楨下嫁鴻才的原因。《十八春》曾經明言曼楨委身鴻才的緣起。重逢後，她對世鈞解釋：「怎麼那個時候完全被情感支配了，像我爲小孩犧牲自己，其實那種犧牲對誰也沒好處。——一想起那時候的事情心裡不由得就恨！我眞懊悔！」世鈞當下表示同意，「他一向知道她這人是母性的傾向很強的。」《半生緣》刪掉這段文字，出閣的動機變得朦朧欠明。

作者吝於解說，讀者就有了想像空間，意義反而繁複多姿。我們知道，出嫁的眞正理由除了母愛以外，還可能有生計，判斷錯誤的愛情等等。避免詳述，就是防止曼楨世俗化，去除塵世俗務思考過程的牽絆，並且撇清她曾向世鈞以外的男人（如鴻才、豫瑾）託付終身的任何暗示。不再點明她爲母愛而犧牲也未必會妨礙讀者的愛戴，莊子〈山水篇〉說過：「行賢而去自賢之行，安往而不愛哉。」

爲曼楨留身分的第二個方法，是不讓她主動去找世鈞，尊重對方現有的婚姻，也維持自己的顏面。第十五章車站巧遇的動人的原因之一，就是她矜持自制，避免與他打招呼。《十八春》第十六章曼楨打電話到世鈞家找叔惠，剛好世鈞接到電話，於是兩人重逢前曾做簡短電話交談。《半生緣》刪掉這個情節，既增加了重逢的戲劇性，也再度堅持了她不主動與他聯絡這項原則。重逢，總得由他撞見她——去覯見她，怎能讓她來投懷送抱？

維護曼楨身分的第三個方法是重逢時由世鈞建議重拾舊歡，任她拒絕。這是改寫時添加的。曼楨當時其實無從知道翠芝情有別鍾，如果曼楨同意世鈞婚變，豈不是把自身幸福建築在別人的痛苦或破裂之上？

改寫的目的之一，在於確定我們非僅同情，而且尊重曼楨，就像讀者敬待黛玉那樣。其意義似乎是：人生際遇的潰敗不能阻撓個人尊嚴的存活。尤有甚者，《半生緣》也成功地傳達了此項《紅樓夢》未曾觸及，《十八春》未竟全功的訊息：至愛也許並非佔有，而是成全。

1 鄭振鐸〈研究中國文學的新途徑〉，收入鄭振鐸《中國文學論集》上冊，香港港青，一九七九年八月，頁二三。

2 馬寬德（John P. Marquand, 1893-1960），美國小說家。《樸廉紳士》（*H. M. Pulham, Esquire*），一九四〇年，Little Brown出版公司。這本書曾暢銷一時，並於一九四一年底拍成同名的電影。馬寬德曾於一九三八年贏得普立茲小說獎，得獎作品是《喬治．愛普里遺事》（*The Late George Apley*）。

3 林以亮〈私語張愛玲〉，香港《明報月刊》第一二三期，一九七六年三月，頁一九。

4 丘彥明〈張愛玲在台灣——訪王禎和〉，台北《聯合文學》，一九八七年三月，頁九九。

5 夏志清〈張愛玲給我的信件(三)〉，台北《聯合文學》，一九九七年七月，頁五三。

6 陳輝揚〈《十八春》的傳奇——兼談《今生今世》〉，收入陳輝揚《夢影錄》，香港三聯書店，一九九二年一月初版，頁四三。

7 殷允芃〈訪張愛玲女士〉，收入殷允芃《中國人的光輝及其他——當代名人訪問錄》，台北志文，一九七七年八月再版，頁一〇。

17

大我與小我

《十八春》、《半生緣》的比對與定位

這世界上或有想在沙基上或水面上
建造崇樓杰閣的人，那可不是我，
我只造希臘小廟，選山地作基礎，
用堅硬的石頭堆砌它，精緻，結實，勻稱，
形體雖小而不纖巧，是我理想的建築。
這神廟供奉的是「人性」。

——沈從文[1]

1

比較閱讀《十八春》（一九五一）與《半生緣》（一九六九）的重要性有四：

其一，由於兩書個別具備的重要性質，整體研究張愛玲文學缺一不可。既然兩書皆爲析讀對象，參照詮釋勢所難免。隨意以政治或其他藉口來抹殺或忽略兩者，或兩者之一，就無法穩當地全盤評價張愛玲文學。

其二，如果我們忽視此項議題，就難以擺脫張愛玲爲了謀生、缺乏原則的錯誤印象：因應一九四九年以後的大陸環境，寫了頌揚共產中國的《十八春》，事後又配合台港的政治情況，刪修成政治色彩較爲淡薄的《半生緣》。明確認定《十八春》的史料價值以及《半生緣》的藝術進境，我們就能體會兩書寫作個別的驅策力。當然那不會是張愛玲唯一不二的、個別的創作動機。可是此種認知能夠消解作者趨炎附勢、唯利是圖的任何暗示。

其三，多年來論者曾以文學得失來評價張愛玲離開中國大陸的決定，認爲她應留下來寫寶貴的文革經驗[2]。這種看法的假設之一大概是，張愛玲能夠忍受五四作家如老舍所受到的那種羞辱與折騰，活過來，又得有健康與勇氣繼續創作。你不入地獄，誰入地獄。我們如何忍心想像任何人，作家或非作家，投身經歷文革浩劫？《十八春》以及老舍不得不公然稱頌中國共產黨的諸多文字，都能證明思想監控的效率與恐怖。肯定改寫，就可把《半生緣》納入張愛玲出國以後的文學建樹之內：小說（《秧歌》、《怨女》、《半生緣》）、學術（《紅樓夢魘》）、翻譯（《海上花開》、《海上花落》），皆屬力作。就文學收穫立場而言，出國並非一片荒蕪。

其四，改寫念頭可追溯至一九六一年。是年張愛玲訪台，曾向王禎和提到長篇小說改寫的計畫。我們在〈本是同根生〉曾指出，那個提示實指《十八春》的改寫。改寫動工，不會遲過一九六六年底，因爲張愛玲是年十二月三十日致夏志清信提到開始重寫這部小說[3]。同年八月二十四日，老舍於北京太平湖投水自盡。所以改寫可與中國大陸作家如老舍自動（或被動）政治刪修一九四九年以前的成名作品，做歷史的平行比較。歷史回顧可以檢討政治干預藝術的得失，再度提供所謂文學功用，以及文學主題大小問題的辯例。王潤華認爲一九八○年北京人民文學出版社的《老舍全集》仍有與初版不符合的政治裁剪，誠爲老舍小說研究的陷阱[4]。一九九三年十一月長江文藝出版社《老舍小說全集》個別註明根據作品初版本校勘添註。編者行而不言，事實上糾正了一九四九年以後政治對老舍文學的侵犯。《十八春》寫作目的之一即政治表態以求自保，所以與一九四九年以前的老舍作品情況略異。如果張愛玲本人不做去蕪存菁的工作，作品本身沒有政治潔版，外人實無訂正的著力點可言。改寫的目的之一是回歸到原始的、非政治的創作規劃。張愛玲親自完成這項還原的工作，實爲文學的幸運。

2

兩者併讀既然如此重要，何以張論滔滔，相關的研究卻不多見？顯而易見的歷史原因有二：《十八春》流通不暢，以及政治顧慮。各舉一例說明。先談

《十八春》流傳阻塞。

一九六一年夏志清英文巨著《中國現代小說史》專章討論張愛玲，完全不提《十八春》。證諸一九六九年一月三日張愛玲致夏志清信回答有關《十八春》與《半生緣》情節差異問題[5]，我們確知夏志清遲至是年仍無緣一睹《十八春》。所以《中國現代小說史》英文版所言「自一九四九年上海淪陷，至一九五二年張愛玲避居香港，我們一無所知她生活詳情」[6]，確爲當時實情。所謂生活詳情，自然包括了寫作。

一九七一年《中國現代小說史》英文版再版自序，清楚說明初版未及論述的左翼作家或台灣作家，都需大塊文章處理，然而原書規模已經龐大，所以除了添加附錄文章以外，原文部分只做不膨脹篇幅的校勘與訂正。一九九九年英文版三版印行，除了王德威序、三版自序，以及論台灣作家的附錄文章，基本上是再版本的重印。兩次增訂印行，都延續了初版不提《十八春》的狀況。

當然在再版與三版的年代，夏志清至少已知道《十八春》的存在。前文已提及，早於一九六六年，張愛玲就已告知重寫《十八春》的計畫。張愛玲一九七四年六月三十日致夏志清信，還提到美國耶魯大學圖書館收藏了一本《十八春》[7]。所以一九七九年中譯本《中國現代小說史》，就補充說明張愛玲在抗戰勝利之後「改行寫電影劇本」，而且寫了《十八春》：

……一九五〇—五一年間，她還用筆名梁京在上海「亦報」（非官方的小型報紙）上發表了一部長篇連載《十八春》（稍加改寫後，即是一九六九年在台北出版的《半生緣》）。[8]

今日視之，這段添補仍嫌不足，不但沒提一九五一年上海《亦報》社發行《十八春》單行本，也未知會以同樣筆名梁京發表的〈小艾〉（一九五一）。當然，〈小艾〉出土，該是一九八六年底與一九八七年初的事了。

原始資料殘缺確能限制論述的成就。尊重前輩學者之餘，我們應該了解他們研究環境的艱難。夏志清爲一九七三年九月出版，水晶《張愛玲的小說藝術》作序，也一時無法讀到一九四四至四五年間，上海有關張愛玲小說的嚴肅文評，如傅雷〈論張愛玲的小說〉。此事唐文標曾予提及[9]。

從歷史角度檢討兩書比較研究闕如，必須認定並且尊重政治顧慮：在台灣或美國指稱作者寫過左傾小說，或者在共產中國肯定作者卸除政治思想改造與熱愛新政權的裝飾，個別都傷害受評者的形象。且以唐文標爲例。

唐文標是少數同時讀到兩書的先驅者之一。他於一九七六年五月聯經版《張愛玲研究》談到兩書不同。雖則寥寥數語，卻可能是張愛玲私信之外，此項課題最早的論述文字記錄：

本書（指《十八春》）用筆名梁京發表，在台灣先用「惘然記」連載，後改「半生緣」出書，將後面有時間性的幾章全部刪去，前面亦略加刪改。（頁一六六）

讀者會感覺〈惘然記〉（半生緣）的結尾不知所云，但當〈十八春〉原書出現，我們才了解那是亂世人的哀事。（頁一七二）

一九八四年六月，唐文標《張愛玲資料大全集》（台北時報文化）終於大膽影印了《十八春》最後三章（十六至十八章）。此書所收《《十八春》原文書影前記》，延續了當時唐文標比較與詮釋兩書，一杜擎天的權威局面：

除了一些輕微的修訂，例如主角的名字改過外（如慕瑾今版作豫瑾），以前的故事和文字情節幾乎全無變動，重要的手術是在戰後二對錯亂鴛鴦這一幕。今版本是沒有結局的戛然而止。在張愛玲的小說中，絕對沒有過的。

……

但在《半生緣》，一個「開尾」的寫法，不是張愛玲的傳統，因為故事未完，世鈞和曼楨要離開飯館，翠芝跟叔惠也要吃完、談完。每個人一定要回家的，那麼怎辦呢？在《十八春》中，解決方法是頗時髦的，她安排另一個追求曼楨的人，慕瑾來找曼楨，而世鈞和翠芝則決定到「東北」去開墾新天地。（頁一七三）

兩項理由使我們特別留意唐文標這個簡短論述。

其一，唐文標上天下海收集張愛玲，卻以社會主義角度批張而著稱[10]。當他親眼目睹應該符合他左翼文論標準的《十八春》，卻反過頭來嘖嘖稱奇於《半生緣》結局的開放性質。「時髦」意指配合大陸易幟初期，頌揚思想改造，投身報國的時尚。未必是文學評者的讚詞。「開尾」實謂意在言外的多種收場都能成立，任由讀者聯想。此時唐文標盛氣凌人的譴責突然不見了，代之而起的是文學的玄思。此爲評者文學觀的轉變？兩書對照是否助長了那項圓融？強逼文學於政治之下服務，才能發現文學獨立於政治之外的必要。張錯〈善導寺祭唐文標〉問道：「愈是黑暗，愈接近光明嗎？」[11]我們是否爲此詩問，找到了一種詮釋與解答？

其二，長期以來方家對比兩書，多限於少數情節差異的機械性陳述，極少能予解釋與啓發。除了本文稍後將引用的作者本人批語以外，無人能超越唐文標的論見。然而唐文標的意見未必妥當。《半生緣》結局自有圓滿情境，作者未必有意導引讀者深究不同收場的興趣。本文第五節再詳述這個故事的終點意義。

政治忌諱一定曾使唐文標無法暢所欲言。《張愛玲資料大全集》序言此項宣稱不正確：「本書盡量用原版影印，絕無修改，爲求全耳。」問題就出在《十八春》影印頁。第十六章有句話：「尤其是蔣經國的時候」，以及「從前我們醫院的院長給國民黨捉走了」裡「國民黨」三字，都遭黑墨塗蓋。影印頁並且三度淹埋了「解放」——共產黨稱大陸易手爲解放——一詞。《張愛玲資料大全集》後記明言《十八春》得自美國耶魯大學。本文所據，即該校中文圖書館所藏的《十八春》。極可能是同一本書。我所借到的《十八春》並無塗塊。所以假設它恰爲唐文標當時閱覽的同一本書，我們猜想《張愛玲資料大全集》裡的黑漆漆墨塊爲唐文標所加。不過他不太小心，漏堵了一個「解放」（頁二一三），讓那個敏感字眼眞正「解放」露面，令人讀之莞爾。

我們一方面了解資料殘缺與忌口諱言限制了舊時張論的成就，一方面必須承認這些絆腳石頭已經逐漸成爲歷史陳跡。雖然本文所據，乃一九五一年上海《亦報》社《十八春》初版，方家可以使用一九八六年江蘇文藝出版社《十八春》單行本，或一九九二年安徽文藝出版社《張愛玲文集》所收的《十八春》，聊勝於無的重排本。政治顧忌雖非消逝散盡，中國大陸以外的客觀環境已允許我們排除外在的、偏窄的、政治意識形態的禁錮，以建立文學的持平之論。我們不能再持續晚近評者以一爲二，或重十輕半，或重半輕十的猜謎態度，貿貿然爲張愛玲一生文學事業定位。

3

兩書文本差異大致可歸納爲以下四種類型：回歸到《樸廉紳士》與《紅樓夢》的寫作藍本、刪除政治色彩、情緒收發的調整、加強情節時間的合理性。

之一

第一類型的變更已於〈本是同根生〉詳細說明。這些易動包括慕瑾改名豫瑾、模糊化曼楨嫁鴻才的原因、重逢前不讓曼楨與世鈞電話交談、重逢發生的實際方式、曼楨拒絕世鈞建議破鏡重圓等等。

之二

政治色彩的刪除最易辨認。《十八春》叔惠祕密投效解放區（延安），娶了位工程師，回上海時還是有婦之夫。他政治思想最前進，道德操守也穩當。《半生緣》叔惠赴美留學，娶了位留學生，離婚之後才回上海，是位花心男子。

《十八春》國民黨部隊在六安城以漢奸罪名濫殺無辜鄉紳。慕瑾蒙冤被捕，太太受酷刑拷打致死。《半生緣》豫瑾太太被日本兵強姦而喪命，不再提國民黨部隊暴行。《十八春》鴻才與曼楨離婚之後，因搭往台灣的帆船翻覆，淹死海中。《半生緣》不提鴻才生死。

《十八春》結尾時世鈞翠芝的家計已拮据，原因是兩人不善理財，「尤其是蔣經國的時候，他們也是無數上當的人中的一份子，損失慘重……」。《半生緣》結尾時世鈞翠芝經濟仍寬裕，招待叔惠的準備工作也闊氣得多。

《十八春》主要角色（叔惠、曼楨、世鈞、翠芝、慕瑾）積極參與新政府的政治學習，支援東北建設，程度深淺與聞道先後容或不同，基本上無一例外。這些情節都因故事結束的年代從一九四九提前到一九四五而全部切除。

之三

情緒收發調整可分兩方面來說：在重逢之外求其內斂，在重逢之中任其外馳。所以重逢的萬鈞劇力是慢慢燉煮焙製而成的，並不單單靠重逢那場戲來一蹴而及。舉三個表情達意改爲含蓄的例子。第十三章世鈞翠芝新婚之夜，兩人都現悔意。《十八春》翠芝明說：「世鈞，怎麼辦，你也不喜歡我，我也——我也不喜歡你。……」《半生緣》改爲：「世鈞，怎麼辦，你也不喜歡我。我想過多少回了，要不是從前已經鬧過一次——待會人家說，怎麼老是退婚，成什麼話？……」用長話取代那句尖銳的「我也不喜歡你」，求其婉轉。

《十八春》第十六章翠芝對世鈞說：「你這人還有那一點我不知道得清清楚楚的。」實寫她的誤解。世鈞想道：「是嗎？我倒有點懷疑。」《半生緣》刪去「我倒有點懷疑」，不要世鈞的反應太強烈。

《十八春》重逢時有這句話：「至少她現在知道，他那時候是一心一意愛著她的，他也知道她對他是一心一意的，就也感到一種淒涼的滿足。」這句話其實很重要，改寫時刪除，大概嫌其平鋪直述，失之露骨。

重逢的方式不再是革命熱情之下的、小兒女情愛的陳述。重逢的程序變爲戲劇，一種盡情的演出。《十八春》曼楨在重逢之前就已受新政府感召而變爲堅強豁達。重逢前她曾大大方方地打電話到世鈞家找叔惠，與世鈞在電話上客套一番，見面時又勸世鈞去東北「爲人民服務」。當世鈞「握住她那有疤痕的手」的時候，她「始終微偏著臉，不朝他看著，彷彿看了他就沒有勇氣說下去似的」。《半生緣》謝絕國家大我的籠罩，個人小我的重要性得以彰顯。重逢前曼楨一直不主動聯絡世鈞。世鈞會見曼楨時那種震動——「先沒看出來是曼楨，就已經聽見轟的一聲，是幾丈外另一個軀殼裡的血潮澎湃，彷彿有一種音波撲到人身上來」——以及交心會談時提議重收覆水，都是改寫時添加的。唯有個人小我的重要性得到肯定的時候，兩人長久的相互思念才得以盡情地宣洩：「他抱著她。她終於往後讓了讓，好看得見他，看了一會又吻他的臉，吻他耳朵底下那點暖意……」

翠芝對叔惠舊情復燃，兩版同。前文已提過。《十八春》叔惠乃政治新人，對翠芝並無熱情，反而曉以政治大義。《半生緣》叔惠花花公子，雖未奪友之妻，卻覺得到翠芝的誘惑力。

之四

情節時間合理性的加強，值得我們特別留意。《十八春》原已注重情節時序，《半生緣》更鎖緊了，明朗化了時間標籤。我們先敲定故事開始與結束的年份。《十八春》第十六章開頭有句「這已經是解放後了」，《半生緣》改爲「這已經是戰後」。所以這章開始於大陸易手（一九四九）或抗戰勝利（一九四五）之後不久。

《十八春》第一章有句：「算起來倒已經有十八年了」，開始倒敘，一直到第十六章結尾：「算起來倒已經有十八年了——可不是十八年了！」。《半生緣》兩處都改十八爲十四。四年之差，正好配合大陸易手與抗戰勝利的年份差距。然而我們能否確定第十六章開始時候就是一九四九或一九四五呢？

至少就《半生緣》而言，答案是肯定的。故事清楚地佈設了以下三個時間指標。其一：叔惠出國十年（可長至十年十一個月，下詳）；其二：第十五章開始於一九三七年八月十三日以後；其三：叔惠回國於一九四五年或該年之後。爲討論方便，我們命名第十四章自叔惠出國至同章結束爲時段甲，自第十五章開始至叔惠回國爲時段乙。兩個時段的總和爲十年（可長至十年十一個月）。時段甲需要至少兩年多（下詳）的長度，所以時段乙不能太長。時段乙至少得有八年（一九四五減一九三七），不必再長，所以我們說《半生緣》叔惠回國不能在一九四五年以後。

現在我們把前面那個推算與情節連貫起來。《十八春》第十六章眾人接叔惠時有句「十幾年沒見面了」，由於時間縮短了四年，《半生緣》第十六章接叔惠，世鈞說了句：「眞想不到他一去十年」，改「十幾年」爲「十年」。隨口說的話，十年十一個月也可算是十年。假設接叔惠是一九四五年，則叔惠出國於一九三五年。《半生緣》第十四章，曼楨生下榮寶不久，叔惠就出國了。第十五章開始就標明「八一三抗戰開始的時候」，應是一九三七年八月十三日以後，距一九四五年近八年之久。所以一九三五年叔惠出國以後發生的許多事都得在一九三七年八月十三日之前完成，大約是兩年多的時間。這個時段幾乎不夠長。叔惠走後，曼楨得楊家介紹去學校教書，「兩三年以後」她到楊家玩，方知母親才來找過她。這「兩三年」必須扣緊用兩年來解釋，因爲佔時太長，其他事件還需費時，總共才兩年多的時段就不夠用了。所以曼楨聽見母親來找過她以後，有句「這兩年來她也不是不惦記著她母親」，把時間一下緊縮而實指爲兩年。顧母來訪之後，「又過了不少時候」，寒假期間曼璐來訪，次年「春二三月」曼楨再遇榮寶、豫瑾、鴻才等等，使第十四章的情節在時間上非得強力濃縮、背靠背緊接發生不可。所以我們推測叔惠出國於一九三五年初，則自他出國至一九三七年八月十三日抗戰開始之間實際的時間就比兩整年（二十四個月）要長些，可長至兩年八個月之久，那麼這些緊湊的情節在時間上仍是合理的。不管怎麼說，《半生緣》第十六章開始時不能晚於一九四五年，再晚的話，時間更不夠用了。既然是一九四五年，又值抗戰勝利之後，當是該年年底了。

曼楨在街上見到榮寶時心想：「那時候他還不會走路吧，滿床爬著，像一個可愛的小動物，現在卻已是一個有個性的『人物』了」，「那時候」指曼璐帶孩子去學校看曼楨，「吧」字重要，表示不確定，意屬猜測。母子在學校見面，榮寶始終沒下地，由大人抱著，或「滿床爬著」，我們無法確知他的走路體能。當時榮寶已滿兩足歲，根據一般幼兒發展，應該已會走路。曼楨沒有養育幼兒經驗，自然可以不確定。

《十八春》的情形可照《半生緣》類推。當然《十八春》接叔惠時「十幾年沒見面了」，時間的緊迫性要緩得多。

《十八春》第十五章結尾，曼楨心生離婚念頭時候，思潮裡有句「現在既然已經結了婚六七年了」，《半生緣》改「六七年」爲「好幾年」。這是項訂正，因爲當時曼楨不可能結婚了六七年。新舊兩版都因故事的長度（十八、十四年）與結束的年分（大約一九四九、一九四五）而大略敲定了故事開始於一九三一年。新舊兩版在第十五章車站暗遇時都有那句「她和世鈞總有上十年沒見面了」。上十年是接近或約過十年的意思，所以車站暗遇大約是一九四一年的事。第十五章裡，六安陷落、傑民訪曼楨、暗遇、接顧母來家住、鴻才打榮寶、醫院撞見何太太、打麻將、直到離婚念頭都是連續的事件，所以離婚念頭也大約定於一九四一年。我們確知暗遇發生於六安陷落「十來天後」，而且顧母生病了一星期。

那年榮寶約七八歲（下詳）。第十四章曼楨婚前見到榮寶時，榮寶已「四五歲」，所以生離婚念頭時他們結婚最多是四年（用八減四來算）。兩版同。

何以確定當時榮寶的年齡呢？第十五章暗遇的十幾天前，傑民告訴曼楨他在銀行見到世鈞，談到幼年初識世鈞的年齡與榮寶「一樣大」。第一章傑民初識世鈞的時候「年齡不過七八歲光景」。所以暗遇那年榮寶約七八歲。兩版同。

《十八春》第十五章鴻才思潮裡有句「想了她好幾年了」，《半生緣》改爲「想了她好兩年了」。鴻才在曼楨現身之前就已開始想念曼楨。改寫講求時間意識的精確度，此爲另一例子。

《十八春》第五章嘯桐想念死去的大兒子，說他已死了六年。《半生緣》改爲五年。也許縮短時段，父親思念亡子可以更強烈，更自然些。

新版篇名應該用曼楨而非世鈞年齡來解釋。這點很重要。我們在〈本是同根生〉提過，兩書敘事時序受《樸廉紳士》影響，都具有從世鈞立場倒敘的架構。然而張愛玲始終記得這是以曼楨爲主的故事。此項體會也得自改寫的揣摩。兩項修訂：

其一，改寫刪掉了第十七章世鈞打電話找曼楨時候，思緒裡那句「半輩子都已經過去了」。這裡「半輩子」指世鈞的半生，與新版篇名共存的話，依世鈞年齡推算，失之籠統，易滋誤導。

其二，改寫敲定了重逢時候，曼楨三十四五。三十四五當然大於世鈞倒敘明言的十四年。然而這十四年的重要性使它膨脹擴充，變成像大半生那樣漫長。在這個誇張的沉重的意義裡，它成爲曼楨年齡的中分，故事篇名「半生」緣，轟咚一下子就落實到曼楨身上。

如何推算曼楨年紀呢？第十五章六安陷落，曼楨當時「已經是三十多歲的人」。兩版同。同章結尾，曼楨生離婚念頭，《十八春》：「本來像她這種情形，一個女人已經到了中年」，《半生緣》把「已經到了中年」改爲「一過了三十歲」曼楨年齡因而減小並清晰化。「三十多歲」應做三十出頭解。前文推算六安陷落爲一九四一年。如果當時三十出頭，一九四五年重逢當是三十四五了。

這些刪改也幫助我們解讀第十四章曼楨遇見慕瑾（豫瑾）太太的那句話：「那噩夢似的一段時間，和她過去的二十來年的生活完全不發生連繫」。這句話兩版同。「二十來年」如果非得當做年齡來詮釋的話，當指二十多歲。《半生緣》曼楨遇見豫瑾太太時，母親已來過學校看她，當在叔惠出國兩年以後，距他回國約八年。當時她必需二十多歲，經過八年才能三十出頭，如果當時剛好二十歲，過了八年絕湊不足三十歲。

當時曼楨二十多歲也較合情理，因爲在那之前她已見到四五歲大的榮寶。如果她當時剛好二十歲，那麼她生榮寶時才大約十五六歲。假定正常懷胎生產，強姦時再向前推九個半月，豈不是說豫瑾向她求婚時她才十四五歲？如果把那句「二十來年」解爲「二十多年」，曼楨的年齡稍大些，一切就更合情理得多。

曼楨的年齡只能如此粗估，不能如數學證明那般精算。這個朦朦朧朧的情形比一清二楚要好。曼楨和林黛玉一樣，必須是超越時間的[12]。

4

《十八春》至少有五種難以忽略的文學史料價值。

其一，它與《半生緣》配對，成爲一個珍貴的案例，予我們思考改寫得失的機會。我們在第五節再討論該項議題。

其二，它提供了最早的張愛玲的漢奸意見。故事裡兩起嚴重的漢奸事件，六安城十位鄉紳以及慕瑾太太前後被殺，矛頭一致，都在責備國民黨部隊濫殺無辜。本書與〈色，戒〉（一九七八）參閱對照，就可發現作者曾自不同角度來觀察所謂漢奸問題。作者顯然認爲此項課題重要。這兩篇小說使我們知道，作者的漢奸問題表述絕非〈小艾〉醜化漢奸那樣簡單。

其三，《十八春》與馬寬德《樸廉紳士》同爲注重反映故事時空社會風範的小說，很可能忠實記錄了大陸易手初期，大陸老百姓熱切支持新政權，看好中國前途。在此類小說裡，故事人物的時局看法不一定代表作者本人，也不一定需要政治說服力，只要可能於故事時空裡存在即可。當然本書記實不限於此。它淡筆處理蔣經國整頓上海經濟失敗，確有史實基礎[13]。我們在〈張愛玲的政治觀〉曾指出，張愛玲的政治筆墨，包括漢奸勾勒在內，大都具有歷史根據。

其四，不論當時文網多麼森嚴[14]，小說創作多少含有自由意識在內。《十八春》終究描繪了國家大我對個人小我的振奮與提升，而對當時的中國新政權做了肯定與讓步。基於同樣的理由，我們也不能因爲作者經由香港美新處支持的出版書籍，而完全抹殺《秧歌》、《赤地之戀》反共立場的眞摯性。爭論這些小說裡的政治批判有幾分眞情、幾分假意，是沒有結果，也沒有必要去做的事。張愛玲曾指出曹雪芹「爲了文字獄的威脅」，將《紅樓夢》故事「時代背景移到一個不確定的前期」，並且「寫到皇上總是小心翼翼歌功頌德的」[15]。曹雪芹非但沒有機會離開那種戰戰兢兢的寫作環境，他根本沒有機會完成《紅樓夢》。時至今日，誰又能證明曹雪芹對皇上稱頌的誠意與敷衍該如何以百分比來佔份？那種猜測會有多大的意義？

所以《十八春》佐證了張愛玲一生的政治立場是個進程，並非原地踏步的單音。既是進程，總有個終點，那個終點是什麼？《秧歌》、《赤地之戀》、《十八春》改寫爲《半生緣》，以及《紅樓夢魘》的兩段文字，都證明了她由左轉右，質疑中國共產黨的態度。《紅樓夢魘》頁八有這麼句話：「近人竟有認爲此書是集體創作的。集體創作只寫得出中共的劇本。」同書頁三〇二記述《毛澤東革命性的不朽》作者衛特基來訪，稱衛特基夫婦倆「都是新左」。與美國狂熱左派文人道不同、不相爲謀的姿態頗爲明顯。

宏觀視之，批右評左，政治立場調整的終點即個人針貶政黨的基本權利；爭取與維護這項權利就是張愛玲政治立場的前後一致性，我們普通百姓支持或反對某一特定政黨的程度，也常因該政黨的主張與行徑之發展而產生變化。當然，這政治立場的調適必須在政治自由的環境裡才能自然無虞地表露出來。

其五，《十八春》支持了我們在〈《赤地之戀》的外緣困擾與女性論述〉所說，張愛玲對蔣介石以及他所領導的國民黨的保留態度。陳輝揚對此言之甚詳：

> 對於國民黨，張愛玲的感情異常複雜，幾乎是一種情意錯綜：她和胡蘭成的關係是一重，她被冤枉為「文化漢奸」是一重；她解放後無法離開上海又是另一重原因。[16]

陳輝揚並指出天風版《張愛玲短篇小說集》所收〈等〉，有句：「上面下了命令，叫他們討呀？」在舊版裡是：「蔣先生下了命令，叫他們討呀？」台北皇冠版大概從天風版。一九九二年七月安徽文藝出版社四卷本《張愛玲文集》第一卷所收〈等〉，兩度點名「蔣先生」，應是根據舊版（頁一六六，一七〇）。

多年前台灣曾經流行一個意見，認爲張愛玲早期小說，或《秧歌》以前的作品，與時事以及時代脫節，視此爲其作品之病端。張愛玲過世以後，許多論者用各式各樣的理由，間或美麗的文藝辭藻，反過來讚揚這項其實未必存在的小說特色。〈等〉最初發表於有些論者認爲淹沒於鴛鴦蝴蝶派文學之中的上海《雜誌》月刊。由其發表年代（一九四四）視之，無疑屬於早期作品。它的政治筆墨與抗戰時期重慶國民政府增加人口的政策有關。《十八春》與〈小艾〉皆《秧歌》之前的作品，與時事或時代的關係至爲密切。

我們必須知道台北皇冠版《張愛玲全集》一直是礙於情勢的政治淨化版。整體研究張愛玲小說，必須追蹤細讀各種原始版本，才能深切體會作者的膽識。作者遊走於政治的出世與入世之間，由來已久。

5

〈本是同根生〉以及本文第三節比對兩書細節，已漸次說明改寫的藝術目的與效果。我們現在原則性地從文學的角度，而非政治好惡的裁奪，來總結《半生緣》小說藝術超過《十八春》的意見。

《十八春》的問題不在於以國家大我的熱忱來提升或取代個人小我的情緒，也不在於效忠中國共產黨。任何素材都可放入文學。梁實秋認爲：

> 文學的領域很大，所以普羅文學未嘗不可以存在，但標語口號不能代替文學，要提倡它不能僅掛招牌了事，而必須拿出貨色來。[17]

《十八春》的缺失實屬文學範疇。我們分兩方面說明：

其一，頌揚特定政黨的題旨具有時間限制。作者未能克服政宣文學這項先天的致命傷。

張愛玲批讀《紅樓夢》、《海上花列傳》，曾多次提到小說一旦沾上或深陷於「時間性」，就可能禁不起時間考驗，不能歷久彌新地繼續感動讀者。《十八春》就是個例子。大陸年輕學者余斌記述本書最初連載時期大受讀者歡迎。那畢竟是大陸易手初期的情況。余斌本人就對本書評價不高，基本上覺得它是「高級言情小說」[18]。可見爲特定政黨服務的宣召，吸引力不易持久。

其二，故事發展邏輯奠基於政黨感化個人的有效性。不只是生活方式或外在行爲的順從，而是內在思維情緒與人格氣質的徹底改變。在方法上，感化的過程發生於政治運作機制裡，如曼楨積極參與的文工團，以及朋友之間相互激勵。外在的政治號召於是內在化，變成個人衷心感應的認知。愚鈍者如翠芝也終於能夠跟進。

然而作者心中懷疑於這個外教內化的成功率與持久性，所以一直避免政治思想改造過程的深度描繪。張愛玲一九六九年一月三日致夏志清信，自承《十八春》重逢寫得「perfunctory，沒精打彩的」[19]。這個英文字的意思是敷衍的，循例的，機械性的。批語一針見血，不但適用於重逢，也道盡本書政治教化勾勒的毛病。國家大我熱忱沖淡而且限制了兒女私情的自然發展，又無法得到作者由衷支持而綱舉目張，著實傷損了小說的藝術成就。

這就涉及到所謂文學主題大小，以及社會意識與藝術價值平衡的種種問題。五四運動以來多次文學論爭，包括台灣的鄉土文學論戰，都多少接觸到這些課題。白先勇說得好：

> 五四以來許多小說的社會意識強烈有餘，而藝術成就不高，一方面固然是受到當時的文藝思潮、功利主義的文學觀、文學工具論的影響；二方面更不幸的受到後來政治干

擾，文學淪為替政治服務的工具，喪失了文學藝術的獨立性。我們研究五四以來中國現代小說，會發覺成功優秀的作品都是在社會意識及小說藝術之間取得了平衡妥協後的成果。[20]

關鍵字眼在平衡妥協。有些論者堅持文學必須服務於一個或多項預設的崇高的宗旨。這話說得容易，做起來難。我們還見不到那位文論家能夠親身示範地以第一流的創作，來支持自己指導性的宏言高見。比較《十八春》與《半生緣》，我們可以體會小說成就之高低，實在不能以主題「大」「小」來做爲唯一的準繩。

本文第二節回顧現存兩書併讀的論述，提到唐文標沒有注意到《半生緣》意義與情緒的完整性。他猜測讀者或會「不知所云」故事收尾，又堅持「故事未完」，高度好奇開放性終局的未來發展。〈本是同根生〉曾依世鈞曼楨的關係說明故事結局的圓滿。現在我們就叔惠翠芝的牽涉來探究是否故事未完。

基本上世鈞、曼楨、叔惠、翠芝並非唐文標所期許的兩對鴛鴦。問題出在叔惠身上。翠芝對叔惠一見傾心，而且一往情深。叔惠對婚姻的定性卻頗成問題：婚前已有豔遇，離婚的原因之一是自己外遇。回國重遇翠芝，在她的挑逗之下感受到誘惑，所幸仍持有朋友之妻不可戲（奪）的原則。既然對翠芝沒有罔顧一切、許以終身的狂熱，他與翠芝至少在本質與程度上無從像世鈞曼楨那樣鸞鳳不得和鳴。除非叔惠的形象得以修正，唐文標所好奇的婚變未必會爲翠芝帶來太大的好處。

翠芝對叔惠舊情復燃，兩版皆同。然而改寫之後，叔惠的形象與翠芝的行爲都有所調整。《十八春》叔惠是政治前進青年，婚後不但無意於翠芝，並曉以大義。翠芝氣哭了，直言不諱：「我一直是愛你的，除了你我從來也沒有愛過別人。」作者以冰山與熾炭的溫差，來顯示愛國熱忱與兒女私情的高下。

《半生緣》叔惠是離過婚的花花公子。作者不再需要交代冷熱尊卑，就刪去了前引翠芝激情示愛的話。兩人相互吸引，不敢越界，並且察覺這種進退兩難的窘狀。兩人都在慾望與理智兩極之間煎熬。在他們的痛苦與折磨裡，我們可以感覺到作者同情並且默許那種自我約制。故事的終結既予叔惠堅守朋友之義的美德，又不讓婚姻原已不美滿的翠芝承受婚變的傷痛。兩個成年男女能夠止於「談」情「說」愛而不進一步踰矩，也算是種圓滿。

1 引文見朱光潛〈歷史將會重新評價〉，一九八二年六月，收入台北《聯合文學》，一九八七年一月，頁一四九。

2 王禎和曾毫無惡意地說：「我有時候會想，她的『秧歌』寫得太好了，她應該多留在大陸寫『文革』，她是那麼觀察敏銳的人。」見丘彥明〈張愛玲在台灣——訪王禎和〉，台北《聯合文學》，一九八七年三月，頁九九。

3 夏志清〈張愛玲給我的信件㈡〉，台北《聯合文學》，一九九七年七月，頁五三。

4 王潤華〈老舍小說新論的出發點〉，收入《老舍小說新論》，台北東大圖書股份有限公司，一九九五年二月，頁一—一〇。

5 夏志清〈張愛玲給我的信件㈤〉，台北《聯合文學》，一九九七年九月，頁七四—七五。

6 Hisa, C. T., *A History of Modern Chinese Fiction*, Yale University Press, First (1961) and Second (1971) edition; Indiana University Press, Third edition (1999); p. 416 in both Second and Third editions. 引文爲我的譯文，曾參考《中國現代小說史》中譯本的文字。

7 夏志清〈張愛玲給我的信件(八)〉，台北《聯合文學》，一九九八年四月，頁一四四。

8 夏志清《中國現代小說史》中譯本，香港友聯，一九七九年，頁四二一。

9 唐文標〈關於迅雨「論張愛玲的小說」〉，收入《張愛玲研究》，台北聯經，一九七六年五月，頁一〇七—一一一。

10 夏志清〈人的文學〉曾指出：「近人唐文標的觀點同陳獨秀尤其相像：他所肯定的也是以『國風』、漢樂府爲代表的『國民文學』或『社會文學』，他所否定的也是古代讀書人包辦的『雕琢的阿諛的貴族文學』和『陳腐的鋪張的古典文學』。」見夏志清《人的文學》，台北純文學，一九七七年四月初版，頁二二四。黃春明〈羅東來的文學青年〉提到唐文標過目〈蘋果的滋味〉，覺得故事裡的窮人家形象不夠完美，或會「被誤會侮辱無產階級」。這是用社會或經濟階級角度來評鑑小說。見《從四〇年代到九〇年代》，台北時報文化，一九九四年十一月二十五日初版，頁二四四—二四五。

11 張錯《流浪地圖》，台北河童，二〇〇一年一月，頁一〇。

12 曼楨與林黛玉的類比討論，見本書〈本是同根生——爲《十八春》、《半生緣》追本溯源〉。

13 江南《蔣經國傳》第十二章〈八一九防線〉專章記述上海經改始末。美國論壇報出版，一九八四年九月，頁一二九—一四六。

14 余斌《張愛玲傳》詳記張愛玲寫《十八春》時候的政治壓力。見〈乍暖還寒〈十八春〉〉以及〈悄然出走〉兩章。台中晨星，一九九七年三月。

15見張愛玲《紅樓夢魘》，台北皇冠《張愛玲全集》，一九七七年八月，頁一三三（〈二詳紅樓夢〉），頁一九一（〈三詳紅樓夢〉）。

16陳輝揚〈《十八春》的傳奇——兼談《今生今世》〉，收入陳輝揚《夢影錄》，香港三聯書店，一九九二，頁四四。

17見侯健〈梁實秋與新月及其思想與主張〉，收入《從文學革命到革命文學》，台北《中外文學》月刊社，一九七四年十二月，頁一五六。

18見余斌《張愛玲傳》，頁二八五。

19夏志清〈張愛玲給我的信件(五)〉，台北《聯合文學》，一九九七年九月，頁七四。

20白先勇〈社會意識與小說藝術——五四以來中國小說的幾個問題〉，收入《第六隻手指》，香港華漢文化，一九八八年十二月，頁九六—九七。

18

《怨女》的藝術距離及其調適

為什麼回到東方，
飛機卻是西行的。
——楊牧[1]

1

有關《怨女》寫作過程最可靠的文獻，自屬夏志清整理並按語的張愛玲信件。一九六四年十月十六日張愛玲信提到一九五七年英文稿《粉淚》（*Pink Tears*）遭退稿，未能出版。一九六五年二月二日張愛玲信提到「那篇小說」諸事，已經指英文稿《北地胭脂》（*The Rouge of the North*）。同信敘及夏志清同系教授評閱英文稿《北地胭脂》的意見。既已請人過目，自然可以算是個版本。該信以及同年十月三十一日以及十二月三十一日兩信都提及《北地胭脂》譯成中文《怨女》，然後根據中文版再譯回英文。可見一九六七年倫敦 Cassel 書局出版的《北地胭脂》是個修訂版。所以單就英文版而言，至少有三個版本：粉淚版、評閱版，以及修訂版。目前流通的一九九八年加州大學出版的《北地胭脂》，版權頁註明了是一九六七年版本的重印。下文稱其爲「英文版」。

《怨女》也不止一版。一九六六年在香港《星島日報》與台灣《皇冠》連載。當時張愛玲誤以爲稿件寄失，另完成「改正本」，由皇冠出版社出單行本。「改正本」是她致夏志清（一九六六年九月三日）以及平鑫濤（一九六六年九月十四日）信上親自強調的版目。所以《怨女》至少有兩個版本：連載版與改正版。目前流通的皇冠版是改正版。

爲何重提英中兩稿的版本次數以及英譯中、中譯英的過程[2]？原因有三。

其一，這些史實幫助我們了解坊間流行的說法——從〈金鎖記〉到《怨女》，由於兩篇小說各有中英版，所以張愛玲把同一個故事重寫了四次——只能視爲籠統的概述，不可當做版本數量的依據。不論「重寫」的定義如何粗略，就版本研究的立場而言，「四次」並不妥當。

其二，方家一般都認爲這個故事先寫了英文版，再自譯爲中文版。這是只抓首尾，不顧中間細節的簡化說法。史實昭昭，寫作過程確有英譯中，中譯英的動作。

其三，《怨女》寫作過程漫長艱苦，作者顯然有話要說。整個流程都發生於僑居美國期間，那個心中塊壘自然與她的異國經驗有關。留意作者移民身分未必是研讀《怨女》唯一的策略，然而就比讀〈金鎖記〉與《怨女》的目的而言，卻不失爲極佳的切入角度。

賞析〈金鎖記〉，或可採取暫時不理《怨女》的態度，因爲兩者發表時距頗長；且以兩者中文版發表的年代來看，前者一九四三，後者一九六六，相差二十三年。作者寫前者之際，不大可能預見後者之產生。此爲〈〈金鎖記〉的纏足與鴉片〉論述方法的基礎。反過來看，研讀《怨女》，雖然可以視其爲獨立的藝術來個別處理，我們不能忽略參差對照的方便與好處。大家都知道，《怨女》是〈金鎖記〉的擴大。夏志清早於一九八一年就說過：「對〈金鎖記〉感覺興趣的讀者，務必去讀《怨女》。」[3]可見兩文併讀，早爲專家推薦。

重複敘述，證明作者對原始素材興趣濃厚，並有重新詮釋的強烈需要。王德威認爲此項重寫過程說明了張愛玲小說寫實並非純粹摹擬與反映故事時空現實，而且不爲外在意識教條服務[4]。此爲卓見。重寫的目的在再造與翻新，所以讀者的態度必須彈性，盡量避免以〈金鎖記〉來預設規範，期待《怨女》在〈金鎖記〉的體制內運作與延伸。就我所見，坊間褒〈金〉貶《怨》之論見，無一不是削足適履，未能體會《怨女》獨特之美。

現存張論不僅未曾辨認兩篇作品許多重大差異，也乏力充分解釋已然點明的變動。就兩文併讀而言，我們充其量仍然停滯於知其然，不知所以然的窘境。試問：爲何〈金鎖記〉爲曹七巧送終，《怨女》篇幅較長，銀娣在故事結尾反而存活？《怨女》英文名「北地胭脂」的意義爲何？爲何曹七巧美貌比不上銀娣？爲什麼曹七巧比銀娣狠毒不討喜？爲什麼曹七巧有兒有女，銀娣只有兒子？爲什麼《怨女》小腳婦女人數較多，纏足的重要性反而不如〈金鎖記〉？〈金鎖記〉與《怨女》女體書寫的差異爲何？爲什麼會有這些差異？爲什麼〈金鎖記〉三爺有名有姓（姜季澤），《怨女》三爺就沒了名字？

上列疑點當然未能盡述現存張論的遺憾。然而僅僅這些質問就足以證明所謂前後參閱的方法，仍未有效妥用。究其原因，我們以爲很可能是忽略了作者寫《怨女》時候，抒情言志的需要。張子靜〈我的姊姊〉主要目的在爲〈金鎖記〉、〈花凋〉提供背景資料，對號入座小說內容與現實人生，尚且注意到張愛玲小說是「宣洩」沒落豪門封建生活苦悶的一種方式[5]，方家賞讀《怨女》，卻執意於回憶的重新組織，舊中國社會寫實的牽絆難離，無視於不同生活歷練所導致的新的鬱鬱。殊不知追懷這項行爲也有其現地當刻，必然收容新的累積，產生另類篩選。就回憶而言，沒有現時，就無法產生過往。此爲王禎和《兩地相思》的主題之一，也是美國詩人艾略特《四重奏》首篇〈焚燼諾頓〉名句的要義：「過去未曾發生的以及已然發生的，隨指一端，總是現刻。」[6]

2

《怨女》抒情言志，自然與作者當時在美國謀生圖存有關。張愛玲早年說過：「我就捨不得中國——還沒離開家已經想家了。」（〈詩與胡說〉）一旦眞離開中國了，會不想念？由於《怨女》與〈金鎖記〉相仿，仍是中國舊事，作者實際生活經驗與心態流露，自有間接迂迴之必要。《怨女》強調女主角與夫家地域、語言與膚色有別，爲〈金鎖記〉所不及，很可能就是作者身處異域，打入美國主流社會的挫折與暗澹的一種表徵。

地域、語言與膚色差異，可自英文版篇名「北地胭脂」說起。作者顯然喜歡這個名詞，《赤地之戀》形容戈珊面頰紅豔，「有一種『北地胭脂』的情味」（皇冠版頁一三二）。不過此時用爲篇名，另賦新意。英文版開場以此按語來解題：

> The face powder of southern dynasties,
> The rouge of northern lands.
> 　Chinese expression for the beauties of the country,
> probably seventh century

> 南朝金粉
> 北地胭脂
> 　中文泛指國之美女的說法
> 　大約始於七世紀　（暫譯）

《辭源》「金粉」條㈡：「金指花鈿，粉指鉛粉，皆爲婦女梳妝用品。故詩人詠婦女事多用之。如言南朝金粉，北地胭脂。元王實甫西廂記二本一折：香消了六朝金粉，清減了三楚精神。」王實甫，元大都人。南北朝時期的徐陵（五〇七—五八三），《玉臺新詠》的編者，在《玉臺新詠．序》裡說：「南都石黛，最發雙蛾；北地燕胭，偏開兩靨。」如果此為「北地燕脂」最早的出處，那麼張愛玲「七世紀」之說有誤，應是六世紀。根據一九六六年十二月十二日與次年一月一日致莊信正信看來，張當時確曾努力求證年代（兩信見莊信正《張愛玲來信箋註》，台北印刻，二〇〇八年三月初版，頁一九—二二）。可惜徒勞無功。

「北地胭脂」至少有兩重意義。第一義指銀娣貌美，本文第三節再予詳析。第二義指銀娣南方人（南朝金粉）轉化為北方人（北地胭脂）。銀娣入門以後，遵循夫家規矩行止，以便在姚家鞏固地位，自不待言。從地域差異與調適的角度切入，強調銀娣生活習慣與意識形態轉變，實為〈金鎖記〉之後新添的描繪重點。

《怨女》非常注意北雞南鴿，一再明言銀娣與夫家籍貫不同。南為上海。銀娣哥哥「雖然是老實人，到底在上海土生土長的」。銀娣「是本地人，京戲的唱詞與道白根本聽不大懂」。玉熹「學了一口上海話——到底他母親是本地人」。本地指上海，銀娣是上海人。

北指北京。婚前吳家嬸嬸帶了兩個「北方口音」的姚家女傭來驗看銀娣。婚後老太太常向別的媳婦說：「二奶奶新來，不知道，她是南邊人，跟我們北邊規矩兩樣」。姚家北方人。何以知道北方即北京呢？第七章，尋死之前提到姚家在北京有現成的房子。第十一章，第三次調情之前，三爺與銀娣「講起北邊的親戚，有的往天津租界上跑，有的還在北京」。大爺死後，大奶奶搬到北京住，「那邊還有好些親戚」。可見姚家原籍北京。

門第懸殊強化了地域觀念：老太太「其實明知她與她們不同之點並不是地域關係」。銀娣深諳此理，所以南人北化的程度頗深。依樣濃抹胭脂：第五章寫她「胭脂搽得多」，第七章「那胭脂又一望而知是北方人」，第十三章看京戲花旦「臉上胭脂通紅的，直搽到眼皮上，簡直就是她自己在夢境中出現」。老太太死後，「除了吃這口烟，樣樣都照老太太生前」。遵照「北邊規矩」，年菜裡不吃雞。喜歡「北邊傭人」，因爲自己住在南邊（上海），這些傭人「沒有親戚找上門來」。她比姚家哪一房都守舊，「越是歧視二房，更要爭口氣」。平日飲食也變了，「家裡有事總是叫北方館子的特價酒席，才八塊錢一桌」。銀娣同意「大家都說北京天氣好，乾爽，風土人情又好，又客氣又厚道」，所以對兒子說：「北邊好」。

銀娣比姚家其他女眷皮膚「黑些」，那胭脂在她臉上「不太觸目」，所以在珍珠頭面與通紅胭脂裡，似仍顯得與眾不同。膚色深淺只有比較時才有意義。作者早年說：「一年前回上海來，對於久違了的上海人的第一個印象是白與胖。」（〈到底是上海人〉）當時是與香港的廣東人、印度人、馬來人相對而言的。所以張愛玲的文學世界裡有此排比：香港人較上海人黑些，上海人又比北京人黑些。

銀娣本人也有地域觀念。聘禮依北邊規矩，比本地寒酸，銀娣早已不滿。第六章再提此事，說老太太不懂外面市價，也是北人不識南方市價之意。故事裡至少兩度提到她覺得姚家胭脂與衣著「鄉氣」，也注意到「差不多唱戲的人家都是北邊人，還是老規矩」。地域成見產生疏離感，但是沒有自卑：「在上海的人都相信上海，在她是又還加上土著的自傲。」至少在表面上，她沒有歸意，不存「今春看又過，何日是歸年」的感慨，因爲故鄉已經巨變。我們在〈張愛玲小說的時間印象〉再細論《怨女》的歸鄉之旅。第六章銀娣做月子，猶念起舊家對過的藥店。第九章獨立門戶，作者立即交代兄嫂來訪，提到那家藥房已關門，曾來提親的小劉已不知去向。銀娣還記得小劉屬蛇，還記得曾來非禮的木匠。嫂子毫不識趣，提到木匠放誕不羈，鄉下老婆找來打架諸事。作者說：「他不但玷辱了她的回憶，她根本除了那天晚上不許他有別的生活。」既無落葉歸根之雄圖，也乏在姚門更上層樓的大志，張愛玲的結論很清楚，銀娣只是「好死不如惡活著」。

此項結局值得我們注意。《怨女》停筆於銀娣進退兩難的生存情境，不像曹七巧一命歸天，可能因爲那種既南又北的狀況神似美國新移民的尷尬，在文學裡捕捉那種態勢，此時對作者而言，十分重要。所以《怨女》的地域筆墨與其經濟階段、社會變遷、性愛供求、女性論述等等課題同樣耐人尋思。雖然我們不能因此而用移民文學的標籤來歸類本篇小說，我們似可同意，從文學的文化內涵觀點而言，它具有多元文化主義的影射。美國社會的多元文化主義似可如此界定：

> 多元文化主義暗示拒斥舊的視美國為「大熔爐」的同化觀念。該觀念實際上意指「拋棄你的族群文化，接受我們多數人，強勢族群的文化」。然而就某些移民而言，多元文化主義也在強烈暗示分離主義，幾乎是種敵對其他次文化的姿態，保留母國或原居地文化的最後防線。[7]

張愛玲移民美國，繼續用中英文寫中國舊事，本身就是多元文化主義的一種行爲。當下怨女不怨，以女主角跨地域越族群尙能維持的「土著」自豪，移花接木，暗喻作者在多元文化寫作活動裡，抗拒全盤遺棄（母文化）與全面投降（新文化）。

〈金鎖記〉以曹七巧的生命終結與兩種惡劣民俗（纏足與鴉片）同步衰亡。這不是說

版權出處：Eileen Chang Estate

《怨女》與中國文化傳統完全斷絕了聯繫。它與中國文化的瓜葛另具燦姿。南朝金粉奮力轉型爲北地胭脂，可謂借古諷今，而且那嘲諷的對象正是作者本人，因爲這個故事英文篇名「北地胭脂」的現代詮釋是：假洋鬼子。

3

了解銀娣南人北化與作者移民美國互通表裡，我們才能體會《怨女》與〈金鎖記〉差異，最重要的根源，在於作者與故事女主角的藝術距離。簡而言之，就是作者認同故事女主角的程度不同：近銀娣，遠曹七巧。影響非常深遠。此所以作者用容貌與行爲之改變，爲銀娣爭取讀者同情。

先說容貌。銀娣比曹七巧美，當是不爭之事實。曹七巧絕非醜陋，但是作者避免說她貌美：「瘦骨臉兒，朱口細牙，三角眼，小山眉」。張愛玲親繪的曹七巧造像（上圖），也顯得刻薄[8]。

銀娣的景觀完全不同。《怨女》第一章出場造型：「短短的臉配著長頸項與削肩，前劉海剪成人字式，黑鴉鴉連著鬢角披下來，眼梢往上掃，油燈照著，像個金面具，眉心豎著個梭形的紫紅痕。」她知道自己美：「她大概也知道這一點紅多麼俏皮，一夏天都很少看見她沒有揪痧。」此時還沒點明說她名爲銀娣，先由木匠喚她「痲油西施」。男人到油店張望美色，「她向空中望著，金色的臉漠然，眉心一點紅，像個神像」。張愛玲以神像描寫女性，用意之一是言其美，《秧歌》月香即爲一例。《怨女》改正版惟恐這點用意被忽略，第一章結尾還加上一句英文版沒有的：「漂亮有什麼用處」。本文第二節提到銀娣南人北妝，比北人還自然，也是因爲她中看。

第七章寫天氣好，「好又怎樣？也就跟她的相貌一樣。」銀娣始終自信佳容，知道嫁入豪門的原因之一是：「娶媳婦一定要揀漂亮的」。老太太過世後，在對過房子的玻璃窗裡看見自己的臉：「遠看著她仍舊是年輕的，神祕而美麗。她忍不住試著向對過笑笑，招招手。」面對文學這片鏡子，張愛玲在銀娣身上，看見了幾分自己？

文學裡美人自憐自艾，只要行爲檢點，並不令人嫌厭。林黛玉即爲佳例。多年來方家不只一次提到銀娣較曹七巧忠厚，就我所見，還沒人指出其目的或許在於企望讀者支持，其原因在於作者的藝術距離拉近。我們都知道曹七巧逼女兒長安纏足，引她吸鴉片，也刻意摧毀了她的婚事。銀娣沒有女兒，就少做些孽障。所以刪除女兒這個角色，原因之一，或許在於增加讀者憐憫的可能性。

《怨女》與〈金鎖記〉一樣，仍有小腳筆墨。婚前姚家遣人相看銀娣：「吳家嬸嬸彎下腰去替她拎起袴腳來，露出一隻三寸金蓮。」可見銀娣裹足。當時仍未決定入門的身分，所以有句：「買姨太太向來要看手看腳，手上有沒有皮膚病，腳樣與大小」。《紅樓夢魘》指出賈母細看尤二姐手腳，因爲是「當時買妾慣例」（頁一八）。銀娣入門做正太太，是後來才決定的事，所以姚家觀手望腳的情節合情合理。

炳發嫂也是小腳。英文版比改正版較早點明此事。第一章炳發洗好腳，改正版炳發嫂「拎起腳盆，下樓去潑水」，英文版：「拎起腳盆，重踏小腳下樓，去街上潑水」（暫譯），明言她纏足。所以當時銀娣上樓，作者說姑嫂「狹路相逢」，其實是兩個小腳女人擦身而過。第二章結尾，炳發嫂拎馬桶下樓，「小腳一搠一搠，在樓梯板上落腳那樣重」。兩版同。改正版讀者此時才確知炳發嫂裹足。改正版較好，因爲英文版犯重，而且《怨女》不再如〈金鎖記〉強調纏足民俗裡，女性狹路相逢，自相殘害。

姚老太太未能免俗。改正版第四章說她「穿著木底鞋，每次站起來總是兩隻小腳同時落地」。英文版比較模糊，只說兩隻腳（feet），並未明講小腳。大奶奶纏足。四五兩章寫她上當在鞋面繡刺洋文「馬蹄子」。改正版刪了一句：「阻礙成長的小腳可以像馬蹄子」（暫譯），配合大爺向她說的「正配你」，點明了裹腳。

最重要的纏足文字，應是第二章銀娣坐在櫃台「拿著隻鞋面鎖邊」。此爲小腳鞋，英文版作slipper。中國小腳女人通常自幼即開始接受女紅訓練，自己製作小腳鞋。這項傳統女德與美學觀念，從現代眼光看來，今人覺得肉身煎熬，形象淒苦。改正版那段膾炙人口的文字：「這花樣針腳交錯，叫『錯到底』，她覺得比狗牙齒文細些，也別致些，這名字也很有意思，錯到底，像一齣苦戲。」下半段「這名字……苦戲」，英文版無。改正版較好，因爲苦戲一詞多義，表面上明指即將發生的婚姻，暗地裡亦謂南人北化。第七章就允許南人北化與演戲互通訊息：

> ……搽這些胭脂還是像唱戲，她覺得他們是一個戲班子，珠翠滿頭，暴露在日光下，有一種突兀之感；扮著抬閣抬出來，在車馬的洪流上航行。她也在演戲，演得很高興，扮做一個為人尊敬愛護的人。

所以苦戲也可更進一步解讀爲作者不願直接坦白大吐移民經驗的苦水，聲「東」擊「西」，假裝再說一次從前講過的故事。「珠翠滿頭」，英文版無。盛妝演苦戲。

第六章三奶奶娘家伴嫁的老李，第八章的大孫少奶奶，都明寫小腳。《怨女》纏足女人比〈金鎖記〉略多，可是小腳筆墨反而較不重要。讀過〈〈金鎖記〉的纏足與鴉片〉的讀者也許會注意到，《怨女》第五章第一次調情，三爺「袍子下襬拂在她鞋面上」，強調兩人身體距離緊近，並非受小腳吸引，不再像〈金鎖記〉那樣借用《金瓶梅》來觸捏三寸金蓮。兒子陪母親抽鴉片，母親不再賣弄小腳來降服兒子。所以《怨女》減少了與中國章回小說的纏足牽涉。銀娣沒有女兒，作者不再討論婦女在纏足惡習裡的責任問題。《怨女》與〈金鎖記〉女性論述的方向與程度不同，本文第四節再予詳析。

刪除長安這個角色並非唯一善良化銀娣的努力。玉熹少奶奶病死，不再經過〈金鎖記〉芝壽受苦，「她想死，她想死」那種渲染。塡房冬梅好端端活了下來，雖然沒得扶正，顯然比〈金鎖記〉絹姑娘扶了正不滿一年就吞生鴉片自殺要幸運得多。《紅樓夢魘》提到《怨女》裡的姨太太，應該就是冬梅：「姨太太當家，倒像拙著『怨女』裡面，不過那姨太太本是母婢」（頁六〇）。

這點似乎很清楚：曹七巧「用那沉重的枷角劈殺了幾個人，沒死的也送了半條命」，銀娣不再血手淋淋。然而既然有意爭取疼惜，爲何仍讓她惡待媳婦，並以性與鴉片來扣套兒子玉熹呢？

原因大概可分兩方面解釋。

其一，從張愛玲看來，以性與鴉片約限男人，皆爲中國舊社會的惡風劣俗。由於是社會行爲模式，個人循例爲之，不問是非，好像就合情合理。舉兩個例子。《十八春》與《半生緣》第七章，顧太太爲曼璐獻借腹生子之計：「這要是從前就又好辦了，太太做主給老爺弄個人，借別人的肚子養個孩子。」一箭雙鵰，滿足傳宗接代與不出門尋歡的需求。當時顧太太沒想到這惡毒的念頭最後害了曼楨。《十八春》與《半生緣》第十二章寫曼璐：「她這次是抱定宗旨，要利用她妹妹來吊住他的心，也就彷彿像從前有些老太太們，因爲怕兒子在外面遊蕩，難以約束，竟故意的教他抽上鴉片，使他沉溺其中，就不怕他不戀家了。」這段鴉片文字似乎在爲當時已發表多時的〈金鎖記〉補下註腳。用以解讀《怨女》，頗爲適切。

陋習之傳播與接納，不限於上引兩例裡的母親或姊姊，也可以是《怨女》裡的婆婆，因爲舊中國家庭制度，授權而且合理化了婆婆的作爲。第六章說老太太「今天寵這個，明天又抬舉那個，好讓這些媳婦誰也別太自信。」銀娣升格做婆婆，照樣威風凜凜。然而《紅樓夢魘》提到的婆婆，似指銀娣，毫無責怪之意：「《怨女》內的婆婆，用娶填房作武器，對付

子妾，老鬧著要給兒子提親。」（頁六〇、六一）

其二，雖然晚年《對照記》孺慕生母，流露了歲月孕育的諒解，基本上，張愛玲並不相信無底無垠的理想化的母愛。她曾察覺自己母親為她犧牲的有限性：「看得出我母親是為我犧牲了許多，而且一直在懷疑著我是否值得這些犧牲。」（〈私語〉）證諸張愛玲小說世界裡的母愛筆墨，不是簡短，就是付諸影射：〈心經〉許太太，《十八春》曼楨，《秧歌》月香，《半生緣》曼楨。張愛玲毫不諱言這種母愛看法：

……母愛這大題目，像一切大題目一樣，上面做了太多的濫調文章。普通一般提倡母愛的都是做兒子而不做母親的男人，而女人，如果也標榜母愛的話，那是她自己明白她本身是不足重的，男人只尊敬她這一點，所以不得不加以誇張，混身是母親了。其實有些感情是，如果時時把它戲劇化，就光剩下戲劇了；母愛尤其是。（〈談跳舞〉）

不但吝於頌揚母愛，《十八春》與《半生緣》推波助瀾，促成悲劇的兩個幫兇，就是曼楨的母親顧太太，以及世鈞的母親沈太太。沒有她們穿針引線，僅靠十惡不赦的祝鴻才，曼璐，以及曼璐身邊以阿寶為首奉命行事的傭人，曼楨與世鈞還不會如此完全隔絕、誤解、無助。前文已提及借腹生子念頭源自顧太太。其他罪狀：第八章，力促慕瑾曼楨配對，激引曼璐忌恨曼楨；第十二章，世鈞來訪，受曼璐重賄，忍著不說曼楨遭姦受囚，謊言她生病；第十四章，順曼璐之意，勸曼楨下嫁鴻才。顧太太毫無是非之心：第十五章，曼楨認為鴻才蒙昧良心囤米囤藥營利，顧太太陪笑道：「現在就是這個時世嘛，有什麼辦法！」沈太太也未見高明。第十一章，勸阻曼楨世鈞婚事，埋下兩人口角的肇因；第十四章，與媳婦一齊暗自燒掉曼楨寄給世鈞的快信，狠心腸斷絕兩人音訊。

我們歸納這兩位母親言行，不能不注意到她們根據自己的價值觀念與世故經驗來善意幫助子女，無意中變成了隱形殺手。作者明寫曼楨漸次增加對自己母親的失望，進一步藉由慕瑾（豫瑾）來表達對這種母親的痛恨：第十四章，他覺得顧太太「簡直荒謬到極點，他氣得也說不出話來」；第十五章，顧太太來訪，他對她冷淡而且「有些鄙薄」。

張愛玲影評〈婆媳之間〉一語道破《怨女》的母子關係：「母親對兒子的佔有是被社會所認可的。男孩甚至在婚前被家庭束縛；在發展方面，也受到阻撓。」[9]

作者對舊中國家庭制度以及對母愛的看法，界定了她與銀娣之間最短的藝術距離。到此爲止，不能再近了，作者不再改善銀娣形象，不再進一步爲銀娣向讀者求情。那麼仍有贏取讀者憐憫的可能嗎？

4

張愛玲似乎信心滿滿，因爲從她的角度來看，銀娣值得同情的理由有三。其一，張愛玲認爲母愛源於動物天性，她稱爲「獸性」：「自我犧牲的母愛是美德，可是這種美德是我們的獸祖先遺傳下來的，我們的家畜也同樣具有的——我們似乎不能引以自傲。」獸性裡善惡並存：「獸類有天生的慈愛，也有天生的殘酷，於是在血肉淋漓的生存競爭中一代一代活了下來。」（〈造人〉）銀娣的行爲缺失，在這個獸性的基礎上與讀者產生聯繫。第一次調情之後，銀娣欺負二爺瞎眼，硬生生夾破並丟棄了他心愛的五百羅漢核桃念珠串。讀者同時見到她的狠心與委屈。在銀娣惡婆婆的角色裡，我們體會到中國舊家庭制度的不合理與腐蝕效應，所以不能完全怪她。在銀娣惡質母性裡，我們了解長期情愛失持的母親，可以如何嚴重病態滯留成年孩子在身邊。

有了獸性共通的關係，我們的恐懼與憐憫變爲可能。銀娣沒有曹七巧那般凶殘，讀者度大，較易慨施諒惜。作者所求，也許不過是那丁點的寬容。

銀娣博取維護的第二個理由，大概是女性需求情愛，乃天經地義，理所當然之事，應予了解。多年來方家多次盡責地告訴我們：本篇小說主旨是女性情愛未能滿足，遂生哀怨。還沒有人指出這個故事巍然壯觀者，爲作者強烈肯定女性在情愛追求過程裡，多種不同的身心運作。身在曹營心思漢，當事人毫無保留正面評估自己的行爲舉止，自然值得我們注意。

舉三個例子。其一，第五章第一次調情之後，銀娣夜登陽台偷唱「十二月花名」給即將出門的三爺聽。唱得入迷：「她被自己的喉嚨迷住了，蜷曲的身體漸漸伸展開來，一條大蛇，在上下四周的黑暗裡遊著，去遠了。」英文版沒有「一條大蛇」的物擬。有蛇無蛇，作者皆不譏責，對銀娣同情如一。

例二。第七章第二次調情，改正版這句「兩個人同時想起『玉堂春』，『神案底下敘恩情。』她就是怕他也想到了……」與英文版不同：「平劇裡，名妓去荒廟偷會潦倒的情人，在神案下做愛。」（暫譯）英文版不說兩人同時想到同一舊戲的詞句。在現實生活裡，兩人同時想到同樣特殊事件不是不可能，在小說裡有時卻難免令人覺得牽強或誇張，《赤地之戀》第五章也有類似的情形：「劉荃不禁和張勵互相看了一眼，彼此心裡都想著：『剛才眞是想不到，原來處在這樣危險的境地。』」作者捕捉兩人思緒頓時交集，自然視兩者在此剎那實質平等。在這個《怨女》的案例裡，直指兩性情慾需求平等對稱。張愛玲不會同意時下美國進化論心理學家，視男性爲主動，女性爲被動，據此生理因素來合理化男人偷香留情，並倡議女性應從一而終，容忍男人外遇[10]。

例三，《怨女》（三次）比〈金鎖記〉（兩次）多一次調情，並且擴大了調情過程肉體接觸的程度，藉此差異，進一步正視而且肯定女性情慾滿足與渴求。〈金鎖記〉肢體交集僅及於三寸金蓮。《怨女》不再眷戀小腳。第二次調情，銀娣乳房被三爺一把握在手裡撫摩揣捏，「她才開始感覺到那小鳥柔軟的鳥喙拱著他的手心」，明寫肉體之歡悅。與早期作品〈第二爐香〉比較，即可體會此時作者用心不同。〈第二爐香〉哆玲妲挑逗羅傑安白登：「胸口的衣服裡髣髴養著兩隻小松鼠，在羅傑的膝蓋上沉重地摩擦著。」當時作者避諱女性身心內在情慾的揣摩。《怨女》第九章銀娣自立門戶，送走來訪的兄嫂，遣散老媽子，一人躺到烟炕上去：

> ……再翻個身換個姿態，朝天躺著，腿骨在黑暗中劃出兩道粗白線，筆鋒在膝蓋上頓一頓，踝骨上又頓一頓，腳底向無窮盡的空間直蹬下去，費力到極點。儘管翻來覆去，頸項背後還是痠痛起來。有時候她可以覺得裡面的一隻喑啞的嘴，兩片嘴唇輕輕的相貼著，光只覺得它的存在就不能忍受。老話說女人是「三十如狼，四十如虎。」

這段文字兩版大致相同。嘴譯爲mouth，「兩片嘴唇」譯爲 lips，皆爲通俗字眼，並非生物學專有名詞。如狼如虎，點明了敘述對象是敏感的女性身體部位，實指情慾之渴求。

較諸影響作者極大的《金瓶梅》或其他觸目可見的情色小說，《怨女》這些女體書寫雖是張愛玲小說的最大極限，仍屬保守。與〈金鎖記〉的情色筆墨相仿，輕描淡寫，風輕水靜，不事喧譁。

值得注意的有兩點。其一，《怨女》走出小腳的病態畸形女體美學，正視正常的女性生理器官。此爲近代觀點，老舍說過：「小腳是纖巧的美，也是種文化病，有了病的文化才承認這種不自然的現象，而且稱之爲美。」[11]當然這也可能是藝術距離調整的結果，因爲作者本人天足。其二，《怨女》坦然而且不卑不亢。不以女性情慾滿足與渴求爲恥，不因女性生理器官爲羞。此時作者揚棄《金瓶梅》的誇張、侮辱與道德譴責，避免諧謔（王禎和《玫瑰玫瑰我愛你》）、憤怒（李昂《北港香爐人人插》），以及韋蓮司致胡適信裡，「那個胸部扁平而又不善於持家的我」[12]，那種自貶。這種嚴肅而且正面的態度，暗合美國女性主義作家安吉爾，以女性主義詮釋人體生物學，樂爲女人，歡慶女體的倡議[13]。

銀娣或可憐惜的第三個理由，在於傳統中國社會裡，個人的卑微渺小。第七章浴佛寺那個刻滿「陳王氏，吳趙氏，許李氏，吳何氏，馮陳氏……」的大鐵香爐，曾蒙方家青睞，認爲具有象徵性意義。陳列一份見首不見尾的名單，變單數爲複數，強調銀娣角色具有廣大的代表性，此皆淺顯易懂的推理。各家增殖的意義不一，目前所見，大都限於女性範疇。比如說：宗法社會頌揚已婚婦女貞德，鼓勵她們就範，然而故意不提她們個別名字，忽略個人的存在。

這種解讀並非不對，不過就本篇小說而言，有欠完整。《怨女》關切到中國舊社會君臣父子各守其分，全面的社會秩序要求。此所以姚家三個兒子（大爺二爺三爺）連個名字都沒有。銀娣以外，其他兩位媳婦僅以大奶奶、三奶奶來稱呼，因爲故事不寫她們入門之前的事件。馮家小姐入門就稱玉熹少奶奶或熹嫂嫂。冬梅未改名，因爲身分低，未得扶正。玉熹未改名，因爲隨侍母側，這是以銀娣爲主的故事。

人物稱謂的嚴格程度亦《怨女》與〈金鎖記〉不同之處。後者三爺（姜季澤）以及妯娌（玳珍，蘭仙）都有名字。妹妹（雲澤）還沒出嫁，理應具名。可是妯娌都是入了門的媳婦了。如果我們可以不因人廢言的話，胡蘭成的記述或許值得參考。他說他不曉得自己母親的名字，「十幾歲時一次向母親問起，母親只笑笑不說，罵我：『小人怎麼這樣頑皮！』」此非特殊例外：「舊時我鄉下女子惟在父母及塾師跟前叫名字，在生人前不叫，在夫家亦不叫，……胡村是男人有名字亦不傳，何況女人，我母親只是胡門吳氏。胡村人是好像皇帝后妃，只有朝代年號，名字倒反埋沒。」[14]

重點在「男人有名字亦不傳」，以及女人名字「在夫家亦不叫」。所以《怨女》不爲三爺、大奶奶、三奶奶命名，很可能是注意到名分限制不分男女。在舊中國社會裡，男人也需扮演特定的家庭或社會角色。在張愛玲的小說世界裡，男人受禮教左右而間或不踰矩的例子除了《怨女》三爺以外，還有〈金鎖記〉姜季澤與《半生緣》許叔惠。都是風流成性的男人，禮教讓他們少做一樁錯事。他們的異性對手偷情不得，令人想起〈談女人〉的一句話：「正經女人雖然痛恨蕩婦，其實若有機會扮個妖婦的角色的話，沒有一個不躍躍欲試的。」

張愛玲客居他鄉，回顧舊中國社會問題，自然而然得享遠觀廣視的便利。一九六三年九月二十五日致夏志清信曾提到《怨女》英文稿寫作環境與前不同，產生壞影響[15]。本文析論，證明了那影響並不壞。《怨女》允許她紓釋流落異國，長期纏繞心頭的大疙瘩。以大鐵香爐與人物稱謂爲證，她了解到所謂女性論述，有時其實超越性別，埋於更基本的思辨邏輯裡，鑲在更寬廣的歷史與社會架構上。

1 楊牧〈歸航之二〉，收入楊牧《柏克萊精神》，台北洪範，一九七七年二月初版，頁一一。

2 夏志清〈張愛玲給我的信件〉，連載首篇及(二)、(五)兩篇，台北《聯合文學》，一九九七年四月，一九九七年五月，一九九七年九月。

3 暫譯。Lau, Joseph M.; Hsia, C. T.; Lee, Leo, Ou-Fan., *Modern Chinese Stories and Novellas 1919-1949*, New York: Columbia University Press, 1981, p. 529.

4 〈此怨綿綿無絕期——從〈金鎖記〉到《怨女》〉，收入王德威《如何現代，怎樣文學？——十九、二十世紀中文小說新論》，台北麥田，一九九八，頁三六三—三八二。此論亦即一九九八年美國加州大學重印英文本《北地胭脂》的英文序言。論文英中兩版大致相同。

5 張子靜〈我的姊姊〉，收入季季、關鴻主編《永遠的張愛玲》，上海學林出版社，一九九六年一月，頁三九。

6 暫譯。Eliot, T. S., *Four Quartets*, London: Harcourt Brace & Company, 1971.

7 暫譯。Bain, Carl E.; Beaty, Jerome; Hunter, J. Paul., *The Norton Introduction to Literature*, New York: W. W. Norton, 1995, p. 413.

8 張愛玲畫的插圖②，唐文標《張愛玲研究》，台北聯經，一九七六年五月初版。

9 這篇英文影評發表於上海出版的英文雜誌《二十世紀》，陳炳良譯，見一九八七年三月《聯合文學》，頁四六。

10 Angier, Natalie., *Woman: An Intimate Geography*, New York: Houghton Miffin Company, 1999. 作者安吉爾在本書以專章（第十八章）討論進化論心理學家之不當。

11 老舍〈我怎樣寫《離婚》〉，收入胡絜青編《老舍生活與創作自述》，香港三聯，一九八一年，頁四四。

12 周質平《胡適與韋蓮司——深情五十年》，台北聯經，一九九八年六月初版，頁九七。

13 Angier, ibid.

14 胡蘭成《今生今世》，台北三三書坊，一九九〇年九月，頁六一—六二。

15 夏志清〈張愛玲給我的信件〉，台北《聯合文學》，一九九七年四月，頁四七。

19

張愛玲小說的時間印象

兼論〈浮花浪蕊〉離鄉與《怨女》歸航

語言文字原不過是一套符號，其功用在於指出言外的意義。

——施友忠[1]

1

宏觀閱讀張愛玲，很容易注意到她興致盎然於人生與時間的關係。在各個階段，此項追究的結論和表述方式容或有別，作者鍥而不捨的態度則無大異。執著的理由，在於作者感懷、質疑、以及頑抗生老病死週期的必然性。結果是故事時間洪流裡，屢見個人拒絕全然受制，雖敗猶起，與時間產生互動的情勢。

張愛玲的時間興趣並未提供歷史思想的，或物理科學的突破。它的貢獻屬文學範疇。除了論者多年來一再稱揚的，故事時空環境的細緻寫實以外，時間印象成爲張愛玲小說世界特殊的欣賞向度。從時間的審視角度切入，我們可以體會到中華文化的祖蔭與籠罩，以及西方文化的刺激與翻新。薪傳與移植的時間經驗雙管齊下，拓展了時間印象的縱深與橫寬，於是繽紛多樣。

本文將依次討論張愛玲小說以下諸項時間觀念：凝聚、間隙、不可逆轉（第二節），連續（第三節），可塑（第四節），以及時間旅行（第五至第七節）。前三項（凝聚、間隙、不可逆轉）列入議程，只是爲了整體討論的完整，有關敘述十分簡短。時間旅行的定義與影響較需要解釋，所以略爲延伸。

2

文學裡三種常見的時間意識，凝聚、間隙、與不可逆轉，都是人類普遍經驗。凝聚的意思是瞬間的緊密度或重要性各個不同，某些時刻特別要緊，令人念念難忘或刮目相看。所謂時機、時宜、時會、或時用。文學捕捉那些重要的時刻經驗，就有了戲劇高潮點。《半生緣》曼楨與世鈞重逢，即為高密度刹那，時間凝聚的一例。《十八春》重逢的安排不同，時間凝聚就弱得多。

間隙的定義是某些時段可予忽略不提。文學如果巨細靡遺錄述事件，大概很快就令讀者厭倦。雖然醫學仍未全盤掌握人腦機制，至少我們已知道記憶能力是選擇性的。雖然專注的對象、程度、與時效因人而異，我們知道人類欣賞藝術的專注時段也有其限度。所以小說創作必須在故事時間軸上取捨段落。〈金鎖記〉、《怨女》老太太以及丈夫過世，都是特意跳過，事後補述的情節。

不可逆轉指時間單向前進，無法回頭。〈第二爐香〉、〈金鎖記〉、《赤地之戀》、《秧歌》，都有無可挽回的悲劇。〈第一爐香〉、〈鴻鸞禧〉、〈等〉，皆現一發不可收拾，令人沉重的結局。這些故事都支持時間的不可逆轉性。在張愛玲的小說世界裡，故事人物直截了當，清楚說明時間有去無回的極端例子，應是《十八春》與《半生緣》曼楨對世鈞說：「我們回不去了」那個情節。我們曾於〈本是同根生〉指出，這個劇力萬鈞的表述方式，借自美國小說家馬寬德《樸廉紳士》。證諸早於《十八春》的小說，我們知道張愛玲自有時間不可逆轉的基本認知與興趣。此項時間課題，最弔詭、細緻、耐人回味的例子，應是〈浮花浪蕊〉與《怨女》。本文稍後解釋過時間旅行之後，再予討論。

3

張愛玲小說的時間連續性，始於回溯，但是不限於承先與繼往。作者當然希望從過去到現刻的連續，可以幫助自己文學的永恆性。連續性寄情於文化傳承，也訴諸感官直覺。先說文化。作者認爲文化薰陶是無可逃避的事實。〈國語本《海上花》譯後記〉：「中國文化古老而且有連續性，沒中斷過，所以滲透得特別深遠，連見聞最不廣的中國人也都不太天眞」。

文化包括宗教。《秧歌》第六章自宗教體會時間持續不絕：「剩下一個老尼姑，住在後進，正在那裡做夜間的功課。『托托托托』敲著木魚，均勻地一聲一聲敲著，永遠繼續不斷，像古代更漏的水滴，爲一個死去的世界記錄時間。」

文化包括繪畫。〈浮花浪蕊〉：「廣東人有時候有這種清瘦的臉，高顴骨，人瘦毛長，眉毛根根直豎披拂，像古畫上的人物。」好像提到古畫，描繪才落了實。

民俗舞蹈與音樂。《秧歌》月香第一次被迫跳秧歌舞：「她從來沒有跳過舞，她的祖先有一千多年沒跳過舞了。」火燒糧倉時候敲的警鑼，比秧歌舞的鑼聲急促，「那不停的『嗆嗆嗆嗆』喚醒了一種古老的恐怖。」

在不妨礙小說可讀性的原則下，作者非但偶用偏詞冷字，而且直接引用舊文學或民俗戲劇典故。例子眞是舉不勝舉。〈桂花蒸　阿小悲秋〉阿小秀眼裡有個幽幽的世界，裡面「沉魚落雁，閉月羞花」。〈傾城之戀〉范柳原能吟《詩經》：「死生契闊，與子相悅，執子之手，與子偕老」。〈第一爐香〉葛薇龍自己覺得是《聊齋誌異》的書生。陳媽那根辮子紮得殺氣騰騰，像「武俠小說」裡的九節鋼鞭。睨兒還是《紅樓夢》時代的丫環打扮。《半生緣》沈世鈞睡眼惺忪，見到父親的姨太太衣衫不整，就想起「風儀亭」的故事。《赤地之戀》中文版第六章劉荃「忽然想起黃仲則的舊詩句」。

一般而言，張愛玲小說用典大都符合夏濟安讚揚魯迅小說的批語：「用典當然不只爲自炫博學；出於文學家之手，它可以融記憶與感情及幻想於一爐，嵌古典於時新之上，並把現實投入繁富多姿的歷史、神話和詩歌中。」[2]值得注意的是，張愛玲用典明暗交加。她多次私自借用心愛的中國章回小說人物，來塑造自己小說裡的角色。比如說，我們曾在〈本是同根生〉指出《十八春》與《半生緣》曼楨來自林黛玉，我們曾於〈盡在不言中〉建議《秧歌》月香源於晴雯。不僅如此，小說故事的靈感有時也取自舊典。我們曾於〈飛蛾投火的盲目與清醒〉與〈〈金鎖記〉的纏足與鴉片〉報告〈第一爐香〉、〈金鎖記〉與《金瓶梅》藕斷絲連的關係。〈論寫作〉自承：「拙作〈傾城之戀〉的背景即是取材於〈柏舟〉那首詩上的：『……亦有兄弟，不可以據……憂心悄悄，慍於群小。覯閔既多，受侮不少。……日居月諸，胡迭而微？心之憂矣，如匪澣衣。靜言思之，不能奮飛。』」可見《紅樓夢魘》所言，《紅樓夢》與《金瓶梅》是她「一切的泉源」，只是概述，仔細追究起來，張愛玲受中國傳統文學影響，不限於這兩部巨著。

舉個例子說明時間連續性也訴諸感官直覺。〈第二爐香〉男主角羅傑，住在香港的四十歲的英國人，「關上了燈，黑暗，從小屋裡暗起，一直暗到宇宙的盡頭，太古的洪荒——人的幻想，神的影子也沒有留過蹤跡的地方，浩浩蕩蕩的和平與寂滅。屋裡和屋外打成了一片，宇宙的黑暗進到他屋子裡來了。」感官直覺跨越文化、民族、與國家的界線。作者對時間連續觀念的興趣，也支持了她晚期對人種學的涉獵。〈談看書〉這段話很有意思：「我大概是嚮往『遙遠與久遠的東西』（the faraway and long ago），連『幽州』這樣的字眼看了都森森然有神秘感，因爲是古代地名，彷彿更遠，近北極圈，太陽升不起來，整天昏黑。小時候老師圈讀『綱鑑易知錄』，『綱鑑』只從周朝寫起，我就很不滿。學生時代在港大看到考古學的圖片，才發現了史前。……人種學又比考古學還更古，……」

時間連綿不絕，兒女私情才能在記憶深處存活。散文〈愛〉寫老婦人一生災難，回憶裡獨鍾年輕時候與對門住的男子的照面，僅只單句交談的會晤。那項浪漫純情的嚮往，亦依賴本能想像裡時間的承續：「於千萬人之中遇見你所遇見的人，於千萬年之中，時間的無涯的荒野裡，沒有早一步，也沒有晚一步，剛巧趕上了，……」

歷史文化與感官直覺合併交融，就是〈自己的文章〉所謂的「古老的記憶」：「爲要證實自己的存在，抓住一點眞實的，最基本的東西，不能不求助於古老的記憶，人類在一切時代之中生活過的記憶，這比瞭望將來要更明晰、親切。」

雖然「古老的記憶」包括了大而化之，言之似乎成理的「人類在一切時代之中生活過的記憶」，目前還沒有令人信服的證據，點明西方古典文學直接影響張愛玲。她自己承認過這項限制，一九六七年三月二十四日致夏志清信上說：「『金鎖記』說實話譯得極不滿意，一開始就苦於沒有十九世紀英文小說的筆調，達不出時代氣氛。舊小說我只喜歡中國的，所以統未看過。」[3]所以研究姚一葦戲劇，也許得注意亞里斯多德《詩學》，攻讀梁實秋文學功業，大概不能忽略莎士比亞，然而張愛玲小說跨文化溯源，所謂橫向移植，主要還是近代的西方作家。〈浮花浪蕊〉提到的狄更斯（Charles Dickens, 1812-1870）與毛姆（Somerset W. Maugham, 1874-1965），拙作〈本是同根生〉建議的馬寬德，以及本文稍後將予詳析的威爾斯，都是例子。夏志清曾以美國作者詹姆斯（Henry James, 1843-1916）與張愛玲比較，再於一九七四年五月十七日張愛玲信的按語，承認該項對照不當：

> ……此段文字的主旨，我想不在評論而在於告訴我和水晶：謝謝你們把我同詹姆斯相提並論，其實「西方名著我看得太少，美國作家以前更不熟悉」，即如詹姆斯的作品，看後有印象的只不過四五篇，長篇巨著一本也沒有看過。假如你們把〈談看書〉仔細看了，一定知道我屬於一個有含蓄的中國寫實小說傳統，其代表作為《紅樓夢》和《海上花》。把我同任何西方小說大師相比可能都是不必要的，也是不公平的。[4]

文壇巨擘夏志清難得如此自動修正己見。這不僅證明夏張友誼忠貞、自我犧牲以施援手，令人欽羨，從文學比較的方法論而言，也說明了選擇作家併讀，必須合理而且嚴謹。

僅僅認知張愛玲「屬於一個有含蓄的中國寫實小說傳統」，也不足以道盡張愛玲小說連綿不絕的時間性質。我們必須注意她對中國傳統文化，特別是章回小說，尊重維護的態度。她知病見陋，但是從不鼓吹破舊佈新的戰鬥意志，不消耗時間與體力去鞭伐舊文化。此爲張愛玲與魯迅不同處之一。夏濟安認爲魯迅在新舊衝突與矛盾之間沒有「胡適與周作人所享受的寧靜境界」[5]。此項觀察當然重要。然而比較魯迅與近代作家接受中國傳統文化的態度，以張愛玲爲對比，由於創作文類（小說與散文）相同，大概也很要緊。

4

可塑性的定義，即情節前後秩序的定奪之外，恣意擺佈捏塑時間的性質。多年來評家一再稱譽〈金鎖記〉曹七巧面對鏡子，鏡裡景象變換，時間一下過了十年，就是此項性質的佳例。論者多以類同的筆墨來證明作者小說技巧精練，善用某種意象（如鏡子）。然而從時間與人生的關係角度來審視這些優美的文字，我們很容易注意到作者創作以及讀者閱讀經驗裡，人不再受時間操弄，反而採取主導駕馭的地位。人爲創造者，時間爲被創造物。

在此種掌控揉搓的姿態裡，生命運轉可以物擬爲屋頂上徐行的烏雲蓋雪的貓，或一條蛇（〈等〉），或黃昏時候賣蘑菇豆腐乾的「時間老人」（《十八春》、《半生緣》第六章）。

動輒以一千年來形容時間之長久，如本文第三節提到《秧歌》說月香的祖先有「一千多年」沒跳過舞了，也是意氣飛揚面對時間的態度。此爲作者的習慣。〈傾城之戀〉也用了千年：「白公館有這麼一點像神仙的洞府：這裡悠悠忽忽過了一天，世上已經過了一千年。可是這裡過了一千年，也同一天差不多，因爲每天都是一樣的單調與無聊。」〈五四遺事〉有句：「西湖在過去一千年來，一直是名士美人流連之所，重重疊疊的回憶太多了。」爲何恰爲一千年？爲何不是一千零一年或九百九十九年？當然這些追究不重要。《赤地之戀》中文版第三章有「三千年的回憶的北中國」，「兩千年前」小孩的哭聲。文學允許誇張，容忍人爲主，時間爲客，客隨主便。

時間拿捏，甚至可以暫時一筆勾銷。〈第一爐香〉葛薇龍的衣櫥裡面「還是悠久的過去的空氣，溫雅、幽閒、無所謂時間。」《赤地之戀》中文版第三章也說「沒有時間性的月亮」。

作者英姿煥發，曾把時間的連續性暫時切斷。〈封鎖〉兩度以鈴聲「叮玲玲玲玲玲」爲器：「每一個『玲』字是冷冷的一小點，一點一點連成一條虛線，切斷了時間與空間。」

時間態度或高昂或低沉，與故事語調有關。《十八春》結尾，大陸易手初期，政治教育使曼楨堅強起來，所以她想起世鈞，覺得「時間已經沖淡了一切，至多不過有些惆悵就是了」。《半生緣》故事結束早，不必再提共產中國，這個情節刪除，類似的時間洗滌效應也不再現。

時間筆墨配合情節發展。《十八春》重逢後在電車月台道別，有句「時間彷彿停住了」，讓時間停擺於兒女私情的結束時刻，此後兩人都參與建設東北，報國豪情開始支撐生命之延續。《半生緣》結束於重逢之際，曼楨坦言時間不可逆轉，世鈞僅止於「跟時間在掙扎」，時間還未完全靜止：「是她說的，他們回不去了。他現在才明白爲什麼今天老是那麼迷惘，他是跟時間在掙扎。從前最後一次見面，至少是突如其來的，沒有訣別。今天從這裡走出去，卻是永別了，清清楚楚，就跟死了的一樣。」所以生命轉折、不可逆轉、或掙扎，皆由時間之揑塑來完成，雖然那揉弄的方法各具異彩。

5

時間不可逆轉認可的背後，暗藏著無可奈何。時間可塑，意味生命態度的昂奮積極。兩者意義相悖，然則在宏觀視野裡併存。作者一方面臣服於時間巨輪之下，承認大江東去，一方面頑抗拒降，針鋒相對。寓兩種時間掙扎狀況於單一呈現方式，即時間旅行科幻想像的活學活用。掌握時間旅行原始模式，才能了解張愛玲如何破格出局。

時間旅行的基本定義：人之軀體在時間座標上隨意游移，在時間旅行之中仍延續出發之前的感知能力，軀體老化如昔，就像我們在空間座標裡旅行一樣。《紅樓夢魇．自序》提到《金瓶梅》第五十三至五十七回是僞作[6]，有這麼段話：

……驢頭不對馬嘴的地方使人迷惑。遊東京，送歌僮，送十五歲的歌女楚雲，結果都沒有戲，使人毫無印象，心裡想「怎麼回事？這書怎麼了？」正納悶，另一回開始了，忽然眼前一亮，像鑽出了隧道。

我看見我捧著厚厚一大冊的小字石印本坐在那熟悉的房間裡。

「喂，是假的。」我伸手去碰碰那十來歲的人的肩膀。

「那十來歲的人」指歌女楚雲。那句「忽然眼前一亮，像鑽出了隧道」一語雙關。它一方面在說《金瓶梅》幾回僞作故事情節交代不清，讀到原作的下一回才又理路順暢起來。它另一方面藉由穿過隧道之視覺印象過門而進入《金瓶梅》歌女楚雲的時空裡。爲了點明這個時間旅行的義源，作者緊跟著在下一段文字裡明言「時間機器」：

> ……這兩部書在我是一切的泉源，尤其紅樓夢。紅樓夢遺稿有「五六稿」被借閱者遺失，我一直恨不得坐時間機器飛了去，到那家人家去找出來搶回來。

時間機器一詞大概典出英國小說家威爾斯（Herbert George Wells, 1866-1946）那部同名的小說（*The Time Machine*, 1895）。《時間機器》描述一位科學家（他的名字就叫做「時間旅行者」）發明了一台機器，藉以飛越到西元八〇二七〇一年的未來世界探險，目擊了未來的兩種矮小人類族群：居住於地面上，像牛群那樣喪失憂懼能力的快樂素食群，以及居住於地面下，精於機器工業的晝伏夜行的肉食群。兩者皆於肢體、智慧、感知能力上退化，後者並獵殺前者維生。這部小說一炮而紅遍歐美，一百多年來從未絕版過。

以時間做爲人類意識之另一向度，或物理學之第四空間，皆非威爾斯本人所發明。但是此書確是結合生物學，地理學，以及天文學而使時間旅行之狂想普及全球的創始者[7]。近代物理學家已承認本書曾經刺激物理學發展的方向[8]。

張愛玲很早就讀過威爾斯。〈燼餘錄〉（一九四四年二月）提到威爾斯的《歷史大綱》，大概是二卷本 *Outline of History*（1920）。《傳奇．再版的話》（一九四四年九月）認爲人類社會前景悲觀，作者說：「常常想到這些，也許是因爲威爾斯的許多預言。」論者[9]曾引這篇文章爲證，指稱作者當時預言了一九四九年中國大陸的巨變。受引的那段話爲：「……個人即使等得及，時代是倉促的，已經在破壞中，還有更大的破壞要來。有一天我們的文明，不論是昇華還是浮華，都要成爲過去。如果我最常用的字是『荒涼』，那是因爲思想背景裡有這惘惘的威脅。」

此種泛政治化的解讀並不可靠。原因有三。其一，張愛玲文字本身未曾確言受破壞的主體爲中國，也沒有點明禍亂根源即左派。其二，威爾斯本人確曾危言聳聽人類社會的悲慘未來，張愛玲並未純然憑虛。其三，一九四四距大陸變色（一九四九）還有五年，張愛玲或其他同時代的中國人很難慧眼預見神州易幟，以及其後的驚濤駭浪。我們曾在〈《小艾》的無產階級文學實驗〉以及〈大我與小我〉指出，張愛玲確曾嘗試在共產中國謀生。如果早就預見浩劫，那裡會於一九四九年以後留住上海，力圖適應新政權呢？

張愛玲點名威爾斯，大概就只前引兩篇散文。由其上下文脈可知，她當時未曾全盤研究威爾斯。一九四四距威爾斯生命終結大約還有兩年。當時威爾斯的創作與論述已大致完成並發表。如果張愛玲有心徹底攻讀，當時即可輕易發現威爾斯並非片面的悲觀主義者。美國歷史學者史密斯歸納威爾斯文化功業爲：科學教育，科幻小說，未來預測與規劃，爲聯合國採用的「人權宣言」，突破英國社會階級的教育主張，爲中下階級帶來希望，社教的文學主張，女性主義，以及支持不同文路的新進作家。他的自傳體社教小說多已不傳，社教的文學觀不僅立即遭到前輩小說大家詹姆斯的反對，也爲後代的嚴肅文學界排斥。然而他的成績單仍然洋洋大觀，洋溢著澎湃的生命力[10]。

不僅如此，張愛玲很可能未曾細讀《時間機器》，或讀後忘卻故事細節。理由有二。其一，《時間機器》原著沒有隧道的具體意象。圓形隧道在後續模仿或再創作裡倒是常見。張愛玲執迷圓形隧道，到底受了威爾斯原著之後那部科幻電影、電視片、或小說的影響，已不易考。其二，散文〈談看書〉（一九七三）暢談人種學與晝伏夜行的各種矮人，偏偏不提《時間機器》居於地穴的肉食矮族。那時她已旅居美國，距《傳奇·再版的話》約二十九年。如果早年眞讀過《時間機器》，倒眞應驗了〈浮花浪蕊〉那句：「空間與時間一樣使人淡忘。」

我們的興趣在於威爾斯給予張愛玲灰暗悲愴世界遠景之外，時間旅行對她小說的影響。最能代表一九五五年赴美謀生，只許成功不許失敗堅定意志的作品是〈浮花浪蕊〉。最能流露滯留多年，倦鳥思還的作品是《怨女》。離鄉與歸航，兩種心情都與時間旅行有關。本文下兩節將個別析論。

6

張愛玲自承〈浮花浪蕊〉具自傳性。一九七八年八月二十日致夏志清信曾說：「『浮花浪蕊』一次刊完，沒有後文了。裡面是有好些自傳性材料，所以女主角脾氣很像我。」[11]所以藉此篇小說來了解作者出國謀生時候複雜與沉重的心情，或屬穩當。篇名似典出蘇軾〈賀新郎〉：「待浮花浪蕊都盡，伴君幽獨。」胡蘭成《今生今世》描寫情婦小周，有句：「……見了她，當即浮花浪蕊都盡。」[12]

〈浮花浪蕊〉故事以單身女子洛貞坐船從香港去日本爲主軸，藉由倒敘或回憶的方式交代了洛貞在上海、廣州和香港的舊事，特別是艾軍與范妮夫婦的婚姻。故事的第一個倒敘是洛貞在船上回憶她步行過境，由中國大陸進入香港的情況：

> ……出了大陸，怎麼走進毛姆的領域？有怪異之感。恍惚通過一個旅館甬道，保養得很好的舊樓，地毯吃沒了足音，靜悄悄的密不通風——時間旅行的圓筒形隧道，腳下滑溜溜的不好走，走著有些腳軟。……

這個時間旅行看似科幻想像之再現，卻因爲接踵而至的傳統倒敘文字而與科幻小說脫節。前文解釋過時間旅行約定俗成之定義，不只是軀體跳入過去或未來時刻，時間旅行者肉身之老化與感知仍須繼續。這個「時差」有時還必須爲時間旅行者以及受訪時間裡的受訪角色所知會。〈浮花浪蕊〉諸多倒敘，洛貞在舊事裡並無現時（在船上的那段時間）的肉身與感知，而且舊事裡的其他人物也未知會他們遇見了一位有時間差異的洛貞。所以張愛玲只是以「時間旅行」一詞做爲故事裡第一個倒敘之導引，與《紅樓夢魘・自序》現身說法的時間旅行大相逕庭。

這兩個時間旅行的共通物是那個隧道的意象。既有共通物，就可見〈浮花浪蕊〉的「時間旅行」並非作者別出心裁，自創新詞。她確實借用了西方科幻小說時間機器的敘述模式，不過這時她堅持了「時間旅行」文字表面的意義，毅然決然地掙脫詞源束縛，衍生出新義來。罔顧原典，望文生義，實在無可厚非。

當然我們要追問〈浮花浪蕊〉爲何開高走低，洛貞明明鑽過了時光隧道而拒做科幻小說式的時間旅行？張愛玲當然不是呼應近代物理學家對時間旅行的質疑。《惘然記》自序的解釋也未能盡釋謎團：「〈浮花浪蕊〉最後一次大改，才參用社會小說做法，題材比近代短篇小說散漫，是一種實驗」，因爲社會寫實，或是敘事時序之劇跳實驗，都無法說明她擔承誤導讀者之風險，試放科幻想像的煙霧——一個時間旅行者（洛貞）突然由有到無，在剎那間喪失了時間旅行的興趣或能耐。

或許這個時間旅行似是而非的質變，正足以表彰洛貞的心境：不往前看，是沉著；不朝後望，是決絕。

先說前景。洛貞隻身去日本謀生。故事說同船隔壁房間那對去日本投親的夫妻「此去投親，也正前途茫茫」，關鍵字眼是「也」，可見洛貞前途茫茫。船「快到日本了，忽然大風大浪」，暗示了前途艱難。隔壁那位先生大嘔吐，洛貞「聽著痛苦」，就毅然關了房門：「漂泊流落的恐怖關在門外了，咫尺天涯，很遠很渺茫。」未來世界的恐怖就如此暫時地輕易打發掉，可見她意志堅定，不會有藉由時間旅行預見未來坎坷發展之興趣。眞是明知山有虎，也向虎山行。

再說過往。洛貞此時在大陸與香港都沒有可資依憑的愛情、婚姻、事業、家小。而且「她自己知道闖了禍」，爲人欠忠，把姊姊朋友艾軍在上海的底細都報告給艾軍遺棄在香港的妻子范妮，使范妮憂病而死。在范妮喪禮裡，洛貞又自責失禮微笑。她出國正好利用空間與時間令人忘卻此類舊事的功能，逃避姊姊面責或自我慚過，義無反顧，一時也不會萌生藉由時間旅行回訪親友的念頭。

出國謀生，自然是生涯規劃的重大決定，到陌生地域從零開始，另創天地。所以遷徙的繁忙或會令人暫時忘卻過往。與移居平行發生的是時時刻刻消逝的光陰。愛默森說過：「時間能安慰我們，……我們人這樣東西是非常柔韌的；如果它不能在這裡得到滿足，它就跑到那邊去，在那裡得到滿足。」[13]這是張愛玲自己的譯文，她寫這篇小說時候或許仍有印象。《赤地之戀》英文版第二十八章寫劉荃在韓戰場：「危險，折磨，以及刺骨的疲憊不容思考與回憶彷彿很久以前發生的近事了。千里之遙抵得過五至十年光陰消逝。愛因斯坦的時空理論眞有道理，劉荃想，如果可以這樣去理解它。」（暫譯）頗資玩味的是個人與時間的相對關係。時間旅行蘊含了人類希冀掙脫時間座標限制、隨意跨古邁今的一種能力，一種自由。在這個奇想裡，人駕馭著時間，人爲主導，時間爲從屬。相反的，在「時間令人淡忘」的觀念裡，個人放棄了那個凌越時間藩籬的欲望，反而希望時間能夠無情地、有效地洗淨某些不愉快的往事，使它們在回憶裡不再出現。由於歷史的牢記與忘懷並不能完全由個人意志來選擇，所以在聽任時間沖消特殊記憶的企求裡，時間爲統轄，個人爲幫腔。從這個角度來看，這個故事實具個人與時間主從易位的進程。在那個關係的顛倒變化裡，洛貞從飛揚回歸樸實，由喧囂沉寂爲靜默。

由以上分析可見作者虛晃一槍時間旅行，放棄科幻想像之野馬脫韁，堅持在故事時間主軸上保守緩行，實在是要說洛貞掙扎圖存，只許成功不許失敗的堅定意志——這篇小說的主題。所以這個故事表面上看起來倒敘連連（至少有八個順時空移轉而引動的倒敘），波潮洶湧，有令人目眩神搖之勢，船小浪大，洛貞也「一時不知身在何所」，但是它外馳內斂，沉著決絕，在底線上實具風雨中的寧靜。表裡張力參差，都是由那個時間旅行的意義落差開始。

《怨女》持續了作者一生的時間敏感。時間的閱讀角度，可以提供自殺事件與故事結局的特殊體會。

這點我們也許都同意：作者未曾直接交代銀娣自縊的心路歷程。證諸〈第二爐香〉羅傑自盡，可知作者不是完全沒有細陳縷析尋死心態演進的興趣或本事。《怨女》是不爲，非不能。

銀娣獲救以後細察誹聞存在與否，乃倖存者自然反應。較諸《十八春》、《半生緣》評估曼楨下嫁祝鴻才得失，談生論死：「當初她想著犧牲她自己，本來是帶著一種自殺的心情。要是眞的自殺，死了倒也就完了，生命卻是比死更可怕的……」，銀娣重生的心思描繪實屬淡筆。

上吊過程僅以補述帶過。我們只能猜測事發突然，懸樑乃就近取便。銀娣是否利用吊死景象來震嚇他人，或抗議生前所受委屈，皆爲讀者自由聯想範疇。論者曾認爲上吊爲東方國家特有的自盡方法，此議不妥。美國作家阿瓦瑞斯研究西方社會以及西方文學裡的自殺，就數次提到懸樑事件[14]。

我們在〈《怨女》的藝術距離及其調適〉詳論〈金鎖記〉與《怨女》差異。容我們追問：自〈金鎖記〉至《怨女》，爲何另擇自殺的角色？《怨女》棄生者爲故事主要人物，爲何著墨如此閒散？

換人尋死或許有兩個原因。其一，《怨女》並非全然漠視，但是淡化了作者對舊中國客觀環境的責備。劇本《太太萬歲》題記：「死亡使一切都平等。」〈金鎖記〉絹姑娘吞生鴉片而亡，爭取此種平等，即爲社會控訴。銀娣求死不得，抗議的力道就輕些。進而言之，偷情失敗雖然不是尋死的全部原因，其爲棄生之觸媒劑則不容置疑。銀娣個人情緒動盪反應的考量，令我們不能完完全全用社會學角度，以此事件證明故事裡的社會機能失常。作者大概也無意通盤歸罪於歷史、文化、階級、或性別迫害，因爲她不願忽略個人的責任。道理很簡單。銀娣仍有婚事自主權，另擇夫婿的機會。不僅如此，作者顯然同情婚後情慾難煞，越軌肇事，然而不可能在倫常規範的無情與呆板之外，全然無視於其支撐與穩定大家庭制度的功能，不然獲救以後三爺與銀娣不會守口如瓶。大家庭制度畢竟保障了他們的生計。所以作者一方面痛責舊式媒妁成婚制度的愚昧，一方面拒絕咬定銀娣下堂求去念頭闕如的原因：從一而終的外在婦德訴求，還是個人安於物質生活的無虞？

此皆犖犖大者。同樣重要的是本文即將討論的，故事結局的時間旅行。這種科幻想像發自個人渴望，掙脫時間束縛的強烈需求。作者著迷於斯，必然注重個人能力、抉擇、與意志。

自裁角色不同的第二個可能原因，是有助於善良化銀娣。謹以兩個當事人個別研判。冬梅存活，較絹姑娘幸運，婆婆銀娣就善良些。肇事者銀娣求死，自有失望、畏辱、羞愧等等可能的原因。畏辱羞愧都能暗示銀娣並非寡廉鮮恥。作者無意說教，知恥畢竟是美德。

較諸曹七巧，銀娣自縊合理，因爲偷情次數多，男女肢體接觸面略大，戀情最終失敗的情緒衝擊較強，事機外洩的後果更爲嚴重。我們知道自裁的原因不一而足。〈論寫作〉說過：「生命即是麻煩，怕麻煩，不如死了好。麻煩剛剛完了，人也完了。」可見怕麻煩也可能爲尋死動機之一。

懸樑前後勾勒簡潔，因爲對作者而言，棄生的意義是否明確並不重要。重點在於獲救。生命去留乃作者掌中玩物，任由收發。如果時間僅於生命意識裡具有意義，奔向生命終點再遽然告別死神，回到人生，作者操弄時間的雄圖大志才得以滿足。

了解此種企圖心，有助於識別故事結局時間旅行的影子。作者先講明時間是友非敵，以及特異的時間急速流動的感覺：「……日子過得快，反而覺得這些人一個個的報應來得快。時間永遠站在她這邊，證明她是對的。日子越過越快，時間壓縮了，那股子勁更大，在耳邊嗚嗚地吹過，可以覺得它過去，身上陡然一陣寒颼颼的，有點害怕，但是那種感覺並不壞。」再由盹睡小丫頭的手臂甩打烟燈，使銀娣開始產生時間旅行者的奇想：

> ……她不由得想起從前拿油燈燒一個男人的手，忽然從前的事都回來了，蓬蓬蓬的打門聲，她站在排門背後，心跳得比打門的聲音還更響，油燈熱烘烘薰著臉，額上前劉海熱烘烘罩下來，渾身微微刺痛的汗珠，在黑暗中戳出一個個小孔，劃出個苗條的輪廓。她引以自慰的一切突然都沒有了，根本沒有這些事，她這輩子還沒經過什麼事。
>
> 「大姑娘！大姑娘！」
>
> 在叫著她的名字。他在門外叫她。

套用〈國語本《海上花》譯後記〉的幾句話，《怨女》「結得現代化，戛然而止。作者踽踽走在時代前面，……再寫下去又都是反高潮……」。銀娣重訪舊時，當時最好可以改變原有的婚事抉擇，大半人生重新來過。然而時間旅行的約定俗成的定義之一是：時間旅行者本身的年齡不變。也就是說，向過往驅馳，也無法返老還童。如果此項假定成立的話，門外叫門的木匠，以及銀娣私心中意的藥店小劉，將面對的不再是適婚年齡的那位「麻油西施」，而是烟癮纏身多年，人老珠黃的老太太。

作者顯然認爲此係時間旅行機制的瑕疵，所以有意擺脫時間旅行的原始思考模式。「苗條的輪廓」似指軀體還原，「引以自慰的一切突然都沒有了，根本沒有這些事，她這輩子還沒經過什麼事。」直言記憶、世故經驗的回歸舊時。然而年輕時候的價值觀不變，冒險下嫁豪門的勇氣不減，什麼因素會促使銀娣改變初衷？

《怨女》大功告成時候作者約四十六歲，正值壯年，未曾「老了，一切退化了，是個悲劇」[15]，所以不是《對照記》再版附詩所謂「時間的俘虜」：「人老了大都／是時間的俘虜／被圈禁禁足。」然而當下慘綠年華確已不再。《紅樓夢魘》說過：「散場是時間的悲劇，少年時代一過，就被逐出伊甸園。」一生與時間纏鬥不休的作者陪同銀娣站在排門裡面。門裡門外洋溢著銀娣的，不是作者的，少年時光。張愛玲好像忽然愣住了，不知如何是好。

0本文取代舊作〈張愛玲的兩種時間旅行——「浮花浪蕊」的一種閱讀角度〉，台北《現代中國文學理論》，一九九七年十二月。

1施友忠《哲學論叢》，台北聯經，一九七六年七月，頁三。

2 夏濟安〈魯迅作品的黑暗面〉，收入《夏濟安選集》，台北志文，一九七一年三月，頁一四。

3 夏志清〈張愛玲給我的信件㈢〉，台北《聯合文學》一九九七年七月，頁五七。

4 夏志清〈張愛玲給我的信件㈦〉，台北《聯合文學》，一九九八年一月，頁一一三。

5 見夏濟安〈魯迅作品的黑暗面〉，頁二九。

6 《紅樓夢魘．自序》說：「八九年前才聽見專研究中國小說的漢學家派屈克．韓南（Hanan）說第五十三至五十七回是兩個不相干的人寫的。我非常震動。」懷疑那五回眞僞的，不止韓南。一九八二年一月一日台北佳禾圖書社的潔本《金瓶梅》，書前〈金瓶梅考〉引用了《顧曲雜言》的這段話：「原本實少五十三回至五十七回，遍覓不得；有陋儒補以入刻。無論膚淺鄙俚，時作吳語；即前後血脈，也絕不貫串，一見知其贋作矣。」

7 Geduld, Harry M., *The Definitive Time Machine: A Critical Edition of H. G. Wells's Scientific Romance*, Indiana: Indiana University Press, 1987.

8 Davies, Paul, *About Time: Einstein's Unfinished Revolution*, New York: Simon & Schuster, Inc., 1995, pp. 233, 235, 242, 245, 247, 251.

9 殷惠敏〈張愛玲與左翼〉，《世界日報》副刊，一九九五年十二月四日。

10 Smith, David C., *H. G. WELLS: Desperately Mortal, A Biography*, New Haven: Yale University Press, 1986, pp. xii-xiii.

11 夏志清〈張愛玲給我的信件㈩〉，台北《聯合文學》，一九九八年七月，頁一四〇。張愛玲於一九五二年十一月離港赴日謀生，在日本找不到工作，次年二月返港。此事記於〈張愛玲致美京英國大使館的一封信〉，黃德偉主編《閱讀張愛玲》，香港大學比較文學系，一九九八年，頁四〇二—四〇三。

12 胡蘭成《今生今世》，台北三三書坊，一九九〇年九月，頁三三六。

13 張愛玲譯《愛默森選集》，台北皇冠出版社，一九九二年五月初版，頁一四五。《愛默森選集》原由香港今日世界社出版，一九六三年，早於〈浮花浪蕊〉。

14 Alvarez, A., *The Savage God: A Study of Suicide*, New York: W. W. Norton & Company, 1990, pp. 120, 159.

15 這是張愛玲對殷允芃說的話。殷允芃〈訪張愛玲女士〉，收入殷允芃《中國人的光輝及其他——當代名人訪問錄》，台北志文，一九七七年八月再版。

20

挫敗與失望

張愛玲〈色，戒〉的生命回顧

輕一點，再輕一點的吹吧
解事的風。知否？無始以來
那人已這兒悄然住心入定
是的，在這兒，水質的蓮胎之中。
——周夢蝶〈風荷〉[1]

1

張愛玲〈色，戒〉到底說了什麼？回答這個問題的第一要則，是不要讓「本事」已然落實爲鄭蘋如謀殺丁默邨事件的謠言，影響我們在張愛玲文學遺產裡觸類旁通的閱讀態度。作者本人曾藉《續集》自序間接否認那個關聯。

故事確實其來有自。張愛玲〈羊毛出在羊身上——談「色，戒」〉承認：「這故事的來歷說來話長，有些材料不在手邊，以後再談。」可惜作者不再重提舊話。符立中最近的報導比較可靠：宋淇曾出面否認鄭蘋如之說，故事源於燕京大學學生在北京幹的事情；到了張愛玲手裡，地點搬到上海，細節多所臆造；宋淇認爲易先生的原模是丁默邨[2]。二〇〇八年三月二日香港《蘋果日報》馬靄媛根據宋以朗（宋淇兒子）提供的張宋私函以及〈色，戒〉英文原稿The Spyring，提供了更詳細的資料。同月香港《瞄》月刊獨家刊出英文原稿，並中譯篇名爲〈諜戒〉。同年四月台北《印刻文學生活誌》轉載了馬靄媛的文章。

由於英文原稿首頁左上角作者通訊地址用香港美新處麥卡錫先生轉信，該稿大概完成於一九五二至五五年間。〈色，戒〉於一九七七年十二月台北《皇冠》雜誌發表。

張宋私函證實兩人共同經營這個故事二十多年。基本事實有二。其一，故事來自宋淇。一九七四年四月一日張致宋信裡說：「那篇色戒的故事是你供給的，材料非常好……」宋淇所憑藉的，還不是單一的事件。一九七七年三月十四日宋致張信：「抗戰時北方接連出現了幾次暗殺漢奸案，中、日、僞三方都不知情，原來是一批愛國的大、中學生幹的……」其二，張愛玲確曾參考丁默邨。一九七七年八月五日張致宋信：「我彷彿記得丁默邨是內政部（相等於情報局）長……如果錯了，就把〈色，戒〉裡的『內政部』改去。」

雖然參照了丁默邨，故事絕非鄭蘋如行刺或其他單一事件所可套牢。除非其他驚人的材料出現，關於小說本事，我們只能言盡於此。

〈色，戒〉總歸是小說創作。沒人能夠確言作者照本宣科，完整而且忠實無誤記載了某樁史事。

當然那些在虛擬與眞實之間搭橋的努力值得尊重。野史專家的激情想像本身就具有文學性。《三國演義》是以小說形式寫的歷史，它比《三國志》迷人的原因就在於文學渲染。在李安電影掀動的熱浪裡，我們只是想提個壺灌頸上的頂，提醒自己不可或忘張愛玲《紅樓夢魘》親自示範過的，事事求證的小說研讀方法。《續集》自序談到〈羊毛出在羊身上〉，就順而提及《紅樓夢》：

……不少讀者硬是分不清作者和他作品中人物的關係，往往混為一談。曹雪芹的紅樓夢如果不是自傳，就是他傳，或是合傳，偏偏沒有人拿它當小說讀。

我們好好讀這篇小說。從周邊討論回到核心問題來。

2

〈色，戒〉比較難讀。本文第三節追究意義，將試提這篇小說寫作方法的理由。我們現在先行解決基本閱讀的技術問題。癥結不在情節時空跳動之猛烈，主要的挑戰在省略主詞的句子。

作者惟恐讀者誤解她的小說，曾於〈表姨細姨及其他〉坦陳自己的基本小說敘事技巧。那段表述非常適用於〈色，戒〉，至少可以做爲我們思辨的起點：「我一向沿用舊小說的全知觀點羼用在場人物觀點。各個人的對話分段。這一段內有某人的對白或動作，如有感想也就是某人的，不必加『他想』或『她想』。這是現今各國通行的慣例。」

關鍵字詞是「這一段」、「對白」和「動作」。實際當做一套準則來套用，倒是需要點彈性與通達。以下這些段落層次漸進，說明作者的指令可予略微延伸：

是馬太太話裡有話，還是她神經過敏？佳芝心裡想。看他笑嘻嘻的神氣，也甚至於馬太太這話還帶點討好的意味，知道他想人知道，恨不得要人家取笑他兩句。也難說，再深沉的人，有時候也會得意忘形起來。

這太危險了。今天再不成功，再拖下去要給易太太知道了。

她還在跟易太太討價還價……（下略）

佳芝心裡「想」，是個「動作」，所以缺乏主詞的幾個句子都可以加上「我」來理解。試用圓括號標示幾個例句：「（我）看他笑嘻嘻的神氣」，「（我覺得）也難說」。

何以確定隱藏的主詞是第一人稱「我」，不是第三人稱「她」呢？理由在兩個關鍵句。作者寫女主角內心思緒，「我」一下就跳出來：

「我傻。反正就是我傻，」她對自己說。

這個人是真愛我的，她突然想，心下轟然一聲，若有所失。

間接的寫法或是：「她傻。反正就是她傻。她對自己說」，「她覺得這個人是眞愛她的」。兩種寫法的差別在作者與角色之間的距離。直接寫法坦露角色心思，作者的意圖比較明顯。間接的陳述靠敘事者，作者與角色的距離較大。這篇小說兼用兩種方法。循那兩個關鍵例句所顯示的內省思維方式類推，我們假定省略主詞的句子都用第一人稱。

回頭再讀前引三段〈色，戒〉的文字。從「這太危險了」開頭的那段當然是王佳芝思緒的延續。問題來了：張愛玲〈表姨〉提示明明說「這一段」，偏偏「這太危險了」全段沒有主詞。可見我們不能也不必拘泥於段落分割。「這一段」未必指同一段落。全段缺乏主詞，可以在緊鄰前段的最後一句，或緊鄰次段的最前一句裡尋求歸屬。套用這個修訂過的規則來看，「這太危險了」左右逢源，既是前段隱形「我覺得」的延伸，也有次段「她還在跟易太太討價還價」支撐。主詞當是「我」。非得追根究柢說清楚的話，末句這麼讀：「今天（我）

再不成功，（我）再拖下去要給易太太知道了。」

如果能夠接受此項規則變通，這個引起論者提問的句子也迎刃而解：「她們取笑湊趣也要留神。」[3]由於次段以佳芝說話起頭：『好好，今天晚上請客，』佳芝說」，前面那句話就可以加上「她想」：「（她想，）她們取笑湊趣（我）也要留神」。

有時不只省卻主詞「我」，還有個感覺動詞。前文已舉「我覺得」句，這裡是個「我擔心」的例子：

> 到公共租界很有一截子路。三輪車踏到靜安寺路西摩路口，她叫在路角一家小咖啡館前停下。（我擔心）萬一他的車先到，（我）看看路邊，只有再過去點停著個木炭汽車。

〈色，戒〉意識流動的主人未必是王佳芝或易先生。咖啡館裡的中裝男子，事發之後誤解兩人關係的馬太太，都有私自默想的描摩。這幾個次要人物之外，小說裡主角的幾個關鍵念轉都不用第三人稱「他」或「她」陳述。內心獨白的主人是「我」，隱藏的主詞也是「我」。那個宗主性很重要，當事人思維的強烈與情緒之衝動才得以傳達，也避免誤讀。舉個例子。

> 她掛斷了，出來叫三輪車。
>
> 今天要是不成功，（我）可真不能再在易家住下去了……〔略〕……（我怎會）知道

> 他什麼時候來？……〔略〕……（我）不去找他，他甚至於可以一次都不來……〔略〕……（我）還非得釘著他，簡直需要提溜著兩隻乳房在他跟前晃。

劍橋大學教授藍詩玲（Julia Lovell）英譯〈色，戒〉，在前引缺少主詞的句子裡全加上「她」或「佳芝」[4]。欠妥。主觀思緒流轉，並非旁觀敘事者比手劃腳說她怎樣怎樣。最後那句「還非得釘著他，簡直需要提溜著兩隻乳房在他跟前晃」在〈諜戒〉裡原有主詞「她」，〈色，戒〉好不容易甩掉，不料藍詩玲又搬回來。強調這句觸發視境想像的話來自女主角思維，才能襯托出她那反觀自我的醒覺：她覺得自己下賤。

作者非常重視這種自省能力所暗示的自尊心理。一九七五年四月二十五日致宋淇信解釋從〈諜戒〉到〈色，戒〉的重大變動之一，即王佳芝最終不戴戒指逃亡，免得貪財之影射。宋淇於同年五月八日回信裡深表同意。兩人都注重王佳芝人品，要讀者尊重她。偏偏電影讓王佳芝戴著戒指跑。馬靄媛慧眼，指出電影這項改動。李安重易輕王，顧不得王佳芝的人品身分了。

此非作者這項寓意的唯一證明。那句「怕店打烊，要急死人了，（我）又不能催他快著點，（我）像妓女一樣」，再度出現心理學所謂，省察評估自我行徑的「他我」（the other self）。英譯不察，又在這句加入「她」爲主詞。前引乳房與妓女兩句，主詞「她」或會誤導，引人誤會作者具有嘲諷或詼諧之意。從缺或明寫，認定「我」爲實質主詞，那個自省的能力才能落實。王佳芝絕非張愛玲文學世界裡唯一捫心自問是否與娼妓無異的案例。〈第一爐香〉葛薇龍就自己想到長三堂子（高級妓院），自覺不如街邊賣春的妓女。

論者曾經盡責指出王佳芝在實際人生裡演戲過度，以致走火入魔。其實「人生如戲」是張愛玲小說重複出現的幾個議題之一。我們在〈《怨女》的藝術距離及其調適〉曾簡略提及該項題旨。唯有高度敏感、嚴格檢驗自我的作者才會重複這種人生看法，因爲她常覺得自己「假」，欠缺誠實。

雖然犯了前引的人稱錯誤，藍詩玲〈談張愛玲與〈色，戒〉的英譯〉並未指稱整篇小說的敘事全都是間接的。她只提了一次「自由間接默想」，說故事結尾老易洋洋自得的那段文字是小說的「最後的自由間接默想」（final free indirect meditation）。最後並不等於全篇皆此。所以我們不必受這個術語迷惑，因爲那絕非本篇小說的唯一僅有的敘事方法。光提任何術語而不予詳析，當然不能盡釋這個故事的諸多隱意[5]。本文第三節會略析藍詩玲提到的那段文字。

具有這些瞭解，就不會懷疑〈色，戒〉王佳芝一度懊悔與梁閏生練習雲雨。她的「積鬱」除了害怕梁閏生嫖妓而傳染性病，擔心易先生移情別戀，還融合著生涯規劃利害得失的掂量。論者說這句話「都像洗了個熱水澡，把積鬱都沖掉了」與性有關。沒錯。可重點在那個「目的」：

> 事實是，每次跟老易在一起都像洗了個熱水澡，把積鬱都沖掉了，因為一切都有了個目的。

張愛玲〈羊毛出在羊身上〉說，「因爲一切都有了個目的」意指「因爲沒白犧牲了童貞」。我們沒有理由懷疑這話。張愛玲意在平衡那自況娼妓的沮喪。故事發展至那片刻，她正在咖啡館等候，準備誘殺漢奸。這個段落前後文字都在鋪陳奸諜事宜。所以此時言及跟老易上床，主要在暗自慶幸他仍在鉤上。她不忘自己是色誘計畫裡的色餌。提及目的，仍為熱血青年捨身報國的使命。

3

掌握本文第二節建議的句子人稱規則，情節明朗化，故事的表層意義不再晦澀。進一步瞭解敘事者乃作者與讀者之間仲介，在意識流動裡與角色感同身受，未必與作者等同，或許就可以探索這篇小說的寄意。

王佳芝不知道「權勢是一種春藥」是否對。她有慾念；易先生肘彎抵著她乳房，蝕骨銷魂，她覺得「一陣陣麻上來」。然而她不相信「到女人心裡的路通過陰道」。論者一再引用這幾句話來支持因慾生情的邏輯。這幾句話表面上既無貶意，也未諧謔，作者立場中立，僅僅重申了搞不清楚的那個結論。其實由王佳芝自比娼妓可知，作者雖然借用該項因素做為故事發展的一種解釋，卻暗受因慾生情這種可能性的困擾。

張愛玲從未否定性是愛的一種支撐。證諸〈金鎖記〉與《怨女》，正面健康肯定女性性需要，張愛玲在中國近代小說裡或是開路先鋒。然而她也沒認為性為愛的唯一柱石。《秧歌》月香是張愛玲小說世界最幸福的已婚女子，那個故事完全沒寫月香與丈夫金根的床笫生活。〈封鎖〉吳翠遠在電車上產生戀愛錯覺，與那位素昧平生的呂宗楨毫無魚水之歡。

小說裡的王佳芝是個有趣的案例。身爲美人計裡頭的色餌，她並非把自己性需要放在檯面上思考或討論的豪放女。任務在身，她無暇搞清楚是否愛上了老易。那句「跟老易在一起那兩次總是那麼提心吊膽，要處處留神，哪還去問自己覺得怎樣」，應指感情，硬要說成性慾也成，基本上她弄不明白。作者對此困惑深感興趣，因爲女人糊里糊塗愛上男人或所謂的壞男人，是張愛玲文學幾個反覆出現的議題之一。幾經析梳，迷糊困擾其實就是本篇小說就此議題預期的思辨終點。

瞭解這個困頓在張愛玲文學世界裡重複出現，就可以體會〈色，戒〉的戒色警訊，以及其於事無補而凸顯的人性脆弱處境，同時兼澤男女主角。

六克拉的鑽戒亂了王佳芝的方寸。我們確知她不貪財，因爲當下她知道那不過是「只用這麼一會工夫」、「舞台上的小道具」。戒指的象徵性意義使她開始懷疑自己是否愛上了易先生，進而產生易先生眞心愛她的錯覺。這種被愛的經驗是〈第一爐香〉葛薇龍所缺乏的。使命與被愛，足以解釋王佳芝在文本裡免疫於葛薇龍那種悔悟交加的結論性的濃烈情結。

戒指是近因。張愛玲〈羊毛出在羊身上〉還交代個遠因：

> 王佳芝的動搖，還有個遠因。第一次企圖行刺不成，賠了夫人又折兵，不過是為了喬裝已婚婦女，失身於同夥的一個同學。對於她失去童貞的事，這些同學的態度相當惡劣——至少予她的印象是這樣——連她比較最有好感的鄺裕民都未能免俗，讓她受了很大的刺激。她甚至於疑心她是上了當，有苦說不出，有點心理變態。不然也不至於在首飾店裡一時動心，鑄成大錯。

解釋得有條有理。在閱讀經驗裡，同學態度惡劣以及王佳芝心理有些變態，倒是需要咀嚼細品。我們大都同意在放走易先生之後的第一時間裡，王佳芝立即企圖逃離現場。她並非爲了愛情獻出生命，使生命更爲完美，因爲她還想活下去。想死還逃什麼？在張愛玲的文學世界裡，生死的選擇非常清楚。她說過：「人生下來，就要活下去，沒有人願意死的，生和死的選擇，人當然是選擇生。」[6]〈色，戒〉絕非女爲悅己者自願喪生的故事。

爲什麼作者不描繪王佳芝被捕後、臨刑前的心態？試提兩項揣測。其一：雖然「鑄成大錯」非僅作者結論性的評價，也較可能是王佳芝就刑前的覺悟，張愛玲所預見的，是遠比葛薇龍與《半生緣》曼楨在愛情破滅之後悔悟更爲激烈的反應。易先生認爲「她臨終一定恨他」只是常情常理的猜測，作者在〈中國人的宗教〉裡曾說將死的人，「痛苦與擴大的自我感切斷了人與人的關係」。「痛苦」泛指精神或肉體的折磨。張愛玲小說裡罕見角色辭世心路歷程的雕琢。作者自己認爲這位女主角「有點心理變態」，那麼「痛苦與擴大的自我感」，其嗚也哀，尤其需要費心周章。於是作者決定子不語，冷處理故事結局。

其二，作者有意勾勒易先生苟且偷生之後合理化自我行徑的邏輯，而且那個表述可以輕便交代王佳芝與同夥的命運。這個興趣大概與她略知汪政府工作人員（如胡蘭成）有關。那項知曉可能幫助她以同情的理解來描寫戰亂裡打麻將消遣作樂的生態。當然那份同情有其明顯的限度。敘事者合理化易先生，描繪他洋洋自得快速決定槍決王佳芝一夥，並不表示作者贊同那個行徑。論者曾善盡職責指出有關老易的敘事清冷。現在我們知道作者峻拒老易，可以上溯至〈諜戒〉，那個版本的最後一段：

He humored them and even sat down to play a few rounds for his wife. It was the happiest day in his life and he often looked back at it in subsequent years. When the Chungking government came back at the end of the war, he was arrested and executed. But he drew comfort in his last hours from his memory of the beautiful girl who had loved him and whom he had killed.

他開她們玩笑，甚至坐下代他太太打了幾圈牌。這是他一生最快樂的日子，連續幾年他常想著。戰後重慶政府回來，逮捕並處決了他。但是臨刑前他想到那愛他、被他處決的美麗少女，仍然覺得寬慰。（暫譯）

中文版從「她臨終一定恨他」到「死是他的鬼」，四個段落用第三人稱與省卻主詞的句子構成。句型交錯，增進敘事者與老易的親密，促使那些第三人稱的句子發自本文第二節辨認的、檢驗自我行徑的、心思運轉裡的「他我」。在道德層面上，這個「他我」是扭曲變形的。我們建議盡量用第一人稱的「我」做為本篇小說隱性主詞。例外不多，像那句「（周佛海）一旦發現易公館的上賓竟是刺客的眼線」。在這種讀法裡，這四段文字人稱互換，一唱一和，形成熱切的爭鳴與對話。那個洋洋自得的大男人心態因而膨脹起來，張狂得可以。

藍詩玲深諳此理，所以稱這四段文字的最後一段為默想的尾段。可惜她的英譯急於講求情節清晰明白，過分強調間接敘事，全盤強制使用第三人稱，反而削弱了內心獨白的效果。我們試譯三個缺略主詞的句子。

●例一

中文：一旦發現易公館的上賓竟是刺客的眼線，成什麼話，情報工作的首腦，這麼糊塗還行？

英譯：Mr. Yee could imagine all too easily what use Chou would have made of the discovery that the head of Domestic Intelligence had given house-room to an assassin's plant.

英譯的中譯：易先生可以輕易想像周（佛海）發現情報工作首長的上賓竟是刺客眼線之後會藉此好好處置他。

●例二

中文：現在不怕周找碴子了。

英譯：Now, at least, Chou could find no grounds on which to reproach him.

英譯的中譯：現在，至少，周沒找他碴子的把柄了。

●例三

中文：得一知己，死而無憾。

英譯：But now that he had enjoyed the love of a beautiful woman, he could die happy—without regret.

英譯的中譯：但是現在他享有美女的愛，他可以快樂地死去，毫無遺憾。

例一英譯突然跑出個「易先生」，大大拉遠了敘事者與老易的距離，變成了旁觀敘事。例二英譯缺乏「我」從驚嚇（怕）到舒坦（不怕）的情緒動盪。例三英譯以「他」敘述，減弱了大男人自我中心那份滿意。我們默讀「（我）得一知己，死而無憾」，梟情千丈，多麼志得意滿！

英譯雖有瑕疵，譯者稱這四段文字為「自由間接默想」，顯然懂得敘事者從老易立場發言，作者因而知會了老易心態，可是知會並不等於同意或同情。這種「間接」非僅採用第三人稱句型而已，間接兼指敘事者與作者並不等同，立場各異。敘事者陳述自鳴得意或風流自賞，都是挾帶貶意的筆墨。那最後一段裡，論者樂予引用的詞藻，獵人獵物，虎與倀等等，都在交代老易思緒，都可用這個角度去體會。

我們不必因為張愛玲未曾進一步妖魔化漢奸而訝異。在「反共抗俄」時期，所謂「美帝」影響張愛玲寫作的年頭，《秧歌》與《赤地之戀》的共產黨員著實散發著人性溫暖。沈從文與魯迅小說裡固然有張愛玲未能企及的種種生活經驗，然而在近代中國戰亂裡從事超越黨爭、持平自然的人性記述，沒有其他中國作家能夠凌駕張愛玲之上。

雖然仍用省卻主詞的句法，大概因為業餘特工身分暴露，珠寶店事發之後情節比較簡單，小說語言顯然較為通暢易懂。整篇小說語調配合間諜故事，是那種躲躲藏藏的灰冷。唯一搶眼的，是這個或可歸類於劉紹銘所謂「兀自燃燒的句子」[8]：

> 一種失敗的預感，像絲襪上一道裂痕，陰涼的在腿肚子上悄悄往上爬。

類似的句子在同篇小說裡只能偶現，多了就失之炫才。然而這個引人注目的佳句十分重要。王佳芝沒有假借道義、道德或其他任何名目的勝利來安慰自己，她明言挫辱。這篇小說以及作者事後補充的詮釋都未曾逾越那個與老易保持距離的立場。所以坦示王佳芝失敗在前，寒冰處置老易在後，就表示了作者對易先生毫無轉圜餘地的不予原諒。

這個理解與時下流行的兩個有關易先生的評讀不同。第一種說法，即前文提及的鄭蘋如案件的對應。第二種解讀，比如電影裡添加的部分對白來自胡蘭成《今生今世》，視老易爲對胡蘭成的思戀。懷舊不可能無，但更重要的是生命回顧裡的評價。如果這篇小說具有作者生命現實的心理投射，我們可以說，張愛玲憤然承認自己曾經擇偶失敗，在反思裡痛切表達對胡蘭成失望。王佳芝的死，象徵張愛玲曾經體驗的心死。哀莫大於此。故事終了，作者爲那段生命劃上句點，好像從此可以不再回訪那個記憶。時間未曾治癒心頭舊傷。

如果生命評估確爲這個故事的一項寄意，那個遮遮掩掩的小說語調也配合著不吐不快、卻又不欲人知的心事。

4

李安電影令我們再度瞭解小說不如電影的視聽效應。電影是否忠於原著並不要緊。兩相對照，電影《臥虎藏龍》與王度廬小說，電影《斷背山》與安妮．普露（Annie Proulx）故事，都有個別不同之處。背離原著並未削減電影風采。黑澤明電影《羅生門》出自芥川龍之介小說〈竹藪中〉，電影情節也有許多變動，是種再創作。問題是〈色，戒〉電影是否有遜於小說的地方。電影大師李安至少拙於表達前文已經談過的兩點：

其一，王佳芝攬鏡自照的心智。那是張愛玲多次肯定的、女子求生求愛過程裡謀算自身利益的一種能耐。當其力道無法扭轉劣勢之時，就展現特異的人生無奈。

其二，作者對老易深度的不滿與失望。李安精心打造軟化溫情化老易，完全未能傳達張愛玲高度期望之後龐巨的落空。那是駕馭王佳芝與老易的、作者本人的感覺與視野。

許鞍華的意見或許值得參考：「我感覺張愛玲描寫的人物心理交流變化和作家的觀點是沒有辦法拍的，除非是採用很土的加上畫外音的方式。」，張美君導演，黃春明編劇的《嫁妝一牛車》，用畫外音來傳達主角萬發的內在獨白。李安高明，卻未解決許鞍華注意到的難題。

華文媒體報導李安受訪，堅稱電影忠於原著。前文提過那絕非電影優劣的準繩。不過既然有此一說，假設報導準確，我們難免自問：本文爬梳小說意義與本意，相對於李安電影，爲何具有如此龐然落差？我們必須指出：就印證意義與本意而言，意念先行乃小說閱讀之大忌。當然人人讀書都事先帶來各個不同的人生閱歷，所以同一故事，每人看見的景觀或異。就因此，我們必須在作者的文字脈絡裡推敲、體會或想像。如此一來，雖然各人所得仍會不同，至少我們能夠驗證彼此的依據與思辨方法，因而增加了論見取捨或求同存異的可行性。任何具有稍許公信力的小說意見，都是那樣慢慢累積而成的。

1 周夢蝶《十三朵白菊花》，台北洪範，二〇〇二年七月初版，頁九〇。

2 符立中〈間諜圈，電影圈——宋淇和楊德昌的〈色，戒〉故事〉，台北《印刻文學生活誌》，二〇〇七年八月，頁五七—五九。

3 李歐梵〈此情可待成追憶，只是當時已惘然——細讀張愛玲〉，收入《睇色，戒：文學・電影・歷史》，香港牛津大學出版社，二〇〇八年，頁一五。

4 Eileen Chang, Wang Hui Ling and James Schamus, *Lust, Caution: The Story, the Screenplay, and the Making of the Film*, New York: Pantheon Books, 2007, pp. 12-13.

5 Ibid., p. 236.

6 殷允芃〈訪張愛玲女士〉，收入殷允芃《中國人的光輝及其他——當代名人訪問錄》，台北志文，一九七七年八月再版，頁一〇。

7 Eileen Chang, Wang Hui Ling and James Schamus, *Lust, Caution*, p. 46.

8 劉紹銘《文字的再生》，香港天地，二〇〇六年六月初版，頁四四—四九。

9〈銀幕與舞台上的張愛玲〉，收入林幸謙編《張愛玲：文學・電影・舞台》，香港牛津大學出版社，二〇〇七年，頁二一。

21

倦鳥思還

張愛玲寫給賴雅的六封信

守著孤獨守著夜
守著距離守著你
我在夜中守著夜
我在夜中守著你

——商禽〈遙遠的催眠〉

張愛玲寫給賴雅的六封信屬於美國馬里蘭大學圖書館特藏（Special Collections, University of Maryland Libraries）。根據該館所提供、一九八八年五月編列的〈賴雅文件指南〉，賴雅特藏來自賴雅女兒霏絲，一九八二年收購，一九八七年收捐；整理成四系列，張信屬第一系列第一箱。二〇〇四年十月十一日，該館文學手稿特藏負責人別絲．姚佛瑞芝（Beth Ruth M. Alvarez）告訴我，張信僅此六封，共十二影印頁。

原信皆航空郵簡，每信正反兩面影印。發信地址都是香港宋淇家，如信件內容所示，賴雅回信都寄宋家轉。張愛玲投郵地址有二。第一信寄「邁爾文．傑克生太太」轉。邁爾文．傑克生是霏絲的丈夫（第二任），所以這個稱謂其實指霏絲。第一信裡特別問候霏絲，因爲親誼之外，得靠她轉信。第二至第六信寄到賴雅新租的公寓，地址是：105 6th Street, SE, Apt. 207, Washington 3, D.C. U.S.A.。倦鳥思還，此爲賴雅爲兩人新築的巢窩，她寫信時還沒看到。

六信日期如左圖暗背標示，大約每兩週寫一信。月曆裡底線標示三月十六日，那天張愛玲終於如願離開香港。

司馬新可能最早使用馬里蘭大學的賴雅檔案。司馬新《張愛玲與賴雅》，一九九六年五月，台北大地出版社，頁一五一至一五七的記述顯然依據了這批張信。

周芬伶著、謝毓祥譯〈張愛玲夢魘——她的六封家書〉，首度譯介這六封信，原刊於二〇〇四年七月台北《印刻文學生活誌》，轉載於二〇〇四年九月上海《上海文學》，收入陳子善編《記憶張愛玲》，二〇〇六年三月濟南山東畫報出版社。英文原文與中譯錯漏難掩。

我參考司馬新譯名和謝毓祥譯文，重譯六信。格於馬里蘭大學圖書館規定，未能如願發表原信影印頁。只好重打英文，以便中英並列。從文獻學的立場而言，只要這些英文抄校可靠，讀者如要中英參照，再無障礙可言。

六信常用「」連接上下句。這個符號有時可譯為「以及」或「而且」，有時不必譯，乃無聲的短暫沉思。抄寫時為便利計，皆代以「&」。

前文提到〈賴雅文件指南〉，內有賴雅小傳，小傳完全不提張愛玲。作傳者無知於張的文學成就，倒也可予理解，但是僅提首任妻子而抹殺張（第二任妻子）的存在，則屬偏見。如果這個判斷成立，那麼六信倖存，真是難能可貴。霏絲或作傳者當時大可隨手拋棄，誰會知道？

這批家書的史料價值，在於忠實記錄了張愛玲訪港五月的生活與心情。私領域書寫非僅

January 1962

S	M	Tu	W	Th	F	S
	1	2	3	4	5	6
7	8	9	10	11	12	13
14	15	16	17	18	19	20
21	22	23	24	25	26	27
28	29	30	31			

February 1962

S	M	Tu	W	Th	F	S
				1	2	3
4	5	6	7	8	9	10
11	12	13	14	15	16	17
18	19	20	21	22	23	24
25	26	27	28			

March 1962

S	M	Tu	W	Th	F	S
				1	2	3
4	5	6	7	8	9	10
11	12	13	14	15	16	17
18	19	20	21	22	23	24
25	26	27	28	29	30	31

觸及兩人鶼鰈深情，而且充分表露百折不撓的英語創作意願。我們不能因爲她的經濟急需而忽略那可敬佩的文學執著與自信。此時張愛玲才四十二歲左右，正值壯年，已有可以在美國合法工作的美國公民身分，英文能力優於普通新移民。如果她放棄文學，找份普通工作，維持基本簡樸的穩定生活應無問題。如果需要學歷，找間小學校補修學分，取得大學文憑以利就業，亦非難事。然而她吃了秤錘鐵了心，堅持以寫作賺取兩人的主要收入。鬥志旺盛，所以貧賤夫妻未曾百事盡哀。

英文原憑值得重視的理由，在於張愛玲兼涉雙語。研究張愛玲，僅僅閱讀她的中文作品是不夠的。我在〈開窗放入大江來——辨認《赤地之戀》的善本〉曾提議，《赤地之戀》最後版本是英文版，也是那部小說的善本。我在〈林以亮〈私語張愛玲〉補遺〉曾指出，英文版《秧歌》確曾一時得到美國書評界的推崇。英文版《秧歌》與《怨女》已由美國加州大學重印，幾篇英文的中短篇小說與散文也容易找到。五四以來，包括魯迅在內的所有重要中國小說家，沒有其他任何一人需要我們如此兩面兼顧。在張愛玲之前出版英文小說的林語堂、張歆海、黎錦揚，在中國小說領域裡都無法與她相提並論。

這種雙語文學並進的特殊性，可能是時下論者檢驗她英文是否高明的主因之一。很有論者懷疑她某些英文作品語言未盡精純。劉紹銘《文字的再生》從文字的角度去肯定張愛玲中文，進而推敲張愛玲英文得失，尤其公允可親（香港天地圖書有限公司，二〇〇六年六月初版）。本文所收第四封家信提到英文長篇《少帥》寫作計畫。夏志清在司馬新《張愛玲與賴雅》序文裡評道：「張愛玲英文雖好，寫西安事變這樣重大的歷史事件，可能力不從心。」我們不必因爲諸如此類有所保留的評見而拒視張愛玲文學。一九八四年二月上海古籍出版社出版，胥樹人《李白和他的詩歌》提到現存李白詩作千首左右，良莠不齊。少作與凡品並未動搖詩仙的文學定譽。論者常把魯迅較差的散文歸類爲雜文，那倒是無可厚非，然而有人因此而推崇魯迅爲偉大的文類家，則爲太過。梁實秋、周作人、張愛玲、余光中、楊牧，散文都沒有這種另訂文類的需要。我們雖然難於苟同少數魯學學者強詞奪理，卻也不因爲有了散文敗筆就否定魯迅文學成就。魯迅確有優質小說與散文。

如果張愛玲文學雙語研讀確有繼續開發的必要，家書的英文原文或許具有獨特的語文參考價值。當然，英文原文與中譯並列，等於是家法侍候，如果讀者發現譯文有欠妥切，重打五十大板，請勿手軟。

信一（一九六二年一月五日）

福悅德親親：

收到你新年來信。我寄給霏絲的第一封信從比佛瀑布市退了回來，郵戳是十一月四日。再寄給她得花費港幣兩元以及坐趟公車，所以我以後親自面交。這下我放心你假期了——你通常穿什麼顏色襯衫？高興你與捷樂米處得好。努力爲我們找個小的廉價公寓，不必非得要暖氣但爬樓忌多。小廚房可擺張好的廚桌延伸進入其他房間。這些日子我起身早，所以沒有時間衝突。我勢將能夠隨傳隨出門（眼睛出毛病，無法戴隱形眼鏡，無法化妝，因此現在可能動作快捷），所以只要天氣好我們就出門。就我所知，我們運氣將於六三年中期轉好，我爲如何度過六二年而失眠。由於美國越洋航空不直飛華盛頓，我將在紐約換機。我甚至想先去彼得堡，帶我那箱子去華盛頓賣東西，但我懷疑那樣做會得不償失。先等一陣子再說，或會請肯特爾寄來。如果當初你聽我話把那口箱子標明爲一號，事情就好辦得多。現在我們不知它的編號。我仍在寫《紅樓夢》劇本下集初稿。甚至沒工夫去宋家看看你是否又來信。先寄此信，免得你擔心我。甜心，我愛你，如趕上二月三十日的飛機，期於三月初與你團聚。你還病痛嗎？告訴霏絲我愛她。

愛玲

譯註

- Fred　福悅德。賴雅小名。
- Faith　霏絲。賴雅女兒。
- Beaver Falls　比佛瀑布市。在美國賓夕法尼亞州。
- Jeremy　捷樂米。霏絲的大兒子。
- USOA　美國越洋航空公司（United States Overseas Airlines）。
- Peterboro　彼得堡。意指Peterborough。
- Kendall　肯特爾（George Kendall）。麥道偉文藝營主管。

Jan. 5,'62

Fred darling,

Got your New Year letter & my first letter to Faith, sent back to me from Beaver Falls, postmarked Nov. 4. It would cost HK $2 and a bus trip to send it to her again so I'm going to bring it to her myself. I'm reassured about your holidays–what color is your ordinary shirt?–& glad about Jeremy & you. Do try to find us a tiny cheap flat, heating no object but not too much climbing. A kitchenette can spread out into the room with a nice kitchen table. I am up early these days so there'll be no clash of hours. Will also see that I can go out at a moment's notice (possible now as I can't wear lenses with the eye trouble, which eliminates all make-up) so we'll be out whenever the weather is good. As far as I know our lucky year starts in middle '63 & I've been losing sleep over how to get through '62. As the USOA line does not come all the way to Washington & I'm to change to a regular plane in N.Y., I've even thought of going to Peterboro to bring my trunk to Washington to sell but suspect I'll spend more going there than it's worth. Will wait & maybe ask Kendall to send it. If only you had marked it No. 1 as I asked you to, it would make it easier. Now we don't know the number. I'm still deep in the 1st draft of Part II. Didn't even have time to go to the Soongs in case there's another letter from you. Will send you this first so you won't worry about me. Sweet thing, I love you & expect to be with you in early March if I can make the Feb. 30 plane. How's your pain? Give Faith my love.

Eileen

信二（一九六二年一月十八日）

福悅德親親：

你的信與藍圖令我非常高興。那是我一直想要的家。上週日我完成了《紅樓夢》劇本下集，長時間工作使得眼睛再度出血，那時計畫搭二月十六日飛機離開這裡。（由於二月沒有三十日，下班飛機是三月二日。）美國越洋航空公司的飛機擁擠，要求三週前預付票款。我還沒收到船票退款，沒有那退款我沒夠錢付機票。昨晚與宋家談，宋淇說他太熟悉《紅樓夢》原著，無法審核劇本。必須請從來沒讀過《紅樓夢》的老闆們過目，然後再要我修訂。他們不能要我閒著等候，他建議我多留一個月左右，再寫個劇本。我當然同意，多賺幾乎八百美元，照我們在舊金山生活標準，約四個月開銷，幫助解決如何度過六二年的難題。所以我現在盼望於三月十六日離開。但是那時會和現在一樣，我仍然不能期待劇本寫完立即收款，仍然需要我身邊這些錢預付機票。你能撐到三月二十日嗎？仍有可能，老天爺不許的，他們花太多時間傳閱《紅樓夢》劇本，我無法完工而誤了三月十六日的機期。但是我會全力以赴來趕工。這種陰鬱寂寞的生活使我格外蒼老，再延一個月，我想到就懊喪。醫生安排了十二針劑的療程，我希望會停止一再復發的眼睛出血。這幾天有空，爲麥卡錫翻譯短篇小說。想到我們的家，就覺得安慰。請節制持久性用品的花費，不必省於日常消耗品。你知道如果爲我添購家物，我會生氣——不過一個二手的玻璃橘子榨汁器，倒沒關係。所有我要買的東西——三件頭的冬季套裝，夏季套裝，家居長袍，一副眼鏡——不會超過七十美元，由於得兩星期才做得好，需預付款。我曾想提取彼得堡的「垃圾」，並非爲自己，而是到華盛頓銷售，我們好過日子，不過那事不必急著做。快樂些，甜心，試著吃得好，注重健康。高興你覺得暖和。我仍然可以看見你在救的暖爐前面，坐在地板上，像個巨大的玩具熊。我全心的愛。

愛玲

譯註

- McCarthy　麥卡錫（Richard M. McCarthy）。曾任香港、泰國和台灣美國新聞處處長。
- Peterborough　彼得堡。
- Joe　救。疑爲 Joe Bacon，賴雅與張愛玲在舊金山的畫家朋友。

Jan. 18,'62

Fred darling.

Your letter with the blueprint made me very happy. It's the home I've always wanted. I got Part II done last Sunday, eyes bleeding again from long hours, & was planning to leave by the Feb 16th plane. (The next one is on March 2, there being no Feb. 30) USOA planes are crowded & require payment 3 wks. in advance. I still haven't got the refund for the boat ticket, without which there isn't enough to pay for the plane ticket. Talked it over with the Soongs last night, Stephen Soong said he can't judge the script because he knows the book too well. Has to show it to his bosses who have never read Red Chamber, then ask me to make revisions. As they can't keep me waiting around he suggests I stay over another month or so & write another script. I agreed of course, it means almost $800 & 4 months' living according to our S.F. standard & will help solve the problem of how to get through '62. So I am now expecting to leave on March 16. But the situation then will be the same as now, I still can't expect payment the minute the scripts are done, & will still need the money I have here for advance payment on the plane ticket. Can you manage till the 20's of March ? There's also the possibility, God forbid, that they'll take so long passing the Red Chamber script around that I won't finish in time to make the March 16th plane. But I'll do my utmost to hurry things. I'm downcast myself as the prospect of another month of this dreary lonely existence, which has aged me horribly. The doctor prescribed a course of 12 injections which I hope will stop this eye bleeding that kept coming back. Filling the time gap these few days translating the short story for McCarthy. The thought of our home being there comforts me. Please stint on the durables but not on running expenses. As you know I'll be upset if you got anything for the house on my account–except perhaps a secondhand glass orange squeezer. All the things I want to get–a suit, a summer suit, a house gown, a pair of glasses–won't come to $70 but as it takes 2 weeks to make them also means they have to be paid for in advance. I meant to get the"trash"in Peterborough not for myself but to sell in Washington to keep us going but that can wait. Be happy, sweet thing, try to eat well & keep well. Glad you're warm. I can still see you sitting like a giant Teddy bear on the floor in front of Joe's stove. All my love,

Eileen

信三（一九六二年一月三十一日）

福悅德親親，甜心：

你說「沒完沒了延期」是什麼意思？我說二月三十日回來（就是三月二日，二月只有二十八天，或許你不知道），改到三月十六日，以便多賺八百美元——我稱之爲勞而有獲的兩星期。幾個月來，我工作賣力得像狗，沒有支薪的跡象，但那是因爲寫作與修訂交相進行，好節省時間，因此所有劇本都得拖到最後一分鐘才會完成。剛剛寫好第三個，也是最後一個劇本的大綱，交給宋淇，請他在中國新年之前審讀批准，一到過年他會在年慶與一個明星的訴訟案裡忙得見不到人。我爲你驕傲，爲我們找到既合適又便宜的公寓，眞驚訝你是怎麼做到的，從不認爲房租是種揮霍，所以只請你在家用器具省儉，購買這些東西是你所好，卻是我最捨不得的花費。現在別對我超級敏感。無論如何別寄錢給我。庫克旅行社認爲在二月底之前一定會有來自舊金山的回覆。如果船票退款耽誤了，宋淇說他們會湊足差額——他也許會反對三月十六日行期，但是我會盡力在二月底以前完成大部分的工作。如果他們還是不滿意，我將安排在那裡完工——他們總是能夠扣發付款。司克利卜納出版公司拒出我的小說——「篇幅幾乎兩倍過長」——此爲「集體而且完全無法做決定」之後的意見。我已去信羅德爾，請她在三月中之後用我們華盛頓的地址來信。另外必須給我房東太太足月的搬家通知。所以一切安排妥當了。請不要憂心，讓我完成現行的工作。我的處境已夠艱難了。如果你能看見我現在生活實況，你將知道我多麼想念我們可愛的公寓。請在未來這六個星期爲我倆好好享有公寓。如果你擔心過度而生病，你將破壞了一切。我吻你的耳朵。吃東西時候兩耳還動來動去嗎？這些日子吃些什麼？好好照顧自己。我愛你。

正在寫信給舊金山的庫克旅行社，請他們盡快。

愛玲

譯註

・Cook's　庫克旅行社。
・Scribner　司克利卜納出版公司（Charles Scribner's）。
・Rodell　羅德爾（Marie Rodell）。張在美國的出版代理人。
・Thos Cook's　庫克旅行社。Thomas Cook's的縮寫。

Jan. 31

Fred darling, sweet,

What do you mean by"endless postponement"? I said I was coming on Feb. 30 (i.e. March 2, February having 28 days only, in case you don't know) & changed to March 16 to earn an extra $800–a rewarding fortnight I call it. I've been working like a dog for months with no sign of pay, but that's because the writing & revising are going on alternately, to save time, which means none of the scripts will be finished until the last minute. Just did the outline of the 3rd & last script & went to get Stephen Soong to read & approve it before the Chinese New Year, after which he'd be inaccessible in the whirl of New Year activities & a star's lawsuit as well. I'm proud of you for having found us just the right apt. at this low price, marveled how you did it, never for a moment thought of it as extravagant & urged you to stint only on household utensils, your weakness & my pet hate. Don't be supersensitive with me now. On no account send me money. Cook's thought they're bound to hear from S.F. before the end of Feb. If the money doesn't come in time Stephen Soong said they'll make up the difference–He may baulk at the March 16 date but I'll see to it that most of the work is done by then, end of Feb. If its still not to their satisfaction I'll arrange to finish it over there–they can always withhold payment. Scribner tumed down the novel–"almost twice too long"–after"being collectively & completely on the fence about it." I've already written Rodell to write me at our Washington address after the middle of March. Also have to give my landlady a month's notice. So it's all set. Please don't worry & let me finish what I'm doing. It's hard enough for me as it is. If you see what sort of a life I lead here you'll know how much I miss our lovely apt. Please try to enjoy it enough for both of us in the next 6 wks. If you worry yourself sick you'll ruin everything. I kiss your ear. Do they still move when you eat, & what do you eat these days? Do take care of yourself. I love you.

Eileen

Am writing the S.F. Thos Cook's by the same mail asking them to expedite.

信四（一九六二年二月十日）

福悅德親親：

我總是立即回信，但是這陣子極忙，甚至少去宋家，又沒電話，所以你的信有時在宋家耽擱好幾天，我才見到。新劇本進展順利。《紅樓夢》劇本修訂時候會有麻煩。但是無論如何三月十六日我將離開。雖然庫克旅行社也爲我致函舊金山，船票退費仍無蹤影。收到那筆款，我也夠錢買衣服。請別到紐約接我。我一向說沒興趣旅遊紐約，只想去那裡居住。特別是現在，如果你要讓我開心而去享遊，我會心痛於每分錢的花費。搭了那班自舊金山起飛的擁擠飛機之後，我一直腿脹腳腫（輕微的水腫病），直到農曆新年前的廉售，我才買得起一雙較大的鞋——宋家貸款是痛苦的安排，破壞了他們與我多年的交情——花錢在我現在心情看來毫無愉悅的東西上，無法改變向朋友借債的這種窮困。事實上，想到亂花錢，就減少我目前所作所爲的意義——從上午十點到凌晨一點，筋疲力竭工作。所以請別讓我不開心。帶我看看華盛頓——我們或許不會在那兒住滿一年，明年一轉運，我們一起遷居紐約。知道六三年好運道，我非常著急算著日子——這是瘋話也是我唯一的精神支柱——明年春季左右完成長篇小說《少帥》。此乃破釜沉舟的決心，我現在工作情緒高昂。你能給我的，莫過於在我身邊作伴，幫我，並提供額外的一兩百塊美元，讓我少擔點心。你知道我向來不干涉你的事，除非你爲我費心，那種事我認爲我應該參與籌謀。甜心，你不告訴我你的近況，但是我知道你和我一樣活得狼狽不堪。信任我的直覺，我們會有好的未來。我知道那與我的迷信無關。我不會在紐約機場讓步離開，也拒搭火車，但是三月十六日之後，在你念完馬克西米聯．甫德南．賴雅的長長名字之前，就會回到你身邊。吻你左眼。

愛你的

愛玲

譯註

- beri beri　水腫病（beriberi），主因是缺乏維他命B_1。
- desting　疑為筆誤。原信上端左傾，date in兩字正好在該行右端，後面或有影印頁遺漏的字。張錯建議把這幾個字to keep my date in desting in '63 改為to keep my date in mind, knowing my destiny in '63 來理解。中譯從議。
- Young Marshall　《少帥》，張愛玲的英文長篇小說。張錯〈初識張愛玲《海上花》英譯稿——兼談南加大「張愛玲特藏」始末〉說，張愛玲遺物裡有未完成的七十多頁英文小說《少帥》打字稿，現在屬南加大「張愛玲特藏」。見二〇〇四年六月香港《明報月刊》。
- living in limbs　活得狼狽不堪。這個譯法避免軀體衰弱（形同枯槁）和生存意義喪失（如法國存在主義作家卡繆〔Albert Camus〕所說：To put it all in a nutshell, why this eagerness to live in limbs that are destined to rot？。簡而言之，為何如此熱切在這終究會腐朽的軀體裡活著？）。乃生存情狀的評估。此時張灰頭土臉，卻未死心喪志。
- Ferdinand Maximilian Reyher　賴雅全名。二〇〇四年十二月八日，姚佛瑞芝女士告訴我，賴雅護照，年度收入報稅表格種種文件皆僅用Ferdinand Reyher，她好不容易在死亡證明書上，查到賴雅全名，與張信相同。

Feb. 10

Fred darling.

I always answer promptly but I've been so busy I don't even go to the Soongs'often & have no telephone either, so your letter sometimes lies there for days before I get to see it. New script getting along well. It's the Red Chamber that's going to be troublesome when time comes for revision. But I'm leaving on March 16 no matter what. No refund from Cook's yet although they too have written S.F. for me. When I get it there will be enough money for the clothes too. Please don't meet me in N.Y. As I have always said I have no interest in visiting N.Y., only in living there. Particularly now I shall be heartsick if you want to give me a good time there, with me feeling every cent that goes. I've had swollen legs & feet (mild case of beri beri) ever since the cramped plane from S.F. & literally could not afford a larger pair of shoes until the pre-Lunar New Year sales–the loans from the Soongs are a painful arrangement that spoils everything between us–I can't make up for this sort of privations by spending money on things that are no pleasures to me in my present frame of mind. In fact the very thought of it takes some of the meaning out of what I'm doing now–grueling work from 10-1 a.m. So please don't make me unhappy. Show me Washington instead–we may not be there for more than a year, we'll be going to N.Y. together early next year as soon as luck has turned. I'm in desperate haste to keep my date in desting in'63–crazy talk but, my only mental prop–by finishing the Young Marshall novel around next spring. It's now or never & I'm in a working mood. You can give me nothing better than your company & your help & an extra hundred dollars or two for my peace of mind. As your know I never interfere with what you do except when you're doing it for my sake, then I consider I have a voice in it. Sweet thing, you don't tell me how things are with you but I know you're living in limbs like me. Trust my intuition, we'll have good years ahead. Apart from my superstitions, I know. I won't budge from the N.Y. airport & want no train ride, but after March 16 I'll be with you sooner than you can say Maximillian Ferdinand Reyher. A kiss for your left eye.

Love,

Eileen

信五（一九六二年二月二十日）

中午十二點三十分出門寄此信。

福悅德親親：

為什麼一星期沒寫信給我？該不是為了紐約行程惱怒（還記得一九五七然後一九五八年，那恐怖的一兩天旅遊經驗嗎？），或是我工作過勞而未能勤去宋家提取來信？我提前完成了新的劇本，訂了三月二日的機票。宋家認為我趕工粗糙，欺騙他們，每天有生氣的反應。宋淇說我行前會領到新劇本的稿酬，意味他們不會支付另外兩個劇本，《紅樓夢》上下兩集，當我說我返美之後會修訂兩稿，他未予置評。他們一直擔心邵氏電影公司搶先開拍《紅樓夢》，看來他們終於決定放棄拍此片的計畫。我在此地受苦，主因在於他們持續數月的遲疑不決。我離開此地，強迫他們面對難題。宋淇標準中國人，完全避開這個話題，反倒要我另寫個古裝電影劇本。第二天我理解了實情，整天在我小房間裡，難過得要窒息，隨時會爆炸開來。我全力爭取的一年生活保障，三個月的勞役，就此泡湯。我還欠他們幾百元生活與醫藥費用，還沒與他們結算，原計畫用《紅樓夢》劇本稿酬支付。我無法入眠，眼睛原已癒合，現在再度出血。元宵節前夕，紅紅滿月，我走到屋頂思索。他們不再是我的朋友了，但是我將在這筆壞的買賣裡撈回幾百元，停留兩週，商議某種妥協，按原定計畫於十六日離開。他們請來黎錦揚為他們編寫個劇本（如坎的報導，不吃章魚），所以你可想像他們如何差別對待我。昨天我去航空公司付了三月十六日機票的部分費用。今天庫克旅行社通知船票退款已到。所以那事已處理清楚。此時來信，甜心。暗夜裡在屋頂散步，不知你是否體會我的情況，我覺得全世界沒有人我可以求助。——我愛你。

愛玲

譯註

・Shaws　邵氏電影公司。宋淇代表電懋公司請張編劇。

・costume picture　古裝電影。

・C. Y. Lee　黎錦揚，《花鼓歌》（*Flower Drum Song*, 1957）作者。承鄭樹森指點確認這個譯名。隨後找到黎錦揚，電話訪談，他久聞張愛玲大名，但是始終無緣結識。

・Caen　疑爲《舊金山紀事報》著名專欄作家赫布·坎（Herb Caen, 1916-1997），一九九六年普立茲新聞文學獎。張愛玲自美經台返港編劇之前，與賴雅在舊金山住了兩年多，當時赫布已經以專欄聞名。可惜一時仍查不到他在一九六二年以前是否評論了章魚、黎錦揚、《花鼓歌》，或根據《花鼓歌》拍成的同名電影（一九六一）。這句話「not to eat octopus as Caen reported」似私己笑談（insider joke），如是，則有外人難予確認的諷義。目前只能根據字面意思翻譯。

・此信兩度提及晚間在屋頂散步。散文〈重返邊城〉也寫過那個屋頂：「我這次分租的公寓有個大屋頂洋台，晚上空曠無人，悶來就上去走走，那麼大的地方竟走得團團轉。」台北《皇冠》，二〇〇八年四月，頁八一。

Feb. 20

Going out to mail this at 12 : 30 a.m.

Fred darling,

Why haven't you written in a week? You're not angry about N.Y.(remember our dismal one-to-two days'visits in'57 & again in'58?) or about my working so hard I couldn't go oftener for mail? I managed to finish the new script ahead of schedule & booked a ticket on the March 2nd plane. Angry daily reaction from the Soongs who thought I'd been racing through rough works, cheating on them. Stephen Soong said I'll be paid for the new script before I leave, meaning they won't pay for the other two, Red Chamber I & II, & made no comments when I said I'll revise them in the U.S. They've been worried all along about the Shaws filming Red Chamber ahead of them & it looks like they've finally decided to drop the project. The uncertainty hanging overhead all these months had contributed largely to my misery here. My leaving has forced the issue. Characteristically Chinese he merely avoided the subject & spoke instead of my writing another costume picture. The next day when the fact sank in I felt choked about to burst all day in my little room. There goes 3 months'labor & the year's security I've been striving for. There's still the several hundred I owe them for my living & medical expenses which I haven't reckoned with them yet & meant to pay out of the Red Chamber money. I can't sleep, my eyes first healed bleed again. I went up to the roof to think, under a red full moon, night before the Lantern Festival. They're no friends of mine any more but I'll salvage several hundred out of the bad business, stay over for 2 wks. to talk about a compromise of sorts & leave on the 16th as originally planned. They've got C. Y. Lee here to write a film for them (not to eat octopus as Caen reported) so you can imagine how they treat me by comparison. Yesterday I went to the airline office & made part payment on a March 16 ticket. Today Cook's sent word that the refund is available. So that's taken care of. Meanwhile write, sweet. When I was walking in the dark on the rooftop I didn't know if you'd see the situation & felt there's nobody in the whole world for me to turn to.–I love you.

Eileen

信六（一九六二年三月二日）

福悅德親親：

上封信裡我提到謀求妥協。由於他們的老闆喜歡第三個劇本，對方也願意協商。所以我們規劃了其他幾個較爲簡單的故事，我返美後可編爲劇本，那時我仍有時間於三月二日離開。然後激戰一場。他們堅持我留到三月十六日以後，我斷然拒絕。最後我依舊於十六日離開，然而因爲過早通知房東停租，我必須搬進宋家住兩週。此爲互不信任的情況——他們不相信我的劇本，我不相信他們付費，拒絕多花錢住旅館。一團糟，卻爲此生最不愉快五個月的適當結局。我眞感激二月是一年裡最短的月份。不管怎樣我已拿到十六日的機票。到舊金山換環球航空公司班機，直飛華盛頓，十八日星期天中午到達，環球航空五〇〇號。別再來信，我也不寫信了。保重身體，開開心。

深念中

愛玲

譯註

・TWA　環球航空公司。

・TW　環球航空公司。

March 2

Fred darling,

I spoke of working at a compromise in my last letter. The other side was also in a negotiating mood because their boss likes the 3rd script. So we mapped out other simpler stories I'd do after I get back to the States & there was still time to leave on the 2nd. Then a tug of war. They insisted that I stay until after the 16th which I refused flatly. In the end I'm still leaving on the 16th, but having given notice early at where I was staying, I had to move in with the Soongs for 2 wks. It's a case of mutual distrust–they don't trust me with the plots, I don't trust them with the pay & refuse to put in more money in the form of hotel bills. A total mess & a fitting end to the 5 most wretched months in my life. How grateful I am that February is the shortest month of the year. Anyway I've got the plane ticket for the 16th. Changing to TWA in SF, direct to Washington, arriving on Sunday the 18th, noon, Flight TW 500. Don't write any more, I won't either. Keep well & happy.

With longing,

Eileen

22

張愛玲的英文自白

文學有普遍性，
但有界限；
也有較為永久的，
但因讀者的社會體驗而生變化。
——魯迅[1]

前言

約四年前，陳子善教授賜示陳耀成〈美麗而蒼涼的手勢〉[2]。該文譯介張愛玲的英文自我簡介，以下簡稱〈自白〉。原文分三段。我在〈那人正在燈火闌珊處——張愛玲如何三思「五四」〉（以下簡稱〈三思〉）曾經重新譯介第三段。最近陳子善教授要我補譯頭兩段，以便收入他主編的張愛玲研究資料專書。

〈自白〉原刊於一九七五年紐約威爾遜公司出版的《世界作家簡介・一九五〇——一九七〇，二十世紀作家簡介補冊》（*World Authors 1950-1970, A Companion Volume to Twentieth Century Authors*）。該書介紹了九百五十九位作家。主編魏客門（John Wakeman）後來爲同一書系編了一九八〇年出版的《世界作家簡介・一九七〇——一九七五》，加了三百四十八位作家。

威爾遜作家書系規模龐雜，入選者必須爲英語讀者所熟悉，作品須具文學重要性，或是特別風行。文類頗廣：詩人、小說家、劇作家，或引起廣泛注意或影響的哲學家、歷史學家、傳記作者、批評家、神學家、科學家，以及新聞記者。在魏客門之前，《二十世紀作家簡介》初版（一九四二）以及增訂版（一九五五）就已網羅了兩千五百位作家。一九八〇年之後，書系仍然繼續出版。

這本收入〈自白〉的書裡，約半數作家提供了自傳性的文章。編者鄭重申明：只要作家用英文寫自述，編者完全尊重而不事更改。這點值得我們注意。我們確知張愛玲親撰〈自白〉。非但編者如此註明，一九六五年十二月三十一日致夏志清信曾提及此事：「有本參考書"20th Century Authors"，同一家公司要再出本"Mid-Century Authors"，寫信來叫我寫個自傳，我藉此講有兩部小說賣不出，幾乎通篇都講語言障礙外的障礙。他們不會用的——一共只出過薄薄一本書。等退回來我寄給你看。」[3]這裡「一共只出過薄薄一本書」，意指英文版《秧歌》。

張愛玲正確預料〈自白〉難以幫助解決英文小說在美國出版的困難。一九六六年三月三十一日致夏志清信有此敘述：「上次我提到的"Mid-Century Authors"要到一九六八才出版，想藉它宣傳幫我賣小說，也不必想了。」[4]前文已指出，這本《世界作家簡介》遲至一九七五年才出版。遠水難救近火。英文書名變動，想是出版公司後來改的。張信提到該公司當時已經出版了的"20th Century Authors"，倒是一字不差，足證確指〈自白〉。

c.1

WORLD AUTHORS

1950-1970

A Companion Volume to Twentieth Century Authors

Edited by
JOHN WAKEMAN

Editorial Consultant
STANLEY J. KUNITZ

THE H. W. WILSON COMPANY
New York · 1975

每篇作家自述之後還有長短不一的評介。張愛玲的評介者未具名，評介比〈自白〉還長，資料與意見主要參考了夏志清一九六一年版《中國現代小說史》，不過它兼顧了《秧歌》英文版（一九五五）在美國書評界廣受好評，並且指出《怨女》英文版（一九六七）仍然可觀。它的結論尚值一讀，因爲或許反映了一九七五年間，美國文評界的張愛玲體會：

張愛玲的作品無疑被那些把它當做冷戰燃油的人過分推崇，也被那些視當代中國文學只能為革命做政治服務的人過分貶抑。她所描繪的革命前的中國，在寫得最好的時候，達到了超越時空的普遍性。

Eileen Chang's work has no doubt been over-praised by those who regard it as fuel for the cold war, and too little regarded by those who see no task for the contemporary Chinese novel but to serve the political needs of the revolution. Her pictures of prerevolutionary China, however, achieve at their best a universality that transcends their time and place.

〈自白〉與評介佔頁二九七至二九九。還有印刷清晰的張愛玲黑白半身照片。我參考陳耀成的原譯，重譯〈自白〉。

〈自白〉譯文與原文

張愛玲（一九二〇年九月三十日—），中國小說家，如此自述：

我於上海出世，此生大部分時間都住在那裡。父母經媒妁安排結婚，結果離異。家父是「有閒紳士」，家母是畫家，旅居歐洲。然而他們都篤信中國經典的幼兒教育，我自七歲起就接受家庭老師冗長教學。後來我在規模頗大的聖公會女校就讀六年，發現我的家庭並非我原先想像的與眾不同，只不過較趨極端而已。中國家庭制度當時正在崩盤，一般而言僅靠經濟因素而苟且維繫。如非二次世界大戰爆發，我會罔顧父親反對而前往倫敦大學就學。母親改送我去香港大學。大三那年，太平洋戰爭接踵而至香港，因此我回上海。我寫短篇小說以及電影劇本維生，變得愈加熱中於中國事物。共產黨掌權三年之後，我才下定決心出國。

到香港後我寫了第一部英文長篇小說：《秧歌》，在美國出版。我這十年住在美國，忙著完成兩部尚未出版的關於前共產中國的長篇小說，正在寫第三個長篇，從事翻譯，以及中文電影與廣播劇本。美國出版商似乎都同意那兩部長篇的人物過分可厭，甚至窮人也不討喜。Knopf 出版公司有位編輯來信說：如果舊中國如此糟糕，那麼共產黨豈不成了救主？我來此地違抗著奇異的文學習尚——近代文學的異數：視中國爲口吐金玉良言的儒門哲學家所組成的國度。所以目前對中國看法裡有個二元論，認爲中國不外乎訓練有素的共產黨員統治著那批哲學家。然而中國曾有腐敗與虛空，以及相信某種東西的需要。在向內生長的近代儒學主義最後的崩潰之中，有些中國人在盛行的物質虛無主義裡尋求出路，相信了共產主義。就許多其他人而言，共產黨統治也比回轉到舊秩序要好得多，不過是以較大的血親——國家——來取代家庭，編納了我們這個時代無可爭議的宗教：國家主義。我最關切兩者之間那幾十年：荒廢、最終的狂

CHANG

marked by strongly religious overtones and a pessimistic view of Western civilization and its prospects, dwells at length on the Hiss trial and on Chambers' motives in entering, and ultimately denouncing, the Communist party. It gave fresh impetus to the Hiss controversy and divided reviewers mostly along ideological lines, although there was fairly widespread praise for its author's swift, powerful prose. Sidney Hook called *Witness* "one of the most significant autobiographies of the twentieth century," and Irving Howe referred to it as a confession of almost classical stature.

In the mid-1950s, Chambers moved to a more secluded farm in the same part of Maryland. From 1957 to 1959 he was a senior editor and writer for the right-wing magazine *National Review*. During the last two years of his life, in declining health, Chambers studied languages and science at West Maryland College. He died of a heart attack at the age of sixty and was survived by his wife, the former Esther Shemitz, and a son and daughter.

A posthumous selection of letters, notes, and excerpts from his diary, edited by Duncan Norton-Taylor, was published in 1964 as *Cold Friday* (named after one of Chambers' fields, a kind of haven to him). Noting the book's "prevailing tone of melancholy and despair," its author's "total recoil from the twentieth century," *Newsweek* listed among "its obsessively recurrent themes . . . the fatality and anguish of history, the inadequacy of man." Sidney Hook wrote: "A religious attitude, already apparent in *Witness*, here dominates every theme." There was much praise for Chambers' "wonderfully sensitive description of the natural scene," even from Irving Howe, who was otherwise appalled by "his grandiose solemnity, his stunning pretentiousness, his oracular incompetence."

Whittaker Chambers seemed to Conor Cruise O'Brien a "veteran liar," and to Rebecca West "a Christian mystic of the pantheist school." Arthur Koestler suggested that he might be both—a man who, "when he testified . . . knowingly committed moral suicide to atone for the guilt of our generation."

PRINCIPAL WORKS: Witness, 1952; Cold Friday, 1964.
ABOUT: Andrews, B. and P. A. A Tragedy of History, 1962; Chambers, W. Witness, 1952; Chambers, W. Cold Friday, 1964; Cook, F. J. The Unfinished Story of Alger Hiss, 1958; Cooke, A. A Generation on Trial, 1950; De Toledano, R. and Lasky, V. Seeds of Treason, 1950; Hiss, A. In the Court of Public Opinion, 1957; Jowitt, W. A. The Strange Case of Alger Hiss, 1953; Weyl, N. Treason, 1950; Zeligs, M. A. Friendship and Fratricide, 1967. *Periodicals*—National Review July 29, 1961; New York Times July 12, 1961; Reader's Digest May 1952; Saturday Evening Post November 15, 1952.

CHANG, EILEEN (Chang Ai-ling) (September 30, 1920–), Chinese novelist, writes: "I spent most of my life in Shanghai where I was born, the

EILEEN CHANG

child of a blind marriage that ended in divorce. My father was a 'gentleman of leisure,' my mother a painter who traveled and stayed in Europe. However, they both believed in an early acquaintance with Chinese classics and I had long hours of tutoring since the age of seven. I went to a large Episcopalian school for girls for six years and discovered that my family was not as different as I had thought, if more extreme. The Chinese family system was falling apart, generally held together only by economic factors. I was going to London University over my father's objections but was prevented by the Second World War. My mother sent me to the University of Hong Kong instead. The Pacific War caught up with me there in my junior year, so I went back to Shanghai. I made a living by writing stories and film scripts and became increasingly engrossed in China. It took me three years to make up my mind to leave after the Communist takeover.

"After I got to Hong Kong I wrote my first novel in English, *The Rice-Sprout Song*, which was published in the U.S. I have lived in the U.S. for the last ten years, largely occupied with two unpublished novels about China before the Communists, a third that I am still working on, and translations, film and radio scripts in Chinese. The publishers here seem agreed that the characters in those two novels are too unpleasant, even the poor are no better. An editor at Knopf's wrote that if things were so bad before, then the Communists would actually be deliverance. Here I came against the curious literary convention treating the Chinese as a nation of Confucian philosophers spouting aphorisms, an anomaly in modern literature. Hence the

297

鬧、混亂，以及焦灼不安的個人主義的那些年。在過去千年與未來或許幾百年之間，那幾十年短得可憐。然而中國未來任何變化，都可能萌芽於那淺嘗即止的自由，因爲在美國圍堵政策之外，還有其他更多因素孤立了中國。

中國比東南亞、印度及非洲更早領略到家庭制度爲政府腐敗的根源。現時的趨勢是西方採取寬容，甚至尊敬的態度，不予深究這制度內的痛苦。然而那卻是中國新文學不遺餘力探索的領域，不竭攻擊所謂「吃人禮教」，已達鞭撻死馬的程度。西方常見的翻案裁決，視惡毒淫婦爲反抗惡勢力、奮不顧身的叛徒，並以佛洛依德心理學與中式家居擺設相提並論。中國文學的寫實傳統持續著，因國恥而生的自鄙使寫實傳統更趨鋒利。相較之下，西方的反英雄仍嫌感情用事。我因受中國舊小說的影響較深，直至作品在國外受到與語言隔閡同樣嚴重的跨國理解障礙，受迫去理論化與解釋自己，這才發覺中國新文學深植於我的心理背景。

CHANG, EILEEN（Chang Ai-ling）（September 30, 1920-）, Chinese novelist, writes : "I spent most of my life in Shanghai where I was born, the child of a blind marriage that ended in divorce. My father was a'gentleman of leisure', my mother a painter who traveled and stayed in Europe. However, they both believed in an early acquaintance with Chinese classics and I had long hours of tutoring since the age of seven. I went to a large Episcopalian school for girls for six years and discovered that my family was not as different as I had thought, if more extreme. The Chinese family system was falling apart, generally held together only by economic factors. I was going to London University over my father's objections but was prevented by the Second World War. My mother sent me to the University of Hong

Kong instead. The Pacific War caught up with me there in my junior year, so I went back to Shanghai. I made a living by writing stories and film scripts and became increasingly engrossed in China. It took me three years to make up my mind to leave after the Communist take-over.

"After I got to Hong Kong I wrote my first novel in English. *The Rice-Sprout Song*, which was published in the U.S. I have lived in the U.S. for the last ten years, largely occupied with two unpublished novels about China before the Communists, a third that I am still working on, and translations, film and radio scripts in Chinese. The publishers here seem agreed that the characters in those two novels are too unpleasant, even the poor are no better. An editor at Knopf's wrote that if things were so had before, then the Communists would actually be deliverance. Here I came against the curious literary convention treating the Chinese as a nation of Confucian philosophers spouting aphorisms, an anomaly in modern literature. Hence the dualism in current thinking on China, as just these same philosophers ruled by trained Communists. But there was decay and a vacuum, a need to believe in something. In the final disintegration of ingrown latter-day Confucianism, some Chinese seeking a way out of the prevalent materialistic nihilism turned to communism. To many others Communist rule is also more palatable for being a reversion to the old order, only replacing the family with the larger blood kin, the state, incorporating nationalism, the undisputed religion of our time. What concerns me most is the few decades in between, the years of dilapidation and last furies, chaos and uneasy individualism, pitifully short between the past milleniums on the one hand and possibly centuries to come. But any changes in the future are likely to have geminated from the brief taste of freedom, as China is isolated by more factors than the U.S. containment policy.

"The Chinese experience predates the problems of Southeast Asia, India and Africa, where the family in its larger sense is just as much of a system, said to be at the root of government corruption, as in China. The trend is for the West to be tolerant, even reverential, without a closer look at the pain inside the system, a field that has been thoroughly explored by modern Chinese literature in its eternal attacks on what was called 'the man-eating old ritualistic teaching',to the extent of flogging a dead horse. A common reversal of verdict is the vicious adulterous woman represented as a desperate rebel against the scheme of things–Freudian psychology juxtaposed with chinoiserie. The realistic tradition persists, sharpened by the self-disgust that came from national humiliations. By comparison the occidental nonhero is still sentimental. I myself am more influenced by our old novels and have never realized how much of the new literature is in my psychological background until I am forced to theorize and explain, having encountered barriers as definite as the language barrier."

後記

「有閒紳士」原文是"a gentleman of leisure"，似乎引用了英國多產作家Pelham Grenville Wodehouse（1881-1975）的長篇小說《*A Gentleman of Leisure*》（一九一〇），或根據該小說的同名電影（一九一五）。張愛玲讀過這位英國小說家的作品。散文〈論寫作〉（一九四四）：「就連 P. G. Wodehouse 那樣的滑稽小說，也得把主人翁一步一步誘入煩惱叢中，愈陷愈深，然後再把他弄出來。」這個「有閒紳士」稱謂及其可能的出處都未必暗含譴責或譏諷。〈自白〉篇幅短小，張愛玲無法，或許亦無意，乘機算算父親的舊帳。

聖公會女校應爲上海聖瑪利亞女校，六年該是一九三一至一九三七。夏志清已指出，那個就學經驗與最近出土的〈同學少年都不賤〉有關[5]。

根據前引一九六五年十二月三十一日致夏志清信，我們確知〈自白〉寫於一九六五，所以〈自白〉說當時已住美十年。我寫〈三思〉時，猶未查到〈自白〉原始出處，僅只根據此文提到美國出版社回絕信，與張愛玲致夏志清另信比較，猜測〈自白〉寫作年份與一九六四年相去不遠。早於一九六二年一月三十一日張愛玲致賴雅信，就已提到另外一家出版社Scribner 拒絕出版她的長篇小說[6]。〈自白〉提到兩部尚未出版的關於前共產中國的長篇小說。宋以朗認爲：「照寫作時間判斷，張愛玲指的該包括《雷峯塔》和《易經》——若把它們算作一部長篇的上下兩卷，則《怨女》可視爲另一部。」[7]〈自白〉言及正在寫第三個長篇，大概是《少帥》（*Young Marshall*）。

那句「我最關切兩者之間那幾十年」值得我們略予析義，因爲它凸顯了張愛玲的寬宏史觀。作者沒有點明第一個時間點，然而「腐敗與虛空，以及相信某種東西的需要」大可註釋〈金鎖記〉故事起始的年份（一九一三）。我在〈「金鎖記」的纏足與鴉片〉曾指出，張愛玲小說故事很少發生於那麼早的年份。所以這樣解讀「兩者」或許合理：其一爲一九一一前後的改朝換代，其二爲一九四九前後中國共產黨逐漸鞏固政權。前者擺脫種種沉重的歷史包袱，由緊到鬆，後者重建多方各面的層層秩序，乃棄馳就嚴。兩端緊密而中間鬆散。疏放的失序與混亂之中，出現諸如新文化運動與五四運動的種種猛烈衝擊，所以她見到了某種程度與形式的自由。張愛玲珍惜的自由，想必與她文學裡的個人、平權、選擇、開明，以及免於飢餓等等觀念有關。

張愛玲小說故事的時空背景多半纏繞於那兩個歷史關鍵或兩者之間。如果那宏觀歷史視野裡的自由眞的如她預測而與中國未來發展息息相關，她精心編織的故事，或因多少攜載了對那些自由的期盼，也可能與未來的讀者發生聯繫。

掌握了張愛玲歷史觸角的縱深與漫長，我們就可輕易了解〈自白〉的自我評估：發現自己如何長期渴飲著中國新文學傳統的長流細水。我已於〈三思〉提過，此項結論深具說服力，實較許多視她爲孤立現象或政治異類的喧譟，要高明得多。

1 魯迅〈看書瑣記〉，收入黃繼特編《魯迅著作選》，台灣商務印書館，一九九四年十二月台灣初版，頁四七七。

2 陳耀成著《最後的中國人》，香港素葉出版社，一九九八年八月，頁一九—三二。

3 夏志清〈張愛玲給我的信件〉，台北《聯合文學》，一九九七年四月，頁五二。

4 同上註，頁五四。

5 夏志清〈泛論張愛玲的最後遺作「同學少年都不賤」〉，二〇〇四年六月一日《文薈》，美國紐約華文作家協會出版。

6 這是美國馬里蘭大學圖書館賴雅檔案裡，六封張愛玲致賴雅信的第三封。見〈倦鳥思還〉。

7 宋以朗〈《雷峯塔》／《易經》引言〉，收入張愛玲《雷峯塔》，趙丕慧譯，台北皇冠，二〇一〇年九月。

23

林以亮〈私語張愛玲〉補遺

除了短篇傳記之外，
還有許多名字不叫傳記，
實際是傳記文學的言行錄。
這些言行錄往往比傳記更有趣味。
——胡適[1]

一九八七年三月香港《明報月刊》林以亮〈私語張愛玲〉，仍爲最早、值得參考、張愛玲英文作品闖蕩英美的概述紀錄。然而該文確有未盡周詳、可予補遺的餘地。

《秧歌》英文版在美國旗開得勝，誠如〈私語〉所言：「好評潮湧」。美國紐約威爾遜公司自一九〇五年開始，每年出版年度性的大部頭書評文摘，近百年來歷久不衰。該公司一九五六年出版的《一九五五年書評文摘》，列了八篇有關《秧歌》英文版的書評，其中《紐約時報》部分僅提一篇。〈私語〉說該報有兩篇。由於《書評文摘》網羅了〈私語〉憶述的所有其他書評，所以總計至少九篇書評，多於《書評文摘》的八篇，〈私語〉的五篇。

《書評文摘》每年都選擇性簡介受評書籍，文字大都精短。《秧歌》書介僅寥寥數語：「今日中國的故事。場景爲小農村，主題是共產新政權如何影響了一個農夫的家庭。」爲了濃縮篇幅，有些書評僅列文目。八篇《秧歌》書評，只有五篇兼具文摘。今日讀之，雖因節錄而難免斷章取義之虞，卻仍可藉此而一瞥當時美國書評界的《秧歌》體會。全譯如下：

四月十七日《紐約前鋒論壇報》：「張小姐是成功的中文劇作家與短篇小說家，曾爲美國新聞處做過可觀的翻譯工作，中譯了兩部美國長篇小說。這本動人而謙實的小書是她首部英語作品，文筆精鍊，或會令我們許多英文母語讀者大爲歆羨。更重要的是，本書展示了她做爲小說家的誠摯與技巧。」

四月二十五日《時代》雜誌：「如以通俗劇視之，則屬諷刺型。可能是目前最近眞實的、中國共產黨統治下生活的長篇小說。」

五月一日，紐約《圖書館雜誌》：「推薦這本涵涉鮮爲人知主題的優秀小說。」

五月二十一日《星期六文學評論》：「極佳的精短的長篇小說……張愛玲既是共產中國隱祕世界的透察的評論者，也爲令人興奮的新起的藝術家，我們殷切希望再度讀到她的作品。」

夏季號《耶魯評論》：「張小姐並未耽溺於政治演說。她的同情甚至延伸至地方黨部領導，那人比屬下更爲受制於他所管理的制度裡。她筆下的劇作家，在饑荒與暴政裡卑鄙嘗試假造激情史詩式的政改成功，既可笑亦可悲。這是個好故事，誠爲精敏與忠實的報導。」

〈私語〉說：「至於短篇小說和論文，發表過的僅爲"Stale Mates"（後譯成中文爲〈五四遺事〉）和"A Return to the Frontier"，都登載於 *The Reporter* 雜誌。」

《記者》雙週刊（*The Reporter*）停刊於一九六八年六月。"Stale Mates" 刊於一九五六年九月二十日那期。編者特別於〈人—事—緣由〉（相當於常見的「編者的話」）介紹張愛玲：「張愛玲寫的短篇故事發生於中國歷史介於兩極之間的時段，一邊是建立於封建與滿清傳統上的舊秩序，一邊是毛澤東的新規制。那是國民黨的黃金時期，許多自由突然來到中國。其中一種即男人選擇妻子的自由。張小姐於一九五二年離開生長的上海，曾於中國雜誌發表過短篇故事與其他文章。她於一九五五年來美，同年出版她第一部英文長篇小說《秧歌》。」

〈五四遺事〉刊於一九五七年一月二十日台北《文學雜誌》。同期《文學雜誌》另外一篇很有意思的文章，爲林文月〈曹操爲人及其作品〉。此非張愛玲發表於《文學雜誌》的唯一作品。一九五六年十一月二十日那期掛頭牌的，即張愛玲譯〈海明威論〉，長達二十四頁。該文一度受冷落，直到二〇〇四年二月才收入台北皇冠《同學少年都不賤》。這期《文學雜誌》另外值得一讀的文章是毛子水〈文學和書〉。

〈私語〉說張愛玲先寫英文，再寫中文〈五四遺事〉。此項資訊或能幫助解讀中文篇名。英文副題是"A Short Story Set in the Time When Love Came to China"，所以英文篇名意譯：「失卻生命活力的伴侶們——愛情蒞臨中國那時所發生的短篇故事」。「愛情」指自由戀愛，語意調侃。故事時空背景的強調甚明。如果這個意譯可予成立，中文篇名「五四遺事」亦偏重於「發生於五四之後的事」，而非「五四造成的事」，作者無意追究五四與中國新舊婚制變遷是否具有絕對性的歷史因果關係。這種解讀或能符合我們大多數人的歷史常識。新文化運動雖然在五四事件之後才有系統性的擴大發展，然而確實在一九一九年五月四日之前已經萌芽。此爲周策縱《五四運動史》的提法。一九七九年六月台北聯經版《我參加了五四運動》裡，張傑人女士受訪，明白主張新文化運動在五四事件之前已現端倪，並以當時上海務本女中自行出版期刊的訴求爲證據之一：「在要求『大學開女禁』的大前提下，大聲疾呼『爭取男女平等，爭取教育平等，反對買賣式婚姻』。」可見在五四事件之前，婚制變遷的社會推動力量豈僅暗潮洶湧的閨怨而已，高中女生就能公然表態。

中文篇名提到五四的理由，除了藉此歷史事件標明時空座標之外，也在諧謔故事裡的文藝青年。作者自立營生很早，大概覺得那些星星月亮的文藝青年滿可笑。輕鬆的筆調，譏諷當時青年男女仍然接受多妻主義。

〈重回前方〉（A Return to the Frontier）一九六三年三月二十八日在《記者》雙週刊發表時，編者已不再添增作者簡介。查遍美國兩套自一九〇〇年開始發行、具有逾百年歷史的大部頭書——《讀者期刊指南》與《散論與一般文學索引》，證實自一九五五至一九九五年，張愛玲發表的英文短篇小說或散文，就僅前引兩篇。值得注意〈私語〉措詞爲「短篇小說和論文」。〈重回前方〉屬遊記，並非論文。〈私語〉似乎有意兼顧到張愛玲服務於美國柏克萊加州大學期間的中共研究。那些研究「論文」大概也未得發表。

一九六七年《怨女》英文版在英國出版。一九六七之後十年，每年一大冊美國《書評文摘》，完全沒有相關的書評。一九九八年《怨女》與《秧歌》英文版由美國加州大學重印出版。《書評文摘》迄今仍無相關書評的紀錄。一九九八年美國《紐約時報》出版《世紀好書：百年來的作者、思維、文學》，選刊該報書評，有關《秧歌》英文版的書評落榜。

如〈私語〉所云，除了曇花一現的《秧歌》書評熱潮之外，美國書評界與書市冷淡對待張愛玲英文作品。然而賴夏志清一九六一年英文鉅著《中國現代小說史》專章討論張愛玲之功，張愛玲開始進入美國的中國文學研究領域。學術討論細水長流。一九七五年出版的《一九七〇—一九七四，散論與一般文學索引》，終於因爲夏著而補列了張愛玲。〈私語〉提到〈金鎖記〉英譯，未及說明那個英文版收入夏志清（一九七一）和劉紹銘（一九八一）各別編輯的英文中國小說選集裡。英文學術論文涉及中國文學而討論張愛玲，已不再是新奇事件。張愛玲的文學地位不會因其英文作品在英美書市受挫而消失。一九九五年九月十三日《紐約時報》與同年九月十六日《洛杉磯時報》，都有張愛玲過世的噩訊。後者頗能反映這種實力雄厚的情況，全譯如下：

張愛玲享年七十四歲，廣受歡迎的中國小說家。作品風靡台港讀者，最近才在中國大陸解禁。晚年隱居洛杉磯。張女士原籍上海，作品經常批判共產主義。一九四三年中篇小說〈金鎖記〉奠定文學成就。她最受歡迎的長篇為《秧歌》（一九五四），以及《赤地之戀》（一九五六）。作品如〈傾城之戀〉、《怨女》、〈紅玫瑰與白玫瑰〉，曾拍成電影。文評家特別讚賞她早期短篇故事。南加大東亞語文學系張錯教授說，張女士非比尋常，如果不是生逢國共政治分裂之際，必然已經贏得諾貝爾獎。遺體於九月八日發現。自然原因死亡。

暫且不談諾貝爾文學獎。我們至少可以借助張愛玲中國現代文學重要性的認知，把她從美國本土的其他少數族裔作家區分出來。張愛玲中文作品英譯已不限於她在美國藉以謀生的英文作品。別人代譯的愈來愈多。單語的英文讀者必須瞭解作者的格局遠遠超過了英語範疇，作者的歷史性身分絕非僅爲亞裔英語作家。近年美國大學與中學教育鼓勵接觸傳統經典文學以外的非主流與邊緣文學。然而張愛玲的英文作品貌似英美文學的非主流或邊緣，實可能爲中國現代文學主流或經典的外延。尊容側影，龐然冰山露於水面的一角。如王德威爲《秧歌》與《怨女》英文版個別寫的導論所示，英語讀者評讀與觀想的參考系統必須跳出西方，兼顧東方。

主流非主流。本土型流放型。大眾文學小眾文學。經典作品邊緣作品。張愛玲的中文文學成就，幫助她跨越文化與國界之後，少受此類別框限的折磨。

1 胡適〈傳記文學〉，收入《胡適古典文學研究論集》下冊，上海古籍出版社，一九八八年八月第一版，頁一三二一。

24

雪中送炭

再為〈私語張愛玲〉補遺

這些好東西都絕不會消失，
因為一切好東西都永遠存在，
它們只是像冰一樣凝結，
而有一天會像花一樣重開。

——戴望舒[1]

林以亮〈私語張愛玲〉說美國《紐約時報》曾有兩篇《秧歌》書評。應是一九五五年四月三日〈無水的根〉（Roots Without Water），作者 John J. Espey，以及四月九日〈時報推薦好書〉（Books of The Times），作者 Nash K. Burger。美國紐約威爾遜公司那部《一九五五年書評文摘》漏列後者，大概因爲文章題目太一般性，沒有專指之意。其實那篇書評熱情專注，就只談了《秧歌》。

除了前者一項禮貌的質疑以外，兩評盡是美言。那個保留的意見認爲金有嫂的名字英譯 Gold Have Got，似屬洋涇濱英文。意譯中文姓名有時眞是「一言難盡」。誠如〈私語〉所言：「外國人攪不清中國人姓名的『三字經』。」我自兩文各選譯一段評見：

For all its apparently casual revelation of day-to-day life in a Chinese village, Miss Chang's novel is a tightly constructed and subtly modulated piece of work. She is not concerned with black-and-white patterns of villainy and goodness. Ku and Wong remain understandable, even appealing.

—— Roots Without Water

張小姐的長篇小說貌似中國農村日常生活的隨興描述，實為結構緊湊與調製精巧的傑作。她不在乎忠奸立判、黑白分明的模式。顧（岡）與王（同志）始終可以理解，甚或動人。

Written with something of the economy and restraint that we associated with Chinese painting and poetry, "The Rice-Sprout Song" is at once a skillful portrait of an ancient land and people and further evidence, if any is needed, of the realities of communism–whether East or West.

—— Books of The Times

《秧歌》寫法，讓人聯想到中國詩畫般的簡練與含蓄，同時也精繪出一個古老大地和它的人民。更進一步印證了，假若有此需要的話——東方或西方共產主義的現實。（張錯教授譯文）

〈私語〉記張愛玲一度耿耿於懷、後來終於等到的《時代》雜誌書評，應爲前引《書評文摘》列目那篇，篇名〈無法改變的心〉（The Unchangeable Heart），同文評介兩本涉及中國的小說，特地點名《秧歌》爲較佳的一本。

〈無水的根〉賞識《秧歌》結構以及未曾醜化共產黨員。該文作者或許就是當時在洛杉磯加州大學英國文學系任教，後來榮退的同名教授，集學者與作家雙重身分，著作頗豐。此人幼年生長於中國，對中國有其特殊的瞭解。如果這個猜測是對的，這篇書評證明《秧歌》英文版曾蒙不受極端政治意識支使的、文學內行人的重視。那是種公道。

〈私語〉談到張愛玲與李麗華在香港會面的趣事。一九五六年七月十二日美國《洛杉磯時報》訪問李麗華。除了預定行程裡去愛荷華州偉伯斯特城拜望麥卡錫夫婦，以及去首府華盛頓特區之外，李告訴記者：「我到紐約會特地去探望張愛玲，她正在寫幾本有關中國的相當精彩的書！」（暫譯）〈私語〉說「二人的緣分僅止於這驚鴻一瞥似的短聚」，意指香港那次見面。林以亮一度不知張李後來曾在美國紐約見過面[2]。香港影壇的天皇巨星公然向美國媒體宣揚落難異鄉的文壇才女，令人覺得挺夠義氣的。

〈私語〉提及張愛玲離開伯克萊加州大學中國研究中心的原因，語焉不詳：「陳世驤突然去世，她的職位也就不保了。」好像陳世驤過世在先，張愛玲失業在後。事實是陳世驤先行解雇張愛玲，然後突然去世。證據有二。其一爲一九七一年五月七日致莊信正信[3]。其二爲同年六月十日致夏志清信[4]。

以林以亮與張愛玲深厚的交情視之，林以亮似乎應該知道內情。大概是厚道，爲朋友隱。林以亮乃宋淇筆名。如果張愛玲與宋淇信件繼續出土，我們或會知道〈私語〉這個誤導是否有意爲之。如果屬實，那是宋淇夫婦支持張愛玲的許多事宜之一。我們覺得那份情誼溫馨，難以責備〈私語〉誠信欠周。

一般而言，公道與私義各有所出，無須互持或配合，有時甚至顧此失彼，水火不容。整理張愛玲文學史料，我們看見兩種力道時或獨立運作，時而參差行進，心頭暖和，滿室生香。

1 戴望舒〈偶成〉，收入瘂弦編《戴望舒卷》，台北洪範，一九七九年三月二版，頁九三。

2 宋以朗《張愛玲私語錄》，台北皇冠，二〇一〇年七月，頁二一、九九、二〇九、三三八。張李在美國紐約會面之事亦記於周嘉川〈想當年——李麗華眼中的張愛玲〉，《聯合文學》，一九九五年十月，頁四一。

3 莊信正《張愛玲來信箋註》，台北印刻，二〇〇八年三月初版，頁六四—六五。

4 夏志清〈張愛玲給我的信件㈥〉，台北《聯合文學》，一九九七年十二月。

25

那人正在燈火闌珊處

張愛玲如何三思「五四」

我們想一想，
以「五四」到四九年以來的作家，
光是比文字的話，
恐怕寫得最美的，還是張愛玲吧。
——白先勇[1]

1

由於五四的定義不一，張愛玲與五四的關係很難憑藉三山五嶽的宏論，以三言兩語說個明白。然而這項議題實在重要。我們思考張愛玲文學定位的問題，必須先搞清楚五四與張愛玲的牽涉。

張愛玲本人至少三度檢討五四如何影響了她的文學。結論各個不同。我們追蹤細察她的思路發展，非但可以再度理解五四的短期與長期的歷史意義，時空變遷如何漸次擴大她的五四體會，而且峰迴路轉，發現張愛玲文學定位的一種可能。

2

張愛玲首次直言不諱五四運動，大概是〈談音樂〉（一九四四年十一月）：

> 大規模的交響樂自然又不同，那是浩浩蕩蕩五四運動一般地衝了來，把每一個人的聲音都變了它的聲音，前後左右呼嘯嘁嚓的都是自己的聲音，人一開口就震驚於自己的聲音的深宏遠大；又像在初睡醒的時候聽見人向你說話，不大知道是自己說的還是人家說的，感到模糊的恐怖。

五四運動鋪天蓋地，凶猛無比，因爲當時張愛玲所感受的五四，已是唯我獨尊的左翼文學理論狂潮。依據周策縱《五四運動史》的提法，五四運動時段爲一九一七至一九二一，此後大幅度政治化[2]。

張愛玲很早就意識到左派對文學的挑戰。〈憶胡適之〉所言：「自從一九三幾年起看書，就感到左派的壓力」，有其文獻根據。一九三六年寫書評，曾說過：「這裡並沒有離奇曲折，可歌可泣的英雄美人，也沒有時髦的『以階級鬥爭爲經，兒女之情爲緯』的驚人敘述。」[3]此爲她使用左派文學術語最早的紀錄。當時她就讀於上海聖瑪利亞女校，約十六歲。

抗戰勝利以前，張愛玲提及左翼文論，總以無產階級文學綱領爲指涉對象。〈打人〉（一九四四年六月）提到階級革命的思想訓練。〈寫什麼〉（一九四四年八月）自承不會寫無產階級故事。所以我們以〈談音樂〉那段文字來總結這種五四評估。當時她不可能不知道左翼教條的反帝訴求，不過其間反帝當以反抗日本帝國主義爲主，住在已經淪陷的上海，難於陳述己見，並非「商女不知亡國恨，隔江猶唱後庭花」。

論者常以上海淪陷時期張愛玲拒絕左派的姿態來描述她一生與左派的關係。那是以偏概全。大陸易幟以後，張愛玲曾以《十八春》與〈小艾〉討好新政權。我們曾於〈〈小艾〉的無產階級文學實驗〉指出，〈小艾〉已透露作者無法全盤否定自我出身的體認。不僅如此，一九五二年離開大陸，在香港寫《秧歌》與《赤地之戀》質疑中國土地改革的殘暴。所以張愛玲與左翼文學潮流，抗拒，迎合，鞭伐，幾經轉折，不一而足。

注重客觀環境影響的學者們總愛談上海如何造就了張愛玲：淪陷區的政治情勢，十里洋場的都市糜爛，以及晚清遺老的舊式家庭等等。其實上海左翼猖狂的文壇也可能爲重要的外在條件。上海爲五四運動以後多次文學論戰的主戰場。一九二七年十月魯迅從廣州到上海，除了一九二九年五、六月和一九三二年十一月赴北平兩次以外，到一九三六年十月十九日逝世止都在上海[4]。動盪多變的文學氣氛必然提供志在文學的年輕人思想衝擊，文學與文化資訊，以及文路取捨的認知與提示。

3

張愛玲第二種五四反思，見簡介自我的英文短文。該文來自一本「世界大全一類的書」，收錄於陳耀成〈美麗而蒼涼的手勢〉。文分三段。第二段提及英文版《秧歌》已在美印行，另有兩部關於前共產中國的長篇，尚無出路，接著就引用 Knopf 出版公司的回絕信，說明美國人了解中國不夠。類似的回絕文字亦記於一九六四年十月十六日致夏志清信，明指英文版《怨女》[5]。所以我們猜想英文短文的年份與一九六四相去不遠。該文所言猶待接受的另部長篇應是英文版《赤地之戀》，不過那是個早期共產中國的故事。

參考陳耀成譯文，我重譯第三段如下[6]：

> 中國比東南亞、印度及非洲更早領略到家庭制度為政府腐敗的根源。現時的趨勢是西方採取寬容，甚至尊敬的態度，不予深究這制度內的痛苦。然而那卻是中國新文學不遺餘力探索的領域，不竭攻擊所謂「吃人禮教」，已達鞭撻死馬的程度。西方常見的翻案裁決，即視惡毒淫婦為反抗惡勢力、奮不顧身的叛徒，並以佛洛依德心理學與中式家居

> 擺設相提並論。中國文學的寫實傳統持續著，因國恥而生的自鄙使寫實傳統更趨鋒利。相較之下，西方的反英雄仍嫌感情用事。我自己因受中國舊小說的影響較深，直至作品在國外受到與語言隔閡同樣嚴重的跨國理解障礙，受迫去理論化與解釋自己，才發覺中國新文學深植於我的心理背景。

這項自我評估的涵蓋面不限於張愛玲英文小說。她認爲五四新文學的寫實傳統其實來自中國文學傳統，不過因爲國恥而強化了暴露社會病態，爲民請命等等傾向。不僅如此，她暗示自己的作品在這個基礎上與五四新文學息息相關。

晚近論者常以張愛玲爲五四新文學的非正統、非主流，以別於尊奉左派文學教條或官方評論家所認可的正統、主流作家。這種思維方式的主要貢獻即認知歷史階段性，政治控馭文學的短期現象。它的缺點在於一分爲二，無法領會張愛玲與其他中國作家的共通性。張愛玲的自我評估恰好糾正了這個缺點。

張愛玲很小就開始讀五四作家。一九四四年七月〈私語〉回憶母親坐在抽水馬桶上看《小說月報》連載的老舍《二馬》。《二馬》於一九二九年五月至十二月連載於《小說月報》。當時張愛玲大約八歲。〈私語〉還提到老舍的《離婚》與《火車》。〈連環套〉（一九四四年一至六月）曾引老舍誇讚西洋婦女的話：「胳膊是胳膊，腿是腿。」

另一位長期吸引她注意的五四作家是丁玲。一九三六年十月就爲丁玲小說集《在黑暗中》寫過書評[7]。一九四四年三月十六日參加女作家座談會，再度月旦丁玲[8]，由其論見可知當時就已不只讀過丁玲一本小說集而已。我們在〈開窗放入大江來——辨認《赤地之戀》的善本〉

講過，一九五四年《赤地之戀》中文版提到丁玲。一九六一年訪台，與王禎和談及丁玲[9]。一九七四年五月十七日、六月九日、十一月十五日致夏志清信都提到爲了收入而做丁玲研究的準備工作[10]。

閱讀自然產生影響。不過具體的影響指認仍待學者進一步研究。〈童年無忌〉（一九四四年五月）憶述自己受到穆時英《南北極》與巴金《滅亡》影響，覺得弟弟讀連環圖畫的口味大有糾正的必要。可見並未等閒視之。

如果事先適切界定五四新文學傳統的意義，例如她自己注意到的暴露社會病端的寫實訴求，張愛玲確實可與其傳承交接。

4

張愛玲第三種五四解讀，是〈憶胡適之〉這段話：

> ……我屢次發現外國人不了解現代中國的時候，往往是因為不知道五四運動的影響。因為五四運動是對內的，對外只限於輸入。我覺得不但我們這一代與上一代，就連大陸上的下一代，儘管反胡適的時候許多青年已經不知道在反些什麼，我想只要有心理學家榮（Jung）所謂民族回憶這樣東西，像五四這樣的經驗是忘不了的，無論湮沒多久也還是在思想背景裡。……

雖然不曾細列具體的五四經驗項目，毫無疑問此爲超越黨派與文學的，廣義的五四理解。既云「民族回憶」，就是中華民族代代相傳，自然而然交遞承接的集體經驗。這個體會具說服力，因爲五四精神的諸多內容，如愛國、抗議批判、白話文等等，其實古已有之，不過五四注入了新生命，使其再出發。

張愛玲肯定廣義五四影響的具體而微的小說情節例證，是《十八春》與《半生緣》故事裡的一個書名。第五章寫曼楨的書卷氣，書架上除了教科書、英文讀本以外，還有翻譯小說與一般小說。第十六章寫世鈞的書卷氣，曼楨舊情書從世鈞書裡掉了出來。這封信很重要。包藏此信的書，如果必須標明書名的話，一定得是作者重視的書，因爲它具保衛性，呵護著生命最純淨的回憶與愛情。

那是本《新文學大系》。

5

張愛玲留下三種五四詮釋，層次漸進，由小而大，偏偏不提五四提倡推廣白話文的重要性。這是最基本、簡單、而且對小說家而言，最重要的五四理解。老舍〈「五四」給了我什麼〉照本宣科說完五四反封建、反帝國主義以後，就欣然宣稱五四是個「文藝運動」[11]。一九九九年，周策縱重新評估五四，特別指出五種五四運動的重要性，其中第五項就是白話文運動[12]。

張愛玲當然知道白話小說或散文寫作的重要性。在別人批判之前，〈自己的文章〉就率先檢討〈連環套〉小說語言不盡理想。不過避免以白話文運動來解讀五四，或許愼防了自我誇耀，因爲提高白話小說與散文境界，恐怕是目前最具說服力的，張愛玲文學定位的論見。司馬新說得好：

> 那麼，張愛玲會不會傳世？誰也不能預知先卜，知道一百年後文評家如何為本世紀小說家排名。但我想，有一點是可以確定的，張愛玲文字之華麗，二十世紀中國小說家中，無人能出其右。一百年後，只要還有中國文字，還有欣賞文字的人，張愛玲就不會給人遺忘的。就像杜甫、曹雪芹，儘管今天很少人與他們的政治觀或人生觀相同，但他們五彩繽紛的文字，本身就具有特殊的魅力，使讀者百年、千年之後還迷戀。他們人情世故洞察之深厚，藝術成就之高超，也同樣使人敬佩。[13]

值得注意三點。其一，張愛玲一九五五離港赴美以後，曾企圖以英文寫作謀生，不論該項嘗試失利的原因爲何，英文作品非但幫助我們了解她的中文著作，而且強化我們應以華文作家來肯定她的理由。英文版《金鎖記》、《秧歌》、《怨女》皆爲個別中文版本的輔助教材，而且純就文學評鑑而言，英文版的成就都未能超越中文版。

其二，五四小說曾經長期遭禁於台灣，我們現在偶聞少數台灣知名作家曾經私下偷讀禁書的報告，然而張愛玲文學除了左傾的《十八春》與〈小艾〉以外，一直是台灣作家可以公開討論或模仿的對象。如果五四文學香火傳遞台灣曾有那麼個障礙，張愛玲文學或是橫跨斷裂的橋樑。近年來論者提到台灣張派小說的觀念，即爲張愛玲長期影響台灣文學的明證。

其三，王禎和從小說家立場，以李白難學，杜甫可學的道理，以李白比擬張愛玲[14]。司馬新自文字藝術成就角度，借道杜甫爲張愛玲定位。這很有意思。劉中和比較李杜，認爲杜甫不及李白的詩人浪漫氣息，然而天子蒙塵，杜甫千里艱危奔赴行在，李白不能，所以李白欠缺杜甫的大義凜然[15]。作家的文字藝術得到確認以後，仍難免文字藝術以外的種種褒貶。《秧歌》勇敢痛陳中國土改方式過當，兼顧小說藝術的完整。我們當然在李白之外，想到杜甫。

補記

〈那人正在燈火闌珊處——張愛玲如何三思「五四」〉（以下簡稱〈三思〉）寫就之時仍未找到張愛玲英文自白原文。當時只能依賴陳耀成那本校對欠周的《最後的中國人》。〈三思〉已經改正所引單段英文裡幾個錯字。

後來找到自白原文，發現〈三思〉修訂無誤，卻未抓盡所有疏失。〈張愛玲的英文自白〉爲讀者之便，抄錄英文自白全文。《張愛玲學》增訂版收入〈張愛玲的英文自白〉，忘了抽除〈三思〉裡的英文引文，以致犯重，而且重複的引文並非全同。現在趁《張愛玲學》增訂二版之便，斷絕舊病，拿掉〈三思〉所引那段英文。我愼重向讀者致歉。

《張愛玲學》初版（一方版）之後，台灣清華大學一位研究張的博士生託出版社轉信來，提問：爲何〈三思〉未談張的短篇小說〈五四遺事〉？我很快回了信。事後把覆函裡關於〈五四遺事〉的看法寫進〈林以亮「私語張愛玲」補遺〉裡。重點在於：辨明〈五四遺事〉

敘事語調有助於確認該篇作品的本意。

《十八春》、《半生緣》利用男女主角的文藝涉獵來助長讀者同情他們的可能性。作者顯然認爲那種牽扯培育個人氣質。〈五四遺事〉拉開作者與角色的距離，在新舊社會交接裡笑談自由戀愛天眞爛漫，以及婚制演進實狀不夠澈底。張有個沉浸舊學兼染吸毒惡習的父親，然而她很清楚舊學與惡習並非逃避現實的唯一陷阱。年輕歲月裡茫茫然隨著世風時潮飄蕩，欠缺獨立思考，也是種奢侈浪費。

在張的歷史回顧裡，五四運動的影響既大且深，可顯然也有觸及不到的死角，無從全盤改變中國社會。然而她沒有讓陰影侵占她的全部天空。她仍然確認五四的正面價值。她只是安安靜靜緊緊擁抱著，沒有過度渲染那份肯定。

張無意步魯迅後塵，做宣傳家或思潮導師。

張不屑胡蘭成的輕浮，忽視短缺，空泛浪漫浮誇中國。

張的五四表述平實而缺乏爭議性。其展現方式並非一蹴即至，實乃逐步漸進。匯總起來，雖然沒有歷史學者那樣面面俱到，卻也不局限一隅，偏執單一角度去觀想立論。尊重事理的繁複性質，確爲張愛玲文學的一項特色。

1 白先勇〈世紀末的文化觀察〉，香港《明報月刊》，一九九九年五月，頁二四。

2 Chow Tse-tsung, *The May Fourth Movement: Intellectual Revolution in Modern China*, Harvard University Press, 1960, p. 6.

3陳子善〈埋沒五十載的張愛玲「少作」〉，收入陳子善《說不盡的張愛玲》，台北遠景，二〇〇一年七月，頁一七。

4鄭學稼《魯迅正傳》，台北時報文化，一九七八年七月十五日，頁四三〇。

5夏志清〈張愛玲給我的信件(五)〉，台北《聯合文學》，一九九七年九月，頁六九—七〇。

6陳耀成《最後的中國人》，香港素葉，一九九八年八月，頁三一。

7見陳子善〈埋沒五十載的張愛玲「少作」〉。

8〈女作家聚談會〉，一九四四年四月《雜誌》。收入唐文標《張愛玲資料大全集》，台北時報文化，一九八四年六月，頁二四〇。

9王禎和〈張愛玲在台灣〉，收入鄭樹森編《張愛玲的世界》，台北允晨文化，一九九〇年十一月，頁二五。

10夏志清〈張愛玲給我的信件(七)〉，台北《聯合文學》，一九九八年一月，頁一一二。〈張愛玲給我的信件(八)〉，台北《聯合文學》，一九九八年四月，頁一四二，一四五。

11胡絜青編《老舍生活與創作自述》，香港三聯，一九八一年，頁三五六—三五八。

12周策縱〈重訪「五四」——不斷地重新估價〉，香港《明報月刊》，一九九九年五月，頁一七—一九。

13司馬新〈雪泥鴻爪拼貼大師風貌——《張愛玲與賴雅》之外一章〉，美國《世界日報》，一九九七年五月十一日。

14王禎和〈張愛玲在台灣〉，頁二三。

15劉中和《杜詩研究》，台北益智，一九六八年九月，頁三。

26

鬧劇與秩序

誰最先發現張愛玲英譯《海上花》遺稿？

原來我的識見，
就正和唐朝的「不知其源者」相同，
貽譏於千載之前，
真是咎有應得，
只好苦笑。
——魯迅[1]

《海上花》英譯（*The Sing-song Girls of Shanghai*）於二〇〇五年由美國哥倫比亞大學出版社出版。譯文修訂與編輯者爲孔慧怡（Eva Hung）。我們必須肯定孔慧怡〈後記〉沒有刻意責難張愛玲原譯。能力與貢獻讓別人去認證，自己不必誇示。難得如此大氣。

延續這個思頭，我們來辨證陳永健《三挈海上花——張愛玲與韓邦慶》的一個腳註。該書於二〇〇七年八月由上海世紀出版社出版。頁一一五：

> 張愛玲的英譯本《海上花》後由在美國南加州大學圖書館任職的浦麗琳女士發掘、考證出英文打字稿，並於二〇〇五年由哥倫比亞大學出版社出版。
>
> ——編者注

未具名的編者沒有說明意見出處。如果僅只依據二〇〇四年八月香港《明報月刊》，浦麗琳〈張愛玲、夏志清、《海上花》〉，見解當然囿限於此[2]。《明報月刊》該期編者助興，添加編者註，同意浦麗琳「發現」《海上花》英譯遺稿。戲劇化事件增加了新聞性。意在引人注意。

此說欠妥。二〇〇五年八月十二日美國三家華文報紙，雖然措詞或有可予商榷之處，主旨都報導對了：發現《海上花》英譯遺稿的是宋淇夫婦。這三份報導爲：《世界日報》（記者陳青）、《國際日報》（記者李成林）、《台灣日報》（記者李乙眞）。

證據是一九九七年一月十六日宋淇女兒伊琳（Elaine Soong Kingman）致張錯的英文信。如附圖一所示，爲隱私計，我用黑筆塗去私人電話與住址。該信說宋淇已於一九九六年十二月過世；宋淇夫人（鄺文美）與皇冠出版社平鑫濤達成協議，由皇冠提供南加大張愛玲中文

January 16, 1997

Dear Prof. Cheung,

Please forgive me for not being in touch with you since last March when I was on campus with my son Jonathan Kingman. At the time, we were trying to decide whether he would like to attend USC. I am happy to report that he did enroll at USC and is happy and thriving. My husband and I dropped him off in August, but we didn't think you would be on campus on Moving In Day.

Jonathan spent the first semester as a Fine Arts major, but has since switched to the Business School where he was initially accepted. He is very involved in an Asian fraternity (Gamma Epsilon?) although he is living in a dorm. If your daughter is involved in one of its sister sororities, they may have already met. He is staying at Marks Tower, Room [redacted], telephone [redacted].

Please also forgive me for not getting back to you regarding the materials left to my parents by Eileen Chang. I'm not sure if you've heard that my father Stephen Soong passed away on December 3.

I spoke to my mother last night. She is also apologetic for not responding to your earlier letter. She was able to reach Mr. Ping (平鑫濤) of Crown Publishing (皇冠) at home in Taipei yesterday. You may already know that most of the materials written by Eileen Chang in Chinese were shipped to Mr. Ping last year. In principle, they have agreed that he (Mr. Ping) would be able to supply USC with:

- photocopies of the Chinese manuscripts;
- duplicated photographs.

Please contact Mr. Ping directly for the above. He has been recuperating from a bout of the flu at home, telephone 011-866-[redacted].

In addition, my mother also has, in Hong Kong, two boxes of manuscripts written in English, including ("海上花") and another one entitled "The Young Marshall" (or something similar - I can't recall at this moment). She'll be glad to donate these two boxes directly to USC, although she says that the papers may need some work rearranging into order. Please contact her directly at [redacted], Hong Kong, telephone 011-852-[redacted].

My apologies again for this late response. If you have any questions, my address is [redacted], NY 10024, telephone [redacted] (home); office telephone [redacted], Ext. [redacted], and office fax [redacted].

Best wishes for a Happy New Year!

Elaine

Elaine Soong Kingman

PS I was sorry to learn last night that our mutual friend

附圖一（張錯教授提供）

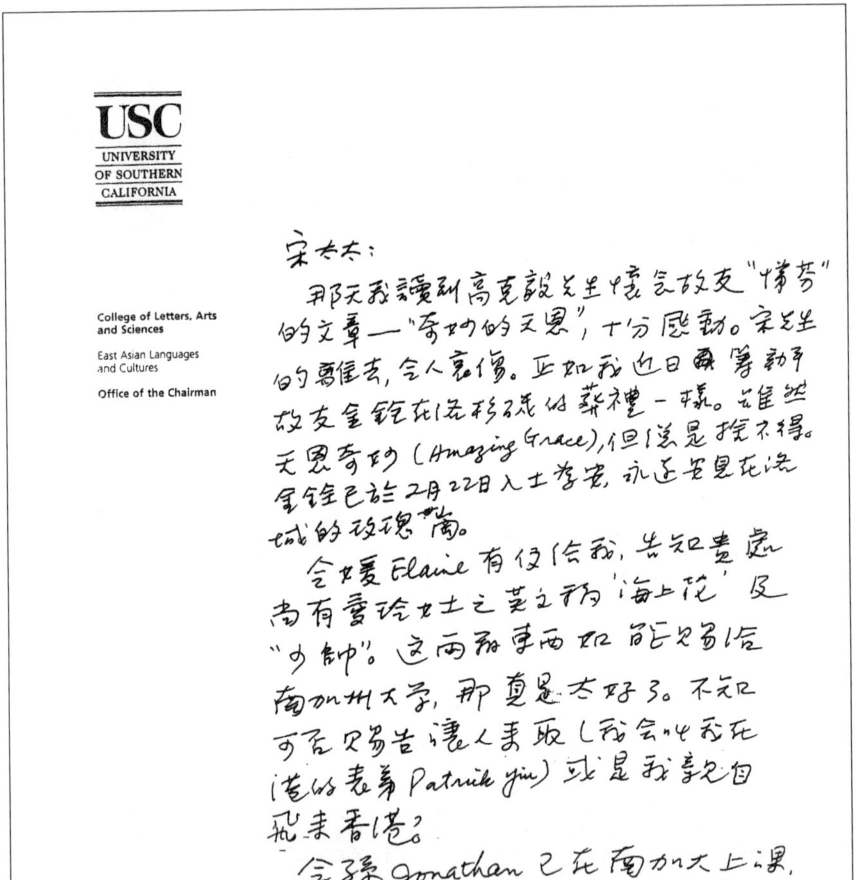

USC
UNIVERSITY
OF SOUTHERN
CALIFORNIA

College of Letters, Arts and Sciences
East Asian Languages and Cultures
Office of the Chairman

宋太太：

那天我讀到高克毅先生懷念故友"悌芬"的文章—"奇妙的天恩"，十分感動。宋先生的離去，令人哀傷。正如我近日參加好友金銓在洛杉磯的葬禮一樣。雖然天恩奇妙（Amazing Grace），但總是捨不得。金銓已於2月22日入土為安，永遠安息在洛城的玫瑰崗。

令嬡Elaine有信給我，告知貴處尚有愛玲女士之英文稿'海上花'及"少帥"。這兩種東西如能只寄給南加州大學，那真是太好了。不知可否只寄告讓人來取（我會叫我在港的表弟Patrick Yiu）或是我親自飛來香港？

令孫Jonathan已在南加大上課，恰好我小姪Stella也在同一宿舍，大家認識。

我最近又搬了一次家，新址如下：

Dominic Cheung

Dominic

[redacted]

University of Southern California
Los Angeles, California 90089-0357
Tel: 213 740 3708
Fax: 213 740 9295

附圖二（張錯教授提供）

手稿與相片影本；宋夫人在香港仍有兩箱張愛玲英文遺稿，其中包括《海上花》與大概（伊琳一時無法確記）題爲《少帥》的。在英文信裡，伊琳特別用中文書寫「海上花」三字。

同年三月四日張錯致宋夫人信，知會了伊琳提到的英文遺稿內容：「令媛 Elaine 有信給我，告知貴處尚有愛玲女士之英文稿《海上花》及《少帥》。這兩箱東西如能賜給南加州大學，那眞是太好了。」如附圖二所示，私人電話與住址已用白漆遮沒。

可見宋家早已知道遺物裡有《海上花》英譯遺稿。一九九七年七月張錯把皇冠出版社與宋夫人捐贈遺物交給南加大東亞圖書館（浦麗琳）之前，確悉《海上花》英譯遺稿在內。在資料學裡，任何在宋家之後「發掘」或「發現」的宣稱，就此案例而言，都站不住腳。

個人工作所得，無論事先是否知悉，有時僅僅重新印證別人已然確立的結果。在張學或其他領域未能知會前人貢獻的事例很多。有時當事者未必知道自己冒失表功。不知者不罪。我們實無責怪任何人之意。二〇〇四年六月香港《明報月刊》張錯〈初識張愛玲《海上花》英譯稿——兼談南加大「張愛玲特藏」始末〉曾讚揚浦麗琳「細心專業」整理張愛玲英譯稿。《三挐海上花》沒有因爲腳註疏忽而不值一讀。如果讀者覺得張愛玲白話本《海上花開》與《海上花落》繁雜平淡，大可跟隨陳永健從個別主角立場追蹤情節發展，瞭解韓邦慶的種種用心。

本文所圖，只是希望一個以訛傳訛的小小錯誤就此打住，不再蔓衍。清除文物出土的一次戲劇演出，重拾「聞道有先後」的那種秩序。

1 魯迅〈后記〉，收入《朝花夕拾》，香港三聯書店，一九五八年香港第一版，頁七二。

2 浦文收入陳子善編《記憶張愛玲》，山東畫報出版社，二〇〇六年三月，頁二六四—二七〇。

27

爲何不能完成英譯本《海上花》

張愛玲給麥卡錫的一封信

惶恐灘頭説惶恐，
零丁洋裡嘆零丁。
——文天祥〈過零丁洋〉

1749 N. Serrano Ave., Apt. 216
Los Angeles, CA 90027

Dec. 16, 1983

Dear Dick,

I'm really ashamed to be writing once again what seems to be my regular year-end excuses for not sending you Hai shang hua yet. It's getting to be ridiculous. I was busy getting a couple of books out while the Taiwan market still lasts. I've just sent Helene the new collection of stories -- it's selling well, at least better than my books ever did -- and will send the Mandarin version of Hai shang hua next spring. Last fall I finally got around to revise the English translation, trying to get it ready to be typed well before the holidays. (The first two chapters are in the coming issue of Stephen Soong's magazine Rendition., I'll send it to you.)

Then I was forced to move. It was an old building, I always used lots of pesticide to keep the cockroaches under control. The new owner insisted that all cupboards be cleared for the exterminator's monthly visits. As I didn't have the time or energy to keep moving everything up and down, I had to leave it all over the floor, with no cleaning. In time fleas from neighbors' pets got in. I called an exterminator -- only 30-day guarantee, actually more like two weeks. I had to move before my things got infested.

My present address is quite a lovely place and I didn't bring any fleas over. It being unfurnished, the new management took back the refrigerator they rented to me and suggested that I buy an used one at a small store. Incredibly it brought fleas, besides being not cold enough. I threw it away too late, fleas got worse by the day. I got ten flea bombs from animal hospital, much stronger than the commercial ones -- still didn't work. The only thing to do is to move again, abandoning the few pieces of furniture I bought and the refrigerator I got later, all new. I would have spared you these dreary details except that it'd be still more unbelievable.

Apartment-hunting in L.A. is difficult when you don't drive. The Olympics coming here next year may have made housing still scarcer. I may try Arizona. Anyway I haven't done a stroke of work for months, afraid even to take it out. Unlike clothing papers are irreplaceable.

Sorry about my tale of woe and squalor, at this time of year too. But looking forward to hear from you -- I'll get mail here until the end of January -- and warmest wishes to Helene and you, Karen and Mary Theresa,

Eileen
Eileen Chang

麥卡錫先生寄來張愛玲一九八三年十二月十六日舊信（見右頁），允許我譯介，以提供張學研究資料。

信裡提到幾個人名：迪克是理查德（麥卡錫先生）的暱稱，海倫是麥卡錫夫人，凱潤與瑪麗・提瑞沙是麥卡錫的兩個女兒。麥卡錫先生告訴我，張愛玲見過這兩個女兒。

中譯

親愛的迪克：

我仍然無法寄您《海上花》英譯定稿。再度寫這封似乎是定期的年終辯解信，我深覺羞愧。此事有些滑稽可笑了。趁台灣書市仍有需求，我爲出版兩本書忙了一陣子。我才寄出新的小說集給海倫——賣得不錯，至少我的書從來沒賣得這麼好過——明年春季會寄上國語本《海上花》。這個秋季我終於得空修訂《海上花》英譯稿，想在年底假期之前早早完成打字前的定稿。（前兩章已收入宋淇編的，下期的《譯叢》。我會寄上。）

然後我被迫搬家。那是個舊建築。我經常用大量的殺蟲劑來控制蟑螂。新房東堅持所有碗櫃都必須清空，以方便驅蟲公司每月定期的除蟲工作。由於沒有時間或精力不停搬上搬下廚房用具，我只好全放在地板上，洗都不洗。鄰居寵物身上的跳蚤及時入侵。我打電話給驅蟲公司——他們說殺跳蚤只保證三十天，事實上大概只能維持兩星期。我不得不在我的東西受蟲害之前遷離。

我現在的住處蠻可愛，所幸搬家時候沒帶著跳蚤過來。說好不提供家具，新的公寓管理人員收回原來租我的電冰箱，建議我在小店裡買個二手貨。我買的二手冰箱不但冷度不夠，而且令人難以置信地帶來跳蚤。我丟得太遲，跳蚤與日俱增。我在寵物醫院買了十個殺跳蚤的密室噴霧殺蟲劑，比普通貨威力強得多——仍舊無效。唯一能做的，是再搬家，捨棄我買的少量家具，以及後來添購的冰箱，都是全新的。如果不列述這些令人厭倦的細節，你更無法相信我即將再度遷徙。

在洛杉磯不自己開車，找公寓就頗難。明年奧林匹克世運來洛杉磯，大概會使出租房舍的供應更為減少。我或會試亞利桑那州。簡而言之，數月未動筆工作，因為我不敢攤開文稿，以免遭受損傷。與衣服不同，文件資料是無法取代的。

抱歉，淨說些苦惱與污穢的瑣事，尤其在年底過節的此刻。不過我期待知道你的近況——到一月底以前我仍可用現址收信——最熱切的祝福給海倫和你，凱潤以及瑪麗·提瑞沙。

張愛玲

註釋

值得注意三點。

其一，此信推翻了張愛玲一九八四年八月十八日給遺囑執行人林式同的第一封信裡，所謂十年（一九七四至一九八四）住在同一個地方的提示。那封信的影本收入一九九六年三月台北皇冠版《華麗與蒼涼》的第二十頁，信上說：「忘了告訴您我在1825 N. Kingsley Drive,

Apt. #305, Hollywood 住了十年，今年夏天在（英文地址略）住了兩個月，現在住在（英文地址略）。」

張愛玲致麥卡錫先生信的住址是1749 N. Serrano Avenue, Apt. #216, Los Angeles, CA 90027（見下頁附圖）。由日期可知，張愛玲不可能在那十年都住在她給林式同信上講的那個地址。當時初識林式同，第一次寫信，用了大而化之、化繁爲簡的說詞。

張愛玲致麥卡錫先生信提到一九八三年秋季公寓遭蟲害，被迫搬家，然而剛住進的公寓又有同樣問題，得再度遷居。可見她在洛杉磯搬來搬去，早於林式同〈有緣得識張愛玲〉所記述的一九八四年。目前張傳多以一九八四年爲她住處不定的起始年份，似應修訂。

其二，由此信可知，遲至一九八三年底，英譯《海上花》仍未定稿，張愛玲耿耿於懷。然而英譯《海上花》提供收入來源的緊急性，或許因爲此信提及中文作品在台灣受到歡迎，而有降低。一直到一九九五年過世爲止，起居不定與健康狀況也可能繼續嚴重影響寫作。麥卡錫先生告訴我，張愛玲始終沒寄《海上花》英譯完成稿給他。沒有記錄可以證明她曾交付《海上花》英譯稿給出版社審閱。我們評價猶未出版的《海上花》英譯遺稿，似應以未修訂完的版本視之，不宜苛求。

其三，信上這句話蠻有意思：「與衣服不同，文件資料是無法取代的。」「文件資料」原文是papers，也可譯爲「文稿」。在她心目裡，衣服與文件資料的輕重顯而易見。坊間有些張論偏重精神分析，認爲張愛玲具戀衣情結。其實張愛玲心智很清楚，文學工作始終較衣飾更爲重要。

張愛玲寫信當時所住的公寓

該公寓近景可見招租牌上的地址

附錄：夏志清教授的讀後意見

〈爲何不能完成英譯本《海上花》——張愛玲給麥卡錫的一封信〉在台北《聯合報》副刊發表之後，我恭敬地呈請夏志清教授賜覽與教正。以下是夏教授回函的節錄：

謝謝你寄我〈為何不能完成英譯本《海上花》〉一文，早已拜讀，卻一直未把張給我的信也查對一下。《聯文》二〇〇二年七月號刊載到第103封。第104封十一月五日寫的，但我早已斷定是一九八三年的信。信上說：

志清，

我因為老房子蟲患被迫倉皇搬家，匆匆先寫張便條寄地址來：

1749 N. Serrano Ave., Apt. 216
Los Angeles, CA 90027

地址是打字打出的。愛玲寫給 Dick 的信詳細得多，因為寫在買二手貨舊冰箱之後，蟲災已不可收拾。第105封信是寫於一九八四年十二月廿六日的年信，寄自

REYHER
1626 N. WILCOX # 645

HOLLYWOOD, CA 90028

（按照信封上的寫法）。如此開頭的：

志清，

我這一年來為了逃蟲難，一直沒固定地址，真是從何説起。收到你的聖誕信，再不趕緊回信，更要失去聯絡了。……

你的猜測完全是對的。一九八三年二月張同我寫了封信提起 Diana Chang 的信後，八三八四兩年我就只收到了兩封年信。下一封信寫於一九八五年二月十六日，也是舊曆新年的年信。三年沒有好好做事，想想實在可怕。愛玲尚未刊登的信，下次可以刊完，但得待我把《中國古典小説》中譯本完全改好之後。

McCarthy 一九六五年我在 Baltimore 參加陳若曦同段世堯婚禮的那天即在教堂見面了。但 Eileen 還好好活著，我沒有問他什麼。

夏教授信上提到張愛玲的英文姓名：Eileen Reyher。拙文已提過，麥卡錫先生本名 Richard (Dick) M. McCarthy。夏教授的「張愛玲給我的信件」乃目前規模最大，註釋最完整的張愛玲私函史料。我們如果能在不同收信人的張愛玲信件裡相互印證解讀，當然比較穩當。夏教授信裡的查證工作，具有示範性意義。

28

同物無慮

張愛玲海葬的質疑與辯正

喪致乎哀而止。

——子游[1]

1

張愛玲骨灰於一九九五年九月三十日撒於美國加州洛杉磯郡聖彼渚港外海，完成海葬。香港林幸謙教授於一九九七年十二月《明報月刊》發表長文〈重歸「荒涼」——張愛玲海葬與遺囑閱讀的隱喻〉，認爲海葬可能違反逝者骨灰撒陸地的意願，而且「她晚年最後的一個願望，都仍然（可能）遭受到父權意識／男性觀點的誤讀」。美國張錯教授在台灣《中央日報》副刊以兩篇短文回應。這兩篇文章，〈張愛玲與荒涼〉、〈如水一般華麗自然〉，都收入散文集《山居小札》[2]。

如非趁機回顧幾項張愛玲文學要義，這項辯論原本沒有再提的必要。張愛玲早於〈中國人的宗教〉（一九四四）指出，「中國神學與埃及神學不同，不那麼注重屍首。」我們在〈盡在不言中——《秧歌》的神格與生機〉曾點明，《秧歌》英文版在金根溺斃，月香燒死，水深火熱的局面裡，精心描繪月香死狀似羅漢坐像，暗示她進入羅漢果的人生終局。稍後月香的淺墳遭野狗侵襲，迫使讀者回頭撿拾羅漢果的影射，體會遺體不重要的認知。

張愛玲小說在人命關天的認知裡向來不重視屍首安頓。《赤地之戀》死亡事件之眾，居張愛玲小說首位。唐占魁與其他農民槍決之後，僅以「公安人員在佈置陳屍示眾的事」交代。地主韓廷榜慘遭「輾地滾子」酷刑，皮肉肚腸撕裂，作者筆鋒一轉，不再著墨遺體。《十八春》與《半生緣》沈嘯桐的後事簡筆帶過。〈浮花浪蕊〉女主角洛貞參加朋友范妮葬禮，目的之一爲瞻仰遺容，作者幾乎視而不見遺容，只注重洛貞臨喪不哀，甚至舉止失禮。

〈第二爐香〉羅傑自盡，〈金鎖記〉曹七巧壽終正寢，〈小艾〉席景藩遭暗算喪生，〈色，戒〉幾位愛國青年被槍斃，也是對屍首下場興趣缺缺。

此非作者疏於人生觀察，而是著墨取捨，輕重自掂。《紅樓夢魘》注意到西門慶「越來越跟李瓶兒一夫一妻起來」，然而張愛玲根本不提西門慶厚葬李瓶兒的重重過程。一九四四年三月十六日，張愛玲在上海女作家座談會曾說：「外國女作家我比較喜歡Stella Benson。」[3]這位英國作家（一八九二—一九三三）寫過長篇小說《遠地新娘》[4]。故事裡有個流落中國東北的白俄老人，罔顧自身安危瘋狂搶救並祕密埋葬白俄同胞的屍體，以避免當地中國軍隊散兵游勇掠奪死者衣物。我們無法證明張愛玲讀過這部作品，然而可以肯定類似的護屍念頭或行徑在張愛玲小說裡付之闕如。

掌握張愛玲文學淡然處理遺體最終下落的態度，非常重要。基於此種了解來檢討海葬問題，思維方法固然仍需嚴謹，情緒因此宜稍安勿躁，無須堅持先入爲主的、爲弱者或女性打抱不平的成見，而拒絕聆聽與此預設結論不同的意見。林教授「張愛玲本人及作品均可能被誤讀」的宣稱，想必是古今中外評論者爲了引起注意而慣用的危言。林教授本意十分良善，論見卻不必奉爲圭臬。

2

林教授質疑海葬可能違反逝者意願的理由主要有二：英文遺囑要求骨灰撒「曠野／荒野之地」，張愛玲《老人與海》譯序曾說：「我對於海毫無好感。」

張教授認爲英文遺囑充分允許海葬，此言甚是。遺囑原文及譯文（參照張教授文章的措詞）如下：

> I wish to be cremated instantly — no funeral parlor — the ashes scattered in any desolate spot, over a fairly wide area if on land.
>
> 我希望立即火化——不要殯殮儀式——骨灰撒在任何荒涼無人之處，如在陸地則選擇非常廣漠的區域。

直到張愛玲過世的時候，美國加州州法明文規定骨灰不得隨意撒於陸地。隨後一九九八年九月，加州州法修訂，骨灰可撒在海邊五百碼範圍內，或任何私人土地上，但必須先獲得有關業主的同意。遺囑「如在陸地」應是因應舊法律的彈性陳述。林式同當然也無法預見新法，〈有緣得識張愛玲〉提及「按加州法律只能撒到離岸三浬外的海裡」[5]，也爲舊法之轉述。守法曾爲逝者與生者不約而同的共識。

至於逝者對海毫無好感的引文，張錯教授認爲應該參照上下文一起讀，引起反感的是航海旅行，而非海洋本身。讀者如果閱讀張愛玲《老人與海》譯序全貌，或會同意此種解讀，並且免除不必要的聯想。譯序見香港中一出版社，一九五五年《老人與海》。不知何故，香港今日世界出版社，一九七六年三月第三版《老人與海》，就已改換爲李歐梵譯，Carlos Baker 寫的序。原譯序未收入目前任何文集之內，所幸不長，値得抄錄於此：

序

我對於海毫無好感。在航海的時候我常常覺得這世界上的水實在太多。我最贊成荷蘭人的填海。

捕鯨、獵獅，各種危險性的運動，我對於這一切也完全不感興趣。所以我自己也覺得詫異，我會這樣喜歡「老人與海」。這是我所看到的國外書籍裡最摯愛的一本。

海明威自一九二幾年起，以他獨創一格的作風影響到近三十年來世界文壇的風氣。「老人與海」裡面的老漁人自己認為他以前的成就都不算，他必須一次又一次地重新證明他的能力，我覺得這兩句話非常沉痛，彷彿是海明威在說他自己。尤其因為他在寫「老人與海」之前，正因「過河入林」一書受到批評家的抨擊。「老人與海」在一九五二年發表，得到普利澤獎金，輿論一致認為是他最成功的作品。現在海明威又得到本年度的諾貝爾文學獎金——世界寫作者最高的榮譽。雖然諾貝爾獎金通常都是以一個作家的畢生事業為衡定的標準，但是這次在海明威著作中特別提出「老人與海」這本書，加以讚美。

老漁人在他與海洋的搏鬥中表現了可驚的毅力——不是超人的，而是一切人類應有的一種風度，一種氣概。海明威最常用的主題是毅力。他給毅力下的定義是：「在緊張狀態下的從容。」書中有許多句子貌似平淡，而是充滿了生命的辛酸，我不知道青年的朋友們是否能夠體會到。這也是因為我太喜歡它了，所以有這些顧慮，同時也擔憂我的譯筆不能達出原著的淡遠的幽默與悲哀，與文字的迷人的韻節。但無論如何，我還是希望大家都看看這本書，看了可以對我們這時代增加一點信心，因為我們也產生了這樣偉大的作品，與過去任何一個時代的代表作比較，都毫無愧色。

張愛玲
一九五四年十一月

爭議援引僅限於第一段。就那麼三句話。

荷蘭人塡海爲有限目的，特定區域的成就，未能改變海洋寬廣的事實，所以「我最贊成荷蘭人的塡海」是於事無補，一時情緒衝動的話。「我對海毫無好感」，可同理視之。此句不宜孤立閱讀，因其理由見於次句：「在航海的時候我常常覺得這世界上的水實在太多。」第二個句子意圖澄清第一個句子的情緒，界定其意義。其理甚明。

然而僅以討厭航海旅行來解讀譯序，還不足以服人。〈私語〉（一九四四）曾說：「我八歲那年到上海來，坐船經過黑水洋綠水洋，彷彿的確是黑的漆黑，綠的碧綠，雖然從來沒在書裡看到海的禮讚，也有一種快心的感覺。」後來張愛玲幾次來往於上海香港之間，大概多經海路。〈雙聲〉（一九四五）提到在船上看見台灣，覺得美，完全不埋怨航海。可見譯序情緒另有泉源。由譯序寫作日期（一九五四年十一月）看來，或與即將面臨的，赴美謀生（一九五五）的生涯規劃有關。最能代表當時前途茫茫，胸懷隱憂而又勇於冒險，種種複雜心情的作品是〈浮花浪蕊〉。一九七八年八月二十日致夏志清信曾說那篇小說具有「自傳性」[6]，寫譯序時候，作者或已想到一旦成行，橫跨太平洋會是她一生最漫長的航海經驗。離鄉背井，此行所意味的人生變化也最爲巨大。單槍匹馬，阮囊羞澀，難免鬱悶。

現存可見的張愛玲文獻沒有憎恨海洋的記錄。〈小艾〉有「她的冤仇有海樣深」的話。

我們知道其句型來自《金瓶梅》第十二回的「冤仇結得有海深」。皆以海喻程度之大。老舍《正紅旗下》有位二哥（算來應是表兄），名叫福海，〈我這一輩子〉有個同名的男孩子，海字用法相同。

遺囑希望骨灰撒在空曠處所，已跳脫了「入土爲安」的觀念，近《紅樓夢》。我們確知火葬施行於《紅樓夢》的時代，晴雯死後就以火葬處理。香港中華書局俞平伯校訂本[7]，賈寶玉至少三度提到身後化成飛灰（第十九、五十七、一百回）。即使排除八十回以後的續作，此項表述在前八十回內至少也出現了兩次。第五十七回，賈寶玉剛病好，談到自己娶親的事，不免咬牙切齒：「我只願這會子立刻我死了，把心迸出來，你們瞧見了，然後連皮帶骨，一概都化成一股灰，再化成一股煙，一陣大風，吹的四面八方都登時散了，這纔好！」

遺體成煙成灰，當然有回歸自然的意含。陶淵明〈挽歌辭〉曾言：「死去何所道，託體同山阿。」值得注意的是，自然的觀念不限於陸地或空氣，也包括海洋。陶淵明對《山海經》「精衛銜微木，將以塡滄海」的評語：「同物既無慮，化去不復悔。」精衛，鳥名，原爲炎帝女兒，名女娃，游於東海，溺而不返，故成精衛，常銜西山之木石，以堙東海。張愛玲熟讀《紅樓夢》，當然熟悉遺體與自然歸一的思維，海葬太平洋，應是同物無慮，化去無悔的。

藉助近代地球科學的知識，從宏觀久遠的時間角度視之，地殼變化遠較「古墓犁爲田」的人爲因素爲烈，誠爲滄海桑田之劇變，所以陸葬海葬孰優孰劣，實在不必多所爭執。

3

總結前文的討論：後事處理，大體而言，順應遺囑要求，合法，與張愛玲文學裡的相關理念不相衝突。我們現在追究是否合乎人情，並以美國社會條件與張愛玲處世原則，檢視林教授其他幾項質疑。

在社會脈絡裡，人情可分兩方面來說。

其一，喪事安排是否將就家屬意願。張愛玲過世時候只有一位疏於往來，遠居上海，遺囑完全不提的弟弟（張子靜先生）。我們猜想林式同一時無法聯絡這位弟弟，所以〈有緣得識張愛玲〉沒有找他的記錄。火葬爭論也不予列入議題。似乎是可以接受的省略。

其二，諸般決定是否順從公眾（朋友、讀者）意願。林式同似乎認爲：就大隱於市，離群索居的逝者而言，公眾意願的第一要義即貫徹遺志：兼顧遺志與眾願，即合乎人情。遺囑詮釋、眾願裁決的權責都屬於遺囑執行人（林式同），治喪小組其他成員（張錯、張信生、莊信正）僅是他親選的諮詢。只要諸事料理言之成理，注重逝者尊嚴的維護，我們無從，也沒有必要，挑戰林式同的法定地位。這種尊重法權，而兼顧人情的評估態度，自有前例可循。

美國亞利桑那州參議員高華德（Barry Morris Goldwater, 1990-98）生前曾公開表示希望自己骨灰撒於心愛的大峽谷，而且不要教堂葬儀。結果除了在亞利桑那州立大學舉行盛大葬儀之外，遺體放在小時候受洗禮的，距出生地不遠的教堂裡供人瞻仰兩天，骨灰埋在該教堂墓園裡。根據一九九八年七月六日美國《國家評論》（*National Review*）雜誌記載，陸葬的原因大概是提供後人拜訪致敬的處所。由於國際網路仍有過時不實的報導，筆者曾特地打電話到那間教堂查證高華德骨灰確實埋於該地。

由此例可知，後人辦事與逝者意願可以有極大差距，仍不遭人物議。如果講求效率，張愛玲積蓄有限，皆爲林式同裁決過程裡的其他重要考量，那也該是無可厚非的。

林教授特別以張愛玲遷居賭城拉斯維加斯的建議，以及林式同的勸阻，來揣摩張愛玲幻想「荒野／荒涼」的「深層潛意識的心理活動」，並支持「生者對死者的忠誠，無可避免地變成分裂的忠誠」的看法。

事實上，林教授故意不提林式同勸阻的實際理由。〈有緣得識張愛玲〉記林式同問張愛玲在拉斯維加斯與鳳凰城有無熟人，「她回答說沒有，我說那不行，不能去，沒人照應怎麼可以，然後她說要找新房子……」升斗小民林式同所關切者，以及年邁獨居者張愛玲當下立即同意就近找新房子的原因，皆「沒人照應怎麼可以」。筆者曾兩度陪同遠道而來，不同的張愛玲學者去瞻仰張愛玲最後四年住的公寓。那不是爲老人特設的「老人公寓」（senior citizen apartment），或體衰力弱老人住的「療養院」（nursing home），所以沒有照顧老人的管理制度，專職人員，或設備。許多健康情況尚佳，心理不服老的美國老人仍選擇這種一般性的，多種年齡層居民的公寓。然而有親友就近照顧就變成要務。此爲林張對話的部分的社會背景。

熟悉張愛玲在美西擇城而居的歷史資料，當會了解她不堅持拉斯維加斯，或另有理由。一九七二年五月二十六日致夏志清信曾說捨三藩市而考慮鳳凰城，取後者暖和。同年七月十三日信再說鳳凰城「究竟又太熱，還是預備就近搬到南加州」。同年九月二十五日信又提捨北加州取南加州的理由在於後者氣溫適中[8]。略具美西諸城常識的讀者都知道，拉斯維加斯比南加州炎熱得多。怕熱又怕冷氣機的人自會避之。

我們在《爲何不能完成英譯本《海上花》——張愛玲給麥卡錫的一封信》中譯一九八三年十二月十六日張愛玲舊信。信上提到遷居亞利桑那州的念頭。原因是當時還沒開始得到林式同的幫助，覺得在洛杉磯找出租公寓不易。

洛杉磯距沙漠很近，迄今仍未能完全擺脫文化沙漠的譏譽。荒野或荒涼的論調在所謂張學裡已泛濫成災，如果還沒令人厭倦的話，實在不必排除洛杉磯，以免顧此失彼。林張溝通的交集在於老人照應。前文已提及生者與逝者的守法共識，現在注意到照顧的同感，實無所謂「分裂的忠誠」。

我們不必因爲大部分治喪小組成員爲男性而持「父權意識／男性觀點的誤讀」的看法。女性主義雖然派別眾多，張愛玲文學的女性主義理念卻無法以任何單一現有的流派來完整套牢。我們確知她未必同意女子立身處世，凡事皆以性別角度評估。一九八〇年十一月十二日致夏志清信曾說：「……我雖然不是新女性主義者，決不會同意編入一本女作家選集，男東女西的分類，似乎也就是所謂sexist。」[9]她不願受新女性主義規範，並欲與男作家同領風騷的志氣甚明。

張愛玲文學從未忽視外在環境（如教育、就業機會、禮教觀念、家庭責任等等）如何促成婦女生命之困頓，但是她在肯定女子生命的韌性與強度，提示女子當自強的觀念，拒絕輕易承認女性厄運完全來自性別差異。此與她不喜過分簡單化問題，避免偏激的立場一致。

她曾在一篇英文短文如此描述影響她自己極深的中國新文學：「不竭攻擊所謂『吃人禮教』，已達鞭撻死馬的程度。」[10]

所以用性別角度來評價林式同或治喪小組，事實上違反了張愛玲避免意念先行，戒於遽下結論的處世原則。後事爲朋友之間的委託與執行，並非男女兩性的較勁或鬥爭。

筆者全程目睹海葬儀式。過程莊嚴、悲戚、簡單、肅穆。與林式同僅此一面之緣。猶記得他雙手供捧骨灰甕於胸前，慎步緩行，恭忠誠敬。二〇〇一年八月聽聞他不幸因病過世，難免想起夏志清教授感念朋友幫助辦理亡兄夏濟安教授喪事，寫過「義重如山」的謝語[11]。林式同擔當張愛玲後事重任，毫無名利可圖，微詞與誤解之外，好像還沒人公開表示過類似的感謝。然而只要張愛玲文學禁得起考驗，世世代代研究張學的人都不能忽略〈有緣得識張愛玲〉的史料價值。作者林式同的名字就跟著一齊傳下去。慧心的讀者或能想像林式同說「沒人照應怎麼可以」時刻，張愛玲心裡的貼實與溫暖。

1 謝冰瑩等編譯《新譯四書讀本》，台北三民，一九八七年八月，頁二九二。這句話的白話語譯：「居喪能充分表現悲哀的心情便夠了。」

2 台北縣河童出版社，二〇〇一年元月。

3〈女作家聚談會〉，收入唐文標《張愛玲資料大全集》，台北時報文化，一九八四年六月，頁二四〇。

4 Benson, Stella, *The Far-away Bride*, originally published by Harper & Brothers, 1930, reprinted by The Press of the Readers Club, New York, 1941.

5 收入《華麗與蒼涼——張愛玲紀念文集》，台北皇冠，一九九六年三月，頁九一八八。

6 夏志清〈張愛玲給我的信件(十)〉，台北《聯合文學》，一九九八年七月，頁一四〇。

7 俞平伯校訂，王惜時參校《紅樓夢》，香港中華書局，一九九六年六月。

8 夏志清〈張愛玲給我的信件(七)〉，台北《聯合文學》，一九九八年一月，頁一〇九—一一一。

9 夏志清〈張愛玲給我的信件(十一)〉，台北《聯合文學》，一九九八年八月，頁七六。

10 暫譯。原文見陳耀成〈美麗而蒼涼的手勢〉，收入《最後的中國人》，香港素葉，一九九八年八月，頁二一九—三二一。

11 夏志清爲一九六九年十月十二日張愛玲信做的按語，見〈張愛玲給我的信件(六)〉，台北《聯合文學》，一九九七年十二月，頁九五。

Edited by David D. W. Wang,
Professor of Chinese Literature, Harvard University.
Published by Rye Field Publications, a division of Cité Publishing Ltd.
11F., No. 213, Sec. 2, Xinyi Rd., Zhongzheng District, Taipei City 100, Taiwan.

麥田人文 121
張愛玲學（增訂二版）
Eileen Chang Reconsidered (Second Expanded Edition)
作　　者　高全之（Chuan C. Kao）
主　　編　王德威（David D. W. Wang）
責任編輯　吳莉君　胡金倫　吳惠貞
封面設計　蔡南昇
編輯總監　劉麗真
總 經 理　陳逸瑛
發 行 人　涂玉雲
出　　版　麥田出版
城邦文化事業股份有限公司
104台北市中山區民生東路二段141號5樓
電話：(886)2-25007696傳真：(886)2-25001966
發　　行　英屬蓋曼群島商家庭傳媒股份有限公司城邦分公司
104台北市中山區民生東路二段141號5樓
客服服務專線：(886)2-25007718；25007719
24小時傳真專線：(886)2-25001990；25001991
服務時間：週一至週五上午09:30~12:00；下午13:30~17:00
劃撥帳號：19863813；戶名：書虫股份有限公司
讀者服務信箱：service@readingclub.com.tw
麥田部落格　http://blog.pixnet.net/ryefield
香港發行所　城邦（香港）出版集團有限公司
香港灣仔駱克道193號東超商中心1樓
電話：(852)25086231　傳真：(852)25789337
E-mail：hkcite@biznetvigator.com
馬新發行所　城邦（馬新）出版集團【Cite(M) Sdn. Bhd.(458372U)】
11, Jalan 30D/146, Desa Tasik, Sungai Besi,
57000 Kuala Lumpur, Malaysia.
電話：(60)3-90563833　傳真：(60)3-90562833
印　　刷　前進彩藝有限公司
初版一刷　2003年3月1日
三版二刷　2011年7月15日

售價：420元
ISBN　471-770-207-679-5

國家圖書館出版品預行編目資料

張愛玲學 = Eileen Chang Reconsidered / 高全之
著 . - - 三版 . - - 臺北市：麥田, 城邦文化出
版：家庭傳媒城邦分公司發行, 2011.07
面；　　公分 . - -（麥田人文；121Y）

ISBN 471-770-207-679-5（平裝）

1. 張愛玲　2. 短篇小說　3. 文學評論

857.63　　97015778